入选"十四五"国家重点图书出版规划

丹曾·文化

丹曾人文
通识丛书

黄怒波
主　编

诗的女神

中国女性诗歌史 现代卷

孙晓娅——著

U0143177

北京大学出版社
PEKING UNIVERSITY PRESS

图书在版编目（CIP）数据

诗的女神：中国女性诗歌史. 现代卷 / 孙晓娅著；黄怒波
主编 . — 北京：北京大学出版社，2024.5
（丹曾人文通识丛书）
ISBN 978-7-301-34877-2

Ⅰ.①诗… Ⅱ.①孙…②黄… Ⅲ.①诗歌研究 – 中
国 – 现代 Ⅳ.① I207.22

中国国家版本馆 CIP 数据核字（2024）第 050261 号

书　　　名	诗的女神：中国女性诗歌史（现代卷）
	SHI DE NÜSHEN: ZHONGGUO NÜXING SHIGE SHI (XIANDAI JUAN)
著作责任者	孙晓娅 著　黄怒波 主编
责 任 编 辑	张亚如
标 准 书 号	ISBN 978-7-301-34877-2
出 版 发 行	北京大学出版社
地　　　址	北京市海淀区成府路 205 号　　100871
网　　　址	http://www. pup. cn　　　　新浪微博：@ 北京大学出版社
微信公众号	通识书苑（微信号：sartspku）　科学元典（微信号：kexueyuandian）
电 子 邮 箱	编辑部 jyzx@pup.cn　　　　总编室 zpup@pup.cn
电　　　话	邮购部 010-62752015　发行部 010-62750672
	编辑部 010-62753056
印 刷 者	三河市北燕印装有限公司
经 销 者	新华书店
	650 毫米 ×980 毫米　16 开本　23.5 印张　290 千字
	2024 年 5 月第 1 版　2024 年 5 月第 1 次印刷
定　　　价	89.00 元

"丹曾人文通识丛书"
学术委员会

主　席：谢　冕

副主席：柯　杨　杨慧林

"丹曾人文通识丛书"

总　序

————————●————————

在我国国民经济和社会发展"十四五"规划开始的时候，人文学者面临从知识的阐释者向生产者、促进者和管理者转变的机遇。由"丹曾文化"策划的"丹曾人文通识丛书"，就是一次实践行动。这套丛书涵盖了文、史、哲等多个学科领域，由近百位人文学科领域优秀的学者著述。通过学科交叉及知识融合探索人类文明的起源、人类与自然的和谐共生、人类的生命教育和心理机制，让更多受众了解中国传统文化与文学，形成独具中华文明特色的审美品格。

这些学科并没有超越出传统的知识系统，但从撰写的角度来说，已经具有了独特的创新色彩。首先，学者们普遍展现出对人类文明知识底层架构的认识深度和再建构能力，从传统人文知识的阐释者转向了生产者、促进者和管理者。这是一种与读者和大众的和解倾向。因为，信息社会的到来和教育现代化的需求，让学者和大众之间的关系终于有了教学互长的机遇和可能。在这个意义上，我们不能再教"谁是李白"了，而是共同探讨"为什么是李白"。

所以，这套丛书的作者们，从刻板的学术气息中脱颖而出，以流畅而优美的文本风格从各自的角度揭示了新的人文知识层次，展现了新时代人文学者的精神气质。

这套丛书的人文视阈并没有刻意局限，每一位学者都是从自身的学术积淀生发出独特的个性气息。最显著的特点是他们笔下的传统人文世界展现了新的内容和角度，这就能够促成当下的社会和大众以新的眼光来认识和理解我们所处的传统社会。

最重要的是，这套丛书的出版是为了适应互联网社会的到来。它的知识内容将进入数字生产。比如说，我们再遇到李白时，不再简单地通过文字的描写而认识他。我们将会采取还原他所处时代的虚拟场景来体验和认识他的"蜀道"，制造一位"数字孪生"的他来展现他的千古绝唱《蜀道难》的审美绝技。在这个意义上，这套丛书会具有以往人文知识从未有过的生成能力和永生的意境。同时，也因此而具备了混合现实审美的魅力。

当我们开始具备人文知识数字化的意识和能力时，培育和增强社会的数字素养就成了新时代的课题。这套丛书的每一个人文学科，都将因此而具有新的知识生产和内容生发的可能性。更重要的是，在我们的国家消除了绝对贫困之后，我们的社会应当义不容辞地着手解决教育机会的公平问题。因此，这套丛书的数字化，就是对促进教育公平的一个解决方案。

有观点认为，当下推动教育变革的六大技术分别是：移动学习、学习分析、混合现实、人工智能、区块链和虚拟助手（数字孪生）。这些技术的最大意义，应该在于推动在线教育的到来。它将改变我们传统的学习范式，带来新的商业模式，从而引发高等教育的根本性变化。

这套丛书就是因此而生成的。它在当前的人文学科领域具有了崭新的"可识别性"和"可数字性"。下一步，我们将推进这套丛书的数字资产的转变，为新时代的人文素质教育和终身教育的需求提供一种新途径、新范式。而我们的学者，也有获得知识价值的奖励和回报的可能。

感谢所有学者的参与和努力。今后，你们应该作为各自学术领域C2C平台的建设者、管理者而光芒四射。

"丹曾人文通识丛书"主编

黄怒波

2021 年 3 月

目 录

导论：
中国女性诗歌的流变及经典化历程

中国诗歌的传统源远流长，"文变染乎世情，兴废系乎时序"，其艺术体式和审美内蕴经历了漫长的历史演变。诗歌作为民族心灵和个体情志的艺术表现形式，承载着绵延久远的中华文明，记录了历史文化的变迁，成为凝聚中华民族精神的重要力量，是中国文学史中最具生命力和代表性的文学形态。在中国诗歌史上，无论是以"抒情言志"为传统的中国古代诗歌，还是现代主义诗潮导向的新诗，男性文人士大夫或现代知识分子都是主要的诗歌创作主体，而作为镜像共生的女诗人和女性诗歌一度被湮没在诗歌历史长河之中。

一直以来，女性诗歌的概念边界都比较模糊，广义地讲，女性诗歌即女诗人的诗，狭义而言，女诗人写作中表现的"性别经验"和诗歌的"性别"特质，才是"女性诗歌"的基本条件。数千年来，中国女性诗歌经历了上古时代的高地、中古时代的低谷，经过近古的明清直至现代与当代，走过跌宕曲折的创作历程，直至当下，女性诗歌创作日渐繁盛，呈现出纷呈迥异的发展状态。

1. "林下风"与"闺阁气"：作为文人士大夫文化镜像的女性诗歌

从女性诗歌的发生机制和书写形态考察，古代女性诗歌的创作基本划分为文人文学确立之前的早期形态和依附于文人文学而生长的后来形态两个阶段。一般而言，被纳入文学史视野的中国古代女性诗歌主要指后一种形态。这一形态的男女作者中，男性占据绝对的优势，然而，在早期文学中，女性诗歌创作的比重要高于后来阶段中男性诗歌创作的比重，占据很重要的地位。长期以来，古代文学史叙述多遮蔽了女性诗歌与以士大夫为主体的文人诗歌传统之间复杂而密切的关联：一方面是士大夫的诗歌创作传统赋予、造就了中国古代的女性诗歌创作，造就了一部分女性诗人；但另一方面，士大夫文化正是压抑中国古代女性诗歌、女性文学发展的一种外部力量。在中国古代文人士大夫文化影响下，女性诗歌作为其文化镜像而存在，大体形成了"林下风"与"闺阁气"两种抒情传统。中国古代诗歌创作的起源，据《吕氏春秋·音初》所载，最早可以追溯至南音之始的涂山氏的《候人歌》与北音之始的有娀氏二佚女的《燕燕》。不仅如此，"中国古代妇女实际上创作了中国古代文学的最早一批作品，最古老的民间歌诗多半出自女子之口"①。《诗经·国风》多无名氏之作，当中应不乏女性作者，如《中国妇女文学史》所云："周时民间采诗，兼用老年之男女任之。其诗亦必男女均采，故《诗经》中宜多妇人之词。"②而汉代五言诗，也有不少人认为源于女性文学，《玉台新咏》的编者徐陵便认为集内所收的五言诗大都乃女子所作，或经文人润色而成。

　　从中国古代女性文学发展史的宏观角度来看，自上古尤其是周代开始，到两汉魏晋时期，女性诗歌虽处于开局阶段，但在当时和后世均产生过较大影响。胡明曾指出："大抵而言，中国古代的妇女文学分两条大线索。一条是以《诗经·国风》为源头，经汉乐府、古诗直接晋以后吴声、西曲为代表的民间歌曲。……在精神形态上的最大特征是男人学女人。""文学的许多新形式、新体裁均出自民间女子，男子们在惊叹艳羡之余，便有意识地参与了加工、整

---

① 胡明：《关于中国古代的妇女文学》，《文学评论》1995 年第 3 期。
② 谢无量：《中国妇女文学史》，中华书局，1916，第 11 页。

理，加工整理还不过瘾，便动手采用女子创作的形式体裁来创作他们自己的文学作品。……《国风》如此，乐府民歌如此，梁陈文人模拟的乐府尤其如此，后来词的、曲的发生发达与衍变也正是如此。"[①] 这大概是因为早期的诗歌往往自抒己意，一派真淳自然，而女子既无从参与政治与社会活动，情感的发抒便不具功利色彩，纯任天籁，更为率真而切近本心，写情也更加动人。

《诗经》是我国第一部诗歌总集，很多作品的作者无从考订，但仍有二十首左右的诗歌基本可视为女子的创作，如许穆夫人的《载驰》一诗。这些诗作题材宽广、情意真切且颇具社会时代特色，并未仅仅局限于相思恋情的歌唱，风格质朴平实。汉代五言诗[②] 与乐府诗兴起，女性参与者亦不在少数，其中西汉托名卓文君的《白头吟》与汉末蔡琰《悲愤诗》最为杰出，后者尤为卓越，无论情感深度、艺术水平还是对后世之影响，均可比肩汉末和三国时期任何一位男性诗人。南北朝时期，乐府诗更为盛行，《子夜歌》及《苏小小歌》都是流播广远、脍炙人口的佳作。这一阶段的女性诗歌多写相思幽怨，与此前的创作相比，情感的广度与面向逐渐趋于狭窄单一，已经昭示了其后女性诗歌的主要抒情走向，这一走向直至清代都未有本质上的改变。同时，此时期的女性诗歌受主流诗坛影响，部分作品在风格上也开始呈现出明丽精秀的特征，虽然总体艺术表现依然以真淳古朴为主，但已然显示了与男诗人创作同步的新的诗歌风貌。

从先秦到南北朝，女诗人数量不多，尚处开局阶段的女性诗歌

---

① 胡明：《关于中国古代的妇女文学》，《文学评论》1995 年第 3 期。

② 吴世昌在《论五言诗起源于妇女文学》一文中，从《诗经》四言、楚辞体之后，披寻五言的起源，根据对虞姬歌、班婕妤团扇诗、民歌《尹赏歌》《李延年歌》等的梳理，提出五言诗起源于妇女文学的说法。吴世昌：《论五言诗起源于妇女文学》，《文史知识》1985 年第 11 期。

创作却不乏佳作，足以让众多文人士大夫刮目相看。魏晋以后，随着文人诗歌创作传统的建立，女性诗歌逐渐流变为文人诗作传统的一条支脉。如胡明在《关于中国古代的妇女文学》中所说的那样："另一条妇女文学的大线索则是正统诗文辞赋的模拟创作。这条大线索的精神实质也正是一种'学'——妇女学男人。"[①] 此后的女性诗歌，除了少数作者之外，大都有意无意地遵循着男性文学传统的艺术标准与价值理念，以"无闺阁气""无脂粉气"为最高褒奖。

唐代是我国诗歌发展的黄金时代，而唐代女诗人的地位与总体成就却陡然下落，与前期相比可谓黯然失色。整个唐五代时期最为亮眼的女诗人便是初唐的上官婉儿，在她之后，再无女性诗人能够指点诗坛、独领风骚。与闺秀和宫廷诗人相比，唐代女冠和歌伎诗人的成就与影响更大。她们游走于男性诗坛的边缘，与男性诗人交往唱和，代表作家李冶、鱼玄机与薛涛身世境遇各自不同，但其作品在整体的艺术风貌与情感内容方面区别不大。除了相思恋情，她们的某些诗作也表现出身世之感与郁悒不平之意，在题材内涵与审美风格上都流露出一定的开拓与创新意识，这是尤为可贵之处。随着诗歌黄金时代的到来，唐代女性诗歌的诗艺渐趋精雅与成熟，这与男性诗坛的影响直接相关，也从另一个角度反映了唐代诗歌的兴盛与发展。而从这一时期开始，一方面女性诗歌被排挤出主流诗坛，无复早期风光；另一方面，女性诗歌的创作在目标与理念上基本上以追随男性诗的审美为主，进入了"女学男"的阶段，无论作家还是作品数量，所占比重都显得很低。即使明末以后女性文学繁兴，也并未真正改变这一事实。

宋代词的创作极为繁盛，成为有宋一代之标志性文学式样。上

---

① 胡明：《关于中国古代的妇女文学》，《文学评论》1995 年第 3 期。

自天子下至乐伎，皆习倚声填词，而存世的女性词人词作数量却极为有限。之所以如此，其缘故大概有三：一是自魏晋以后女性已被排挤出主流文坛，这直接影响了她们的创作热情与自信。二是作为文坛的主导者，当时男性文人对女性的文学创作大都既无兴趣亦不看重，没有他们的支持推动及搜罗刊刻，女性作品很难得以保存和流传。三是理学兴起，对女子的束缚较此前更为深重，这从朱淑真的"女子弄文诚可罪"及南宋王灼对李清照的批评便可见一斑。其实，即使到了明清时代，士林对妇学多有奖掖之举与赞许之意，甚至有些男性以女才为荣，但依然有不少才女声称"诗非女子事"而自焚诗稿，故而宋代女性词坛的沉寂也是意料中事。

宋代词坛出现了一个有趣的现象：一方面词坛是男性文人的天下，女性词人及作品数量相形之下少得可怜；另一方面，此时却出现了文学史上最杰出的女词人——李清照，其词之成就足以与男性词人相抗衡，对后世影响之大之深堪称空前绝后。这固然与其文人化的识见襟怀有关，更重要的是，词体特质与女子天性在"抒情"传统这一特点上尤为契合。宋代影响较大的女词人，除李清照外，另有朱淑真，其《断肠词》流播较为广远。如果说易安词之"神骏"对作者之才力、学养和识见要求较高，而令大多数女词人难以追摹，那么，其"芬馨"之美则与朱淑真词之婉约清新同出一径，以其易学且更贴合女性性情与审美旨趣的缘故，成为女性词风的审美所趋。宋末词坛进入衰落期时，国亡的剧变又成就了宋词最后的辉煌。此时期的女性词创作一改之前的沉寂，集中涌现出一批以宫廷女性为主体的爱国女词人，其词作从内容到风格都有了明显的开拓和变化，从中也可见出时代风气与主流词坛的影响。同样写家国之恨，宋末女性词与易安南渡后所作又有所不同。因北宋词仍宗婉约，易安又秉持"词别是一家"的观点；而南宋自稼轩之后，豪放词风已得到广泛的认可且影响日益深远，故宋末女词人的创作亦追随而变之。

元代是戏剧史上的高峰期，诗文创作整体呈现出凋敝之象，女性诗歌的创作也几乎跌至最低点，唯一的亮色是元初的张玉娘。作为元代最优秀的女词人，张玉娘的成就虽无法与前朝的李清照、朱淑真相抗，却自有其不可取代的地位。张玉娘词作的题材与风格并无新变，仍是承袭传统而来，与朱淑真相类。但她于慢词的写作上较前人更为用力，从中也透露出女性词发展的某些消息。

在元代，诗文等正统文学的地位大大下降，以杂剧为代表的俗文学兴起，成为文坛主流，入明后此种趋势并未得到本质上的改变。明词不振，而以诗词为代表的雅文学，其总体成就亦无法与唐宋时相比。到了晚明，由于人性解放思潮的涌动，很多旧有思想受到了极大的冲击，无论士林还是女性自身，对于女性的文学创作都有了新的理念与态度。一方面是男性文人积极奖掖与推动，为发扬妇才不遗余力；另一方面是女性文学创作的热情日益高涨，不少才女抛开"女子无才便是德"的闺训与观念，不仅以耽吟嗜书为荣，且出现了以徐媛、陆卿子、王端淑、黄媛介为代表的如文士般唱和交游的女诗人，同时还显示出家族性、地域性的创作趋势，这些特征后来一直延续到清代。

此前没有一个朝代"比明清时代产生过更多的女诗人，仅仅在三百年间，就有两千多位出版过专集的女诗人。而当时的文人不但没有对这些才女产生敌意，在很多情况下，他们还是女性出版的主要赞助者，而且竭尽心力，努力把女性作品经典化"[①]。不仅明清诗人及士大夫维护和推广女性诗词创作的现象颇为特殊，而且明清

---

① ［美］孙康宜：《明清文人的经典论和女性观》，《江西社会科学》2004年第2期。

女诗人、词人的创作成果颇丰、艺术水准颇高。明代女性诗词创作从整体而言，闺秀与名妓各领风骚。只不过闺秀之作以学养才识取胜，名妓诸作则常因个性节操增色。但入清后随着妓业衰败，女性文坛基本可以说是闺秀的天下了，名妓无复往时风采，从此渐归沉寂。从具体的创作看，以吴江沈叶母女为代表的闺秀词人在题材与风格上虽恪守传统，并无突破，但凭借家族重文风气的影响及自身深厚的文学素养与成熟诗艺，她们的作品总体呈现出较高的艺术水准和秀雅清婉的审美特征。而以柳如是、王微、李因为代表的名妓诗人，不仅雅负才情、独具个性，且所结交往来者多为以才华气节著称的名士清流。"她们不再是士人聊以销忧的'醇酒'之'妇人'，在某种程度上她们已具有自我觉醒的意识。……她们与名流交游，是许多雅集不可缺少的要素，甚至文人社团有意笼络她们以加强影响力，极少数还成为达官显贵的侧室姬妾进而影响到当时的政治活动。"[①]她们与才子名士的交往唱酬，既对自身的学识才艺有所裨益，又有助于其眼界胸襟的开阔，其诗词亦率意大胆、直白浅俗，显示出与闺秀之作不同的美学风貌。柳如是词写情的缠绵深挚、李因词寄寓的家国之感，以及王微游历山水的诸多诗作，都焕发出各自独特的光彩，共同成就了名妓文学最后的辉煌。

清初可谓正式开启了女性文学创作的黄金时代，此时期词坛出现了两位风姿各异而成就同样卓著的女词人——徐灿和顾贞立。徐灿亲历易代之痛，擅以深婉的情致表达故国之思，将明末以来女性爱国词的创作提升到了一个全新的高度。顾贞立作为著名词人顾贞观之姊，其人其词皆堪称卓特。婚姻的不幸令她常怀愤懑不平，但孤高不群的个性与对文学之事的热爱和自信则使她的词作突破了含

---

① 左东岭主编：《中国诗歌通史·明代卷》，人民文学出版社，2012，第754页。

蓄婉约的传统与女性词常有的柔美清丽之风，笔意激切，劲直疏宕，为后来的吴藻等人开启了先路。

清初的女性诗坛也同样显示出繁兴的趋势。"蕉园七子"作为第一个具有相当影响力和创作力的女性诗社，它的出现表明才女们文学创作热情的日渐增强与自主意识的悄悄萌芽。蕉园诸子大都出身书香世家，具有较为深厚的文学素养，又秉持着视文学之事为人生理想追求的热情与自信，这些直接影响了她们的创作态度与审美取向。其诗作刻意摒弃了前代女性诗常见的婉丽纤柔风格，多有疏阔境界与清隽之美的呈现，整体显示出文人化的创作倾向。

几乎与男性文学发展同步，清中叶的女性诗词创作进入了鼎盛期。此阶段女性诗人开始突破自酬自唱或者闺友酬答、家内唱和的狭小范围，公开拜名士为师。这种才女拜男性名士为师的情形，前代虽已有之，但清中叶规模之盛、影响之大，堪称空前。最引人瞩目的，便是以"性灵派"代表诗人袁枚为核心的"随园女弟子群"。随园女弟子多达三十余人，大都出身书香之家，有着较好的文学底蕴与修养。她们的诗歌创作追随并实践了袁枚的"性灵说"，重视真情与个性，多用白描，且时有活泼的机趣流露，风格以自然清丽为主。她们对性灵诗风的主动选择与积极实践，凸显出女性日渐鲜明的文学自觉意识，这是尤为值得重视之处。

清中叶女性文坛上影响最大的，先有庄盘珠，之后是吴藻和顾春。庄盘珠《秋水轩集》诗词兼擅，传情细腻，写境清幽，虽多凄寂之思的表达，却也不乏通脱澹静与恬然心境的展现。清代中后期，被称为"双璧"的吴藻与顾春的出现，将女性词的创作推上了又一个高峰。吴藻词中所流露出的对女性生存境遇的强烈不满与对性别角色的苦闷，可视作对清初顾贞立的某种继承与发展，而郁愤更深，思想更为大胆激进。顾春一生遭遇坎壈，而个性爽朗豁达，不以困苦为意，词作取材广泛，不肯囿于闺怨愁思等女性化题材的范围，同时又继承了易安词文人化的精神特质，且更多一份高浑疏阔之气。她们与庄盘珠均堪称清代女性文坛的佼佼者，其诗词创作的不凡成就正鲜明地反映了古代女性文学所到达的新的境界与高度。

晚清时期的女性文学创作整体显得较为黯淡，作家作品虽多，但鲜见特出者。直到清末民初，被誉为"女子双侠"的秋瑾和吕碧城这两位襟期卓越的奇女子横空出世，以她们各自的奇绝词笔，为整个古代女性诗歌发展史作了华丽而高亢的收束。秋瑾身兼革命者与女诗人的双重身份，其作品中的爱国忧时之情与刚健激越之风互为表里，词风雄豪，刚柔交汇，一改词史上啼红怨绿、脂融粉腻的主导性题材和以往女性诗歌柔婉凄怨的传统，其词风雄豪，刚柔交汇，避免了过于刚直而少回味或过于凄婉而少风骨的问题，开辟了女性诗歌的全新境界与风貌，将顾贞立、吴藻等人的郁愤情怀作了最为极致的抒发与升华，达到了"篇终振响"的高度。而吕碧城更堪称一位不世出的"奇女子"，时代的动荡与传奇的人生经历在客观上造就了她特立自信的个性。她用古诗文书写现代世界，她笔下描摹的海外游历情境与日常旅游见闻①，显露出作为一名女性的私人美学趣味。在女性词抒情传统整体走向衰微之际，精丽幽邃、含义超绝的吕词使女性词获得了生命的新机，卓然独立于群芳之上。吕碧城被誉为"李清照后第一女词人"。

综观古代女性诗歌发展，古代女性诗歌尽管长时期处于主流文坛的边缘，得不到士大夫群体的真正重视和认可，甚至到了今日仍

---

① 吕遨游四海，刻意融会中西文化精神于创作中——去国乡情，人生感慨，生活信仰，以至于所见的一草一木，均吟咏于词中。她的欧游词以描写瑞士的雪山和湖陂景色为最多，目下回眸，竟然早于我们现在所说的旅游文学一百多年。

被绝大多数男性研究者视作刻意模仿男性诗歌、没有真性情的无病呻吟之作，但不能否认的是，无论哪个阶段，无论女性创作的能力与参与度如何，古代女性诗歌始终未曾放弃抒写真情实感的传统，并非除了相思幽怨、伤春悲秋便无话可说。赵敏俐曾在《中国诗歌史通论》中强调，诗歌史的目的并不是总结规律，而是描述过程，寻找经验。① 诚然，如何将面目模糊、被打上苍白标签的女性诗歌创作的真实面貌与价值客观而独立地呈现于读者眼前，让长久以来始终被忽视、被传统社会排挤的古代女性诗歌得到公正的定位与评价，是我们研究的重点。

2. 创作转型与主体确立：现代女性诗歌话语的建构与衍生

新的文学体制和新的文学精神，伴随"五四"新文化运动的思想启蒙与文化改革登上历史的舞台，"女性"一词也出现在公众视野中——"女性文学"和"女性"两个概念最初都出现于"五四"新文化运动中。在此之前，指称女人的词语，都是对应着具体的处在家庭人伦关系中的女人。"女性"一词的生成，标志着女性以独立的人的身份在社会上出现。在古代女性诗歌发展史上，女性诗歌固然有独立的发展规律与轨迹，但多是作为文人士大夫文学的附属品而存在，多被定格为对中国古代文化传统的镜像反映。与古代女性诗歌及晚清民初女性文学创作不同的是，"五四"时期，不仅女作家群的崛起富有历史意义，而且从文学内部机制看，中国女性文学由萌生、发展到形成独立的品格，自产生之日起就孕育着现代品质。她们不甘屈服于男权统治，呼唤"女人的权力"，陈衡哲、冰心、陈学昭、石评梅、陆晶清、苏雪林、白薇等一大批女诗人浮出

---

① 赵敏俐：《绪论·全球化视野下的中国诗歌史观》，载赵敏俐主编《中国诗歌史通论》，人民文学出版社，2013，第28页。

历史的地表。无论在创作还是编辑方面，"五四"时期的新女性都做出了非凡的努力：20 世纪 20 年代女性诗人出版了 4 部诗集——冰心的《繁星》(上海商务印书馆，1923)，《春水》(北京大学新潮社，1923)；CF 女士的《浪花》(北京大学新潮社，1923)；吕沄沁的《漫云》(北京海音社，1926)。"五四"新女性向时代发表她们独立的宣言，恰如石评梅在《妇女周刊》的发刊词中所写："大胆在荆棘黑暗的途中燃着这星星火焰，去觅东方的白采、黎明的曙辉。抚着抖颤的心，虔诚向这小小的论坛宣誓：'弱小的火把，燎燃着世界的荆丛；它是猛烈而光明！细微的呼声，振颤着人类的银铃，它是悠远而警深！'"亦如陈衡哲在《运河与扬子江》一诗中的与世告白："生命的奋斗是彻底的，奋斗来的生命是美丽的！"创造自己的生命，成为自己命运的主人，是"五四"时期女性主体意识觉醒的鲜明标志。相较此前，"五四"女诗人不仅体现出迥异于古代女诗人的新视野和新精神，而且从语言范式上和艺术审美品格等方面也完成了转型，只不过这一过程充满了挑战和矛盾。

作为第一批留学海外的女大学生作家的代表，新文学最早的女性拓荒者陈衡哲[①]说过，她们那代人，本想着将命运掌握在手中，却又害怕背离传统。这种矛盾是"五四"时期大多数女诗人自身经历与精神体验的写照——她们一方面浸染于"五四"新的时代思潮，即"人的觉醒"，个性独立解放，另一方面在女性深层意识里又受到传统意识、家庭和亲情等对她们精神与命运的箝制羁绊。体现在诗歌创作中，一方面追求光明和自由，表达个性解放等强烈的时代叛逆精神；另一方面又从家庭、亲情、自然中寻觅爱的辉

---

① 陈衡哲 1914 年考入清华学堂留学生班，成为清华选送公费留美的女大学生之一。1918 年获文学学士学位。后进芝加哥大学继续深造，1919 年获硕士学位，同年应北大校长蔡元培之邀回国，先后在北大、川大、东南大学任教授。

光，在扭结的矛盾中完成了从形式革命到思想革命的转变。作为早期白话诗的尝试者，陈衡哲是中国新文学的第一位女诗人。1918 年 9 月白话诗《人家说我发了痴》发表在《新青年》第 5 卷第 3 号上；1919 年 5 月，白话诗《鸟》发表在《新青年》第 6 卷第 5 号上 [①]……她不仅为创建现代新诗做出拓荒性尝试，而且鲜明地彰显了时代精神，在新诗发展史上第一次抒唱出觉醒的中国女性渴望自由解放的心声。

冰心是第一批国内大学生中最具代表性的女诗人，她在小说、诗歌和散文方面均取得斐然成绩，相应地，她分别介入或开创了"问题小说""繁星体""冰心体"。其中"繁星体"的小诗成为连通另外两类文体的桥梁，她的小说富有哲理和诗性，散文则是小诗的放大。在冰心的全部诗作中，影响最大的是《繁星》《春水》中的小诗。这两部诗集分别为中国新诗史上的第六、第七部个人诗集，它们是中国新诗的两块奠基石，也奠定了冰心在中国诗坛的地位，然而，她后来的诗艺成就再也未能超越《繁星》《春水》。单从《繁星》与《春水》两部诗集中就足以采撷到"女性的优美灵魂" [②]：一是对母爱与童真的歌颂，二是对大自然的崇拜和赞颂，三是对人生的思考和感悟。与之对应的，是冰心的人道主义，它以母爱为中心，扩展为对自然、妇女、儿童，乃至全人类的博爱，并以之慰藉人生和改造人生。

历经第一个十年的洗礼，较新诗草创期女诗人凤毛麟角的实况，到了 20 世纪 30 年代，现代女性诗歌创作呈现出繁荣景象，一方面，它延续着"五四"启蒙话语，另一方面，多元文化生态的促进与女

---

① 其古体诗发表得还要早，1917 年在美国留学期间她的两首五言绝句《寒月》与《西风》发表在《留美学生季报》1917 年夏季第 2 号。

② 沈从文：《论中国创作小说》，《文艺月刊》1931 年第 2 卷第 4 号。

诗人日益自觉强大的创作心理，使 30 年代女性诗歌臻至前所未有的高峰。从事新诗创作的女诗人数量陡增，期刊杂志大量刊载女诗人诗作；30 年代女诗人共出版诗集 19 部，是 20 年代的 4 倍还多；从 1932 年至 1936 年间有《女朋友们的诗》《女作家诗歌选》《暴风雨的一夕——女作家新诗集》《现代女作家诗歌选》4 部女性新诗选本出版，这在现代女性文学发展中极具标志性意义。30 年代女诗人共出版诗集 19 部之多，还出版过 4 部女性诗人选集，这些女性诗人选集的出版是现代文学阶段独有的现象。从在报刊上零散发表诗作到结集出版单行本，从单个女诗人的诗集，到选家在大量诗作里遴选的女性诗歌选集，可以断言，这十年确实是女性诗歌创作繁荣期。

　　不过，20 世纪 30 年代女性诗歌创作的高涨与此后的迅速冷却、被遗忘形成鲜明对比。被文学史通行教材略提及的白薇、关露、安娥等 30 年代的左翼女诗人诗作，几乎都是表现社会状况与抒写革命情怀的诗作，比如白薇[①]在 1929 年《北新》第 3 卷第 1 号发表的长诗《琴声泪影》，关露的诗集《太平洋上的歌声》等。在反抗与激情的背后，身为女人的痛苦、绝望与孤立几乎被时代主流话语湮灭。此外，陆晶清对光明和革命的热情向往，缠绵委婉奇诡的想象，凄艳冷峭；沈祖棻在自由中讲求锤炼，别具女性韵味的视角；徐芳细致呵护内心的个人情思，展示出纯净的女性世界，芍印于愁吟病绪中构建出现代女性生命的诸多隐喻……不同的教育经历、诗学资源和诗歌观念交织出 30 年代女性诗歌的复杂面向。然而，这样一次迅速高涨的浪潮又迅速退落，从历史的发展来看，女诗人本然钟情于"个人化"和"私人化"的诉说方式，与彼时的时代主潮发

---

① 20 世纪 20 年代末，白薇经杨骚介绍结识了鲁迅，并得到其赞赏。她一生经历过新旧时代女性的诸种悲惨遭遇。不幸凄惨的包办婚姻仅仅是苦难的开端，她挣脱掉婚姻的枷锁逃到日本后，终究放弃了生物学专业，决心以文学为武器，解放更多女性的思想。然而又与诗人杨骚陷入跌宕感情的炼狱中，独食苦果。

生冲突，这从根本上决定了其终将被边缘化的历史命运。当抗战的硝烟弥散中华大地，出版业昂扬的发展势头骤然跌落，国人的阅读心情改变时，女诗人的创作便失去了生存和阅读的空间。如此，承续"五四"启蒙而歌唱的花自然无可挽回地凋散了。

与革命话语相并行的，是20世纪30年代女性诗歌的另一审美维度，即在私语倾诉（或对话）中自觉彰显女性意识。代表诗人有林徽因、陈敬容、王梅痕等。林徽因的诗歌创作经历了从后期新月派诗风到现代性写作两个探索阶段，自1931年4月第一首新诗《"谁爱这不息的变幻"》刊发于《诗刊》第2期，就体现出诗体自觉意识，她一出手即至成熟。林徽因善于发现生活美和人性美，其纯美的语言和意象源于心怀莲花——"如果我的心是一朵莲花，正中擎出一支点亮的蜡，/荧荧虽则单是那一剪光，/我也要它骄傲的捧出辉煌"（《莲灯》）。如果说冰心的早期诗歌创作有意于面向广大读者，那么林徽因则驻于自我抒怀。林徽因早期诗歌多涉及爱情，捕捉自然和心理片影，长于刻绘现代女性的诸美，自觉躬行新月派的三美艺术主张。其广为流传的《笑》《你是人间的四月天》等诗作中，句式流萤般轻巧，语言唯美清透，结构复沓回环，叠字押韵，翩然明媚。林徽因的诗歌蕴含着典雅优美的古典气息与谪仙低首的空灵美，将女性在日常生活和情感经验中的碎片浸润禅意美，柔婉中蕴蓄着宁静与和谐。就此而言，林徽因有别于前期或同期可以彰显女性意识和身份的女诗人，她在诗歌创作中忘却自己的女性性别，消溶于男性世界之中，这恰恰源于她的性别平等的观念和强大的自信。可是，私人的世界再迷人也会被耗尽，其中后期创作逐渐从个人情感抒发转向社会人生与日常现实书写，并自觉于新诗现代性探索。

陈敬容是中国新诗史中十分重要而又略被低估的女诗人，她与生秉具桀骜的诗人气质，心性敏感倔强，孤独之感与迷茫之思构成其早期诗作的主流情绪，其 30 年代诗歌创作主要有两个情感取向：其一是背井离乡之后流落异地的思乡之情，孤独忧郁；其二是理想的无期，对茫茫人生的迷惘，渴望被理解慰藉的少女心态。这一时期的诗作在私人独语空间拟构出潜在的对话者，对话者的非人化、色彩的情感化以及大量无解疑问句式的应用，都体现出诗人的别具匠心。陈敬容自小受古典文学熏染，自中学起接触外国文学作品，在北大、清华旁听外国文学课程，她的创作深受西方艺术的影响，兼容西方诗艺和中国古典诗歌的抒情传统，后者在其早期创作中更为浓郁——对抒情气氛的营造、对诗歌意境的重视，以及抒情风格追求细腻柔和等，均为中国诗歌注重含蓄蕴藉的体现，其早期的诗作鲜明有力而又韵味悠长。

陈敬容和郑敏是 20 世纪 40 年代女性诗歌创作的标志性诗人，"两叶"（九叶诗人）并进，为诗坛呈奉多首现代诗风浓郁的经典诗作。她们有诸多共性，如才智不凡，具备广博的中西知识背景和现代诗学谱系，不向公众和时代献媚取宠，警醒于现代价值理念和现代审美特征，她们的诗作兼采学院气息、精英化特征和现实关怀。她们跨越了"学院"的藩篱，具有强烈的时代关怀与历史反思精神，她们的诗歌都葆有女性的自主意识，具体而言：

首先，扎根现实却不为现实捆绑。在她们的诗中均交融两重现实，自我心理现实包孕着时代的现实，它们的叠合滋生出新的精神维度，给作品增添了额外的活力。现实经由精神的剔除和提升，诗人主体意识获得觉醒与高扬，现代诗中"意"的成分成为诗的主导因素，它统辖、肢解了"物象"，使"物象"变成诗人意识的附属物，最终物我交融的和谐境界消解，诗人呈现了现实和精神世界的复杂和深度。比如，郑敏受里尔克、冯至沉思品格的影响，通过对自然和生活现实的凝想，完成对现实的再造，《金黄的稻束》《树》

《村落的早春》等诗，将个人情感积蕴在客观对应物身上，表达了民族新生的信念。

其次，立足女性视角，将旧我"投进一个全新的世界"（陈敬容《珠和觅珠人》），呈现超越一切的崭新的自我。个人的心与群众的心并非个人与时代僵硬的对接，而是兼顾了个体生命体验与现实的交融理解。陈敬容的《律动》《力的前奏》从个性生命的视角捕捉时代表征，对现实生活不乏极端个人化的表达，如此，一道生命的亮光在动荡的 40 年代沉静地升腾，她们以男性的魄力，宁静而含蓄地展示现代女性生命的尊严。

最后，自觉践行新诗现代性的美学探求。40 年代陈敬容逐渐摆脱此前忧郁的少女气质，将自我放置于时代格局中调整，使之升华；借由充满力的意象和阳刚的语调表达渴望突入宏阔人生的愿景，其中隐含的坚韧和内在张力迥别于 30 年代的柔和细腻，多了几分阳刚之美、雄浑之气和原始生命的力，呈现出反抗与韧性的美学。郑敏的现代性审美追求可以说是内在理性能量释放的过程，侧重对个体生存和人类命运的抽象哲思（《树》《小漆匠》），她从女性的感性化形象跳脱出来，叠构出多元的精神层次以及闪烁着哲思的现代感悟。她借助生命哲学反驳并抗争命运和现实的覆压，书写庄严至高的灵魂（《寂寞》《池塘》）；在语言表达方面将音乐的变为雕刻，将流动的变为结晶，词语烙印现代质感，智性繁复，理性思辨，尽显成熟而节制的美学特质。

从这一时期的创作，能明显感受到西方现代主义诗歌对女诗人创作的浸染，她们的诗情感精细而敏锐，哲理深邃超迈，感性与理性促生演进、互为表里，体现出思辨的严谨、敏锐的才情和沉静的知性美。

3. 性别自觉·日常碎片·智性介入：多元语境中女性诗歌的探索与突破

1950 年到 20 世纪 70 年代末，女性诗歌创作进入沉潜期，直到 20 世纪 70 年代末女性诗歌出现了历史拐点。林子的《给他》[①] 和舒婷的《致橡树》从陈旧的性别道德文化传统中破茧而出，奏响了新时期女性诗歌的前章。与"五四"遥相呼应的思想解放唤来了女性诗歌葱郁蓬勃的艺术春天，舒婷、林子、王尔碑、傅天琳、申爱萍、王小妮、张真等一长串熟悉或陌生的名字轰然崛起于诗歌的地平线上，新一代夏娃觉醒了。张扬女性意识、呼唤女性自觉成为核心主题，傅天琳以崇高纯洁之情歌唱"女性，太阳的情人"，马丽华用心去拥抱"我的太阳"，孙桂贞向整个世界宣布自己是一面渴望飘扬的"黄皮肤的旗帜"。舒婷更是在《致橡树》中高扬爱的独立思想。此时段的女诗人关心的是整体人的理性觉醒和解放，代表的是一代人的觉悟，其诗歌内质上仍受高贵典雅的古典主义、理性主义的精神理想牵制，还基本属于女人化的情感写作，是女性主义诗歌的早期形态。谈及 80 年代女性诗歌，舒婷是首要被提及的诗人，她是女性意识复苏的早醒者，正视自己的女性身份，勇于反思女性的生存境况和社会处境，写出新时期最早的一批饱含自我意识的女性诗歌文本，成为当代女性诗歌的引航者。写于 1979 年的《双桅船》，不仅仅是对男女平等的简单呼唤，还要求男女两性在和平共处的同时一起担当生活的重任。事实上，既强调女诗人感知世界的独特性，又注意展现男女共有的经验书写，这种更为包容并充满对话的写作趋势代表了当代女性诗歌发展的一个

---

① 林子是一位被文学史湮没的女诗人，《给他》是其写于 20 世纪 50 年代却在 70 年代末公开发表的诗作。

向度。

20世纪80年代初的女性诗歌写作，主要特征是复归于个人化的抒情。80年代中后期女性诗歌集体爆发，涌现出翟永明、伊蕾、张烨、李琦、陆忆敏、唐亚平、唐丹红、海男等一批女诗人。她们之间的写作风格差异很大，诗歌形态多样，共性在于，她们在解构男性话语霸权的同时，也建构起女性自白话语方式，并以躯体符号为女性诗歌围建了自由精神的栖息空间——"自己的屋子"。她们的诗歌实践相对于80年代初期的抒情诗写作范式发生了转型，以翟永明为首，从典雅的抒情形象转向了某种不免有些"巫气"或"巫性"的领域。其间既有女性的社会化表达也有与之相反的女性的神话化倾向，这与80年代整个文学思想氛围有着某种隐秘的关联。

"现在才是我真正强大起来的时刻"！这是翟永明写于1985年的短文《黑夜的意识》的第一句话，整个文坛都被它寓含的女性觉醒意识与独立自信精神打动。1984年是中国女性诗歌史上意义重要且值得记忆的一年，这一年，翟永明发表了组诗《女人》，被誉为"女性诗歌"在中国的发轫与代表作，随即在先锋派诗坛内部引起轰动。翟永明从五年前舒婷笔下橡树的"战友"角色，转换成神采照人的成熟女性，她踏出探询女性被压抑的隐秘世界的旅程。与这组诗齐名的，还有序言《黑夜的意识》，它被视为女性主义意识与诗歌诞生的宣言和标志："作为人类的一半，女性从诞生起就面对着一个完全不同的世界，她对这世界最初的一瞥必然带着自己的情绪和知觉……她是否竭尽全力地投射生命去创造一个黑夜，并在各种危机中把世界变形为一颗巨大的灵魂？事实上，每个女人都面对自己的深渊——不断泯灭和不断认可的私心痛楚与经验——远非每一个人都能抗拒这均衡的磨难直到毁灭。这是最初的黑夜，它升起时带领我们进入全新的、一个有着特殊布局和角度的、只属于女性的世界。这不是拯救的过程，而是彻悟的过程。"确认自己首先是一个女人，然后才是一个诗人，这无疑显示了女性生命意识和女性主义诗歌已经由人的自觉进化到了女性的自觉。以此为端，翟永明又相继写出长诗《静安庄》（1985）、组诗《人生在世》（1986）、长诗《死亡的图案》（1987）、长诗《称之为一切》（1988）、长诗《颜色中的颜色》（1989）。这些诗作清晰地记录了诗人在80年代中后期对女性性别身份的真实体认、对女性经验的深切开掘以及对于女性诗歌书写风格的自觉探索。

紧承其后，几乎在1984—1988年的同一时段内，原以《我因为爱你而成为女人》《高原女人》等体悟女性生存状态和纯朴本色的诗作闻名的唐亚平，推出《我就是瀑布》（1985）和黑色意象组诗《黑色沙漠》（1985）；孙桂贞则摇身一变为伊蕾，携组诗《独身女人的卧室》（1987）、《被围困者》（1986）和《流浪的恒星》（1987），以及《女性年龄》（1986）、《情舞》（1986）惊世骇俗地挺进诗坛；陆忆敏、张真、海男、林雪、小安、林珂、潘虹莉等在诗中也纷纷标举女性意识，将女性诗歌创作推至高潮，完成由分散性个体创作到初步形成群体效应的过渡。女性主义诗歌的崛起并非空穴来风，从内部看，它是当时社会转型带来的人的内在深度解放以及话语空前自由的结果；从外部看，它是受弗吉尼亚·伍尔芙等西方女权主义理论和西尔维娅·普拉斯等自白派诗歌从观念意象到语言节奏的影响，是女性文学摆脱意识形态话语而从男性王国向自我回归的结果。随着这些原本分散的女性诗人形成抒情群落渐次登场，女性主义诗歌才终于支撑起足以与男性对抗的话语空间。

这一阶段的女诗人似乎都为爱而存在，将爱视为宗教，只是她们不再像舒婷、申爱萍等人或则含蓄典雅欲说还休，或则带有灵肉分离的柏拉图色彩，或则仍处于被书写的地位，仅仅停留于女性纯洁、坚贞的社会心理属性；而是自由展现女性的精神欲望，把身体语言推向言说的巅峰，使古老的爱情书写发生惊骇的变奏。女性主义诗人在女性隐私和情欲书写上的尽情挥洒，在一定程度上动摇了禁欲主义的传统观念，超越了道德批判的固有模式，那种热情奔放的情思涌动对每个人的艺术和道德良知都构成严肃的拷问。但是过分的肉体化渲染、沉醉和挑逗，在造成爱的感觉错位的同时，又重新落入了男性窥视目光的圈套，有种非道德主义的享乐倾向。在这一方面，80年代中期的女性主义诗歌创作，既有成功的经验，亦有失败的教训。

女性诗歌自发轫就开始不断对自身进行反思与转变，这一转变在90年代逐渐明朗化，80年代与90年代之间，是一条鸿沟或曰断裂带，无论是社会历史向度的启蒙，还是貌似与之相反的神话学取向，都戛然终结。经历了稍嫌沉寂的年份，至少从90年代中期之后，女性诗歌写作逐渐从内在自我关注转向外部世界，从初现端倪的神话学范式转入日常生活范式。这一时期的女诗人也为数众多：林雪、寒烟、路也、李轻松、安琪、靳晓静、池凌云、胡茗茗、李琦、周瓒……当然也有一些例外，如在王小妮、娜夜、蓝蓝等人的诗歌中，尽管依旧有爱与忧伤，但把这些情感体验置于日常经验语境中，也就意味着将一种抒情的孤立状态置于一种反讽的混杂语境，日常被转化为书写策略。李南的写作在某种非确定的信念中体现出更富于智性和批判性的话语；靳晓静则以精神分析式的话语更新了人们对她过去诗歌的印象；路也将一切事物果决地转换为修辞的能力，表现出特殊的活力；安琪在概念化写作之余善于表达人生情绪和自我感觉，思想反叛，专注于在诗行中思考和提出哲学问题……一般而言，她们并未特别强调性别意识和女性意识。自90年代开始，诗歌写作更多地转向了对日常生活的较为平易的叙述，并致力于创造出叙述的转义。在这一时期，一种来自知识阶层的智性经验为女性诗歌提供了更为自觉的意义实践。简言之，90年代的女性诗歌写作从自白、内省经验转向了对外部世界的观察，一方面似乎不免变得有些碎片化，另一方面，又意味着从无意识场景转向了更为广阔的社会历史和现实生活场景。

90年代的女性诗歌由崛起之初的性别色彩浓烈逐渐演变为淡化性别对抗意识，寻求构建与男性平等的双性写作模式，诗歌创作开始回归女性的自我书写，并没有过分强调女性情感或女性经验，更多的女诗人选择以个人内心独白或日常生活来建构真诚自然的女人形象。从"高高在上的女神"到"日常生活中的人"，这一微妙转变让女性诗歌的发展方向趋于明朗化，凸显女诗人个性化风格的书写态势成为发展大方向。此外，90年代，以伊蕾、尹丽川、虹影、冯晏、潇潇、叶丽隽等为代表的女性诗人逐渐从二元对立的性别身份中抽身而出，裹杂在大众消费文化的浪潮中，张扬女性的身体与爱欲。她们采用戏剧性的表现方式，在独白、私语与对话间游移，语音声调与20世纪80年代相比，显得轻松、明快而热烈。

翟永明90年代的诗歌写作由80年代的自我封闭空间走入敞开的现实生活，性别对抗的姿态有所放松，对现实生活关注的视野不断拓展，诗人通常以冷静旁观者的姿态打捞日常生活中的点滴诗意。尤其是在1993年创作《咖啡馆之歌》后，"完成了久已期待的语言的转换，它带走了我过去写作中受普拉斯影响而强调的自白语调，而带来一种新的细微而平淡的叙说风格"[①]。《咖啡馆之歌》组诗是翟永明的又一次出发，开启了90年代书写现实日常生活的新

---

① 翟永明：《再谈"黑夜意识"与"女性诗歌"》，《诗探索》1995年第1期。

面向。翟永明在 90 年代也延续了对女性命运和群体命运的思考，只是对女性的书写方式不再是追求"黑夜意识"概念性的表达，不再将女性置于性别二元对立模式中去思考，而是竭力发现女性在日常生活状态下的生存本相和命运波澜。淡化性别对抗意识，更强调普遍人性的关怀，这种话语方式不是诗人女性视域的消失，而是女性视域的深化。1996 年，翟永明完成了大型组诗《十四首素歌 —— 致母亲》，诗人无意像 80 年代那样设置两性关系的激烈对抗，而是通过长短交错的叙述与反思，在主流话语即男性话语体系（革命史、政治史）之外悄悄发掘出女性族群的历史（受难史、建设史、衰老史），由此达成了对既定话语体系的补充与消解。王小妮为 90 年代的诗坛提供了一种不动声色的戏剧性的观察力，通过捕捉现代女性遭遇的日常细节，反思隐晦的生存境遇，探掘现代生命的深度。她擅长以敏锐的心理剧式的叙述转化当下烦琐平庸的经验世界，从习见的日常视觉意象进入艰深的思考，用明晰的语言表达复杂的生命感悟，这种写作路向，与翟永明等人互为补充，更完整地构成了女性诗歌文本的丰富性，迂回到达女性世界的某种深层状态。王小妮最初为人们熟悉，是凭一首《我感到了阳光》，她的名字出现在朦胧诗人的行列之中。大学毕业后，她南下深圳，地域变迁带来写作的重大变化，其"1985.12—1986.1"写下的那批诗，犹如换了一个人。这种变化是精神上的重生，使她在陷入日常生活的种种琐事之后竟然还开拓出属于自己的独立天地，在结束青春期写作之后还能持续并不断超越地写下去。王小妮的根本变化其实体现在她与语言的关系上，体现在她驾驭语言的能力上，她逐渐突入语言的腹地，敏锐地发现新的诗歌演习场域 —— 历来女子是被讲述的，她却成了讲述（"写"）的"主体"；历来"女子无才便是德"，她却尽情享受语言"制作"的快乐；历来女子是倾听者，她却请别人离开，把自己囚禁在语言的"狭隘房间"之中。诗歌创作已经不是一种僭越，不是消遣和吐露，而是主动的自觉的行为，是参与生活、丰富生命的不可或缺的行为。

针对 20 世纪八九十年代的女性诗歌创作，学界在努力勾勒繁复的景观图景时，往往淡化郑敏和陈敬容，尤其是遗漏灰娃和郑玲等"归来"女诗人的创作。持守不老的诗心，郑敏无愧于"中国诗坛的一株世纪之树"的称誉，她在彰显和超越女性意识时，更为侧重展露"现代心智"的复杂性。1984 年到 1986 年，郑敏迎来其诗歌创作至关重要的阶段，自 80 年代中期到世纪之交，郑敏始终保持着旺盛的创作精力，先后出版了诗集《寻觅集》《心象》《早晨，我在雨里采花》《郑敏诗集（1979—1999）》等。1982 年早春，她完成组诗《第二个童年与海》，这是其诗歌创作的一个新起点。此后，郑敏还一连创作了《画与音乐组诗》《海的肖像》等，具有浓厚的时代气息，同时意蕴也更加深沉。郑敏 80 年代的诗歌创作，取得了前卫的成就，比她年轻时代的诗，更深厚、更凝练，有很强烈的知性追求，但与此同时也延续了此前以哲学为底蕴，以人文的情感作为诗歌的经纬，善于在中西文化之间寻求结合点，善于把哲理和思辨融入形象的特点。90 年代初创作了堪称其晚年力作的《诗人与死》——兼具精神向度与语言向度的优卓性。晚年郑敏更多是透过"死"来审视"生"，切入到充满血腥、暴力、动荡的历史肌肤中去解剖命运的悲剧及其根源，写出了"20 世纪中国知识分子的身心之痛与觉悟之旅"[①]。郑敏更为侧重的是单一性别背后的人性广度，以及对人性境遇的当下思考，她的超性别写作对 90 年代女性诗歌具有深远影响，她不仅在理论上对当代女性诗歌提出批判，而且为中国当代诗歌写作提

---

① 刘燕：《无声的极光：郑敏十四行组诗〈诗人与死〉解读》，《中国现代文学研究丛刊》2015 年第 10 期。

供了新的可能，当然也抛出一系列质疑和反思。

同为"九叶派"的女诗人，无论在 20 世纪 40 年代担任《中国新诗》编辑时联络分散各地的诗人，还是新时期之初积极促成 1981 年《九叶集》的结集出版，陈敬容都是这个诗歌流派最为核心的人物。陈敬容在停笔 30 年后，也开始耕耘生命中最后一季的诗园。"归来"后，她的诗歌较之以往增加了成熟的思考、对人生丰沛的体验以及对命运不屈的顽强抗争，1983 年她出版了个人第三本诗集《老去的是时间》。从《为了新绿满树》《幸福的颜色》到《句号》《习题》等，其深邃的思想和青葱蓬勃的诗性蕴藏在独特的意象中，婉转莹洁而不失厚朴深刻，灵动清透富于哲理意涵。从 1979 年恢复写作到 1982 年诗情爆发，再到 1989 年因病逝世，陈敬容最后阶段的诗歌创作并不是她一生当中的创作顶峰，但也体现出很高的艺术水平。

在一众"归来"的诗人中，灰娃和郑玲创作经历极为特殊，不具有普遍性。灰娃的诗歌创作经历恰切地诠释了"美唤醒灵魂去行动"（但丁）。1972 年，在患有精神分裂症的情况下，灰娃才开始诗歌创作。从 45 岁启笔至今下，灰娃仍有新诗作发表或新诗选集出版，共出版五本诗集，诗歌的内容也逐渐丰富多彩，不仅延续 70 年代的"自我谈聊"式的写法，还探索人与自然、历史的关系。仅从其创作经历看，她为中国现当代诗歌史创造了一个无法复制的奇迹。灰娃的写作没有经历练习期，不过其早期的创作不管从思想内容还是艺术技巧来看，均已形成个人风格，达到较高的艺术水准。多年来，她诗绪活跃敏感，诗艺先锋且有个性，她的佳作多出离日常经验，别人难以模仿，标识度很高。灰娃善于用超现实的手法解读现实生活中的现象和思绪的闪现，与亡灵和世界对话，不乏神性的目光和超验的心灵感悟，多重的思绪情境营构出奇幻变化的心灵之旅。郑玲是被诗歌史长期忽略的诗人，1958 年因为诗歌而被错划为右派，五十岁时以少女般的纯真情怀再次燃起诗歌创作的热情，相继出版了九部诗集。当时在"归来"的诗人队伍中，无论是个人名气还是诗歌创作成就，郑玲都还未引起更多人关注，但她并不放弃始终秉持的诗歌创作信念。重返诗坛后，她告别了青春洋溢的时代，在黄昏向晚之中独自承担岁月重负，这也是"归来"诗人的普遍命运。岁月的负荷让他们手中的笔渐重渐沉，然而，郑玲的写作激情却随着年龄的增长日渐浓烈，呈现出逆生长的趋势。由于郑玲前期的诗歌创作之路并不长，受政治因素的介入也并未到达积重难返的程度，诗路上也没有完全定型，因此她在后期诗歌创作的转变上显得驾轻就熟。80 年代，郑玲摆脱了直白抒情的写作方式，很快融入"新诗潮"的变革之中。

如果说 80 年代女性诗歌的惊雷登场是一次集体性诗歌"爆炸"事件，那么经过 90 年代沉淀之后的 21 世纪女性诗歌则是夜空中纷繁多姿的"烟火"场景。新世纪女性诗歌既是对 20 世纪女性诗歌书写的承续，亦有坚定的悖逆、拆解和发展。一方面，承传了 90 年代女性诗歌摆脱性别局限的自由本真的写作姿态，女性诗歌的整体创作氛围变得更为自由，跨越了"女性诗歌是什么"和"女性诗歌该如何写"两个阶段后，21 世纪的女性诗歌进入了"女性诗歌本来是什么样"的自主自觉阶段。另一方面，21 世纪以来，女性诗歌在运思向度、书写形态、美学诉求方面都发生了一系列的嬗变，它们多维度地表征着女性诗歌的成熟与成长。首先，从性别关注转向历史与现实，体现为底层关怀、政治自觉和批判精神，获得更具穿透性与批判性的历史想象力，比如翟永明、王小妮、蓝蓝等以担当精神介入日常生活的诗篇，安琪、郑小琼、杜涯、荣荣、玉珍、青蓝格格等来自生活现场、来自底层的诗作，阿毛、李轻松、李成恩等以新异的话语方式处理生存问题、历史问题、公共事件或个体生命问题的诗篇……她们冲破狭隘的自我之茧，告别自恋、自伤性的独白话语，不再将目光胶着于个体哀乐，而是以一种开阔的视野、更具包容度的温情，以及深邃的细致去审视外部世界，重新在个体与社会之间建立了伦理关怀的维度，延展了写作疆域；在女性命运与宏大的人文关怀、激烈的批判意识之间建立起彼此激活的能动关系，有效地勾连了古今、自我与现实的深层逻辑。其次，挣脱了闭抑的、概念化的性别经验的呈现，拓耕了女性诗歌的经验书写，比如马莉、海男、卢炜、梅尔、三色堇、金铃子、施施然、阿毛、梁小曼等女诗人画家的双栖创作，以及娜夜、娜仁琪琪格、哈森、冉冉、沙戈、薛梅、鲁娟、马文秀等少数民族女诗人烙印民族经验的诗写。以李琦、李南、王屏、胡茗茗、宋晓杰、爱斐儿、从容、韩春燕、扶桑、宝蘭、李小洛、杨方、冯娜、灯灯、林珊、吕达、彭鸣、苏羽、代薇、子梵梅、梅依然、林馥娜、语伞、秦立彦、赵四、夏花、谈雅丽、唐果、衣米一、纯玻璃、转角、罗雨、马丽、莫在红、花语、杜杜等为代表的女诗人将女性经验融入个人具体的生存境遇之中，并借此抵达更为深广的生存本相；与此同时，日常美学的扩张是新世纪常态化社会语境下女诗人践行诗意的诗学方式，宇向、吕约、尹丽川、马雁、春树、巫昂、戴潍娜、杨碧薇、杜绿绿、余幼幼、苏笑嫣以颖异于前辈诗人的姿态扩展了女性诗歌的美学范式。此外，还有以寒烟为代表的女诗人以生命殉道诗歌，以生活的苦难和艰辛哺育诗歌，以此来触摸、探寻和坚守纯粹的灵魂书写，以及以余秀华为代表的对生命和情爱焦灼的率性书写……她们的诗歌创作为当代女性诗坛呈奉了新的景观。

21 世纪女性诗歌的日常书写在承续朱光潜所言的"人生的艺术化"的同时，还将社会关怀熔铸于个人体验，承载了知识分子的精神追求。其中最具代表性的是蓝蓝，她格外侧重公共书写，对社会事件的观察、对底层劳动者的苦痛辛酸和生活重荷的挖掘、对生活裂隙和悖谬的捕捉、对生命尊严的敬重、对城市的批判与反思，都异于同时期女诗人的创作，她的诗如《真实》《矿工》《教育》《艾滋病村》《几粒沙子》《嫖宿幼女罪》等，打破既往相关题材沉默之境，表现出对底层人物、边缘群体、焦点社会议题的关注。在悲哀和疼痛的凝视中，她从未放弃过对美和人性的追寻，这也是蓝蓝诗歌打动人心的原因。此外，蓝蓝是当代女诗人中少有的关注并创作童诗的诗人，她对童诗的写作源自热爱，这也填补了当代女诗人诗歌创作领域的一个空疏。21 世纪以来，穿梭于古典和当下、艺术和文化之余，翟永明还挥洒另一副笔墨创作了《胡惠姗自述》《上书房、下书房》《坟茔里的儿童》《儿童的点滴之歌》《关于雏妓的一次报道》《老家》《大爱清尘》等不少介入现实苦难、反映社会问题的诗作。它们具有强烈的现实批判意味和关怀悲悯之情，既是对时代血淋淋的记录，直击时代症候，也彰显出诗人对现实的反抗与介入姿态。这些诗作不乏深刻自觉的反思，指向经济快速发展所带来的市场及道德失控问题。暌违数年，直至新近出版的精选诗集《全沉浸末日脚本》[①]中，翟永明再度跨越女性视野，从个体经历推及人类困境，在日常细节观察与想象未来、思索个体与人类命运共同体等诸多命题中树立起超性别写作的新典范。

结　语

　　"中国女性诗歌史"书系以中国女性诗歌创作为研究主线，择

---

① 翟永明：《全沉浸末日脚本》，辽宁人民出版社，2022。

取不同历史时期取得非凡成绩、极具影响力的女诗人及其代表性诗作进行研究，以点带面，力图还原中国女性诗歌创作曲折的演进过程和丰富的历史成因；呈现不同阶段女诗人的文学素养、审美旨趣、写作经验、生存境遇、日常书写、品性格调、史家定位乃至超卓的个性和传奇的人生；以发展的文学史观、开放性细读的手法对经典诗作进行再解读和鉴赏；探究其诗艺表征、书写范式、主旨意蕴、情感表达、意象择取、风格嬗变、话语方式等与性别身份、诗学观念、人生经验的诸多关联。写作过程中，史论与文本细读交织，作家作品论与丰富的史料和诗人传记互渗观照，多维立体地总结千百年来中国女性诗歌的生命意识、心理诉求、精神行程、思想体察、诗品诗境、艺术特质、颖异别才。最后，探讨女性诗歌的书写迁移、诗学转向、美学肌理、诗意内质、诗情成因、接受传播、先锋写作、性别与经典论等文学史鲜少关注的议题，是本书尝试突破既有研究成果所做出的创新和努力。

目前，本书系已完成《月满西楼：中国女性诗歌史（古代卷）》《诗的女神：中国女性诗歌史（现代卷）》《漂往远海：中国女性诗歌史（当代卷）》三本，古代卷由赵雪沛、孙晓娅撰写，现代卷和当代卷由孙晓娅撰写，三卷及导论由孙晓娅统摄。因研究视域从先秦至当下，打通古今女性诗歌创作，实属女性诗歌专题研究的一项拓荒性工程，加之涉及的研究对象众多，跨度较长，著者的研究能力有限，写作中难免存在不足，承望同仁多加批评指正。

孙晓娅

首都师范大学中国诗歌研究中心

2022 年 3 月 8 日

第一章

"诗的女神"之馈赠：冰心

新女性独立人格萌生于晚清以降，被誉为"女子双侠"的吕碧城和秋瑾，足以代表近代女诗人的艺术成就，她们的诗词均显露出新女性的独立人格。20 岁时思想已经觉醒的吕碧城，毅然喊出"深闺有愿作新民"①的肯綮之音，她毕生都以新女性的独立之姿践行着"新民"形象，她清楚地认识到要实现真正意义上的女性独立，首先必须"启发民智"。无论在创作中还是人生实践方面，吕碧城都表现出新女性的独立人格。作为 19 世纪与 20 世纪新旧时代交替的人物，吕碧城既传统又现代，她用古诗词表达现代世界，凭借其卓越的诗词造诣被誉为"李清照后第一女词人"，她率先塑造了新女性的形象，其词集《信芳集》（1929）和《晓珠词》（四卷本）（1937）在艺术上精丽幽邃，清奇幽峭，词品超绝，部分作品亦敢于讽刺时政（《百字令》），有些显露出女性的私人美学趣味与日常旅游见闻，在女性词抒情传统整体走向衰微之际，吕词使其获得了生命的新机，开拓了女性词的新天地。

秋瑾一生奔走于呼唤同胞拯救中国与解放妇女这两项事业，在创作上她提高和深化了有近千年发展历史却已经式微暗淡的女性词的境界和意涵，再铸女性词的热力，达到了"篇终振响"的高度。

---

① "眼看沧海竟成尘，寂锁荒陬百感频。流俗待看除旧弊，深闺有愿作新民。江湖以外留余兴，脂粉丛中惜此身。谁起平权倡独立，普天尺蠖待同伸。"吕碧城：《书怀》，载《吕碧城诗文笺注》，上海古籍出版社，2007，第 1 页。

她打破词史上啼红怨绿、脂融粉腻的主导性题材和情感内容，推翻"男性至尊地位"，期望追求更纯粹的女性意识和民主精神，并力倡以平等人格唤醒全中华女同胞的激情和使命感，重塑女性创作的尊严。她希望女性能够展现自我的光芒，不必隐藏于男性的光辉之下，在她的词中，全新的情感、全新的内容也时时出现，如《满江红》一词，就以历史上的少数女性为参照，流露出渴望女性发挥潜能的期待，质疑传统男性至尊的人格价值观。总体来看，秋瑾词风雄豪凄婉，其刚柔交汇的美学风貌避免了过于刚直而少回味或过于凄婉而少风骨的问题，与以往女性词迥异，提升了"吾侪"的自信与自豪。从超越世俗生活的意境寻求，到拯救女性群类和呼唤民主民权，她拓宽了女性词的抒情路径，充实丰富了女性词的韵致，使其意境焕然一新。

历史并非递进式演变，"五四"时期女性意识觉醒的力度和震撼性并非全然强过晚清民国之初以吕碧城和秋瑾为代表的女诗人们。但是，清末民初，在撼动男权世界方面，只见单臂呼告，未见群体之姿，未能形成普遍的创作氛围，或者说这种女性意识觉醒，不曾打破性别的垄断。虽然秋瑾率先发出倡议："欲结二万万大团体于一致，通全国女界声息于朝夕，为女界之总机关，使我女子生机活泼，精神奋飞，绝尘而奔，以速进于大光明世界，为醒狮之前驱，为文明之先导，为迷津筏，为暗室灯"[①]，但从整体上看，女诗人们对新女性角色的思考和树立尚未形成社会共识，民众对女性问题的关注度还远远不够。此外，她们坚守的依然是旧体诗词的文体形式和观念，在这一点上尤其无法与"五四"女性诗歌创作的自觉和兴盛状况相比。

---

① 秋瑾：《发刊词》，《中国女报》1907 年第 1 期。

　　受"五四"新文化浪潮和男作家的感召与助推 ①，一批女作家摆脱了压抑女性数千年的桎梏，浮出历史地表。相较于晚清民初女诗人吕碧城和秋瑾，"五四"女诗人自觉承继了白话诗的写作路径，开始以白话诗关注现实人生和文学世界，她们关注新诗写什么、怎么写的问题，自觉肩负起关心世变、唤醒世人的使命，做到手心口如一，体现出不同于古代女诗人的新视野和新精神。比如，石评梅在李大钊遇难后奋笔疾书写下《断头台畔》，抒发人民的抗争之声。比如，陈衡哲创作伊始，即关注着人生与社会，还写下反战诗篇；她一起笔即跳出个人狭隘的人生圈子，取材于广泛的社会人生，从现实生活中挖掘重要的人生问题，这从其"五四"前创作的新诗作品《人家说我发了痴》②即初见端倪。

　　冰心是朱自清在《中国新文学大系·诗集》导言中唯一提及的女诗人，也是《中国新文学大系》收录作品数量最多的女作家 ③。如苏雪林所言，冰心携带《繁星》和《春水》，一出场就是"第一流的女诗人"④，她的诗无论从文体影响还是思想意涵方面都代表了"五四"时期精神自由、个性解放与思想独立的时代精神。以冰心为核心影响力的小诗运动已经成为"五四"大时代的启蒙事件之一，在读者和社会中的持续反响极大。冰心的读者群广大，其作品在社会上认可度高，同时期不少男作家的创作都受到过她的影响；

---

① 比如鲁迅多次与陈学昭探讨"娜拉走后会怎样"的问题。

② 陈衡哲：《诗：人家说我发了痴》，《新青年》1918 年第 5 卷第 3 号。

③ 《史料·索引》《小说一集》《散文二集》《诗集》中收录她的 5 篇小说、22 篇散文、8 首诗。

④ 苏雪林：《冰心女士的小诗》，载沈晖编《苏雪林文集（第三卷）》，安徽文艺出版社，1996，第 120 页。

"五四"退潮后，30年代的四本女性诗歌选本中的《女作家诗歌选》[①]和《现代女作家诗歌选》[②]收入了冰心的诗，收入的诗作数量在同选本中最多。当然，作为真正意义上的新女性，冰心的影响力不限于女性写作领域，而是整个现当代文学界，乃至海外文学界。

第一节 中国新诗的"芽儿"

1. "新女性"与"诗的女神"出场

1919年8月25日，冰心在《晨报》刊发了《二十一日听审的感想》，署名"女学生谢婉莹"，这是她公开发表的第一篇作品。1919年9月4日，发表文章《"破坏与建设时代"的女学生》，署名依旧是"女学生谢婉莹"[①]，这篇文章是身为中国第一代女大学生的冰心对如何成为现代女性的自我想象。相隔半个月，9月18日，因忌惮别人批评，外加编辑的原因，她的小说《两个家庭》被署名"冰心女士"，正式参与到现代新女性的历史建构中，冰心成为"五四"文坛女作家第一人，引发广大读者关注。其署名的变更一方面折射出"五四"大时代背景下读者群对新女性作家个体身份归属的期待与想象在逐渐发生变化，一方面昭示出诗人确定作家身份的过程，

---

① 《女作家诗歌选》，张立英编，上海开华书局1934年1月出版，选入冰心（诗选中署名谢冰心）的《假如我是个作家》《不忍》《纸船》《赴敌》《我劝你》《迎春》《赞美所见》《繁星》《春水》。

② 《现代女作家诗歌选》，俊生编，上海仿古书店1936年5月出版，选入冰心（诗选中署名谢冰心）的《赴敌》《不忍》《纸船》《假如我是个作家》《迎春》《赞美所见》。

① 特别标明女学生，不排除冰心本人明确个人身份的用意，当然，最重要的还是身为《晨报》编辑的表兄刘放园为博取读者阅读兴趣有意为之。

以及写作自觉、心理成熟的演绎轨迹；另一方面也可以看出冰心在文坛中刚出场即成为出版界有意打造的新锐作者。苏雪林曾将冰心初涉诗坛得心应手的发展状况与同时代作者作过生动比较："半途跌倒者有之，得到一块认为适意的土地而暂时安顿下来者有之，跌跌撞撞，永远向前盲进者有之，其勇气固十分可佩，而其所为也有几分可笑。冰心，却并没有费功夫于试探，她好像靠她那女性特具的敏锐感觉，催眠似的指导自己的径路，一寻便寻到一块绿洲。这块绿洲有蓊然如云的树木，有清莹澄澈的流泉，有美丽的歌鸟，有驯良可爱的小兽……冰心便从从容容在那里建设她的'诗的王国'了。这不是件奇迹是什么呢？"① 需要指出的是，苏雪林所说的"从从容容""建设""诗的王国"，正是冰心于燕京大学求学期间完成的。为呈现"诗的王国"构建过程，不妨先梳理一下她的求学经历和作品发表情况：

> 1918年夏天，冰心毕业于贝满女子中学，秋升入协和女子大学理预科。

> 1919年5月，冰心参加"五四"爱国运动，8月25日，北京《晨报》发表了她投稿的《二十一日听审的感想》，署名"女学生谢婉莹"，这是她公开发表的第一篇文章。9月18日至22日，首次以"冰心"为笔名，在北京《晨报》连载她的第一篇小说《两个家庭》，编辑将署名改为了"冰心女士"。

> 1920年1月6日、7日，北京《晨报》连载了冰心的短篇小说《庄鸿的姊姊》，随后相继发表冰心的短篇小说《一篇小说的结局》《最后的安息》。1920年3月15日，北京协和女子大学合并到

---

① 苏雪林：《冰心女士的小诗》，载沈晖编《苏雪林文集（第三卷）》，安徽文艺出版社，1996，第120—121页。

燕京大学，称燕大女校，冰心从北京协和女子大学进入燕大女校。进入燕京大学的这一年她先后在《燕京大学季刊》发表《燕京大学男女校联欢会志盛》、散文《遥寄印度哲人泰戈尔》《画——诗》，短篇小说《一个忧郁的青年》、杂感《译书的我见》《解放以后责任就来了》《怎样补救我们四周干燥的空气？》等；短篇小说《世界上有的是快乐……光明》刊登在《燕大周刊》，署名均为"谢婉莹"。

1921年3月15日至12月15日，在《生命》间续刊登诗作《圣诗》。6月25日，在《晨报》发表散文《山中杂感》。6月28日，《晨报》刊登冰心的两首诗作《人格》《可爱的》。同年夏，冰心从燕京大学理预科毕业，转入文本科二年级。8月26日，《晨报》发表冰心诗作《冰神》。9月20日，《晨报》发表冰心诗作《迎神曲》《送神曲》。11月27日、12月23日和次年5月11日，《晨报副镌》刊登冰心诗作《病的诗人（一）》《病的诗人（二）》《病的诗人（三）》。12月24日，《晨报副镌》发表冰心诗作《诗的女神》。

1922年1月1日、6日至26日，《晨报副镌》连续刊登小诗《繁星》。1月14日，《时事新报·学灯》发表诗作《谢"思想"》。2月6日，《晨报副镌》发表诗作《假如我是个作家》。2月21日，《晨报副镌》发表诗作《"将来"的女神》。3月18日，《时事新报·学灯》发表诗作《迎"春"》。3月21日至6月30日，《晨报副镌》间续刊登小诗《春水》。3月23日，《时事新报·学灯》发表诗作《向往》。4月24日，《时事新报·学灯》发表诗作《回顾》。5月14日，冰心在《晨报副镌》发表诗作《不忘》，署名为"冰叔"。5月17日、11月4日，《晨报副镌》刊登诗作《晚祷》。5月26日，冰心在《晨报副镌》发表诗作《玫瑰的荫下》，署名为"冰仲"。7月9日，《时事新报·学灯》发表冰心诗作《人间的弱者》。7月27

日，《晨报副镌》发表冰心诗作《不忍》。8月，《晨报副镌》先后发表诗作《哀词》《十年》《使命》《纪事》。10月13日，《晨报副镌》发表诗作《安慰》。11月5日，《晨报副镌》发表两首诗作《歧路》《中秋前三日》。11月23日，《晨报副镌》发表诗作《十一月十一夜》。

　　1923年2月10日、15日，《晨报副镌》发表冰心诗作《解脱》《致词》。3月18日，《晨报副镌》发表冰心诗作《信誓》。5月，冰心的短篇小说、散文集《超人》由商务印书馆出版，诗集《春水》由新潮社出版。

冰心曾自谦地把自己比作"一泻千里的洪流中的靠近两岸的一小股"，亲历"五四"洪流的激荡，她以女学生的身份参与到"五四"启蒙思潮中，迥异于同时代的很多放眼西方的启蒙者，她秉持东方儿女博大而高贵的心性，"含着伟大的灵魂"（《繁星·三五》），以爱的使者和"人化自然"的歌者形象高扬起"爱的哲学"的旗帜，思考和践行新文学的启蒙问题。冰心始终坚信"有了爱就有了一切"，生命的起源和意义源自爱，世界万有生命都靠爱维系，宇宙中所有的创造都是因为爱，她力倡："相爱罢！我们都是长行的旅客，向着同一的归宿"①，这是其"爱的哲学"的核心。"爱的哲学"是"五四"的产儿，浸染着"五四"新的时代思潮，始终胶着着生命之爱与宗教之爱，这一点冰心研究界早有关注。不过，"爱的哲学"中浸透的女性的启蒙视角常为人淡化，是苏雪林最先注意到这个问题，并将冰心与鲁迅并提，"五四运动发生的两年间，新文学的园地里，还是一片荒芜，但不久便有了很好

---

① 冰心：《十字架的园里》，载卓如编《冰心全集（第一册）》，海峡文艺出版社，2012，第349页。

的收获。第一是鲁迅的小说集《呐喊》，第二是冰心女士的小诗。周作人说他朋友里有三个有诗人天分的人，一是俞平伯，二是沈尹默，三是刘半农，这是就他的朋友的范围而说的。我的意见可不如此。我说中国新诗界，最早有天分的诗人，冰心不能不算一个。"[1]

作为 20 世纪 20 年代就登上文坛的少数女诗人之一，冰心作品的思想和艺术特质都呈现出现代女性意识的表征。她以"复数作者"的身份体察女性的现实困境，然而，优越的物质生活、安稳的家庭氛围和双亲的拳拳之爱，使她鲜有绝地反叛的搏击。她选择了温良的启蒙话语，从母性的爱到人类之爱，从童年的歌者到旋涡里的青年，从自然的爱到宗教的信仰等维度，潜隐地表达出一个在读大学生的现代启蒙意识。

2. "隆隆的回响惊醒了我的诗魂"

冰心（1900—1999），原名谢婉莹，福建长乐（今福州市长乐区）人。她曾在《我的父母之乡》中追述自己的故乡："福建福州永远是我的故乡，虽然我不在那里生长，但它是我的父母之乡！"[2]三年后，冰心之父谢葆璋调任海军训练营营长，全家随之移居烟台。生活在海天相接处，海山中的一沙一石、一草一木，都深深烙印在冰心的儿时记忆中。父亲总是带她在濒海的东山上玩耍，儿时的美好经历，使"海"成为其终生赞美之物。同时，在舅舅杨守敬的教导下，冰心开始阅读《论语》《三国演义》《聊斋志异》等传统著作，对文学产生浓厚兴趣。

---

[1] 苏雪林：《冰心女士的小诗》，载沈晖编《苏雪林文集（第三卷）》，安徽文艺出版社，1996，第 121 页。

[2] 冰心：《我的父母之乡》，载卓如编《冰心全集（第六册）》，海峡文艺出版社，2012，第 118 页。

1911 年，谢葆璋卸任烟台水师学堂校长一职，携家人回到故乡。次年 12 月，冰心报考福州女子师范学校的预科，以第一名的成绩被录取。祖父谢銮恩亦对小婉莹，谢家第一个出去读书的女孩子，有甚高的期待。当时的校长方君瑛看了她的作文，说道："我们的新校址，就是古代出神童的地方。宋朝时，蔡伯俙四岁就能作诗，为宋真宗所赏识，（真宗）曾赐诗称'七闽山水绕灵秀，四岁奇童出盛时'，蔡伯俙就住在这条巷里，因而花巷又叫奇童巷。现在革命成功了，也是盛时了……"在此期间，冰心的写作天赋就已慢慢展露出来，国文老师林步瀛也给予她"雷霆震睿，冰雪聪明""柳州风骨，长吉清才"的赞许。①

1913 年，谢葆璋到北京担任海军部军学司司长，冰心和母亲、弟弟随之北上，住在东城区铁狮子胡同中剪子巷十四号。初到北京，她不为熙熙攘攘的都市吸引，反而沉浸于母亲订阅的《妇女杂志》《小说月报》《东方杂志》。冰心的几个舅舅都是同盟会会员，经常从南方、日本寄来革命书信，母亲杨福慈则担任了传递消息、收发信件的职责。在帮助母亲做这些工作时，冰心逐渐形塑起现代的人格。

不久，冰心插入贝满中斋的一年级就读，之后入协和女子大学读书。这一时期，她对泰戈尔诗歌产生浓厚的兴趣，受其启迪，写出带有神秘色彩的散文《"无限之生"的界线》。文中设置了"我"和"宛因"两个人物，实际上是冰心与内心的对话。冰心以一种"我"的视角叙说了她对"无限之生"这一观念的发明过程。散文中的"我"起初沉浸于对逝去友人宛因的怀念以及在死亡面前的无力感。随后，死者宛因突然从黑暗中降临了，并启发"我""无论是生前，是死后，我还是我，'生'和'死'不过都是'无限之生

① 卓如：《冰心传》，海峡文艺出版社，1998，第 28 页。

的界线'就是了","我们和万物都是结合的,到了完全结合的时候,便成了天国和极乐世界了"①。"无限之生"这个概念在《遥寄印度哲人泰戈尔》中同样被提及,无可否认,这样一个被发明的观念,无法呼应彼时特殊的历史经验,无法被繁杂的民众接受并反过来改造民众,它仅仅是冰心从观念到观念的产品。值得一提的是冰心呈现这种观念的手段,即设计出一个完整的场景、一个沉沦于内在世界的"我"以及一个逝去的宛因。冰心在此结构外不断地拨弄和调试这些被构建的人与物,让他(它)们沿着自己设定的轨迹运行,"无限之生"是一种被精心设计的遭遇,从看似偶然的巧合中浮现,形而下的律动背后是冰心所说的个人观念在运转。另外,同一时期的小说《一篇小说的结局》渗透了冰心当时的思想观念,它叙述了女学生葰如想要写作一篇"快乐的小说"的过程。起初,女学生葰如试图在小说中虚构一个衣食无忧的家庭和一个悠闲的老太太,但在写作中,女学生的思绪被远方的战争牵引。她写作小说的氛围,随即被老太太阅读儿子从前线寄来的信干扰,继而将幸福的家庭与"前线""战争""炮火""杀人"等联系起来。两种并行笔触的对照与最后的合流,呈现出时代背景对个人生存处境的压迫。更为隐晦的是小说的主人公葰如和她写作"快乐的小说"时遭遇的困境,小说的叙事策略从"他指"转向"自我指涉"。借由这篇小说,冰心既梳理了彼时的个人心迹,也使个人经验和价值观与民众的阅读期待构成互为召唤结构。

1920 年 3 月,协和女大并入燕京大学,《燕京大学季刊》应运而生,编辑委员会成员有陈哲甫、许地山、瞿世英和熊佛西,女校则派谢婉莹为代表,参加编委会工作。以此为契机,冰心迎来第一

---

① 冰心:《"无限之生"的界线》,载卓如编《冰心全集(第一册)》,海峡文艺出版社,2012,第 96 页。

个创作爆发期。她在该刊上发表了《世界上有的是快乐……光明》《一个忧郁的青年》等作品，同年秋季开学后，冰心被选为《燕京大学季刊》编辑部的副主任。此时，因身体原因，冰心由理预科转入文本科，从学医改为专攻文学，和高班同学陶玲、黄世英同班，其作品《三儿》《是谁断送了你》《秋雨秋风愁煞人》《鱼儿》《一个兵丁》《一个奇异的梦》等相继刊载。与此同时，受到白话诗影响的冰心，也勇敢地拿起诗笔，尝试创作出《影响》《天籁》《秋》三首新诗。同时，《两个家庭》经表兄刘放园之手刊于《晨报》，"冰心"这一笔名首次出现在文坛。冰心后来解释过笔名的由来："一来是因为冰心两字，笔画简单好写，而且是莹字的含义。二来是我太胆小，怕人家笑话批评；冰心这两个字，是新的，人家看到的时候，不会想到这两字和谢婉莹有什么关系。"[①]

随后，小说《斯人独憔悴》《去国》《庄鸿的姊姊》相继发表。其中，《斯人独憔悴》讲述了进步学生兄弟与官僚家长之间的斗争故事，具有较强的进步性。《斯人独憔悴》被排成新剧，在北京新明戏院公演，"冰心女士"一时名声大噪，继而被邀请在《晨报》周年纪念增刊上撰写文章，冰心的《晨报……学生……劳动者》与胡适的专稿《周岁》、鲁迅的《一件小事》同现这期《晨报》。丁玲曾对这一时期的冰心做过如下评价："冰心在'五四'时代，本来不过是一个在狭小而较优越的生活圈子里的女学生，但她因为文笔的流丽，情致的幽婉，所以很突出。"[②]1920年冬，瞿世英、许地山邀请冰心加入文学研究会，冰心欣然应诺。革新后的《小说月报》作为文学研究会的刊物，第一期"创作"这个栏目中刊用了冰

---

① 冰心：《我的文学生活》，载卓如编《冰心全集（第二册）》，海峡文艺出版社，2012，第325页。

② 丁玲：《"五四"杂谈》，《文艺报》1950年5月10日第2卷第3期。

心的《笑》，《笑》成为早期白话散文的范例。彼时在《晨报》工作的孙伏园在读了冰心的《可爱的》之后，以记者的名义，写下一段按语：

> 这篇小文，很饶诗趣，把它一行行的分写了，放在诗栏里，也没有不可。（分写连写，本来无甚关系，是诗不是诗，须看文字的内容。）好在我们分栏，只是分个大概，并不限定某栏必当登载怎样一类的文字，杂感栏也曾登过些极饶诗趣的东西，那么，本栏与诗栏，不是今天才打通的。——记者[1]

孙伏园的编后按语给予冰心创作新诗极大鼓励，她后来回述此事说："我立意做诗，还是受了《晨报副刊》记者的鼓励。一九二一年六月二十三日，我在西山写了一段《可爱的》，寄到《晨副》去，以后是这样的登出了，下边还有记者的一段按语"。[2]从此冰心自信而自觉地创作新诗，《迎神曲》《送神曲》《病的诗人》《诗的女神》接连问世，好似"诗的女神"给冰心戴上一顶璀璨的桂冠。

1922年元旦，《晨报副镌》发表了冰心女士的《繁星》，这是她近两年来在泰戈尔《迷途之鸟》的启迪下，为了收集零碎的思想，随时写下的感受。她从写在笔记本上的三言两语中，挑选出更有诗意、更含蓄的，组成了一百多首小诗，取名为"繁星"，在《晨报》诗栏里连载数天。上海《时事新报·学灯》也连日转载《繁星》，赢得了读者的喜爱。继而，从3月5日到6月14日，冰心在"春水"的总标题下，断断续续完成了一百八十二首小诗。"小诗"这

---

[1] 转引自冰心：《我的文学生活》，载卓如编《冰心全集（第二册）》，海峡文艺出版社，2012，第326—327页。

[2] 冰心：《我的文学生活》，载卓如编《冰心全集（第二册）》，海峡文艺出版社，2012，第326页。

一形式出现后，风靡全国，许多青年都模仿这种诗格，这一文学形式甚至影响到远在柏林的宗白华，引起一些文学大家的关注。冰心在写《繁星》的时候，已经颇具名气，恰如钟敬文的追述："周作人任北大教授，在燕大兼课，教国文。有一天，他给学生发了一篇讲义（新文学作品），冰心女士定睛一看，正好是她近日在当地日报上发表的文章。她没有出声，但心里实在不禁暗笑。为什么会有这种凑巧呢？原来问题出在文章的署名上。冰心女士在学校用的学名是'谢婉莹'，而文章上的署名却是'冰心'。聪明的老师一时竟没有料到，他推荐的范文的作者，就是坐在他面前听讲的一个女学生。"①

1923 年，冰心的英文教师包贵思为冰心提供了赴美留学的机会，她在大学毕业后赴美国，于波士顿的威尔斯利女子大学攻读"英国文学"硕士学位。冰心乘坐"约克逊号"邮轮前往美国，同船的乘客有许地山、吴文藻、梁实秋等人。到达美国后，冰心住在包贵思的父母家里，尽管包夫人对她照顾有加，但她仍对自己的母亲无限想念。入学不久，冰心便被病魔折磨，不得不辗转于圣卜生疗养院和沙穰疗养院。在沙穰疗养院期间，有不少师友曾来看望冰心，吴文藻的看望让处于异乡的冰心格外感到安慰。而司徒雷登的到来，则影响了冰心学成归国后的职业归宿。在养病期间，冰心感慨万千，完成《悟》《六一姊》《寄小读者》（通讯九至通讯十八）、《山中杂记》《往事》（其二）、《倦旅》等佳篇。1924 年 6 月，冰心的病终于痊愈。其后，她经由默特佛、新汉寿、伍岛等地，回到了威尔斯利女子大学，继续自己的求学之旅。

"湖社"是中国留学生自发组织的社团，经常参加湖社聚会的有陈岱孙、梁实秋、顾一樵、瞿世英、曾昭抡、浦薛凤、石超涵和

---

① 钟敬文：《春长在》，载李朝全、凌玮清主编《世纪之爱：冰心》，团结出版社，1999，第 5—6 页。

冰心等，这些留学生们为了宣传中国文化，曾在波士顿演出改编过的《琵琶记》。冰心作为湖社成员中来自威尔斯利女子大学、唯一的女研究生，自然成为被关注的焦点。彼时，她与吴文藻互生情愫。较之其他留美中国学生，吴文藻家世清贫，父亲吴焕若是江苏省江阴县夏港镇（今江阴市夏港街道）上的一个小商人，上面有两个姐姐。吴文藻自小成绩优异，深得其恩师的赏识，他听从老师的建议，报考清华学堂，并以优异的成绩被录取。吴文藻和冰心在赴美的邮轮上相识，此后，吴文藻经常给冰心邮寄文学方面的书，书成为两个年轻人之间的信使。1925 年 6 月份，冰心赴康奈尔大学补习法语，竟偶遇吴文藻，两人一起游览校园，增进了感情。吴文藻和梁思成为清华同窗，在康奈尔期间，梁思成和林徽因正好到访，两位才女在此第一次会面。当吴文藻向冰心表露心迹时，这位深植于中国传统文化并接受了西方现代教育的女性答复道："我思索了一夜，我自己没有意见。但是我不能最后决定。要得到我的父母的同意，才能最后定下来 ……"[①]。回到威尔斯利女子大学的冰心，经常收到吴文藻的来信，信中的思念之情也让冰心久久无法平静，遂成《相思》一诗：

相思

躲开相思，

披上裘儿

走出灯明人静的屋子。

小径里明月相窥

枯枝——

---

① 卓如：《冰心传》，海峡文艺出版社，1998，第 140 页。

在雪地上——

又纵横的写遍了相思。

1926年，冰心获得文学硕士学位[1]后，应司徒雷登校长之聘回母校任教，教授大一国文和欧洲戏剧，戏剧家焦菊隐曾选修过冰心教授的欧洲戏剧课。冰心曾因为和熊佛西一起排练《一片爱国心》而险些被捕，这件事激起她强烈的爱国心，她创作了《我爱，归来罢，我爱！》[2]，抒发心中的愤懑之情：

这回我要你听母亲的声音，

我不用我自己的柔情——

看她颤巍巍的挣扎上泰山之巅！

一阵一阵的

突起的浓烟，

遮蔽了她的无主苍白的脸！

她颤抖，

她涕泪涟涟。

她仓皇拄杖，哀唤着海外的儿女；

她只见那茫茫东海上

无情的天压着水

水卷着天！

① 冰心在美国所做的硕士学位论文的题目是"李易安女士词的翻译和编辑"，论文中李清照的25首词是其最早的中译英习作。

② 冰心：《我爱，归来罢，我爱！》，载卓如编《冰心全集（第二册）》，海峡文艺出版社，2012，第237—238页。

"归来罢，儿啊！

看你家里火光冲天！

你看弟兄的血肉，染的遍地腥膻！

归来罢，儿啊！

你老弱的娘

　哪敢惹下什么怨愆？

可奈那强邻暴客

　到你家来，

　东冲西突

　随他的便，

他欺凌孤寡，不住的烹煎！"

1929 年，吴文藻回国，与冰心同在燕京大学任教。1931 年冰心的《惊爱如同一阵风》[①]，发表在丁玲编纂的《北斗》上，折射出诗人彼时的甜蜜心情：

惊爱如同一阵风，

在车中，他指点我看

　西边，雨后，深灰色的天空，

　有一片晚霞金红！

睡了的是我的诗魂，

　再也叫不觉这死寂的朦胧，

我的心好比这深灰色的天空，

　这一片晚霞，是一声钟！

[①] 冰心：《惊爱如同一阵风》，载卓如编《冰心全集（第二册）》，海峡文艺出版社，2012，第 302 页。

这一片晚霞是一声钟，

敲进我死寂的心宫，

千门万户回响，隆——隆，

隆隆的洪响惊醒了我的诗魂。

1936年，冰心陪同吴文藻赴美国、英国、法国、德国、意大利等国家留学，次年归国。"七七事变"后，北平沦陷，北平高校的师生纷纷撤离，冰心将吴文藻二十年的日记和自己留美三年的日记，以及她和吴文藻六年间的来往信件，打包整齐，存于燕京大学的阁楼上。冰心一家由上海转到香港，最后到达云南，暂时安顿在昆明柿花巷内。烽火连天，边陲城市也无法安身，冰心一家随着人群疏散到昆明东南的呈贡县（今昆明市呈贡区），这期间，冰心为呈贡简易师范学校写了校歌的歌词："西山苍苍滇海长／绿原上面是家乡／师生济济聚一堂／切磋弦诵乐未央／谨信弘毅校训／莫忘来日正多坚……"1939年，宋美龄以威尔斯利女子大学校友的名义，邀请冰心一家赴重庆参与抗战工作。冰心接替沈兹九成为文化事业组的组长，同时被选为中华全国文艺界抗敌协会理事之一。但冰心始终无法融入复杂的政治斗争，最终她辞去一切职务，购买了坐落在歌乐山中的一栋房子，并于1943年出版了《关于女人》一书。"快乐是一抹微云，痛苦是压城的乌云，这不同的云彩，在你生命的天边重叠着，在'夕阳无限好'的时候，就给你造成一个美丽的黄昏"[1]，写于当时的《霞》也反映出冰心那一阶段的心境以及对未来的期望。

抗战胜利后，冰心和吴文藻担任驻日军事代表团成员，赴东京展开战后文化交流工作。1951年，在各方帮助下，冰心一家回到

---

[1] 冰心：《霞》，载卓如编《冰心全集（第六册）》，海峡文艺出版社，2012，第394页。

北京，最让冰心感到惊讶和新鲜的，还是祖国人民的新气象："一踏上了我挚爱的国土，我所看到的就都是新人新事：广大的工农大众，以洋溢的主人翁的自豪感，在疮痍初复的大地上，欢欣辛勤地劳动，知识分子们的旧友重逢，也都说：'好容易盼到了自由独立的今天，我们要好好地改造，在自己的岗位上，努力地为新社会服务！'"①1953 年，冰心参加在中南海怀仁堂召开的中国文学艺术工作者第二次全国代表大会，她在会上称："在总的路线中，我选定了自己的工作，就是：愿为创作儿童文学而努力。我素来喜欢小孩子，喜欢描写快乐光明的事物，喜欢使用明朗清新的字句。"②祖国的新面貌，给予冰心崭新的创作灵感，她为儿童创作了大量的作品，如短篇小说《好妈妈》《在火车上》，散文《小桔灯》，散文集《归来以后》《还乡杂记》《我们把春天吵醒了》等。冰心归来时，已年过半百，但是在其作品中，仍然能看到一颗不老的童心。如在《小桔灯》里，小女孩"镇定、勇敢、乐观的精神"鼓舞了"我"，使"我"觉得眼前有"无限的光明"。冰心还写了题为"再寄小读者"的十四篇通讯，她一改《寄小读者》中缠绵的语调，而是开朗、乐观地向小读者介绍人文、地理知识，由抒写母爱、童心和大自然等内容变成了书写关于暑假读书计划、关于"七一"党的生日等内容。

晚年的冰心在对外文化交流方面做出了卓越的贡献，她作为中国作家代表，访问过瑞士、意大利、英国、苏联等国家，夏衍曾经有过这样的一段描述："她不仅是文艺上的全才，而且是一个难得

---

① 冰心：《从"五四"到"四五"》，载卓如编《冰心全集（第五册）》，海峡文艺出版社，2012，第 477—478 页。

② 冰心：《归来以后》，载卓如编《冰心全集（第三册）》，海峡文艺出版社，2012，第 222 页。

的社会活动家，特别是她在对外活动方面的成就 …… 我认为在这方面，我们的文艺队伍中，可以说很少有人可以和她比拟的。"[1]1978年，再次提笔的冰心完成了《三寄小读者》的十封通讯，她在《三寄小读者》的序中充满童心地宣布："生命从八十岁开始"[2]！ 1980年，她又凭借短篇小说《空巢》获得全国优秀短篇小说奖。1999年，一生充满童心与母爱的冰心老人与世长辞。

▌ 第二节　"零碎的思想"：开小诗之先

《繁星》是冰心的第一部小诗集，也是中国小诗的奠基之作，收录冰心1919年冬至1921年秋所写的小诗，它们最初发表于《晨报副镌》，后结集成册，1923年由商务印书馆出版。《春水》写于1922年，是冰心在《繁星》之后的又一个小诗集。《繁星》《春水》用字清新雅洁，富含哲理颖悟，隽永灵动地映印出诗人的瞬间情绪，在"零碎的思想"的合集[3]中展现柔婉的艺术审美追求和鲜明的觉醒意识，发表后产生广泛影响，开创我国诗坛上流行的一种新诗形式。

1.《繁星》《春水》的艺术特色

在形式上，《繁星》《春水》篇幅短小，形式灵活。作为承载思想的容器，小诗的弹性更强。以《春水》为例，最长的有十八行，

---

① 夏衍：《赞颂我的"老大姐"》，《花城》1981年第4期。
② 冰心：《生命从八十岁开始》，载卓如编《冰心全集（第五册）》，海峡文艺出版社，2012，第359页。
③ 冰心：《自序》，载《繁星》，商务印书馆，1923，扉页。

一般只有三四行或四五行。两三行成诗的，在《春水》中也有十几首，如"大风起了！/ 秋虫的鸣声都息了！"（《春水·二七》），"萤儿自由的飞走了，/ 无力的残荷呵！"（《春水·四八》），"星星 —— / 只能白了青年人的发，/ 不能灰了青年人的心"（《春水·一一三》）。小诗"三言两语"，基本每一首都可以被看作警句格言，其中饱含着诗人的人生经验，对美丑善恶、生死荣辱的哲理性思考。更何况，小诗中的每一个字都经过诗人的锤炼，体现着诗人的语言审美态度。"我要挽那'过去'的年光，/ 但时间的经纬里 / 已织上了'现在'的丝了！"（《春水·六二》）"挽"和"织"鲜活动态地将今昔对比关联，流露出"逝者如斯夫"的哀叹。又如"崖壁阴阴处，/ 海波深深处，/ 垂着丝儿独钓。/ 鱼儿！/ 不来也好，/ 我已从蔚蓝的水中 / 钓着诗趣了"（《春水·一六二》）这首诗画面感极强，描绘出抒情主人公独自垂钓的情景，前后两个"钓"字，意义上存在着递进的关系，前者是表意动作行为的垂钓，后者"钓诗趣"跃动着诗情画意的雅趣，动感调皮的想象力与超然物外的诗歌审美均得以升华。

"哲理性"是小诗一个重要特质，冰心善于从生活和情感中升华出隽永的哲理，她以机敏的目光观察社会，以智慧的姿态审视人生，捕捉散落在日常生活中的哲理奥义，赋予冷凝的物象以温暖流动的诗意情思，在"生"与"死"的合力中融汇个性化的思考。"攀着'生'的窗户看时，/ 已隐隐地望见了 / 对面'死'的洞穴。"（《春水·一六九》）这首诗虽然是在探讨生与死的问题，但诗歌的语调并不沉重，意象互相撞击，彰显的哲理意涵触探人心。"创造新陆地的，/ 不是那滚滚的波浪，/ 却是它底下细小的泥沙。"（《繁星·三四》）"细小的泥沙"是冰心赞美的对象，微小的意象承载了朝气蓬勃的创造和革新精神，蕴蓄着不屈的灵魂，它并不以惊心动魄的形式存在于世，却以坚执静默的方式诉诸生命的价值。"小岛呵！／何处显出你的挺拔呢？／无数的山峰／沉沦在海底了。"（《春水·二四》）山峰在海底沉沦，小岛却以它显在的挺拔张扬着独特的生命力，它虽不如山峰高拔，却尽显生命的伟力。小诗的成诗过程虽充满感性，却多以写理为重，着重于对生活乃至人类、宇宙的感悟。"露珠，／宁可在深夜中，／和寒花作伴 ——／却不容那灿烂的朝阳，／给她丝毫暖意。"（《繁星·一二一》）这首小诗看似写露珠，实则暗含着深厚的哲理意味，露珠在深夜与寒冷作伴，不去攀附"灿烂的朝阳"，托物言志的手法烘托出孤寂高洁、坚毅清冷的灵魂。"心呵！／什么时候值得烦乱呢？／为着宇宙，／为着众生。"（《春水·一六》）"阳光穿进石隙里，／和极小的刺果说：／'借我的力量伸出头来罢，／解放了你幽囚的自己！'／树干儿穿出来了，／坚固的磐石，／裂成两半了。"（《繁星·三六》）这些诗句散发出爆破的感染力和突围的精神，充满期盼和力量，彰显出诗人对新生力量的鼓励和赞叹。

冰心的生命意识既有时代环境的熏染，也受到西方思潮尤其是基督教文化的影响。此外，从泰戈尔和纪伯伦等性灵与哲思兼备的诗人诗作中我们亦可觅出影响的端倪。"在你劳动不息的时候，你确实爱了生命。／在工作里爱了生命，就是通彻了生命最深的秘密"[1]，这是冰心所译的纪伯伦作品里的一句话，可以看到诗人潜移默化间受到纪伯伦的生命意识的浸染。"成功的花。／人们只惊慕她现时的明艳！／然而当初她的芽儿，／浸透了奋斗的泪泉，／洒遍了牺牲的血雨。"（《繁星·五五》）诗作将"成功"比为花朵，原本是抽象崇高的主题，附之"芽儿""泪泉"等传统诗词惯用的意象，

---

[1]［黎巴嫩］纪伯伦：《先知》，载王炳根选编《冰心文选·冰心译文选》，福建教育出版社，2015，第54页。

增添了人间的烟火气息，也不失灵动的韵味。

冰心开始创作小诗时，主体生命意识尚处于探寻的状态，与同时期作家相比她更像一个"孩子"，她的诗空灵纯洁却蕴含哲思，真诚静雅又生机盎然。在时代易变之际，冰心的小诗创作，搭建起东方与西方、传统与现代交接的桥梁，初显现代女性独有的审美感知方式和主体建构行迹。同时，《繁星》写作时冰心不满二十岁，新诗创作经验不够成熟，不乏平平之作，譬如"冠冕？/是暂时的光辉，/是永久的束缚"（《繁星·八八》），这首仅十四个字的小诗，表述一种陈旧的权力观，冠冕隐喻着权力，而权力对既得者还意味着束缚。作为一种隐喻，"冠冕"并无新意和诗意的张力，整首诗未脱沉重的说教气息。

在"五四"新文化运动的大背景下，社会思潮和语言的变革推助了冰心的小诗创作："强烈的时代思潮，把我卷出了狭小的家庭和教会学校的门槛"[1]，冰心在外部环境的感召下，提升了思考的能动性、先锋性和自觉性。被"五四"震上文坛，面对剧烈变革的现实，她开始思考自己的历史定位、宇宙视域下生与死等问题。她不断观照自然与社会，反思它们与内心世界的关联。冰心是新文化运动的"女儿"，置身"革命"的浪尖，她无可避免地受到时代情绪的感染，不过，她的小诗并不完全相洽于"五四"反帝反封建的时代精神。较之蔚然成风的个性解放思潮和大开大合狂飙突进的时代风波，以及同时代"小诗"创作流露出的"感伤的气息"[2]，《繁星》与《春水》时时泛出清新和谐的古典风韵。

冰心小诗的灵感源泉分流为二。一是外国诗歌。"小诗"文体的写作，深受泰戈尔的引导与示范。泰戈尔的诗与哲学思想在很大

---

① 李希同：《序》，载李希同编《冰心论》，北新书局，1932，第3页。

② 罗振亚：《日本俳句与中国"小诗"的生成》，《中国社会科学》2010年第1期。

程度上与冰心自带的性灵相契合，如蛰后春雷般萌发出她对"小诗"文体意识的自觉。冰心坦言小诗的形成过程："1919 年的冬夜，和弟弟冰仲围炉读泰戈尔（R.Tagore）的《迷途之鸟》（Stray Birds），冰仲和我说：'你不是常说有时思想太零碎了，不容易写成篇段么？其实也可以这样的收集起来。'从那时起，我有时就记下在一个小本子里。"① 诚然，在《繁星》之前，冰心即在泰戈尔《迷途之鸟》的启发下，以简短的诗体呈现"零碎的思想"。就此，梁实秋的评价较为中肯："把捉到一个似是而非的诗意，选几个美丽的字句调度一番，便成一首，旬积月聚的便成一集。"② 1920 年，冰心在《遥寄印度哲人泰戈尔》一文中追述了她与泰戈尔相遇的心路历程，泰戈尔的信仰与"天然的美感"，和她原来的"不能言说"的思想，"一缕缕的合成琴弦，奏出缥缈神奇无调无声的音乐"："泰戈尔！美丽庄严的泰戈尔！当我越过'无限之生'的一条界线——生——的时候，你也已经越过了这条界线，为人类放了无限的光明了"。③ 1913 年，泰戈尔因他那"敏锐、清醒、优美的诗作"获得诺贝尔文学奖，给当时的中国文坛带来巨大的轰动，"大家便一齐争着传诵，争着翻译，争着模仿，犹如文艺复兴时代的人得着了一部古典的稿本"④。1924 年泰戈尔访华时，冰心正在威尔斯利女子大学读书，无缘与其相见，但文学以及思想上的影响并未由此受到隔膜。泰戈尔对中国散文诗的影响是广泛的，而冰心最得泰戈尔思想和艺术的精髓，成了"最有名神形毕肖的太戈尔（泰戈尔）的私淑

---

① 冰心：《〈繁星〉自序》，载范伯群编《冰心研究资料》，知识产权出版社，2009，第 115 页。

② 梁实秋：《〈繁星〉与〈春水〉》，《创造周报》1923 年第 12 号。

③ 冰心：《遥寄印度哲人泰戈尔》，载卓如编《冰心全集（第一册）》，海峡文艺出版社，2012，第 120 页。

④ 成仿吾：《诗之防御战》，《创造周报》1923 年第 1 号。

弟子"①。

二是古典文化的滋养。废名曾言："打开《冰心诗集》一看，好像触目尽旧诗词的气分（氛）。"②冰心从不隐晦古典诗歌对其创造的滋养，她从五岁开始阅读吟诵古典诗词，曾言："对唐诗和宋词更为钟爱，以后又用元曲作我的大学毕业论文题目。我的初期写作，完全得力于古典文学"③。她尤为喜爱对联："我这一辈子，在师友家里或在国内的风景区，到处都可看到很好的对联。文好，字也好，看了是个享受。我以为我们中国人应该把我们特有的美好传统继续下去，让我们的孩子们从小起耳濡目染，给他们一个优美的艺术的气氛！"④她酷爱龚定庵、黄仲则和纳兰性德的思想真挚、风格清新、格调淳朴、情感丰沛的诗章。冰心的小诗无意识地吸收和继承了古典诗词的美学经验与艺术品格，譬如有些格言体的小诗显示了她善用"比"的特点："因着世人的临照，/ 只可以拂拭镜上的尘埃，/ 却不能增加月儿的光亮。"（《繁星·一五七》）

诚然，《繁星》对古典诗歌仅仅是诗意的借鉴和语言的糅合，冰心并非秉承明确的写作策略或文体创新意识去开创小诗这一文体，如其所言："我写《繁星》和《春水》的时候，并不是在写诗，只是受了泰戈尔《飞鸟集》的影响，把自己平时写在笔记本上的三言两语——这些'零碎的思想'，收集在一个集子里。"⑤《繁星》《春水》在"五四"新文学中被公认为小诗，冰心也常被视作小诗的代表人

---

① 徐志摩：《太戈尔来华》，《小说月报》1923 年第 14 卷第 9 号。

② 冯文炳：《冰心诗集》，载《谈新诗》，新民印书馆，1944，第 174 页。

③ 冰心：《我与古典文学》，载卓如编《冰心全集（第七册）》，海峡文艺出版社，2012，第 371 页。

④ 冰心：《我家的对联》，载卓如编《冰心全集（第六册）》，海峡文艺出版社，2012，第 231—232 页。

⑤ 冰心：《从"五四"到"四五"》，载卓如编《冰心全集（第五册）》，海峡文艺出版社，2012，第 476 页。

物，不过她最初却不认为自己写的是诗。《繁星》最初刊登在《晨报副镌》的新文艺栏，后来才转到了诗歌栏，显见，当时新文学前沿的编辑也很难对《繁星》的文体进行定位。后来，有论者为《繁星》明确了小诗文体定位，而冰心却坚持自己的理念，甚至一度以为"小诗"忝列诗名。直至1925年前后，冰心才开始接受自己写的是诗，在《话说"相思"》中她坦言："她忽然问我：'你写过情诗没有？'我不好意思地说：我刚写了一首，题目叫作'相思'。"[①]冰心所说的这首"情诗"偏巧就是无韵的短诗。1932年在为《冰心全集》作序时，她的说法更显激烈："要联带着说一说《繁星》和《春水》。这两本'零碎的思想'，使我受了无限的冤枉！……《繁星》《春水》不是诗。至少是那时的我，不在立意做诗。"[②]她说受了冤枉，其实谈的是那时的她并不将《繁星》《春水》划入诗的范畴。在另一方面，对于如何划分《繁星》《春水》的文体，冰心那时已有几分松动。1959年，冰心又谈及"短诗"："'五四'以后，在新诗的许多形式中，有一种叫作'短诗'或'小诗'的……因为我写过《繁星》和《春水》，这两本集子里，都是短诗，人家就以为是我起头写的。"[③]此时，冰心已经接受文坛对《繁星》文体的界定。

冰心最初之所以否认自己写的是诗，主要是受古诗词的影响，在古典诗词范畴中，诗的标准很明确，有格律，有音乐性："当时我之所以不肯称《繁星》《春水》为诗的原故，因为我心里实在是有诗的标准的，我认为诗是应该有格律的 —— 不管它是新是旧 ——

---

① 冰心：《话说"相思"》，载卓如编《冰心全集（第七册）》，海峡文艺出版社，2012，第26页。

② 冰心：《〈冰心全集〉自序》，载范伯群编《冰心研究资料》，知识产权出版社，2009，第127页。

③ 冰心：《我是怎样写〈繁星〉和〈春水〉的》，《诗刊》1959年第4期。

音乐性是应该比较强的"①。另一方面,冰心注重诗的内容大于形式:"我以为诗的重心,在内容而不在形式"②。之所以出现这种矛盾的局面,是因为过渡期诗歌标准不甚明晰。

文体界限不清晰,这就使得冰心早期作品常常呈现出不同文体互相渗透的现象。文体互渗使冰心早期作品独具魅力,也饱受争议,其中梁实秋和成仿吾的批评最为严厉。梁实秋称:"冰心女士是一个散文作家、小说作家,不适宜于诗;《繁星》《春水》的体裁不值得仿效而流为时尚。"③梁实秋否定了小诗体裁方面的成就,认为冰心不适合写诗,她的小诗也不值得被人推崇和效仿。成仿吾批评冰心的小诗,称:"理论的或概念的,与过于抽象的文字,纵列为诗形,而终不能说是诗。"④成仿吾否定了冰心写的是诗,否认冰心小诗的诗歌文体属性,认为冰心小诗只是排列形式上像诗。几位评论家的意见相仿,共同指向冰心小诗的"文体互渗"⑤现象。文体互渗是在"文体"概念的基础上衍生出来的一个新术语,指在同一文本中,使用不同的文体,不同的文体之间互相渗透,从而更好地表现作者的人生经验及情感。文体互渗现象在现当代文学中并不

---

① 冰心:《我是怎样写〈繁星〉和〈春水〉的》,《诗刊》1959 年第 4 期。

② 冰心:《〈冰心全集〉自序》,载范伯群编《冰心研究资料》,知识产权出版社,2009,第 127 页。

③ 梁实秋:《〈繁星〉与〈春水〉》,《创造周报》1923 年第 12 号。

④ 成仿吾:《诗之防御战》,《创造周报》1923 年第 1 号。

⑤ 2001 年,"文体互渗"这一概念出现于董小英的《叙述学》一书中:"文体互渗是指不同的文体在同一种文本中使用或一种文体代替另一种文体使用的现象。"2008 年,方长安在《现当代文学文体互渗与述史模式反思》一文中更加完善了"文体互渗"的概念:"文体即文本体式,文体互渗指的就是不同文本体式相互渗透、相互激励,以形成新的结构性力量,更好地表现创作主体丰富而别样的人生经验与情感。"参见董小英:《叙述学》,社会科学文献出版社,2001,第 323 页;方长安:《现当代文学文体互渗与述史模式反思》,《湘潭大学学报(哲学社会科学版)》2008 年第 6 期。

少见，如沈从文诗化小说和散文、萧红散文化小说、汪曾祺诗化小说和散文化小说等。冰心作品中的文体互渗现象，表现为诗歌与小说、散文、书信等文体的互相渗透。如其小诗的散文化："母亲呵！/天上的风雨来了，/鸟儿躲到它的巢里；/心中的风雨来了，/我只躲到你的怀里。"（《繁星·一五九》）在通信集《往事》里，则不乏诗化与散文化现象："母亲呵！你是荷叶，我是红莲。心中的雨点来了，除了你，谁是我在无遮拦天空下的荫蔽？"[1]文体互渗究竟是冰心文体意识的自觉还是不自觉使然，尚有待深入探察，不过有一点可以肯定，那就是她从中找到了表达主体情思与生命经验的有效路径。

2. "情绪的珍珠"："小诗的流行时代"

小诗的"流行"与当时的时代背景密切相关。"五四"退潮后，国内军阀混战，中国的现状并没有得到多少改变，广大青年的革命热情受到了沉重的打击，知识分子缺少介入现实的手段和力量，在现实面前愈发无助彷徨。冰心的小诗创作，代表了那个时代青年知识分子对人生的思索和感悟，成为青年人精神还乡的时代途径。当本土经验中的古典诗词文化与外域植入的印度小诗及周作人翻译的日本短歌、俳句相碰撞时，他们从中找到了思想表达的出口和精神"躲避"的港湾，亦如郑振铎在《飞鸟集》译文序言中所言："近来小诗十分发达。他（它）们的作者大半都是直接或间接受太戈尔（泰戈尔）此集的影响的。"[2]后来冰心也不避讳小诗的缺点："在轰

---

[1] 冰心：《往事——生命历史中的几页图画》，载卓如编《冰心全集（第一册）》，海峡文艺出版社，2012，第464页。

[2] 郑振铎：《序》，载［印度］太戈尔（泰戈尔）《飞鸟集》，郑振铎译，商务印书馆，1922，第1页。

轰烈烈的反帝反封建的伟大斗争时代，却只注意到描写身边琐事，个人的经历与感受，既没有表现劳动群众的情感思想，也没有用劳动人民所喜爱熟悉的语言形式"[①]。这段反思写于1979年，在此引用多少有后置嫌疑，但不可否认的是，小诗在某种维度上已然成为当时中上层知识分子情感宣泄或孤芳自赏的载体。因而小诗也可以说是20世纪20年代知识分子苦闷的表现，是自我舒缓痛苦的手段。当小诗作者面对生活时，他们善于抓住"一草一木"，抒发一刹那的感受，因此，"小诗的长处是在于能捉住一瞬间稍纵即逝的思潮，表现出偶然涌到意识的幽微的情绪"[②]。

繁星·五〇

不恒的情绪

　　要迎接它么？

它能涌出意外的思潮，

　　要创造神奇的文字。

抓住稍纵即逝的瞬间，把意绪外化为灵动的文字，这首小诗足见冰心对意绪审美的重视，与郑振铎的捕捉手法极为相近："像山坡草地上的一丛丛的野花，在早晨的阳光下，纷纷地伸出头来。随你喜爱什么吧，那颜色和香味是多种多样的。"[③]小诗"随时性"的特质有别于长期酝酿的诗情，更为侧重诗人刹那间的零碎感受和片断思索，这种"碎片性"的诗化呈现，很容易与读者发生共鸣，正如苏雪林描述："自从冰心发表了那些圆如明珠、莹如仙露的小诗

[①] 冰心：《从"五四"到"四五"》，载卓如编《冰心全集（第五册）》，海峡文艺出版社，2012，第476—477页。

[②] 化鲁（胡愈之）：《繁星》，《时事新报·文学旬刊》1923年第73期。

[③] 郑振铎：《新序》，载［印度］泰戈尔《飞鸟集》，郑振铎译，新文艺出版社，1956，第1页。

之后，模仿者不计其数。一时'做小诗'竟成为风气。"①而且，冰心也曾注意用韵律、节奏和声音的变化表达情绪和内容，这一点叶圣陶在谈及《春水·三三》时曾有所提及。

春水·三三

墙角的花！

你孤芳自赏时，

天地便小了。

该诗看似没有押韵，但细细分析，会发现它们的韵母很多是一致的，如"的""了"，如"墙""芳""赏"，如"角""小"，如"天""便"，整首诗几乎没有在音韵上有不呼应的地方，诵读起来音韵和谐，十分流畅。同时，"墙角的花"四字全是开口音，而后两句则增加了闭口音的数量，因此从声音口型的大与小，得以想象花的形象的变化。

冰心的小诗见报后，引起诸多论者的关注，肖保瑄称《春水》为"诗国的探险家"②。周作人随即在燕京大学做相关演讲，并且在文章里提到"小诗在中国文学里也是'古已有之'，只因他（它）同别的诗词一样，被拘束在文言与韵的两重束缚里，不能自由发展，所以也不免和他（它）们一样同受到湮没的命运。近年新诗发生以后，诗的老树上抽了新芽，很有复兴的希望"③。1922年4月，在德国读书的宗白华也深受冰心的影响，"读冰心女士繁星诗，拨

---

① 苏雪林：《冰心女士的小诗》，载沈晖编《苏雪林文集（第三卷）》，安徽文艺出版社，1996，第121页。

② 萧保璜（肖保瑄）：《〈春水〉的回响》，《晨报附刊》1924年3月26日。

③ 周作人：《论小诗》，载《自己的园地》，北新书局，1930，第54页。

动了久已沉默的心弦，成小歌数首，聊寄共鸣"①，他言有所指的即发表在《时事新报·学灯》上的小诗《流云》……在冰心小诗面世的最初几年，也有持全盘否定意见者，如陈西滢："冰心女士是一个诗人，可是她已出版的两本小诗里，却没有多少晶莹的宝石。"②贺玉波则认为小诗有损于诗情的选择："可是在诗的内容方面，却难以使我们满意，仍然脱不了旧诗的躯壳。作者只知道将自己一时的百感杂念和盘写出，却疏忽了对于诗的情选择。所以她的诗集里夹杂了许多思想纷乱的词句，这未尝不是她的缺点。"③当然，对其认同的评价观点也各有侧重取舍，关注程度不一：1932 年，李希同编《冰心论》，在序言中评价冰心为"现代中国女作家的第一人"，作者特意强调"客观批评"这一准则，"客观"首先源于历史的眼光，其次要绕开特定文学流派的评价标尺，最后要符合作家的个性。此外，李希同的"客观标准"是将作者意图绝对化：冰心以为文学作品贵在真诚地表现自己，"我们只能就人论人"④，以作者意图作为衡量其作品的标准，则任何考察对象都能获得全然的合理性。因此他所论及的内容、艺术风格等都难以支撑他对冰心的历史定位。朱自清在《中国新文学大系》第八集《诗集》的导言中将冰心放在小诗运动的整体中考量，只言"也都是外国影响，不过来自东方罢了"⑤，两三句话介绍过去。直到废名（冯文炳）写《谈新

---

① 宗白华：《流云·序》，《时事新报·学灯》1922 年 6 月 5 日。

② 西滢（陈西滢）：《新文学运动以来的十部著作（下）》，载《西滢闲话》，新月书店，1928，第 345 页。

③ 贺玉波：《歌颂母爱的冰心女士》，载李希同编《冰心论》，北新书局，1932，第 158 页。

④ 李希同：《序》，载李希同编《冰心论》，北新书局，1932，第 3 页。

⑤ 朱自清：《导言》，载赵家璧主编《中国新文学大系（第八集）·诗集》，上海良友图书印刷公司，1935，第 4 页。

诗》，才将冰心和郭沫若作为第二期诗歌的典范，认为他们的诗中确实有"诗"存在，"无论是写得怎样驳杂，其诗的空气之浓厚乃是毫无疑义的了。其写得驳杂，正因其诗的空气之浓厚"[①]。并且，废名明确肯定了冰心小诗独特的文学史地位。相比之下，苏雪林和沈从文的评判更为详实明确："冰心的作品真像沈从文所说'是以奇迹的模样出现'的。当胡适的《尝试集》发表之后，许多中年和青年的诗人，努力从旧诗词格律解放出来而为新文艺的试验。或写出了许多似诗非诗、似词非词的东西…… 但与原作相较，则面目精神都有大相径庭者在：前者是天然的，后者则是人为的；前者抓住刹那灵感，后者则借重推敲……"[②] 沈从文认为冰心描写的爱是离去情欲的爱："在小小篇章中，说智慧聪明言语，冰心女士的小诗，因由于从泰戈尔小诗一方面得到一种暗示，所有的作品，曾经得到非常的成功。使诗人温柔与聪慧的心扩大，用着母性一般的温暖的爱，冰心女士在小诗外创作小说，便写成了她的《超人》这个小说集上各篇章，陆续发表于《小说月报》上时，作者所得的赞美，可以说是空前的。"[③] 此后，这种看法一直延续至今，得到众多学者的认可，成为主流。王富仁认为在新诗发展的初期，贡献最大的是胡适、郭沫若、闻一多、徐志摩、冯至和冰心。在新诗自身逻辑发展的层面，他将冰心置于胡适之后，认为冰心的诗承袭胡适，是白话诗之正统，因冰心为新诗自身逻辑的发展做出过突出贡献。新诗自身逻辑，指诗人并不以作诗为目的，其诗歌生成于表达特殊思想情感的内在动机。出于记录"零碎的思想"的必要，冰心选择小诗这

① 冯文炳：《冰心诗集》，载《谈新诗》，新民印书馆，1944，第 174 页。
② 苏雪林：《冰心女士的小诗》，载沈晖编《苏雪林文集（第三卷）》，安徽文艺出版社，1996，第 121 页。
③ 沈从文：《论冰心的创作》，载范伯群编《冰心研究资料》，知识产权出版社，2009，第 176 页。

一体式，获得了"诗"的质素，"成了中国现代新诗发展史上第一种具有独立审美功能的诗歌形式"。[①]除此之外，龙泉明也从诗之本质出发，肯定了小诗的诗歌史地位："20年代上半期出现的小诗，以短小的篇幅捕捉刹那间的自我感受与哲理思考，变外部世界的客观描绘为内心感觉的主观表现，并且讲究锤炼趋于精致，无疑丰富和提高了新诗艺术的表现力，因此，我们说冰心、宗白华等人的小诗运动有一个'奠定诗坛'的功劳，是并不为过。"[②]

在革故鼎新的"五四"文学浪潮中，追求个性解放、独立自由的文风，摆脱旧文学的限制与束缚，是冰心作为中国现代文学的第一代开拓者始终如一的文学信念。其典雅清丽的风格和极具文体开创意义的小诗语体成为"五四"新文学的时代记忆，广为人效仿，为新诗发展辟出新径。除小诗之外，冰心还在抒情诗上有所建树，代表作如《惊爱如同一阵风》《我劝你》《生命》等，当然，从诗歌史视域回视，这些诗作的影响和艺术成就是无法与小诗比肩的。

▌第三节 "爱的哲学"与"五四"新女性

冰心认为世界上的苦难是因为缺乏爱，人类彼此相爱是解决世界一切问题的最终要义。她试图以个人之爱，越脱残酷的社会现实，去衔接那永恒、无垠的人类之爱，为社会和人生中的种种问题提供其救世良方——"爱的哲学"。"爱的哲学"这一概念由黄英在

---

① 王富仁：《中国现代新诗的"芽儿"——冰心诗论》，《北京师范大学学报（社会科学版）》1996年第5期。

② 龙泉明：《中国新诗流变论》，人民文学出版社，1999，第118页。

20 世纪 30 年代初提出，他从"母亲的爱""伟大的海""童年的追忆"等几方面评述了冰心"爱的哲学"的内容。[①]此后，"爱的哲学"提法得到冰心本人和学术界的肯定，譬如李希同曾言，"她的作品里，内容是爱母亲，爱小孩，爱海，爱朋友，爱小生物，基调是爱；她的文笔是淡雅的、简练的、融会了古人之诗文的。——这一切形成了冰心特有的作风，使她成为现代中国女作家的第一人"。[②]小诗最为鲜明地体现出冰心诗歌的这一特质，譬如《繁星》高扬"爱的哲学"，《繁星》里的两个特点：一是用字的清新，一是回忆的甜蜜[③]。

冰心作为为数不多、在现代文学开端便登上历史舞台的女诗人，她的诗歌在思想内涵和艺术手法上都或多或少、或直陈或婉转地流露出新女性意识。"两行的红烛燃起了 ——/ 堂下花荫里 / 隐着浅红的夹衣。/ 髫年的欢乐 / 容她回忆罢！"（《春水·一一五》）诗中的少妇在新婚时，不自觉地忆起髫年的欢乐，少女时光结束，少妇时代到来，她隐约感觉到，身份的转变必然会引起生活方式的变化，此后是喜还是悲，女子此刻尚未可知，她却满含着隐忧。从她以往的生活经验来看，"转变"极大可能会对她的生活形成桎梏，这首诗暗含了冰心对女性困境的自觉思考。Wendy Larson 声称："现代文学为女性提供了一个新的主体立场，即女作家的立场，它在性别上是明确的。而男作家的情境却有所不同，虽然他们也以表述新的自我为己任，但这一新自我却是一种普遍化的、现代化的自我，并非

---

① 黄英：《谢冰心》，载《现代中国女作家》，北新书局，1931，第 1—43 页。
② 李希同：《序》，载李希同编《冰心论》，北新书局，1932，第 3 页。
③ 赵景深：《读冰心的〈繁星〉》，载《近代文学丛谈》，上海新文化书社，1934，第 75 页。

特指男性自身。"[1]

身为女作家，冰心更容易觉察到女性所面临的群体困境，这点尤为可贵。然而，冰心的成长环境使其秉承了温柔敦厚的诗教传统，无法从根本上形成对父权制社会的反叛。优渥的原生家庭、顺遂的教育经历、幸福的婚姻也使她难以全方位观察女性置身现代社会中所面临的性别困境和身份挑战。冰心在"五四"女作家中是非常独特的一位，她并没有像庐隐等女作家一样，以"出走"作为建构女性自我价值的方式，而是通过自然地抒写母女之爱、姊妹情谊、对他者的爱，甚至自然之爱、宇宙之爱，来寻求女性存在的意义与价值，从而完成女性身份的自我认知和确证。她不会刻意地表达或展示女性的性别角色，而是发自内心地、自然而然地再现其熟知的女性角色和女性心理。不过，受个人经验和写作视域的拘囿，她的"原生态"的再现被有些论者断言为"不食人间烟火"："五四时期的女性仍然深受传统观念，以及社会、经济上的桎梏，无法建立此种自我意识，唯有沉默。冰心的诗是一种边缘文体，其纤巧，其不食人间烟火，是属于主流之外的声音。"[2]

来自家庭的爱，是冰心不竭的情感源泉，每一个细节或场景都可能滋生她的创作情愫：

繁星·四六

松枝上的蜡烛，

依旧照着罢！

---

[1] Wendy Larson. "Female Subjectivity and Gender Relations: The Early Stories of Lu Yin and Bing Xin." in Liu Kang & Xiaobing Tang, ed. *Politics, Ideology, and Literary Discourse in Modern China*, Durham, London: Duke University Press, 1993, p.127.

[2] 钟玲：《现代中国缪司：台湾女诗人作品析论》，联经出版事业公司，1989，第6页。

> 反复的调儿，
>
> 再弹一阕罢！
>
> 等候着，
>
> 远别的弟弟，
>
> 从夜色里要到门前了。

松枝上照耀的蜡烛，烛光中反复弹奏的曲目，置身诗化的情境，诗人记下与弟弟分别的场景，蜡烛照耀着演奏者，音节的律动伴着烛焰的波动。诗人以优美简朴的对句，营造出离别时的深夜氛围，别具意境。后三句"等候着，／远别的弟弟，／从夜色里要到门前了"，与刘长卿"柴门闻犬吠，风雪夜归人"遥相对应，所不同的是，冰心将视角转向等待者，她内心的希冀也如同"松枝上的蜡烛"，传达出别离之际漫长的昏暗与伤感。

1. 个体与人类的恩慈：从母爱到人类之爱

母女深情是冰心泼墨最多的亲情书写。对母亲的款款深情，使她看待世界时比常人多了一份柔情厚爱。在《寄小读者·通讯十》中，冰心表达了她与母亲真切的情感："假使我走至幕后，将我二十年的历史和一切都更变了，再走出到她面前，世界上纵没有一个人认识我，只要我仍是她的女儿，她就仍用她坚强无尽的爱来包围我。她爱我的肉体，她爱我的灵魂，她爱我前后左右，过去，将来，现在的一切！"[1]记忆中浓郁的母爱是其诗中母爱主题的源泉："……我挚爱恩慈的母亲。她是最初也是最后我所恋慕的一个人。我提笔的时候，总有她的颦眉或笑脸涌现在我的眼前。她的爱，使

---

[1] 冰心：《寄小读者·通讯十》，载卓如编《冰心全集（第二册）》，海峡文艺出版社，2012，第31页。

我由生中求死——要担负别人的痛苦;使我由死中求生——要忘记自己的痛苦。"[1]沈从文也认为冰心笔下的"爱",来自"一种母性的怜悯"[2]。母爱作为情感养料,成为其创作的精神资源和素材依托,丰沛充盈,温暖明亮,可润泽滋养,亦可反观体察。

母亲是神圣的,拥有"万全之爱"。在诗集《春水》自序里,冰心自陈心迹:"母亲呵!/这零碎的篇儿,/你能看一看么?/这些字,/在没有我以前,/已隐藏在你的心怀里。"(《春水·自序》)诗人以"对话"的方式将她对母亲的依恋和追忆展现出来,拉近"我"与"母亲"的距离,消解了"过去"与"现在"的界限。母亲与"我"的情感是共生契合的关系,身为女儿,"我"的忧愁即母亲的忧愁:"撇开你的忧愁,/容我沉酣在你的怀里,/只有你是我灵魂的安顿。"(《繁星·三三》)母爱赋予诗人无限的温暖,她们之间过往的生活细节被诗化在诗行间,犹如精神的藤蔓,依附在诗人的记忆中延伸:"我的头发,/披在你的膝上"(《繁星·八〇》)。冰心的诗歌以"回忆"勾连于情感的经纬,感念无声的母爱,这些动态的时刻成为永恒的辉光,不受时间的侵蚀和阻断。当诗人远渡重洋,赴美国求学时,病榻卧养,梦里重温母亲的关怀:

惆怅

当岸上灯光,

　水上星光,

无声地遥遥相照。

苍茫里,

　倚着高栏,

---

[1] 冰心:《〈寄小读者〉四版自序》,载卓如编《冰心全集(第二册)》,海峡文艺出版社,2012,第3页。

[2] 沈从文:《论中国创作小说》,《文艺月刊》1931年第2卷第4号。

只听见微击船舷的波浪。
我的心
　　是如何的惆怅——无着！

梦里的母亲
　　来安慰病中的我，
絮絮地温人的爱语——
几次醒来，
　　药杯儿自不在手里。
海风压衾，
　　明灯依然，
我的心
　　是如何的惆怅——无着！

循着栏杆来去，——
群中的欢笑，
　　掩不过静里的悲哀！
　　"我在海的怀抱中了，
　　母亲何处？"
天高极，
　　海深极，
月清极，
　　人静极，
空泛的宇宙里，
我的心
　　是如何的惆怅——无着！

梦中，母亲安慰并照料病中的自己，梦醒时诗人格外惆怅，也加剧了对母亲深深的眷恋。全诗三小节，每节结尾都重复"我的心 / 是如何的惆怅 —— 无着"，情感挚诚连绵。在"苍茫"的大海和漆黑的夜里，诗人的眼睛和内心都被光明吸引着，被"岸上灯光""水上星光"所牵引。病中的诗人梦见母亲关切的温柔絮语，醒来始觉梦一场，现实与梦境的落差使诗人惆怅不已，心若雪上落梅。听着船上人群的"欢笑"，诗人倍感孤独，念母之心尤切。"天高极，/ 海深极，/ 月清极，/ 人静极"，四个"极"，直接凸显出极致的孤独惆怅。最后，"我的心"在"空泛的宇宙里"，空空荡荡地"惆怅无着"。

冰心还把母爱放置于天地山水间，以衬托母爱的博大和辽远：

纸船

我从不肯妄弃了一张纸，

　　总是留着 —— 留着，

叠成一只一只很小的船儿，

　　从舟上抛下在海里。

有的被天风吹卷到舟中的窗里，

　　有的被海浪打湿，沾在船头上。

我仍是不灰心的每天的叠着，

　　总希望有一只能流到我要它到的地方去。

母亲，倘若你梦中看见一只很小的白船儿，

　　不要惊讶它无端入梦。

这是你至爱的女儿含着泪叠的，

　　万水千山，求它载着她的爱和悲哀归去。

这是冰心远渡美国留学时写的诗，跨越万水千山，凭借一艘纸船钩沉出细密绵长的母爱，沉浸于母爱如海的汪洋，人与自然浑然一体："我在母亲的怀里，/ 母亲在小舟里，/ 小舟在月明的大海里"。（《春水·一〇五》）小诗将母亲、我、宇宙三者并置于同一空间，诗人的抒情视角由近及远，在流转的生命画卷中，传递出她对爱和人生的理解。"我在母亲的怀里"是近景，写母爱；"母亲在小舟里"是中景，衍生自然之爱；"小舟在月明的大海里"是远景，推广至宇宙之爱。诗人以全知的视角表现不同维度的情思，从个体的母爱出发，最后升华至对宇宙生命的理解，完成"在永恒的生命中"情感的回环；另一方面，"我"爱母亲，渴望母亲爱"我"，期冀自然万物都荡漾在爱的海洋之中，柔婉的抒情浸润着博大的情思，蕴含参差的美学张力。

此外，冰心擅长以植物比喻女人，捕捉女性的辉光，其背后潜藏着深层的文化和心理机制。把女性喻为自然物，早有《离骚》的"香草美人"传统，冰心借用传统的比拟手法表达"我"和母亲的关系，捕捉母爱"深厚的恩慈"："小小的花，/ 也想抬起头来，/ 感谢春光的爱 ——/ 然而深厚的恩慈，/ 反使她终于沉默。/ 母亲呵！/ 你是那春光么？"（《繁星·一〇二》）诗人自比为小花，将母亲比为春光，因为有春光的恩慈，小花才得以茁壮成长，结尾以设问的方式强调了母爱的伟大和诗人对母亲的感恩情怀。在《致词》中，"我"是彗星，母亲则是太阳；"我"是落花，母亲则是故枝；两个明喻意在强调"我"与母亲之间的不可分割，母女间的情感关联浑然一体，"母亲的怀抱"是冰心真正的"安慰之所"。虽然冰心对母亲形象的释义、对母爱内涵的挖掘并无多少创新，不过，"我"与母亲的情感关系已然剔除传统意义上的亲情等级秩序，变为既有差异又存有生命关联的女性之间的情感呼唤，表达出母女间无限循环的永恒的爱。亦如克里斯多娃在《妇女的时间》中所指：由于女性身体的节奏（如周期、妊娠）与自然界循环相连，因此女性天然地与反复性和永恒性相关，女性的时间是循环时间和永恒时间。①

不得不说，冰心诗歌中对大海、星光、日月、花草等大自然的礼赞，与"五四"新文化主潮是相悖的，为何她的诗歌还能收获一众读者呢？稍加考辨会发现，其平等、博爱的精神，对自由和美的呼唤延续了现代读者群对新思想的阅读期待。冰心曾在哲理散文《最后的使者》中借青年诗人之口提出诗人的使命是"泄尽了宇宙的神秘，写尽了人类的深思"，"人类的深思"源于她对人类的爱：

繁星·一二

人类呵！

相爱罢，

我们都是长行的旅客，

向着同一的归宿。

"我们都是长行的旅客"极为形象地把人类比作同一目的地的长途旅客，诗人主张人与人之间彼此相爱，体现出她对人类、生命和时间的终极思考，"向着同一的归宿"道出千古轮回同归的人类归宿。弗洛姆在阐述对所有人类的爱时，提出了人类的同一性："天赋、智力和知识上的差别与人人共有的人性本质相比较是不值得一提的。要体会这种同一性，必须透过现象看本质。如果我们主要从表面上观察另一个人，那么，我们发现的主要是我们之间的差别；如果我们深入到本质，我们就会找到我们之间的同一性，认识到手

---

① ［法］朱莉亚·克里斯多娃：《妇女的时间》，载张京媛主编《当代女性主义文学批评》，北京大学出版社，1992，第350页。

足之情这一事实。"①不同的个体，不同的生命轨迹，"同一的归程"，唯有爱可以连接孤独的个体，冰心洞见和诗化了一个亘古不变的哲学命题——人类的同一性，苍茫旅途中，流转的旅客因爱牵手。

繁星·三

万顷的颤动——

　　深黑的岛边，

　　　月儿上来了。

生之源，

　　死之所！

诗人以短镜头推进的手法铺展出空旷漆黑的夜幕，月儿和星星在深黑的岛边显得尤为闪亮。最后两句以精短的对仗写出远望夜空时刹现的内心觉悟，浓缩了瞬间心智活动的超验感应，在生与死的本质性拷问上也极易引起读者的情感共鸣。诗中未写出的部分更有深意，短短五句内蕴了人类对时空永恒的追问，文人咏叹不尽的人生况味和生命感怀，近乎浓缩版的《春江花月夜》。

繁星·一

繁星闪烁着——

　　深蓝的太空，

　　何曾听得见它们对语？

沉默中，

　　微光里，

　　　它们深深的互相颂赞了。

---

① ［美］艾里希·弗洛姆：《爱的艺术》，刘福堂译，上海译文出版社，2018，第51页。

"沉默"与"微光"一写四周环境的静谧,一写颜色的莹然,抒情主体似乎消融在宁静而广阔的夜色,于沉默中尽享星星们互相赞颂的对话,尽享深蓝的太空之美。"互相颂赞"是诗人始终向往的崇高的生命交流状态,是渴望也是沉潜后的领悟。

冰心小诗中的"爱"由母爱发源而生,通过爱和奉献感知自身的存在价值,从个人情感经验中的软弱和痛苦衍生出普世性的大爱,爱一切,爱每一个个体如爱自己,这是终极而伟大的人类之爱。

2. 从童年的歌者到旋涡里的青年

冰心在燕京大学读书期间以纯洁温暖的爱去践行启蒙精神,这让她的诗歌获得广泛读者的接受认同,在《童年杂忆》中她如是写道:"一九八〇年的后半年,几乎全在医院中度过,静独时居多。这时,身体休息,思想反而繁忙,回忆的潮水,一层一层地卷来,又一层一层地退去,在退去的时候,平坦而光滑的沙滩上,就留下了许多海藻和贝壳和海潮的痕迹!这些痕迹里,最深刻而清晰的就是童年时代的往事。我觉得我的童年生活是快乐的,开朗的,首先是健康的。该得的爱,我都得到了,该爱的人,我也都爱了。"[1]

童年是每个人生命历程中最宝贵的记忆,生命不可重复,童年经验对作家的影响愈发珍贵,正如朱光潜所说:"为了引起人的审美态度,客体必须多多少少脱离开直接的现实,这样才不致太快地引出实际利害的打算。一般说来,在时间和空间上已经有了一定距离的事物,比那些和我们的激情及活动紧密相联的事物更容易形成距离。"[2]冰心童年时期随父母在海边生活,大海成为其生命回忆的

---

[1] 冰心:《童年杂忆》,载卓如编《冰心全集(第六册)》,海峡文艺出版社,2012,第51页。
[2] 朱光潜:《悲剧心理学》,人民文学出版社,1983,第27页。

原点，《繁星》中有大量小诗借由大海表述主体的心绪，钩沉童年的往事和记忆。夏志清曾敏锐地指出，冰心所勾勒的美好世界是自己童年幸福生活的投影，从个人体验流露出的东西才是最能打动人的。① 童年生活在经验世界里留存了深刻的审美记忆，诗人用小诗的形式将难忘的记忆片影幻化为"澎湃"的诗行："故乡的海波呵！/ 你那飞溅的浪花，/ 从前怎样一滴一滴的敲我的磐石，/ 现在也怎样一滴一滴的敲我的心弦。"（《繁星·二八》）"澎湃的海涛，/ 沉黑的山影——/ 夜已深了，/ 不出去罢。/ 看呵！/ 一星灯火里，/ 军人的父亲，/ 独立在旗台上。"（《繁星·一二八》）"大海呵，/ 哪一颗星没有光？/ 哪一朵花没有香？/ 哪一次我的思潮里 / 没有你波涛的清响？"（《繁星·一三一》）"大海的水，/ 是不能温热的；/ 孤傲的心，/ 是不能软化的。"（《繁星·一六一》）冰心是"童年"的歌者，歌吟中她从不遮蔽淡淡的忧愁，"不要羡慕小孩子，/ 他们的知识都在后头呢，/ 烦闷也已经隐隐的来了"（《繁星·五八》），童年的逝去惹人烦闷，烦忧包裹着对童年深深的眷恋。冰心钟爱儿童情感世界的书写，她肯定婴儿和儿童是人类世界最纯洁、最无功利的一群人，"而且她明白说：她要讴歌'理想的'，她不愿描画'现实'，赚取人们的'泪珠'"②，她赞美"婴儿"代言人的灵魂："婴儿，/ 在他颤动的啼声中 / 有无限神秘的言语，/ 从最初的灵魂里带来 / 要告诉世界。"（《春水·六四》）"婴儿！/ 谁像他天真的颂赞？/ 当他呢喃的 / 对着天末的晚霞，/ 无力的笔儿，/ 真当抛弃了。"（《春水·一八〇》）……这些诗均以"婴儿"开篇，婴儿以特殊的方式感知着世界，具有"神秘"的灵魂及天真的气质。

　　幸福的童年留下温暖的记忆，萌发出纯净美好的"童心"。自幼

---

① 夏志清：《中国现代小说史》，刘绍铭等译，浙江人民出版社，2016，第 83 页。
② 茅盾：《冰心论》，《文学》1934 年第 3 卷第 2 号。

与大自然亲密接触，温馨的家庭氛围也形塑出纯透无伪的心灵，诸多因素成就了冰心文学世界的真。在其小说、散文以及诗歌中，童心的真纯打动和感染了不同时代的读者："显而易见，正是诗人冰心那颗童年的心灵，才把这些在成年人的思想里根本无法组织在一起的话语组织成了一个有机的整体。在这个整体里，所有的话语成分都已经离开了成年人所习用的白话语言系统，从而获得了它们过去所不具有的色彩和意味。"①在中国文学史中，"童心"一直处于缺席状态，伴随"五四"的浪潮，周作人把"儿童的发现"与"人的发现"并置而谈，拉开中国文学崭新的幕帷。冰心以博爱慈柔的母性心怀关注儿童世界，她写儿童的小诗内涵丰富，满蓄着关爱和呵护，"童心"成为其文学世界中连接一切的根本纽带。

冰心的小诗较多从"童心"出发，以儿童的视角审视宇宙，深入思考青年生命价值和生存意义。近现代中国社会变革往往与先进思潮相连，青年知识分子扮演着思想启蒙的角色，在先进思潮的嬗变中，他们不断调整自己的定位和角色意识。"五四"时期，随着西方现代文明的涌入，青年知识分子成为接受新思想、践行新思潮的中坚力量，他们思维敏锐，富有洞见，他们具有雄心壮志，敢于挑战权威，他们激昂文字，个性鲜明；与此同时，由于缺乏深层的理性精神或受制于因袭的传统，理想与现实无法同步，也使得他们在世界观、人生观和价值观上产生认同危机。"五四"新文化运动落潮后，社会的危机旋涡此起彼伏，启蒙与革命歧途未定，很多青年空有爱国之心，却无报国之径，青年人找不到生活的方向，无法在生活中实现自身的价值，对现实和人生的探索陷落于感伤迷茫、空虚孤独、苦闷混沌之境，他们精神上居无定所，情绪上失落彷

---

① 王富仁：《中国现代新诗的"芽儿"——冰心诗论》，《北京师范大学学报（社会科学版）》1996 年第 5 期。

徨。特殊语境下，冰心的小诗成为一代青年人精神的出口，给予他们希望和力量，如巴金所言："现在我不能说是不是那些著作也曾给我加添过一点生活的勇气，可是甚至在今夜对着一盏油灯，听着窗外的淅沥的雨声，我还能想起我们弟兄从书上抬起头相对微笑的情景。我抑止不住我的感激的心情。"[①]

20世纪初叶，涉及青年问题的不同题材的文学作品，多激发或高扬青年的反抗精神，冰心的诗作不同于当时文坛的主流，也不同于小说或散文，它们多以爱和炙热的情感去理解和抚慰青年，温和劝告青年应当在动荡的环境中寻找自己的方向，以爱开启启蒙问题，其知性体贴的话语让她收获了一众知心读者的认可与喜爱。

冰心在小诗中从多个维度抒发她对时代和现实的感悟，其中对青年及历史的反思和时代交融最为紧密："我要挽那'过去'的年光，/但时间的经纬里/已织上了'现在'的丝了！"（《春水·六二》）在黑暗的现实情境中，青年人更加留恋过去的时光。"心潮向后涌着，/时间向前走着；/青年的烦闷，/便在这交流的旋涡里。"（《繁星·一四三》）时代转换之际，世界不停地向前，而青年人置身新旧的"旋涡"，失落自己的"位置"，烦闷油然而生："青年人呵！/你要和老年人比起来，/就知道你的烦闷，/是温柔的。"（《繁星·一一〇》）这首诗尽显冰心对待青年和老年的不同立场，她呼吁青年人珍惜好韶华，莫为无谓的烦闷浪费生命。她积极倡导，"青年人！/信你自己罢！/只有你自己是真实的，/也只有你能创造你自己"（《繁星·九八》），并肯定青年人只有富有创造力才能找到自身的生存意义。"青年人呵！/为着后来的回忆，/小心着意的描你现在的图画。"（《繁星·一六》）诗人以警示的口吻强调青年

---

① 巴金：《〈冰心著作集〉后记》，载范伯群编《冰心研究资料》，知识产权出版社，2009，第225页。

人必须重视人格的确立和未来的建构。"我的朋友！/ 起来罢，/ 晨光来了，/ 要洗你隔夜的灵魂。"(《繁星·五四》)"晨光"象征新思想，青年人从旧时代走来，进入新的时代，沐浴新的思想，诗人提倡青年勇敢地迎击时代浪潮，接受新文化的洗礼，成为时代的"新人"。"战场上的小花呵！/ 赞美你最深的爱！/ 冒险开在枪林弹雨中，/ 慰藉了新骨。"(《春水·一七六》)生命的力量何其微弱，个体又何其渺小，在"枪林弹雨"中冒险生活的"小花"亦值得称颂。可见，诗人重视生命的内在价值大于其外在形式，冰心一改传统诗词中对柔美的审美定势，她挖掘的是柔美所蕴含的鲜为人关注的力量，旨在激发青年的进取精神，高扬风骨。身为青年，冰心以长者和过来人的姿态指出新思潮中青年人的使命，如"当青年人肩上的重担 / 忽然卸去时，/ 他勇敢的心 / 便要因着寂寞而悲哀了"(《春水·一〇〇》)，"青年人，/ 珍重的描写罢，/ 时间正翻着书页，/ 请你着笔！"(《春水·一七四》)。又如《春水·七〇》：

春水·七〇

玫瑰花的浓红

在我眼前照耀，

伸手摘将下来，

她却萎谢在我的襟上。

我的心低低的安慰我说：

"你隔绝了她和自然的连结，

这浓红便归尘土；

青年人！

留意你枯燥的灵魂。"

"玫瑰花的浓红"与"枯燥的灵魂"构成强烈反差，诗人通过比照二者的生命形态发出撼人心魄的呼告。"我"以"照耀"一词突出玫瑰的神采在于它的"生"，如果强行割断它与自然的联结，生命之花便会凋敝。青年的精神世界之所以丰润，恰如浓烈的红玫瑰，在于生动饱满的生命，在于与社会的互动，没有这些因素，青年的灵魂将毫无生机。诗人以前瞻视角指出，青年需要在与外界的联系中确证自己存在的意义，如果将自我幽闭在个人心灵的角落里，生命之花迟早会凋谢。冰心从"五四"青年面临的实际人生困境出发，思考和探讨社会转型期青年何为的问题，并以形象的比喻警示青年人首先应胸怀历史责任感和使命感，勇于担当外界所赋予的责任，尽展生命的焕彩。冰心一向珍视生命，从儿童到青年，从自然到人类，她以小诗为窗口，为青年的精神烦闷找寻出路。

冰心在小诗中表露出高拔的人格品质、创造的"五四"精神、飞扬的生命意识，以及对青年毫无保留的关切："青年人！／你不能像风般飞扬，／便应当像山般静止。／浮云似的／无力的生涯，／只做了诗人的资料呵！"（《春水·三》）"青年人！／只是回顾么？／这世界是不住的前进呵。"（《春水·八七》）"春从微绿的小草里／和青年说：／'我的光照临着你了，／从枯冷的环境中／创造你有生命的人格罢！'"（《春水·五三》）这不仅可以看作是她对青年真诚坦率的劝告，亦是灵魂诉求的诗意告白。"五四"时期，她曾主动扮演"启蒙者"或者"引导者"的角色，甚至以"先驱者"自勉：

春水·一五二

先驱者！

绝顶的危峰上

可曾放眼？

便是此身解脱，

也应念着山下

劳苦的众生！

春水·一五八

先驱者！

前途认定了

切莫回头！

一回头——

灵魂里潜藏的怯弱，

要你停留。

春水·二二

先驱者！

你要为众生开辟前途呵，

束紧了你的心带罢！

冰心是文学研究会的核心成员之一，上述文学思想契同于以文学改良社会人生的艺术宗旨。当她觉察到自己的创作对同时代青年所产生的影响时，便开始自觉调节在青年群体中普遍摇摆着的虚无思想与"为人生"之间的矛盾，譬如她在《"破坏与建设时代"的女学生》[①]一文中提出改变社会对女学生看法的路径与可能，她希望女学生通过加强自身修养来扭转社会对女性的评价态度，而非一味从外部环节着手。她格外重视女性艺术品格的养成、自我建设与道德修养的培育。关于如何介入复杂的社会，冰心在小诗中并未给

① 冰心：《"破坏与建设时代"的女学生》，载卓如编《冰心全集（第一册）》，海峡文艺出版社，2012，第5—10页。

出明确和令人信服的实践方式，这略显遗憾。不过她开始关注女性问题，也未将性别对立化，或站在男性的对立面为女性谋求权益。她试图以启蒙者之姿，摆脱性别属性，做人类的"引路人"。有学者总结其人生历程，称她是从一个冰雪聪明的少女到一个幽默、达观、坚定的妇女，再到一个循循善诱的教育者，最后成为一个忧国忧民、旷达善感的睿智老人。[①]"母爱""儿童""对青年人的劝导"，占了冰心诗歌主题的大部分，前两者是其"女儿性"和"母性"的呈现，后者，她在其中扮演"引路人"，这种强烈的主体意识，展露出现代女性特质。

3. 自然之美与宗教精神的交融浸润

冰心热爱自然之美，她认为诗人应该善于感受自然之美，将自然之美融入诗歌创作中。她谈道："文学家要常和自然界接近……因此文学家要常和自然静对，也常以乐器画具等等怡情淑性的物品，作他的伴侣。"[②]她常将对自然之美的赞叹引申至对造物主的赞叹："造物者呵！／谁能追踪你的笔意呢？／百千万幅图画，／每晚窗外的落日。"（《繁星·六五》）冰心描写自然时产生的宗教性感悟，散发出一种神性的光辉，反过来又为自然美引入神思："谈到我生平宗教的思想，完全从自然之美感中得来。"[③]令冰心产生宗教性感悟的是自然的巧夺天工，她看似赞叹的是造物主，实际上赞叹的是大自然的天工。自然美的神秘感使冰心成为泛神论者。泛神论是一种将神等同于自然的信仰，认为神存在于自然一切事物中，泛神论产生的宗教情感并非出于对神佛或教义的膜拜或感悟，而是受

---

① 李玲：《评新时期的冰心研究》，《中国现代文学研究丛刊》1996 年第 4 期。

② 谢婉莹（冰心）：《文学家的造就》，《燕京大学季刊》1920 年第 1 卷第 4 期。

③ 冰心女士（冰心）：《赞美所见》，《晨报副镌》1925 年 3 月 10 日。

自然激发，崇敬自然之伟力。对冰心来说，她的泛神论中的神是虚置的，并不是上帝，而是大自然，这也就凸显了大自然神圣而崇高的神性。

如果说宗教是人们精神的寄托和归宿，诗歌则是抒发情感的出口。冰心的小诗受泰戈尔《飞鸟集》的影响，早已为学界公认。泰戈尔自小便生活在宗教氛围浓郁的环境中，他的父亲对"吠陀"和"奥义书"都颇有研究，青年时代的泰戈尔，又受到基督教的熏陶，泰戈尔的宗教精神最终演变为彻底的"泛爱哲学"。冰心的诗歌在宗教精神和人生理想等方面深受泰戈尔启迪，甚至在语言结构上都存在着众多的相似之处。不同民族、不同成长背景的两位诗人，自觉承袭了宗教文化和宗教式的爱的影响，沐浴在爱的神圣光辉中，试图为频繁受到灾难困扰的人类寻找精神的绿洲。此外，他们都将自然视为神一样的存在，保持着纯净的信奉和敬畏的热爱，自然万象被赋予了诗的意义。在《繁星》《春水》或《飞鸟集》《新月集》《吉檀迦利》《流萤集》中随处可以欣赏到描写自然的诗作，体会到诗人对大自然的礼赞，沉浸于大自然的魅力。在他们的诗中，山水诗和哲理诗往往没有严格的界限，诗人在描写大自然的同时，也在阐释某种哲理；表达生命奥义时，也习常借助大自然的意象。

自然在冰心的创作中被广为关注和书写。《繁星》中的诗作画面立体感强，色彩错落，其间一系列的意象，如"嫩绿的芽儿""淡白的花儿""深红的果儿""向日葵""白莲""玫瑰的刺""云彩""明月""花儿"，构成了一幅幅诗意盎然的画卷。正如论者所言："它们是大自然本来的意义，是人生自自然然的成长过程，是不言自明的道理，是不需着意雕琢、刻意追求的东西。文字还是那样的文字，意思还是类似的意思，但'味道'变了，'意蕴'变了。所有这些已经被人用惯了、用滥了的话语被重新注入了新鲜的生命，白话成了诗句。"① 小诗从白话中凝练诗句，朴素地推演一幅幽深的诗词意境："阶边，／花底，／微风吹着发儿，／是冷也何曾冷！／这古院——／这黄昏——／这丝丝诗意——／绕住了斜阳和我"。(《繁星·一四四》)诗歌的灵感来自刹那间的情绪感受，诗人着意于景物的层次布局，从阶边、古院写到黄昏、斜阳，视角由远及近，质朴的白话，俗常的景物，却被诗人铺染成色彩清丽、跳脱生命感的立体画卷。

冰心笔下的自然意象营构出相对完整而密闭的空间，在这个意象系统里，有父亲、母亲、弟弟、婴儿、孩童构成的家庭与人类系列，有大海、鲜花、鸟儿、星星、月亮构成的自然宇宙系列……冰心从幽微的生命感悟出发，把这些意象巧妙地关联起来："残花缀在繁枝上；／鸟儿飞去了，／撒得落红满地——／生命也是这般的一瞥么？"(《繁星·八》)残花与繁枝，飞鸟与落红构成视觉和情感的强烈反差，凸显了生命闪逝带来的惊觉。当鸟儿飞去，缀在枝上的残花悄然撒落，残花、繁枝、鸟儿、落红构成一幅洋溢生命气息的画面，诗人从此情此景中获得顿悟，时间的流动止于此刻，动静结合中，自然之韵与人生感喟交融叠合。冰心的小诗多以"海""春""花""水"为核心意象，它们内蕴着温婉柔美的美学特质，也浸润着古典诗歌中传统的况味。譬如"花"是中国古典文学中频繁出现的意象："桃之夭夭，灼灼其华"(《诗经·桃夭》)，"云想衣裳花想容，春风拂槛露华浓"(李白《清平调词》)，"去年今日此门中，人面桃花相映红"(崔护《题都城南庄》)……在冰心的诗歌中，花的意象频繁闪现，《繁星·二〇》中幸福的花枝，《春水·六三》中的柳花和芦花，《繁星·一三四》中的荷花……诗人

① 王富仁：《中国现代新诗的"芽儿"——冰心诗论》，《北京师范大学学报(社会科学版)》1996 年第 5 期。

笔下的花充满了爱和温柔，既脱胎于古典的温婉气质，又散发着现代女性的美和神秘的光辉。

冰心诗歌中对大自然的讴歌或赞美与其基督教情怀有着千丝万缕的关联。冰心曾坦言她的家庭与基督教会有一定联系，二伯父任教的福州英华书院系一所教会学校，书院里的男女教师都是传教士，曾来家中做客。冰心出生时，父亲请教会医院里的女医生来接生，她记得美国女医生来给她弟弟们接生并在他们满月时来探望的情景。家迁到北京后，冰心的舅舅常到北京基督教青年会看书报、打球，与青年会干事们交上了朋友。通过青年会干事的介绍，冰心的大弟和舅舅的儿子在青年会夜校读英文，冰心入美国卫理公会办的贝满女中读书。北京基督教青年会是基督教会与社会之间的桥梁，为中国当时的知识分子提供了一个文化活动场所，"文学研究会"的几个重要成员如郑振铎、瞿世英、耿济之、许地山以及瞿秋白等，都曾在这里读到许多当时国内其他地方读不到的外国书籍，后来，通过许地山和瞿世英的推荐，冰心列名于"文学研究会"。

冰心基督教思想的来源可追溯到她早年的求学经历。在贝满女中时，她开始系统地学习《圣经》课，之后，又考入另一所教会学校——协和女大（后并入燕京大学），并最终在燕京大学的外籍教师包贵思的影响下接受了基督教的洗礼："因为当时先生说许多同学都在看我的样，我不受洗她们便也不受洗，我说那容易，便那么办了"[1]。在教会学校里，她系统学习了西方宗教文化经典《圣经》，这为她的文学创作提供了许多可借鉴资源。教会学校系统讲解的《圣经》课，使她得以深入了解这部基督教经典博大精深的内涵和包罗万象的精神，这对她的创作产生了深远影响。

---

[1] 子冈：《冰心女士访问记》，载范伯群编《冰心研究资料》，知识产权出版社，2009，第 90 页。

有研究者认为冰心是在 1920 年春夏之际成为基督徒的，她在受洗之后，不仅为燕京大学创作了校训，还创作了一系列的"圣诗"，以"谢婉莹"之名发表在重要的基督教杂志《生命》月刊上，包括《傍晚》《黄昏》《夜半》《黎明》《清晨》《他是谁》《骷髅地》《使者》《生命》《孩子》《沉寂》《何忍？》《天婴》等。这些基督教赞美诗在冰心早期创作中占有突出位置，亦是管窥冰心思想的另一个角度。这些散文化诗歌不仅尽显冰心对《圣经》的接受，也能看出冰心对基督教经典教义微妙的误读。在《生命》这首诗中，冰心将人喻为昙花，以呈现人生的瞬时性，而后借此发出疑问："上帝啊！/ 你创造世人，/ 为何使他这般虚幻？"然而在基督教教义中，人正是通过对肉体的舍弃而获得了永恒的生命。尽管不应当先验地将冰心的误读看成是有意为之，但这首诗确实流露出冰心内心的痕迹，这里的"上帝"实质上是一个戴上冰心面具的"上帝"。作者坦陈，无论是创作灵感还是创作内容，都受到了《圣经》的启迪：《圣经》这一部书，"我觉得每逢念它的时候，——无论在清晨在深夜——总在那词句里，不断的含有超绝的美。其中尤有一两节，俨然是幅图画；因为它充满了神圣、庄严、光明、奥妙的意象。我摘了最爱的几节，演绎出来。自然，原文的意思，极其宽广高深，我只就着我个人的，片段的，当时的感想，就写了下来，得一失百，是不能免的了"[①]。比如冰心认为人生的"甜香""憔悴"是上帝的安排，人在上帝面前是绝对的被安排者，"四时缓缓的过去 ——/ 百花互相耳语说：/ '我们都只是弱者！/ 甜香的梦 / 轮流着做罢，/ 憔悴的杯 / 也轮流着饮罢，/ 上帝原是这样安排的呵！'"（《春水·二》）诗人不仅流露出上帝主导着自然和人类的思想，更暗示出生命的诗意也

---

① 冰心：《圣诗》，载卓如编《冰心全集（第一册）》，海峡文艺出版社，2012，第167 页。

受之影响,且突破固化的思维揭示了宗教与诗意的内在联系:"我生平宗教的思想,完全从自然之美感中得来"[1],以反观的姿态指出自然美感对其宗教思想的影响。另一方面,冰心亦接受了佛教思想,冰心的母亲杨福慈一心向佛,与世无争,对早年的冰心产生过影响,这可从《迎神曲》《送神曲》中寻出佐证,诗中有"宝盖珠幢""金身法相"这样的佛教意象,也透露出佛教的顿悟观念,体现了佛教无别的思想。宗教思想是冰心从教会学校中得来的,童心才是冰心思想的基石,"童心"是她最本真的心灵状态,是她感受世界和观照事物的天然的方式。童心先于宗教思想形成,但它们的思维方式存在相通之处,而无论是童心还是基督教思想、佛教思想,都要回归于世界的"神圣、庄严、光明、奥妙",旨在接近事物本来面貌。

曾有论者认为冰心的部分作品,试图用"母爱""童真"这些形而上的概念,以格言式的训诫口吻说服他者屈从于她的观念,如梁实秋评价:"闯进冰心女士的园地,恐怕没有不废然而返的,因为在那里只能遇到一位冷若冰霜的教训者。"[2]所谓"教训者"的界定与冰心对《圣经》的接受和文学转化方式不无关系。宗教经典中了然顿悟的思维、箴言式的言说方式均深入其小诗,乃至《圣经》的"神圣、庄严、光明、奥妙的意象"及其教义,也影响到诗人的言说方式、审美维度和精神旨趣。

4. 虚无的感伤主义:"爱的哲学"之瑕疵

虽说"爱的哲学"是"五四"的产儿,浸染着"五四"新的时代思潮,不过,"爱的哲学"也曾在文坛引起不少争议。1930年,

---

[1] 冰心女士(冰心):《赞美所见》,《晨报副镌》1925年3月10日。
[2] 梁实秋:《〈繁星〉与〈春水〉》,《创造周报》1923年第12号。

即有批评家尖锐地指出：冰心的作品中有属于时代的青年的一般性烦闷，烦闷的情绪主宰了她精神的中心，使其文本充满了悲观伤感的情调，而冰心本人试图克服这种"不正确的伤感主义"却没能做到。[1]《繁星》中流露出点滴虚无的思想，其中充斥着烦恼和质疑："我的心呵！/ 警醒着，/ 不要卷在虚无的旋涡里！"（《繁星·五三》）"我的朋友！/ 你不要轻信我，/ 贻你以无限的烦恼，/ 我只是受思潮驱使的弱者呵！"（《繁星·四〇》）……诗人主观上希望摆脱"感伤主义"，却不曾果断建立起自我批判和否定的立场。1921 年的哲理散文《最后的使者》以一位诗人为主线，文本中的诗人认为读者从自己这里得到的只是灰心失望，于是他向上帝请求使青年们忘却烦恼。上帝眼中"人类的生命，只激箭般从这边飞到那边，来去都不分明。因此悲伤是分内的，快乐是反常的"[2]，因此诗人写下的诗篇只叫人悲伤，诗人向上帝祈求赐给青年们快乐，宁愿要他们快乐且混沌着，因为唯有这样才能有青年和社会的希望，尽管这希望只是权宜之下的"蒙蔽"。散文到这里戛然而止，希望的使者如何赐予希望亦无具体的分析。冰心的另一些讨论虚无与希望的作品也只是在勉强扭转了虚无思想后，停留在希望的空想。因而，她在某种程度上依旧被虚无思想束缚着，不愿意直面"人生"本质。1921 年的《问答词》中"我"与"宛因"的对话显示出冰心思想中相互冲撞的矛盾之处，"我"对人生持一种灰心态度："希望做不到，又该怎样？创造失败了，又该怎样？古往今来，创造的人又有多少？到如今他们又怎样？"[3]直到 1929 年的《往事·自序诗》中她仍未

---

① 黄英：《谢冰心》，载《现代中国女作家》，北新书局，1931，第3—4页。

② 冰心：《最后的使者》，载卓如编《冰心全集（第一册）》，海峡文艺出版社，2012，第292页。

③ 冰心：《问答词》，载卓如编《冰心全集（第一册）》，海峡文艺出版社，2012，第229页。

能摆脱这种倾向："失望里猛一声的弦音低降，/ 弦梢上漏出了人生的虚无。"此外，在如何"为人生"的问题上，她一贯的思路是"试图在哲学上，宗教上对宇宙人生进行整体的把握"[1]，她的思考更多依赖感性和想象，如冰心在诗中写道："我愿意在离开世界以前 / 能低低告诉它说：/ '世界呵，/ 我彻底的了解你了！'"（《春水·七九》）又如 1924 年的《悟》是一篇由来信组成的小说，自小失去双亲的钟梧在社会上颠沛流离，相信人间只有痛苦，只有冷漠。钟梧的来信动摇了"我"对爱的信念，经历了几天身心的煎熬，"我"又重拾了对爱的信心。"我"是怎样做到的呢？首先是自然美景对"我"的安抚，在雨后的湖边，"我"感觉"一身浸在大自然里，天上，地下，人间，只此一人，只此一刻"，以此美景验证造物者的旨意；其次是人间有爱的证据：湖上灯光的传说，天下人都有母亲，每个母亲的爱是相同的。冰心用体现了爱的证据去论证爱的存在，对爱的体会全依赖主体某时某地的心境。

基于"爱的哲学"中的虚无倾向，不少论者立足现实和社会立场，就其诗歌题材较狭隘、时代气息不够强烈等问题评论冰心，希望她改变写作作风。茅盾批评冰心"只遥想着天边的彩霞，忘记了身旁的棘刺。所谓'理想'，结果将成为'空想'"[2]。草川未雨直指"冰心女士诗中思想离着现实人生太远，使人读了足以倒在一种虚无缥缈之乡"[3]。贺玉波则反问："请问在私有财产制度之下，在剥削被剥削的矛盾社会里面，你能高举着爱的旗帜吗？你能怎样去爱你的被压迫的父母、妻子、儿女呢？算了吧！空虚的博爱有什么

---

[1] 王学富：《冰心与基督教———析冰心"爱的哲学"的建立》，《中国现代文学研究丛刊》1994 年第 3 期。

[2] 茅盾：《冰心论》，《文学》1934 年第 3 卷第 2 号。

[3] 草川未雨：《〈繁星〉和〈春水〉》，载李希同编《冰心论》，北新书局，1932，第 90 页。

益处，请你研究研究现社会的组织吧"①。无疑，冰心的生活经历限制了她对底层生活的了解，拘囿了她的写作视域，冰心并非没有意识到这一点。她在《我是怎样写〈繁星〉和〈春水〉的》②中检讨自己只注重经验，没有和劳动人民结合；可贵的是她很清楚"真"的个人经验对作家创作的重要性。其生命经验最感人的"真"，首先是母爱，以及由母爱生发出的对儿童、青年、人类、自然的爱，这就是她真实的个人经验。

▌ 第四节　"真"与"美"：建设"诗的王国"

1. "心灵的笑语和泪珠"：文贵求"真"

冰心在 20 世纪 20 年代的《文艺丛谈》中首次阐明何为"真"："'能表现自己'的文学，是创造的，个性的，自然的，是未经人道的，是充满了特别的感情和趣味的，是心灵里的笑语和泪珠……能表现自己的文学，就是'真'的文学……'真'的文学，是心里有什么，笔下写什么，此时此地只有'我'——或者连'我'都没有。"③不难看出，冰心对"真"的理解有两层含义：一是表现真实的自己，二是真实地表现自己。前者侧重表现内容的真实性，后者侧重表现个人立场时，不受读者、时代、政治、思潮等外界因素左右而自主创作。其早期的代表诗作《假如我是个作家》践行了她对"真"的理解：

---

① 贺玉波：《歌颂母爱的冰心女士》，载李希同编《冰心论》，北新书局，1932，第 167—168 页。
② 冰心：《我是怎样写〈繁星〉和〈春水〉的》，《诗刊》1959 年第 4 期。
③ 冰心：《文艺丛谈》，《小说月报》1921 年第 12 卷第 4 号。

假如我是个作家

假如我是个作家，

我只愿我的作品

入到他人脑中的时候，

平常的，不在意的，没有一句话说；

流水般过去了，

不值得赞扬，

更不屑得评驳；

然而在他的生活中，

痛苦，或快乐临到时，

他便模糊的想起

好像这光景曾在谁的文字里描写过；

这时我便要流下快乐之泪了！

假如我是个作家，

我只愿我的作品

被一切友伴和同时有学问的人

　　　轻藐——讥笑；

然而在孩子，农夫，和愚拙的妇人，

他们听过之后，

　　慢慢的低头，

　　深深的思索，

我听得见"同情"在他们心中鼓荡；

这时我便要流下快乐之泪了！

假如我是个作家，

我只愿我的作品，

在世界中无有声息，

没有人批评，

　　更没有人注意；

只有我自己在寂寥的白日，或深夜，

对着明明的月

　　　丝丝的雨

　　　飒飒的风

低声念诵时，

能以再现几幅不模糊的图画；

这时我便要流下快乐之泪了！

假如我是个作家，

我只愿我的作品

在人间不露光芒，

　　　没个人听闻，

　　　没个人念诵，

只我自己忧愁，快乐，

或是独对无限的自然，

　　　能以自由抒写，

当我积压的思想发落到纸上，

这时我便要流下快乐之泪了！

　　该诗作于 1922 年 1 月 18 日，1922 年 2 月 6 日刊登在《晨报副镌》上，后收入《春水》，在既往的冰心研究中很少被提及。它多维地呈现出冰心的创作立场、观念和审美维度。全诗共四小节，每节均以"假如我是个作家，我只愿我的作品"开头，以"这时我便要流下快乐之泪了"结尾，形式整齐和谐。全诗以"假如我是个作家"

这一假设的语气贯穿情感表达,作为"真"的反义,"假如"极为耐人寻味:"假如"一方面是冰心对其作家身份所保持的谦虚的姿态;另一方面,冰心本身就是作家,但她却使用假设的语气,通过反向正说的语式来表达她正面的观点。茅盾在《冰心论》中称《假如我是个作家》中有两对"孪生子"[①]。这个描述很形象,诗歌前两节都阐述作家与读者的关系,而后两节阐述作家与文本的关系。全诗从作家与读者、作家与文本的关系两个层面传达出冰心的诗学观念,与其诗论观形成互文。

诗人在这首诗的第一节明确指出,写作的最高境界,就是读者读完作者的作品能够找到自己的情感、经验的际遇感,与作者在文本中相遇,这也是一个作家的使命。一个好的作家应该让读者的灵魂或情感在自己的文本中有所栖居,读者在"痛苦,或快乐临到时"回忆起作品时感到慰安,便是作家写作的成就。比如,赵景深认为冰心的作品引起了他"深深的共鸣"[②],这便是冰心所希望达到的写作境界。冰心刚踏上文坛就广为读者喜欢,沈从文甚至认为冰心作为作家,所获得的赞美,可以用"空前"来形容,没有一位作家能超过她带给读者的喜悦。[③]

第二节触及了读者接受与作家反馈的问题。不同的读者由于审美趣味、个人体验不同,对作品做出的预判和期待也就不同,因此作家难逃被误解的命运。冰心在《论"文学批评"》中也谈到这个问题:"作者写了,读者看了,在他们精神接触的时候,自然而然的要生出种种的了解和批评。精神接触,能生同情,同时也更能

---

① 茅盾:《冰心论》,《文学》1934 年第 3 卷第 2 号。

② 赵景深:《读冰心的〈繁星〉》,载《近代文学丛谈》,上海新文化书社,1934,第 75 页。

③ 沈从文:《论冰心的创作》,载范伯群编《冰心研究资料》,知识产权出版社,2009,第 176 页。

生出不同情。"① 这里的"同情"，指的是读者真正理解作家而产生的共鸣之情，"不同情"指的是读者因不了解作家的感情而对作家产生了误解。在现实语境中，冰心的诗歌创作也遭遇"有学问的人"的"轻蔑""讥笑"和"不同情"。梁实秋在《〈繁星〉与〈春水〉》中认为冰心过于"冰冷"，诗歌过于"概念"，甚至指出冰心"不适宜于诗"，《繁星》《春水》"不值得仿效而流为时尚"。② 冰心在《假如我是个作家》中对现实语境中遭遇的轻蔑、讥笑进行了回敬 —— 相较于外界的批评或是讥笑，她更为看重自己的诗歌能否在底层人民或孩子那里得到认可，听到"'同情'在他们心中鼓荡"，与他们的心灵际遇相契合，这也是其创作上发生的一个转向，并收获了一些读者的肯定。巴金自称是冰心作品的爱好者："过去我们都是孤寂的孩子，从她的作品那里我们得到了不少的温暖和安慰。"③ 一位退学村居的读者，也曾谈到他读完《春水》后获得的温暖与安慰："我感到天真的童心，温暖的人情味，坚贞的人的向上力，阳光和花的新生，在堕落似的我，微微兴奋了。"④

  第三节从文本作为作家思想感情载体的角度，谈作家与文本之间的关系。对作家来说，作家创作的作品除了抚慰读者、服务于读者外，也是自我慰安以及承载个人思想和感情的载体。文学创作是作家情感与思想抒发的窗口，作品是作家思想情感的纪念品，当作家独自品读自己的作品，回顾个人创作历程、情感体验、思考结晶时，作家亦有自足感。因此，冰心认为文学创作不仅是为读者，也是为作家自己，文本承载着作家思想、情感和经验，对作家本人来

---

① 冰心：《论"文学批评"》，《晨报副镌》1922 年 1 月 22 日。
② 梁实秋：《〈繁星〉与〈春水〉》，《创造周报》1923 年第 12 号。
③ 巴金：《〈冰心著作集〉后记》，载范伯群编《冰心研究资料》，知识产权出版社，2009，第 225 页。
④ 燕志儁：《读〈春水〉》，《文学周报》1928 年 2 月 26 日第 305 期。

说也是一笔宝贵的财富。

第四节在上一节所提到的"作家为自己而创作"的基础上，进一步明确了"作家如何为自己而创作"的思想，即"真"的立场的核心，也即冰心一以贯之的"文贵求真"的审美倾向："自由抒写"自己的"忧愁快乐"和"积压的思想"，换言之，不受束缚地自由表达真实的自己，不为迎合时代、政治、思潮，只为表达自己内心的情感与思想，这一节中，冰心把文艺生产的终极旨归——真与自由结合起来。

从上述对《假如我是个作家》所作的鉴读不难看出冰心对"真"的多维理解和肯定，"真"的审美取向贯穿了冰心的诗歌创作生涯。她真诚地书写，真诚地奉行"爱的哲学"来抚慰同时代人的痛苦，不承想却遭到了同时代一小部分评论家们的批评和反对。比如，20世纪20年代冰心初入文坛时，蒋光赤批评冰心是"暖室的花"，"代表的只是市侩式的女性，只是贵族式的女性"，"她的人生观是小姐的人生观"。① 当时大部分批评的标尺来自现实和时代需求，对此，冰心在《哀词》中给出相应回答：

哀词②

他的周围只有"血"与"泪"——

人们举着"需要"的旗子

逼他写"光"和"爱"，

他只得欲哭的笑了。

他的周围只有"光"和"爱"，

---

① 光赤（蒋光赤）：《现代中国社会与革命文学》，《民国日报·觉悟》1925年1月1日第1卷第1期。

② 冰心：《哀词》，《晨报副镌》1922年8月19日。

> 人们举着"需要"的旗子，
>
> 　逼他写"血"与"泪"，
>
> 他只得欲笑的哭了。
>
> 欲哭的笑，
>
> 　欲笑的哭——
>
> 需要的旗儿举起了，
>
> 　真实已从世界上消失了！

　　这首诗暗含冰心对读者、批评家与作家之间关系的理解，因个体生命经验的差异，人们对文学作品的期待和诉求必然存在差异：当社会需要"血与泪"的文学作品来警醒激励民众时，就要求作家写"血与泪"的作品；当社会需要"光与爱"的文学作品来抚慰民众时，就要求作家写"光与爱"的作品，如此会全然不顾作家自身的经验，作家的真实经验被抹杀。"真实"是冰心文学创作的核心理念，它的消失何尝不是作者的悲哀呢？冰心试图保持创作者的独立精神，她不愿盲目地被主流声音影响，不管置身于何种语境，她都坚持从真实的个人体验出发，不轻易受外界干扰而改变创作立场："'真'的文学，是心里有什么，笔下写什么，此时此地只有'我'……只听凭着此时此地的思潮，自由奔放，从脑中流到指上，从指上落到笔尖。微笑也好，深愁也好。"①随之也牵连出关于"真"的讨论，冰心认为表现自己的文学称得上是"真"的文学，但范伯群却质疑，冰心眼中"真"的标准失于主观。并且，求"真"的态度促成了她冷眼旁观的立场：她"为了追求'真'，而把与'外界的交接'看成是一种'徒乱人意'的干扰。她倒想拉起一道帷幕，

---

① 冰心：《文艺丛谈》，《小说月报》1921 年第 12 卷第 4 号。

让自己躲到幕后",这样"就逐渐拉大了自己与社会上种种斗争的距离……越来越'内向'了,与社会的接触也就越来越少"①。冰心试图将特殊的个人经验普泛化,以引导"五四"落潮后徘徊在精神绝路上的青年。她在探索人生的过程中得不到正确的答案,而渐渐热衷于传颂爱的哲理,最终退避为冷观社会。为了保持客观的态度,她尽量使自己不流转于时代的旋涡,以免陷入当局者迷的境地。譬如小说《悟》中,钟梧在信中提及人们对"我"的认识:"奇怪呢,他只管鼓吹爱的哲学,自己却是一个冷心冷面的人""他这个人很不容易测度,乍看是活泼坦易,究竟是冷冷落落的"②,其中未免流露出疏离社会后自慕自怜的无奈心态。

诚然,与庐隐、陆晶清、白薇、萧红、张爱玲等女作家相比,冰心拥有幸福温暖的原生家庭,成长过程中,她感受最深的就是来自家庭和亲人的"光和爱",如同水波效应,母爱联动了一系列的爱的感受与储备,这就是她真实的个人经验。她专注于"光与爱"的描写也不难理解,茅盾在《冰心论》中说:"一个人的思想被他的生活经验所决定,外来的思想没有'适宜的土壤'不会发芽。"③优裕的家庭、高贵的社会地位和文化身份等生存经验对诗人写什么以及怎么写具有先验的指导意义,洋溢着爱的原生家庭生活和基督教思想的浸染成为冰心"爱的哲学"的两翼。她多次以"爱的化身"启迪生命的真谛,回忆温馨幸福的家庭和童年生活,并直言:"因着基督教义的影响,潜隐的形成了我自己的'爱'的哲学。"④

---

① 范伯群、曾华鹏:《冰心评传》,人民文学出版社,1983,第76页。

② 冰心:《悟》,载卓如编《冰心全集(第二册)》,海峡文艺出版社,2012,第100页。

③ 茅盾:《冰心论》,《文学》1934年第3卷第2号。

④ 冰心:《我的文学生活》,载卓如编《冰心全集(第二册)》,海峡文艺出版社,2012,第324页。

另外，冰心的作品中也确实少见"血与泪"，她认为"人世的黑暗面并非没见到，只是避免去写它"，因为"这社会上的罪恶已够了，又何必再让青年人尽看那些罪恶呢？"① 这样的分辩和取舍，体现了冰心审美的纯洁性趋向，她专注于美好事物，着眼于爱与美的净化，而警惕负面因素的侵蚀，这一体认造就了其洁莹柔美的品格，但也相应制约了她体味人生世态的深广度。

冰心试图保持独立的创作姿态，她不愿因主流的或大众的观念牵制而改变创作姿态，她坚持从个人体验出发，在创作中坚守个人立场。20世纪30年代后，虽然也创作过《分》这样富有阶级意识的作品，但她未改初衷，依然钟情于身边的"光与爱"。冰心真诚的创作精神打动了李希同，在一片批评反对声中，他毅然为冰心辩护，认为冰心贵在真诚地表现自己，希望批评者还她一个客观的价值，不要掺杂主观的成分，冰心就是冰心，不是任何其他人，冰心创作内容是母爱、儿童之爱、自然之爱，这就是她的本质。②

诚然，冰心的可贵在于她只做自己，不去迎合或模仿任何人，如果将她塞进批评者的模子里，她的诗歌也就失去了文学史上独存的冰心气质。冰心一生淡泊名利，不求闻达，只需要一支能够自由挥洒的笔，她不仅坚守"真"的写作姿态，也鼓励诗人们努力穿越阻碍"真"文学的雾障，找到打动世人的艺术之径。

冰心坚守"文贵求真"的立场，不为迎合主流的声音改变自己的创作姿态，并不意味着她反对外界对文学创作提出批评，她早在1923年就撰文表明其对文学批评的态度，她肯定了文学批评对于文

---

① 子冈：《冰心女士访问记》，载范伯群编《冰心研究资料》，知识产权出版社，2009，第93页。
② 李希同：《序》，载李希同编《冰心论》，北新书局，1932，第3页。

学创作的积极作用："我个人总不信批评能使作家受多大的打击或奋兴；但多少总可以使作家明了自己的作品，在别人方面所生的影响。因此作家和批评家尽可两不相识两不相妨的静悄悄的各做自己的工作。再一说：批评能引起讨论，各种不同的见地和眼光，更能予作家以莫大的辅助。"① 显见，冰心清醒地认识到批评家与普通读者都是作家的读者，与普通读者相比，批评家的文学批评能更直接地反馈给作家，让作家清楚地了解到自己的创作对读者产生的影响，批评家以其广博的知识和开阔的眼界提出新颖独到的见解，从而促进作家的创作。

冰心将作家看待文学批评比作照镜子："镜子 ——/ 对面照着，/ 反而觉得不自然，/ 不如翻转过去好。"（《繁星·六》）经常把镜子放在"对面照"，会越照越觉得自己不自然，作家经常看外界的批评，就容易越看越迷失自己，忘记自己真实的写作初衷。她认为，不如把镜子"翻转过去"，保留自己最自然的写作状态。在《遗书》中她借宛因之口提到："自然我不是说绝对不容纳批评家和阅者的意见与劝告。为着整饬仪容，是应当照一照镜子的；但如终日的对着镜子，精神太过的倾向外方，反使人举止言笑，都不自如，渐渐的将本真丧失了。"② 冰心以辩证眼光看待文学批评，提倡作家既要吸纳文学批评中对创作有益的部分，也不能被文学批评左右而失去自己本真的创作立场。冰心理想中的作家与批评家的关系是"作家和批评家尽可两不相识"，"固然不相识能起误解，而太相识又易徇情。不如面生些，各尽忠于艺术，为艺术而作，为艺术而批评。没

---

① 冰心：《中国新诗的将来》，载卓如编《冰心全集（第一册）》，海峡文艺出版社，2012，第524页。
② 冰心女士（冰心）：《遗书》，《小说月报》1922年第13卷第6号。

有偏袒，也无意气"。[①] 作家与批评家各尽其职，忠于艺术，去除主观偏见，二者和谐共生的关系生态，才能够促进文学的良性发展。

冰心在诗歌《影响》中阐明她如何看待作家对读者的影响："一个人的思想，/发表了出去；/不论他是得赞扬还是受攻击，/至少使他与别人有些影响。//好似一颗小石头抛在水里，/一声清响跳起水珠来；/接着漾出无数重重叠叠的圈儿，/越远越大直到水的边际——/不要做随风飘荡的羽毛！/吹落在水面上，/漾不出圈儿，/反被水沾住了。"[②] 在冰心看来，作家的创作要以发生影响为目的。作为第一批新文学家，她对于同时代作家和读者的批评抱有期待，如《繁星》和《春水》的最后一首分别写道："我的朋友！/别了，/我把最后一页，/留与你们！"（《繁星·一六四》）"别了！/春水，/感谢你一春潺潺的细流，/带去我许多意绪。/向你挥手了，/缓缓地流到人间去罢。/我要坐在泉源边，/静听回响。"（《春水·一八二》）可以视为作者对读者反馈的期待。

《繁星》和《春水》中，冰心以"文学家""艺术家"和"诗人"的身份，与潜在的读者进行直接对话。其中有冰心对读者的直接回应："我的朋友，/对不住你；/我所能付与的慰安，/只是严冷的微笑。"（《繁星·二九》）"这问题很难回答呵，/我的朋友！/什么可以点缀了你的生活？"（《繁星·八二》）也有冰心对作家和读者关系的想象："文学家呵！/着意的撒下你的种子去，/随时随地要发现你的果实。"（《繁星·一八》）"文学家是最不情的——/人们的泪珠，/便是他的收成。"（《繁星·三一》）有冰心为作家的辩解："我的朋友！/你不要轻信我，/贻你以无限的烦恼，/我只是受思潮驱

---

① 冰心：《中国新诗的将来》，载卓如编《冰心全集（第一册）》，海峡文艺出版社，2012，第 524 页。

② 婉莹（冰心）：《影响》，《燕京大学季刊》1920 年第 1 卷第 4 期。

使的弱者呵！"（《繁星·四〇》）"我的朋友！／真理是什么，／感谢你指示我；／然而我的问题，／不容人来解答。"（《繁星·一二二》）当然也有冰心对批评的不满："花儿低低的对看花的人说：／'少顾念我罢，／我的朋友！／让我自己安静着，／开放着，／你们的爱，／是我的烦扰。'"（《繁星·八九》）

不难看出，冰心的作家形象是在作家和读者的共生关系中建构起来的。冰心开创了与读者对话式的女性诗歌写作先河，对话发生的场域依托于现代报刊。作为典型的现代报刊推出的作家，冰心先后在《晨报》《小说月报》《益世报》等多个大型报刊上发表文学作品。在报刊上发表的作品本身就存有一定的对话性，同时，这些"随感录"式的批评除了抒发一己之读后感外，也隐含着影响作家创作的指向。报刊场域的特点是即时性、空间性强，读者对于作品的反应可以在很短的时间内出现在同一刊物上，有助于作家与读者的对话，以及读者与读者之间的经验交流。1921年，《小说月报》在12卷第5期发布了"《小说月报》第一次特别征文"，征集对于本刊发表的作品的评论，指定评论的作品中包括冰心的《超人》，于第13卷第8期刊登的第一组评论文章里，就有两篇是对《超人》的评论，分别是佩蘅的《评冰心女士底三篇小说》和直民的《读冰心底作品志感》。

新文学发轫初端，作家喜欢在创作时有意无意地隐藏自我文学形象的影子，却为读者留下很多可以追寻的线索，同时，青年读者的批评也为作家所重视，作家会在一定程度上做出调整，如此构成20世纪20年代参与感和互动性极强的文学创作环境。

现代报刊传媒除了为冰心与作者之间的对话提供"共生"的场域，在某种程度上还直接参与到冰心的文学创作之中。冰心投稿第一篇小说《两个家庭》时署名"冰心"，而《晨报》编辑却在出刊时有意在其后加上"女士"二字，此举很显然是为了突出或标识作家的性别。性别特征的标识旨在使冰心以"新文学女作家"的身份登场，这引起同时代读者强烈的好奇心和阅读兴味，"当时女子读书者本已不多；能够在文坛上稍露头角者尤其稀少。所以冰心女士处在那时，能那样的出头露面，大家都不免对之有一种神秘似的发狂的崇拜"[①]。不可否认，读者从冰心作品中获得的慰藉多少掺杂着性别意味，与同时期作家比，其温和善良的女性特质，优美亲昵的冰心式语体借"冰心女士"这个署名进一步得以强化和推广，几乎所有读者都感受到冰心作品中传达出来的女性特质。陈西滢不仅感受到了冰心的性别特征，甚至还感受到她的学业状况和涉事经验："《超人》里大部分的小说，一望而知是一个没有出过学校门的聪明女子的作品。"[②]沈从文认为冰心的作品显示出"人格典型"和"女性的优美灵魂"[③]。在张天翼看来，冰心的作品显示了作者的女性特征，这种女性特征包括"温柔、细腻、暖和、平淡、爱"[④]。诸多评论者从"她的小说，都可以看出她的诗人天分很高"，她善于发挥"女性特长"，这些女性特长包括"丰富的想象力与真挚的心情""精细的描写，与伶俐的笔致"[⑤]。20 世纪 20 年代的中国社会已然开始提倡男女平等、女性独立，但是，在不少男性知识分子观念中，女性天生秉具的温柔、细腻、温和等女性特质仍不可撼动。冰心作品所获得的来自男性读者与男性批评家们的赞美，既是男性文学读者对于文学作品本身的欣赏，同时也是男性对于"现

---

① 毅真：《几位当代中国女小说家》，《妇女杂志》1930 年第 16 卷第 7 号。

② 西滢（陈西滢）：《新文学运动以来的十部著作（下）》，载《西滢闲话》，新月书店，1928，第 345 页。

③ 沈从文：《论中国创作小说》，《文艺月刊》1931 年第 2 卷第 4 号。

④ 克川（张天翼）：《十年来中国的文坛》，《文艺月刊》1930 年第 1 卷第 3 号。

⑤ 成仿吾：《评冰心女士的〈超人〉》，《创造季刊》1923 年第 1 卷第 4 期。

代女性"品德的赞美。尽管当时报纸杂志在呼唤"新女性"的出现，但是在潜意识领域，他们对于女性美的认同更多来自对"新中有旧"的女性的赞美。其中张天翼对冰心的评价最具代表性："作者对于修辞极注意，她爱浸些旧文学的汁水进去，但不会使你起反感，像裹过足的放了足，穿高底鞋，也有好看的。"[①]这段评价隐含了男作家对一位女性写作者的双重价值标尺。就文学层面而言，批评者不反感冰心作品中"旧文学"的意味，另一个层面是有关女性美的标尺。张天翼用女性的脚比喻冰心文学风格的方式，表明了他阅读一位女性作家作品的态度，使人容易联想起旧式文人对古代才女的推崇。这也表明，一位女性作者的作品在进入现代文学评价体系中时，也要进入以男性为主导的性别审美系统。比如，梁实秋对《繁星》和《春水》的批评，流露出他对同时代女作家写作的期待乃至几近苛刻的高标准："最大的失望便是她完全袭受了女流作家之短，而几无女流作家之长。"[②]尽管梁实秋的文章不无见地，不过将女作家称为"女流作家"多少传递出不屑。好在除了梁实秋外，大部分男性批评家对冰心作品表示了尊重、支持，并做出挚诚的评价："夏日炎热，读伊的《繁星》便如饮清凉芬冽的泉水，令人陶醉。"[③]

2. 澄净而优美：飘逸着神性和温柔之光

冰心曾在《中国新诗的将来》一文中阐明她的诗歌审美向度，即诗人创作诗歌除了要凭借天性的乐观和对人类的同情之外，"更

---

① 克川（张天翼）：《十年来中国的文坛》，《文艺月刊》1930 年第 1 卷第 3 号。
② 梁实秋：《〈繁星〉与〈春水〉》，《创造周报》1923 年第 12 号。
③ 赵景深：《读冰心的〈繁星〉》，载《近代文学丛谈》，上海新文化书社，1934，第 77 页。

宜以美术的鉴赏自娱乐，以陶冶感情，使之澄静而优美"①。她认为，诗歌创作和诗人的审美素养分不开，关系到诗人是否能发现美以及如何呈现美，呈现出来的美感一定带着诗人个人独特的审美风格的印记。

冰心将她所发现的自然之美、母爱之美、童心之美都写进诗中，这在前文已有详述。除了自然、母爱、童心之美，被冰心赋予了神性的审美对象还拓展到美好的人体，在《赞美所见》中她盛赞了人体之美，并给美好的人体赋予了神性，将美好的人体比作一位女神。换言之，被冰心赋予神性的审美对象不局限于美丽的自然景观，还可以是美丽的人体以及美好的追求，仿佛万物都有了神性，正如她在《向往》中所写的："万有都蕴藏着上帝，/ 万有都表现着上帝。"②其诗歌中独特的美感源自对美的执着追求，以及沈从文所论的"文字的美丽与亲切"③。

1921 年 11 月，冰心发表了小说《最后的使者》，她以一个"诗灵神授"的故事，隐秘地表露出自己诗歌创作中的困境和苦闷，以及她开拓诗歌创作路径的探索过程。小说的主人公是一位诗人，诗人的诗歌总是带给人们绝望的灰暗，他渴望写出能够遮蔽人生烦闷的诗作，所以向神祈求灵感，于是神派遣雨、夜、水、花的使者赋予诗人灵感，但他们无一例外地没有实现诗人的渴望，最后上帝派遣"最后的使者"——希望的使者，在他的帮助下诗人带领世人奔赴光明。小说中的诗人苦于自己的创作无法给读者带去光明的启迪，因而渴望借用智慧的明灯驱散人世的苦难，现实中的冰心也苦

---

① 冰心：《中国新诗的将来》，载卓如编《冰心全集（第一册）》，海峡文艺出版社，2012，第 525 页。
② 冰心：《向往》，《时事新报·学灯》1922 年 3 月 23 日。
③ 沈从文：《论中国创作小说》，《文艺月刊》1931 年第 2 卷第 4 号。

于创作中的消极因素，渴望写出积极正面的作品。初登文坛时，冰心曾被读者指责"满纸秋声也"。冰心发表《我做小说，何曾悲观呢？》，虽辩说借着"消极的文字"去做那"积极的事业"，但也承认文字不应只有"秋肃"也该有"春温"，甚至预约要作一篇"乐观的小说"。①不久，冰心又发表《一篇小说的结局》，透露"转型"的艰难，小说虽为虚构，但却贴合冰心当时的创作境遇，读者亦能从中窥视到她的心理历程：未能写出"乐观的小说"让她产生了烦闷与焦虑。1920年，冰心终于迎来第一篇积极的小说《世界上有的是快乐……光明》。紧接着《骰子》《一个奇异的梦》等一系列温爱色调的作品相继问世。1920年9月，冰心在《一个忧郁的青年》中还借彬君之口为自己辩白："我想悲观者多是阅世已深之后，对于世界上一切的事，都看作灰心绝望，思想行为多趋消极。忧郁性是入世之初，观察世界上一切的事物，他的思想，多偏于忧郁。然而在事业上，却是积极进行。"②冰心对"悲观"所作的回答，以及对转型"乐观"的迫切行动，均透露出她和"诗人"的内在价值观念是相通的。另一方面，冰心与同时代的青年在"五四"后普遍地"表现了那时代的青年的一般烦闷"③，因为同理心，她的作品很快引起当时青年读者们的共鸣，与此同时，冰心也痛心于青年的迷茫，怀着悲悯之心期望解救苦闷之人，由此孕化而生"爱的哲学"。

《最后的使者》发表后，仅相隔一个月，冰心便于同年12月9日创作了《诗的女神》，再次描述了一个"诗灵神授"的故事，也

① 冰心：《我做小说，何曾悲观呢？》，载卓如编《冰心全集（第一册）》，海峡文艺出版社，2012，第43页。
② 冰心：《一个忧郁的青年》，载卓如编《冰心全集（第一册）》，海峡文艺出版社，2012，第124页。
③ 黄英：《谢冰心》，载《现代中国女作家》，北新书局，1931，第3页。

完整地传达了她对于"如何在文本中呈现美感"以及"呈现怎样的
美感"的观点。

诗的女神[①]

她在窗外悄悄的立着呢！
帘儿吹动了——
窗内，
窗外，
在这一刹那顷，
忽地都成了无边的静寂。

看呵，
是这般的：
　满蕴着温柔，
　微带着忧愁，
欲语又停留。

夜已深了，
人已静了，
屋里只有花和我，
请进来罢！

只这般的凝立着么？
量我怎配迎接你？
诗的女神呵！
还求你只这般的，

---

① 冰心：《诗的女神》，《晨报副镌》1921 年 12 月 24 日。

经过无数深思的人的窗外。

十二，九，一九二一。

　　赋予诗人灵感的是"诗的女神"。诗人从诗的女神降临写起，诗的女神在夜深人静时翩至诗人窗前，风掀开了窗帘，展露出女神的真容，刹那间，时间停滞，万物俱寂，一切皆为女神的丰姿而屏息肃穆。诗人大胆地观察着女神，并邀请她进屋，而女神只凝立在窗外。诗人自觉不配迎接神圣的女神，只求女神能够经过其他深思的人窗边，给他们也带去诗的灵感。

　　冰心用写意而非工笔的笔法，略其形取其神，未着笔勾勒女神的柳眉朱唇，却使一个楚楚动人的女神跃然于纸上。女神温柔地呢喃着絮语，微带着忧愁，欲言又止，如春夜细雨般滋润了诗人心扉。虽有一窗之隔，而女神与诗人的心却紧紧连接在一起，倾述密语、灵犀沟通、神示启迪，相融于寂静中。获得女神馈赠的诗人还不忘祈求女神给其他深思之人带去灵感，烘托并丰满了女神的形象——一个将灵感洒满人间的博爱之神。

　　冰心将自己的诗歌审美倾向人格化为一个"诗的女神"的形象，将获得诗歌灵感的创作过程，转化为诗的女神经过"我"窗前的过程。诗的女神的音容笑貌，象寓了冰心的审美理想，"满蕴着温柔，/微带着忧愁，/欲语又停留"。《最后的使者》中"希望的使者"的形象是模糊的，而"诗的女神"的形象是饱满而具体的，这表明了在创作《最后的使者》时冰心虽确定了光明的方向，但尚未明确具体的创作路径，而到了创作《诗的女神》的阶段，经历了苦闷的彷徨和探索后，终于廓清了诗歌创作路径。

　　冰心笔下的诗神不同于域外泰戈尔的诗神，也不同于本土郭沫若、闻一多笔下的诗神，她印染有冰心式的温柔美。沈从文曾诗性飞扬地谈到冰心式的温柔美："对人生小小的事情，一例俨然怀着母性似的温爱，从笔下流出时，虽方式不宜，细心读者却可以得到同一印象，即作品中无不对于'人间'有个柔和的笑影。"[①]冰心在诗歌中常以温柔的语气，以温柔的爱抚慰人们的苦难和悲哀。少女时期她就喜欢龚自珍的诗，其中"今日不挥闲涕泪，一身孤注掷温柔"，表明了她早年的审美取向。在创作谈中，她也多次流露出对温柔美的偏爱，认为文学家的脑筋是"温美平淡"的，这样在他的艺术上就能"添上多少的'真'和'美'"[②]。

冰心的诗歌总是"微带着忧愁"，这是其悲天悯人的性格造就的，她关心祖国的命运，同情贫苦弱小的民众，企盼用"爱的哲学"安慰人心、启迪人性，却发现"爱的哲学"无益于解决现实问题，因而对"爱的哲学"产生了怀疑，陷入愁闷与忧伤之中。当"爱的哲学"受挫后，她将感伤情绪带进诗中，夏志清曾称"冰心代表的是中国文学里的感伤传统"[③]。但冰心在诗中对忧愁的把控是有节制的，她极为清醒："聪明人！/要提防的是：/忧郁时的文字，/愉快时的言语。"（《繁星·六四》）这是在强调，虽然创作应该自然而然地流露诗人的感情，但不宜过分忧郁、过分煽情，过度的抒情会有伤诗美。冰心将笔下的忧愁控制在"微"的程度，不让忧愁泛滥，只将缕缕愁丝织入"温柔"的绸缎中，织就美丽的诗歌篇章。

冰心的诗歌还蕴含"欲语又停留"之美。"欲语又停留"体现了中国古典文化中含蓄美的艺术品格，孔子云"书不尽言，言不尽意"，庄子云"得意而忘言"，中国的意境理论强调"言有尽而意无穷"……冰心自小在中国古典文化的浸润下长大，言有尽而意无穷

---

① 沈从文：《由冰心到废名》，《国文月刊》1940年第1卷第3期。
② 冰心女士（冰心）：《文学家的造就》，《时事新报·学灯》1921年6月8日。
③ 夏志清：《中国现代小说史》，刘绍铭等译，浙江人民出版社，2016，第81页。

的含蓄美，潜移默化地影响了其美学风格。冰心认为，诗人在创作过程中要更好地驾驭语言文字，应在有限中尽可能地去接近无限，去靠近绝对的美，用含蓄的方式去表现美，恰如她盛赞刚出生的婴儿的不言之美："婴儿，/是伟大的诗人，/在不完全的言语中，/吐出最完全的诗句。"（《繁星·七四》）

诗品出于人品，冰心始终强调作家的人格修养"蓄道德能文章"[1]，其诗歌的温柔美、哀愁美与含蓄美，是她将人格化于艺术的必然结果。她在《中国新诗的将来》中说："诗歌是最表现作者的人格的，有的诗虽无教训之名，而有教训之实，那是因著作者的最高最浓挚的感情，在他不自觉中，无意中，感动了读者……诗思要酝酿在光明活泼的天性里和'自然'有相通和人类有甚深的同情的交感。"[2]冰心认为，诗歌是最能够表现诗人人格的文体，诗人要提高自己的个人修养，才能够打动读者。宗白华认为，冰心文章的品格，是作家人格形象的艺术再现。茅盾的胞弟沈泽民曾以"荷花"比喻冰心的人格："像一朵荷花一样，洁白，一尘不染地直伸起来的诗人，那便是冰心女士了。从现世中挣扎出来的人，多少是带一些伤痕的，唯有慧心者乃能免此。"[3]接触过冰心的人，无不推崇冰心的优雅气度、温婉秉性、纯洁思想。文如其人，透过作品看到的冰心，就是一位温柔典雅、含蓄忧愁、热爱思考的东方才女。

冰心文字的美感和审美艺术观在当时影响了一批读者，引起了广大青年的共鸣和模仿，"冰心体"一度流行文坛。叶灵凤就是深受影响的文学青年，他在晚年回忆时追述："我正读了《繁星》，被

---

[1] 冰心：《蓄道德能文章》，载卓如编《冰心全集（第一册）》，海峡文艺出版社，2012，第283页。

[2] 冰心：《中国新诗的将来》，载卓如编《冰心全集（第一册）》，海峡文艺出版社，2012，第525页。

[3] 直民（沈泽民）：《读冰心底作品志感》，《小说月报》1922年第13卷第8号。

那种婉约的文体和轻淡的哀愁气氛所迷住了，回来后便模仿她的体裁写了两篇散文，描写那天晚上看戏的'情调'。写成后深得几个爱好新文艺的同学的赞赏，我自己当然也很满意，后来还抄了一份寄给那位女主角，可惜不曾得到什么反应，但是，从此我便对新文艺的写作热心起来了。"[①]

3. 略显单薄的美：一道独异风景线

冰心坚持忠于内心的声音，遵从生命体验，真实地表现自己。但有限的个人体验和狭小的生活范围多少限制了她诗歌写作的疆域，甚至束缚了她对美的感受和捕捉。她的诗满蕴着日常和生活中的"光与爱"，传播"爱的哲学"。因为逐渐脱离了社会和民众生活，她诗歌中的美略显单薄。当她意识到"爱的哲学"无助于解决现实人生问题时，她从怀疑走向矛盾和惆怅，由此生成"微带着忧愁，欲语又停留"的美学风格。与此同时，对"真"的追求又使她无法回避内心真实的声音，她不去欺骗读者，把个人的心路历程和对美的感受憧憬真诚地写在了诗中——她所感受到的就是周围的"光与爱"，她记忆和经验深处的母爱以及由母爱生发出的对孩童、青年、人类的爱，在爱的氛围中她尽情书写自然之美和人体之美。正如她在《文学家的造就》中所说："我想的时候，写的时候，对于自己所说的，都有无限的犹豫、无限的怀疑。但是犹豫，怀疑，终竟是没有结果的。姑且武断着说了，欢迎阅者的评驳。"[②]同一篇文章，一年后再次刊发于《时事新报·学灯》[③]，足见经历过犹豫

---

① 叶灵凤：《读少作》，载《读书随笔 三集》，生活·读书·新知三联书店，1988，第 11 页。

② 谢婉莹（冰心）：《文学家的造就》，《燕京大学季刊》1920 年第 1 卷第 4 期。

③ 冰心女士（冰心）：《文学家的造就》，《时事新报·学灯》1921 年 6 月 8 日。

和怀疑，最终，她还是坚执地选择了忠守自心。

冰心的诗虽未书写波澜壮阔的时代风云和血雨腥风的革命斗争，但她忠实地记录下知识分子及青年学生在新旧时代交替中的精神世界——从亢奋、怀疑、幻灭、彷徨到追求的心灵苦难历程，显示出过渡时期青年"不安定的灵魂"。冰心诗中大胆的自我表现精神在一定程度上具有启蒙的意义，启发鼓舞了青年们从封建伦理道德的束缚中解脱出来，从麻木愚昧状态中觉醒过来，她对自我的肯定，任由情感的漫溢，为时代供奉了一道独异的风景线。

《中国新文学大系·诗集》收录了包括《繁星》（五首）、《春水》（八首）、《诗的女神》《假如我是个作家》《纸船》《倦旅》《相思》在内的十八首冰心的诗作，从入选数量不难看出编纂者对其文学史意义的肯定。随后，郁达夫进一步肯定了冰心诗歌创作的审美特质："我以为读了冰心女士的作品，就能够了解中国一切历史上的才女的心情；意在言外，文必己出，哀而不伤，动中法度，是女士的生平，亦即是女士的文章之极致。"[1]冰心在诗歌创作生涯中始终忠于自己的内心，带着一颗未蒙尘染、未受知识牵累的童心，坚守并践行着她心中的"真"与"美"的审美向度。

结 语

冰心是被朱自清选入《中国新文学大系》的唯一女诗人，在"开一代诗风"的新诗创作中，她为现代女性诗歌撑起一面醒目的旗帜。百年来，她的小诗、散文和小说经常入选中学课本或参考读

---

[1] 郁达夫：《中国新文学大系·散文二集·导言》，载范伯群编《冰心研究资料》，知识产权出版社，2009，第360页。

物，在中国现代文学乃至文化界内都具有持续的传播效力和独特的影响力。她热爱自然、拥抱生活，秉持内在生命的真，捕捉微妙的情绪，发现无处不在的美；书写广博或幽微的爱，洞见深刻的哲理。她开创了"五四"之后最为风行的小诗体，短小的篇幅包涵广阔的人生和"零碎的思想"，丰富了新诗的艺术表现力。她的小诗多表现母爱、自然、童心，代表了一个时代的诗性追求和"五四"时期女性的审美意识。不过，从最初的评论看，冰心的小诗也因"表现力强而想象力弱""理智富而情感分子薄"①等抽象化、观念化的问题遭到当时批评家的批评，也限制了被很多读者争相模仿的"冰心体"在新诗现代化进程的成长。

---

① 梁实秋：《〈繁星〉与〈春水〉》，《创造周报》1923 年第 12 号。

第二章

"一身诗意千寻瀑"：林徽因

　　新文学最早的女性拓荒者陈衡哲说过，她们那代人，本想着将命运掌握在手中，却又害怕背离传统，她们的一生处在被动的"矛盾"中。这种矛盾是"五四"时期大多数女诗人自身经历与精神体验的写照——她们一方面浸染着"五四"新的时代思潮即"人的觉醒"，渴望个性独立解放，另一方面在女性深层意识里又受到传统意识、家庭和亲情等对她们精神与命运的箝制羁绊。体现在诗歌创作中，她们一方面追求光明和自由，表达个性解放等强烈的时代叛逆精神，呈现出社会性特征，另一方面，她们善于从家庭、亲情、自然中寻觅爱的辉光，在扭结的矛盾中完成了从形式革命到思想革命的转变。这也导致新诗发轫初期女诗人创作的特殊困境——不仅站在新旧诗歌艺术体式的裂缝中陷于诗艺模仿和探索的矛盾处境，还摇摆于国民话语、时代主潮与个人理想、诗性择取的冲突旋涡，踟蹰观望。

　　在新文学最早的女性拓荒者阵列中，冰心是元老级诗人，"冰心体"让她成为现代文学史上第一个以自己名字命名文风的女作家[1]。她走上诗坛之初，也曾经历过陈衡哲所言的"矛盾"，不过，

---

[1] 第二位女作家是张爱玲。1944 年 8 月，年仅 24 岁的张爱玲出版小说集《传奇》，登上文坛之巅，成为上海最耀眼的一颗星，被当时的文学评论家傅雷誉为"文学界的奇迹"，随即出现以她的名字命名的文风"张爱玲体"。整个娱乐圈都来找她合作，写剧本。

她信奉并坚守"爱的哲学"，辐射出宽广的人性，具有启蒙意义，影响过不止一代人。身为女性文学和儿童文学的先行者，新文学第一代女诗人，冰心开启并确立了"小诗"在现代文学史的地位，她的《繁星》《春水》诗集使其名噪一时；她对母爱和童真的吟咏、对人类和自然的赞颂，诗行间蕴蓄的哲思、真诚的宗教情感、纯净的诗歌创作理念……这些奠定了她在中国女性诗歌史中极为重要的地位。

紧随冰心登上诗坛的女诗人还有陈衡哲、CF 女士、陆晶清、石评梅、孙祥偈、白薇等，其中，CF 女士的诗集《浪花》与《繁星》几近同期出版，白薇的《琳丽》是中国现代女性诗歌史上最早的一部诗剧。[①] 尽管如此，若仅从诗作和诗集生产、刊发数量方面看，20 世纪 20 年代的女性诗歌创作不及 30 年代繁盛。30 年代女诗人出版的诗集有 19 部之多，还出版过 4 部女性诗人选集 [②]，这些女性诗人选集的出版是现代文学阶段独有的现象。从在报刊上零散发表诗作到结集出版单行本，从单个女诗人出版诗集，到选家在大量诗作

---

① 白薇：《琳丽》，商务印书馆，1925。

② 我国新诗史上最早的一本女性诗歌选当数《女朋友们的诗》，1932 年 8 月初版，云裳编，上海新时代书局印行，为文友社丛书之五。32 开，55 页，收虞岫云《一匹战马》、惠留芳《影子》、沈紫曼（沈祖棻）《真诚的友谊》、郑丽痕《心灵的叫喊》等诗 52 首。正如诗集书名所示，这是本"女朋友们的诗"，作者都是文友社社员，因此所选范围有限，相比较 1934 年 1 月出版的《女作家诗歌选》就广多了。《女作家诗歌选》，张立英编，上海开华书局出版，32 开，220 页，选收王梅痕《重见》、谢冰心《假如我是个作家》、丁玲《给我爱的》、陈衡哲《人家说我发了痴》、陆晶清《低诉》、白薇《春笋的歌》、陈学昭《不重要的话》等诗 35 家 69 首，基本反映了新诗发展初期女性诗人新诗创作的面貌。据笔者所知，《女作家诗歌选》出版后不久，又有两本女诗人的诗选集问世：一本是 1935 年 4 月上海女子书店出版的由姚名达主编的《暴风雨的一夕——女作家新诗集》，一本是 1936 年 5 月上海仿古书店出版的俊生编的《现代女作家诗歌选》。前一本选收沈冠真、方芬、黄蕊秋等所作诗 18 首，后一本所选与《女作家诗歌选》大致相同，只是多了几首。

里遴选女性诗歌结为诗集，可以断言，20 世纪 30 年代确实是女性诗歌创作繁荣期[①]。

多元繁复的文化格局绽放了 20 世纪 30 年代中国现代女诗人创作的花期，但她们的创作特质又从根本上决定了其边缘的地位。其间，她们基于女性的"个人化"和"私人化"的写作，更多的是围绕自己的园地；身处纷争、论战的"历史"之外，她们无法真正进入政治文化集团和文人集团的场域，自然无从跻身社会"精英"之列。即便部分左翼女诗人能够被人们记住，也鲜少是因为精湛的诗艺成就，她们的被认可，往往是以遮蔽其"女人性"为代价的。30年代女诗人的杰出代表是林徽因，她的诗歌创作期纵贯三四十年

[①] 20 世纪 30 年代出版的女性个人诗集诸如：关萍的《寒笳》（上海广益书局，1932 年 8 月），虞琰的《湖风》（上海现代书局，1930 年 1 月），苏荃的《生命的火焰》（北平孤星社，1930 年 1 月），陆晶清的《低诉》（上海春潮书局，1930 年 4 月），冰心的《冰心诗集》（北新书局，1932 年 8 月），芍印的《逝水集》（上海新民书局，1934 年 10 月），梅痕的《遗赠》（上海大达图书供应社，1935 年 3 月），曾平澜的《平澜诗集》（南宁三管图书局，1935 年 7 月），陶映霞的《筑地黄昏》（上海黎明书局，1936 年 10 月），关露的《太平洋上的歌声》（上海生活书店，1936 年 11 月），安娥的《高粱红了》（汉口上海杂志公司，1938 年 2 月），《燕赵，儿女》（生活书店，1938 年 9 月），等等。30 年代还出版了 4 部女性诗歌选集，这是 20 年代和 40 年代没有的现象。它们分别为：《女朋友们的诗》（上海新时代书局，1932 年 8 月），《女作家诗歌选》（上海开华书局，1934 年 1 月），《暴风雨的一夕 —— 女作家新诗集》（上海女子书店，1935 年 4 月），《现代女作家诗歌选》（上海仿古书店，1936 年 5 月）。一些诗歌选集也多收录对现在的读者来说早已完全陌生的女诗人诗作，如 1929 年 5 月晨光报社编印的《寒流》，选有惜冰的《月夜箫声》《寻找我的心》《雪夜》，竹筠的《我们携手奔向智慧乐园》，沫星的《狂涛中的呼声》《旅心》，霜痕的《雪花》；1930 年 5 月上海文艺小丛书社出版秋雪主编的《小诗选》，选有漪湖的《西湖我的姊姊》、寿常的《小诗》、均伟的《小诗》、CF 的《春意》、玉影的《小诗》、李王淑兰的《春风》；1931 年东华书局编印的《全国女学生文艺》，选有李蕙田的《恋歌二章》《思亲》、胡纯菊的《慈母》、忆痕的《月》《酸》、陈忠蘷的《送春》、苏惜秋的《给：——》、尹丽娜的《听中秋箫鼓》《秋夜怀人》；1935 年 8 月上海经纬书局出版陈陜主编的《现代青年杰作文库》，选有白杨的《一朵半开的蔷薇》、青禽的《特啊！我想你》等。

代。20 年间，她完成了从浪漫主义到现实主义和现代主义诗艺的转向。林徽因与冰心踏上诗坛的时间相距十载，她们都是赫赫有名的民国才女，教育背景极为相似，在美留学期间还有过交集[①]；都曾得益于中国古典美学的浸染，均有西学经历，受惠于中西文化的滋养，都是跨文体写作的高手，诗歌中传递着真善美，文字澄明雅净。徐志摩评价冰心是"最有名神形毕肖的太戈尔（泰戈尔）的私淑弟子"[②]，而泰戈尔来华时林徽因前后陪同，并担任泰戈尔诗剧《齐德拉》女主角，深得泰戈尔欣赏，得其赠诗一首。虽然林徽因在诗坛的影响力和创作数量不及冰心，但她留下的承载了现代女性真心、真情和真爱的经典诗作具有广泛的接受度和影响力，也丰富了冰心等第一代现代女诗人所开拓的情感空间。此外，林徽因的诗歌创作虽孕化于新月诗派，但她对诗艺的探索并未止步于此。在抗战爆发后的奔波迁徙中，她调整了既往的审美原则和艺术视角，走进底层生活，自觉运用西方现代主义诗歌表达技巧，从浪漫主义表现手法转向了现实主义和现代主义，并主动将诗歌突入苦难的现实生活和日常片影之中。相较于冰心等新文学第一代女诗人，林徽因的诗歌创作路径更加多元化，显露出灵动的诗艺探索精神，堪称现代女性诗歌史上的"一片阳光"。

---

① 在美留学时期的交集是愉快的，不过回国后，冰心写过小说《我们太太的客厅》（《大公报·文艺副刊》1933 年 9 月 27 日、9 月 30 日、10 月 4 日、10 月 7 日、10 月 14 日、10 月 18 日、10 月 21 日连载）讽喻林徽因，据说林徽因对此并无多言，而是从山西买了一坛陈醋回赠冰心。诗人交往的掌故无关乎学术，无非为后人回眸过往留下谈资。

② 徐志摩：《太戈尔来华》，《小说月报》1923 年第 14 卷第 9 号。

▌ 第一节　"徽音冠青云"的传奇人生

　　林徽因（1904—1955），诗人、作家、教授。福建闽侯人，生于杭州。原名林徽音，其名出自《诗经·大雅·思齐》："大姒嗣徽音，则百斯男"；另有魏晋诗人傅玄《有女篇》一诗中的佳句"徽音冠青云，声响流四方"。1934 年，为避免和一位"海派"男作家同名，更名为林徽因。童年时随家迁居北京，1916 年与表姐们同入英国教会办的培华女子中学，1920 年随父亲到英国伦敦读中学，1923 年，她以尺棰为笔名，翻译了奥斯卡·王尔德的散文诗《夜莺与玫瑰》，12 月刊发在《晨报》纪念五周年的增刊上，这是她公开发表的第一篇习作。1924 年到美国宾夕法尼亚大学美术学院学习，主修建筑学。1927 年毕业后转入耶鲁大学戏剧学院学习舞台美术设计。1928 年与梁思成结婚，同年 8 月归国，受聘于沈阳东北大学建筑系。中华人民共和国成立后，任清华大学建筑系教授。对于多才多艺而又主攻建筑学的林徽因而言，文学创作应该算是她的业余活动，但她取得了许多专业作家无法企及的成就。林徽因于 20 世纪 30 年代开始积极发表作品，她凭借渊博的学识、极高的文学造诣、耀人的艺术才情在文坛颇具影响力，亦得"京派灵魂"的美誉。其早年诗作散见于《新月》和《诗刊》等，主要作品有诗《笑》《别丢掉》《你是人间的四月天》《深夜里听到乐声》等，小说《九十九度中》《模影零篇》等，另有散文《窗子以外》和未完成的多幕剧《梅真同他们》。

　　林徽因天生丽质，气韵高雅，聪慧过人，有"中国一代才女"之称（胡适语），加之其一生至情至性，自尊自强，无论从哪方面看，都堪称 20 世纪中国知识女性的杰出代表和光辉典范。林徽因初涉诗坛时受英国唯美派影响的同时也吸纳了新月派的诗风。其诗作，就思想内容而言，主要以个人情绪的起伏和变动为主线，探索生活和爱的哲理，时常于恬静的日常生活中做纵向的精神发掘。《笑》《别丢掉》《你是人间的四月天》等便是这一类诗篇的代表作。此外，林徽因还写有不少表现诗人忧思民族命运、表露爱国之情的诗作，以《年关》《八月的忧愁》为代表，展露出探索中国新诗写作出路的精神，这一点常常为文学史所忽略，这与她不求闻达、默默耕耘的诗学追求不无关系。

出身书香门第，精神气质超卓、天资禀赋非凡的林徽因，在很多艺术领域都留下斐然成绩。她涉猎广泛，文理兼备，精通建筑、戏剧、文学、翻译、哲学、美术[①]等多个领域，她集美貌[②]与才华于一身，"以精致的洞察力为任何一门艺术留下自己的印痕"[③]，是现代文化史上少有的"全才"。而这样一位具有敏锐的艺术天赋、精于鉴赏、受到过高等教育且富有民族气节和学者良知的旷世才女，后半生却病魔缠身，战争期间更是饱经颠沛流离之苦，1949 年后又将全部的心血倾注在新中国的建设上，1955 年就溘然病逝，终年 51岁，犹如她在诗作中的预言："玲珑的生从容的死"（《莲灯》）。她的不幸早逝，不禁令人感喟："日月忽其不淹兮，春与秋其代序。"林徽因留下来的作品数量虽然并不多，但多为精品，在岁月的淘洗中，闪着珠贝般洁莹的光。

1. 传统与新式教育合璧

林徽因的祖父林孝恂是光绪十五年（1889）进士，授翰林院编

---

① 1923 年，年仅 19 岁的林徽因应邀为《晨报》五周年增刊设计封面，署名"尺棰"。
② 对于朋友们来说，美貌是她身上最微不足道的闪光点。
③ 徽音（林徽因）：《莲灯》，《新月》1933 年第 4 卷第 6 号。

修，一直在浙江做官。为了林家后代的教育，林孝恂在杭州家中设立了家塾，家塾分国学与新学两斋，国学延请林纾为主讲，新学延请林白水为主讲。因此，林徽因的父亲、姑姑等从小就打下了深厚的国学根基，同时也受到了新学的启蒙。父亲林长民是清末民初政坛上的重要人物，母亲何雪媛是林长民的一个妾，出身于商人家庭，未曾接受过新式教育。于是林徽因的启蒙教育落在了常住娘家的大姑母林泽民身上。与她一起读书的还有另外几个姐妹，徽因最聪慧，又肯用功，六岁时便能为祖父代笔，给父亲林长民写信。这一阶段的学习为林徽因之后的创作打下了基础，浸润其早期诗歌中的古典文化气息归因于童年的积累。以诗歌《时间》[①]为例：

> 现在连秋云黄叶又已失落去
> 辽远里，剩下灰色的长空一片
> 透彻的寂寞，你忍听冷风独语？

这三行诗虽采用现代诗的形式，但诗歌意象萦绕着古典气息，"秋云黄叶"、辽远的"长空"、"冷风独语"，林徽因借助古典诗词中常见的意象来抒写现代诗思，将古典诗的意境和现代人的思绪巧妙融汇。

林长民虽然很喜欢林徽因，但对她的母亲十分冷淡，娶了一个上海女子之后，将何氏完全冷落下来。畸形的父母关系在其心灵留下创伤，也使她比一般的孩子早熟。因此，她在对风物人情的叙述中，时常流露生命的悲悯感，而在隐忍背后又灌注了抗争的力量。

12岁时林徽因进入教会办的贵族学校培华女子中学，学校学生

---

① 徽因（林徽因）：《时间》，《大公报（天津）·文艺》1937年3月14日。

平时住校，周末才能回家。学校教风十分严谨，对英语十分重视，授课的都是外籍教师，全用英语授课，加之林徽因聪慧好学，她的英语进步很快，这为她日后出国学习打下了坚实的基础。

林长民既具有深厚的古典文学积淀，又接受过新式教育，他希望林徽因也能从新文化中受到良好的教育。虽然培华女中的教育在当时的国内已经很先进了，但是他对此依然不满足。1918 年春，林长民本来打算带着林徽因一同去日本考察，未能实现；1920 年，终于得以带着 16 岁的林徽因一同到欧洲考察，这次出行对于林徽因来说也意义重大。在出发前，林长民曾写信给林徽因："我此次远游携汝同行。第一要汝多观察诸国事物增长见识。第二要汝近我身边能领悟我的胸次怀抱 …… 第三要汝暂时离去家庭烦琐生活，俾得扩大眼光，养成将来改良社会的见解与能力。"① 林长民对于女儿的教育十分用心，且很有远见。此次出国，林徽因第一次感受到世界的宏阔与自身的渺小，她和父亲游历了欧洲的很多城市，参观了名胜古迹以及工厂与报馆。这些异于书本中图画的珍贵风景，对于成长中的林徽因无疑是一笔巨大的财富。其间，林长民携女儿走入英伦的文化圈，认识了 H.G. 威尔斯、E.M. 福斯特、T. 哈代和 K. 曼斯菲尔德等文坛巨匠。但在林长民忙工作的时候，林徽因更多的是自己打发时间。9 月份她考进了爱丁堡的圣玛丽学院，英语也愈加纯熟。

她翻阅英文书刊，阅读萧伯纳的剧本，发现了翻译本与原著的差异，第一次对文学有了粗略的感知，但她还是以学英语为主要目的，所以未及深想。正当此时，徐志摩走进了她的生活。徐志摩是林长民的朋友，经常来拜访林长民，刚认识林徽因时，徐志摩发现他们很谈得来，他把自己喜欢的拜伦、雪莱、济慈等诗人介绍给林

---

① 陈学勇：《林徽因寻真 —— 林徽因生平创作丛考》，中华书局，2004，第 134 页。

徽因，这些浪漫主义诗人的作品对林徽因之后的诗歌创作产生很大影响。徐志摩可以算是林徽因诗歌创作的启蒙老师，无意间将她引进了诗歌的殿堂。

林徽因在英国只有短短的一年，不过这一年对她来说至关重要。一方面是眼界的打开，让她看到了真正的世界，不再局限于已知的狭小天地里。另一方面是知识的积累，在学习英语的过程中，她对诗歌初具朦胧的印象，加之徐志摩的引导，为其日后的诗歌创作奠定了基础。林徽因在伦敦的女房东是一名建筑师，她们经常一起去写生、作画，在这样的交流中，林徽因开始对建筑抱有朦胧的向往。在长久的接触中，徐志摩对林徽因产生好感，但随着 1921 年父女俩结束英伦之旅返回中国，这段感情也被画上了句号。回国后林徽因仍旧在培华女中学习。

2. 北平名媛的野外勘测

1923 年春，新月社在西单石虎胡同 7 号成立，此时的林徽因虽然经常参加新月社的活动，但不是新月社的正式成员。林徽因开始创作时已是新月派活动晚期，她并未把自己当作新月派成员，但因其诗歌风格和新月派有极大相似之处，所以人们通常把她归于新月派。林徽因参加了新月社的大部分活动，1924 年泰戈尔访华，徐志摩和林徽因负责主要的接待工作，两人一直陪伴泰戈尔左右，他们三位游览先农坛的合影被一家报纸命名为"松竹梅三友图"。此间适逢泰戈尔的生日，新月社排演了泰戈尔的诗剧《齐德拉》，林徽因担任女主角，她一口流利的英语获得了大家的好评，她因此成为人们瞩目的"名媛"，多年后还有人提起。这一阶段的林徽因没有进行过诗歌创作，但诗歌的种子已经播种其心田，以至于她去美国留学之后，常会写信给北京的友人，表达对诗歌活动的怀念以及对诗歌的向往。

林徽因的父亲林长民和梁思成的父亲梁启超都是政坛名人，且私交甚笃，他们一直有结为儿女亲家的想法。在父辈的安排下，林徽因和梁思成交往逐渐频繁，并产生恋情，直至 1928 年春喜结连理。"梁上君子、林下美人"，这是时人对这对民国著名伉俪的美誉。1923 年林徽因从培华女中毕业，考取了半官费留学。同年夏，梁思成从清华毕业。赴美留学前他接受林徽因的建议，在"连建筑是什么还不知道"[①] 的情况下，选择去美国攻读建筑学。她能向梁思成提出这个建议，一方面源于当年跟父亲在欧洲游历时曾受到一位女建筑师的影响而萌生了致力于学习建筑的想法，另一方面诚如闺蜜费慰梅所言："她（林徽因）认为中国需要一种能使建筑数百年不朽的好建筑理论。"[②]1924 年林徽因和梁思成一起赴美，7 月在康奈尔大学时，林徽因暑期课程选了户外写生和高等代数。户外写生使林徽因更能关注自然，细致的观察力也得到了锻炼，这为林徽因在宾夕法尼亚大学学业的顺利进行及专业的选择提供了条件。9 月进入宾夕法尼亚大学学习的梁思成顺利入读建筑系，因建筑系不招收女生，林徽因报了美术系，同时选修建筑系的主要课程。除在康奈尔大学进行过简短的学习之外，她之前并没有绘画和制图的功底，不过这些困难最终都被一一克服。教过她的美国教师称赞她的建筑图画得"棒极了"。为此，破格聘她为建筑系兼职助教，后又聘为兼职讲师。[③] 林徽因勤奋好学，经常出去写生，绘画功底从无到有，进展很快。而她的绘画才艺在日后的诗歌创作中得以进一步发挥。

---

① 林洙：《困惑的大匠·梁思成》，山东画报出版社，2001，第 22 页。

② ［美］费慰梅：《中国建筑之魂：一个外国学者眼中的梁思成林徽因夫妇》，成寒译，上海文艺出版社，2003，第 41 页。

③ 参见曹汛：《林徽音先生年谱》，文津出版社，2022，第 53 页。

林徽因的很多诗篇都具有绘画美，这与她在宾夕法尼亚大学的教育与学习经历关联甚密。以《去春》①为例：

> 人去时，孔雀绿的园门，白丁香花，
>
> 相伴着动人的细致，在此时，
>
> 又一次湖冰将解的季候，已全变了画。

"孔雀绿""白丁香花"，将解的湖冰，诗人使用的色彩夺目而又对比鲜明，营构出春的图景，静态的写生式描画再加上湖冰下面潜藏的解冻，早春的景象呼之欲出，成为留驻于诗人心间唯美鲜活的画卷。

1927 年 9 月，林徽因结束在宾夕法尼亚大学的学业，获美术学学士学位②，随后申请了耶鲁大学戏剧学院。林徽因在 G.P. 柏克教授工作室学习舞台美术设计半年，并在 1926 年、1927 年分别被聘为建筑系兼职建筑设计助理教师和美术系兼职设计指导教师。在宾夕法尼亚大学三年的绘画学习为其打下很好的美术基础，加上她喜爱并演过戏剧，因此她的舞美设计成果得到老师同学的一致称赞。这一阶段积累的绘画与戏剧知识，不论是为她后来从事建筑工作，还是诗歌、戏剧创作都奠定了良好的基础。

30 年代林徽因主要参与过两个文艺沙龙，一个是以她自己为中心的北平东城的北总布胡同 3 号的聚会，即众所周知的"太太的客厅"，另一个是以朱光潜、梁宗岱为中心的"读诗会"。"太太的

---

① 林徽因：《去春》，《文学杂志（上海 1937）》1937 年第 1 卷第 4 期。

② 美国宾夕法尼亚大学计划 2024 年 5 月 18 日，追授林徽因建筑学学士学位。从当时成绩单中可见，她的成绩与梁思成、路易斯·康等建筑系最优秀的学生比，毫不逊色。参见《一份迟到百年的学位证书》，《新华每日电讯·草地周刊》2023 年 10 月 20 日。

客厅"效仿西方的贵族文学沙龙，曾被誉为当时最著名的"文化沙龙"，亦是中国现代文学史上一道夺目的风景，实际场景不过是一个优雅的四合院。参加者十分驳杂，除了中国人，还有一对经常出入的美国夫妇费正清和费慰梅。我们无法用单纯的文艺沙龙来定义"太太的客厅"，因为除了文学家之外，还有建筑学家、哲学家、经济学家等的参与，他们基本都是文化界的名流。与之相比，朱光潜、梁宗岱的读诗会成员相对单纯。参加读诗会的大部分是文学家和诗人，有些人当时虽然还没有出名，但都是文学爱好者，由此读诗会的文学色彩更浓。林徽因对朱光潜的读诗会非常喜欢，她经常参与到读诗会的活动中来。在参加文艺沙龙的过程中，林徽因常常是现场的灵魂人物，有两个人的回忆可以带引我们回到当时的沙龙现场，萧乾说："但她可不是那种只会抿嘴嫣然一笑的娇小姐，而是位学识渊博、思想敏捷，并且语言锋利的评论家。"[①] 林徽因的好友费慰梅在回忆录中写道："她总是聚会的中心和领袖人物，当她侃侃而谈的时候，爱慕者总是为她那天马行空般的灵感中所迸发出来的精辟警句而倾倒。"[②]

萧乾、何其芳等文学新人尤其是沙龙的受益者，林徽因对他们格外关照，鼓励他们积极创作，对他们的作品给予很高的评价；与此同时，她还大力支持他们的编辑工作，她曾和梁思成一起为《大公报》的副刊《小公园》设计绘制刊头；更是《大公报》副刊《文艺副刊》《文艺》重要的作者。她曾应萧乾之邀，1936 年参加"《大公报》文艺奖金"活动，担任评奖委员，选编出一本《大公报文艺丛刊小说选》，尽显其作为编选者公允独到的眼光和甚为深入的文

---

① 萧乾：《一代才女林徽因》，《读书》1984 年第 10 期。
② ［美］费慰梅：《回忆林徽因》，载陈钟英、陈宇编《中国现代作家选集·林徽因》，人民文学出版社，1992，第 333 页。

学见解[1]。综上可见林徽因与《大公报》渊源甚深。她虽然在"新月"时期唱响诗名，但她的诗歌创作集中刊发在《大公报·文艺副刊》和《大公报·文艺》上，包括几首成名作，如《深笑》《别丢掉》等。

林徽因是一位兼具忧患意识和文化担当精神的现代知识女性，她没有沉浸于北平安逸的生活和文化圈，作为中国建筑学术先行者，早在 1930 年 1 月，她就成为中国营造学社第一批社员，列名为"参校"，是学社唯一女社员。她经常和梁思成及其团队外出考察，行走于山野之间：一方面她想要从中学到古代建筑的精髓，另一方面更有志于保护中国古建筑。十余年间，他们致力于古代遗迹的勘测工作，深入晋、冀、鲁、豫、浙等 15 省，190 多个县，登上爬下，考察测绘了 2738 处古建筑物，比如五台山佛光寺、山西应县木塔、赵州大石桥、武义延福寺等。也正是在山西的数次古建筑考察，使梁思成破解了中国古建筑结构的奥秘，完成对《营造法式》这部"天书"的解读，也让国内外重新认识到古建筑物的珍贵，从此对其加以重视保护。发现中国最古老、最典型的土木建筑佛光寺是他们野外勘测最精彩的一段。佛光寺堪称中国古代建筑最辉煌的纪念碑[2]，它远离市镇，深藏于僻野。在勘测佛光寺之前，他们夫妇看到过一本刚出版的画册《敦煌图录》，赫然入目的是一幅唐代壁画《五台山图》——"大佛光之寺"，恰好之前他们了解到，在五台山西南百里之外的豆村，确有一座偏僻古寺名叫"佛光寺"。1937年夏，即便已经到了战争欲来的危亡时刻，为解"唐构"宏梦，他

---

[1] 早在 1933 年 9 月 23 日《大公报·文艺副刊》创刊号上，林徽因就以徽音为笔名发表文章《惟其是脆嫩》。

[2] 民国时期缺少对于唐朝建筑的相关研究，当时的日本学者伊东忠太在中国进行过大规模的古建调查，宣称中国全境一千年以上的土木建筑物一个也没有，若想领略唐式木构的风采，只有去日本。

们还是无所畏惧，毅然前往。在大殿中，恰恰是林徽因的惊世一瞥，彻底揭开了佛光寺的前世今生①。梁林的发现，使得佛光寺在千年之后重焕荣光。"我行天即雨，我止雨还住。雨岂为我行，邂逅与相遇"（王安石），从北平及其郊野的古建筑到异地残址的瓦砾、佛宫寺塔，石桥民宿，他们走访、测量、拍摄、记录下一路所见的诗意、画意、建筑意。从"巍峨的古城楼""倾颓的殿基"②到佛像、古庙……他们凭吊兴衰，记录历史和文化，延续着中华民族的艺术命脉。《山中》《黄昏过泰山》《红叶里的信念》《旅途中》等诗作记录下林徽因考察途中所见闻所感念的细节。

战争爆发，林徽因流亡到昆明，这时她还写下《对北门街园子》《茶铺》等充满生活情趣的诗作。她善于诗意细腻地捕捉途中的景致，以散文的笔调赋予坚硬的建筑以柔情和色彩。以《旅途中》为例，这首诗写的是考察途中的记忆，诗人倾心于在奔波寻路的途中闪现出的宁静和纯透的意境：

旅途中③

我卷起一个包袱走，

过一个山坡子松，

又走过一个小庙门

① 佛光寺始建于北魏孝文帝时期（471—499），到唐代，已是名闻天下的"十大寺"之一，敦煌洞窟的壁画就描绘了当时的胜景。但200年后，唐武宗会昌五年（845）大举灭佛，寺院除一座砖塔外被全部毁损。过了12年，京都女弟子宁公遇又捐巨资重建，现存的东大殿就是这次重建的遗物。被梁思成称为"我国第一宝"的佛光寺，既没有经过重修，也没有经过重建，是完完整整遗留到当代的木质结构唐代建筑，其建筑文物更是纵跨北魏、北齐、唐、宋、金、元、明、清、民国，年代跨度之大之全，在中国的古建筑中当之无愧地堪称第一。
② 林徽因：《平郊建筑杂录》，载陈学勇编《林徽因文存：散文 书信 评论 翻译》，四川文艺出版社，2005，第9页。
③ 林徽因：《旅途中》，《新诗》1936年第3期。

在早晨最早的一阵风中。

我心里没有埋怨，人或是神；

天底下的烦恼，连我的

扰忌，

像已交给谁去，……

前面天空。

山中水那样清，

山前桥那么白净，——

我不知道造物者认不认得

自己图画；

乡下人的笠帽，草鞋，

乡下人的性情。

　　长期以来，纤细敏感与刚毅坚强两种相反的品性汇聚于林徽因一身，看似矛盾却又和谐并存。与梁思成野外考察的阶段，林徽因克服了考察环境的恶劣及考察工作的艰苦，并在途中坚持创作，诗中传递出来的平静心绪难能可贵，那一份安逸仿佛能溢出诗行。这首诗和林徽因之前的诗作有很大的不同，简洁明快而又洗练，不再"为赋新词强说愁"。整首诗仿佛是一首悠扬的小调，未见外出考察的辛苦、赶路的乏味，诗人徜徉于自然山水间，在她眼里，美不仅是一阵微风、一座小桥、一泓溪水等山野之色，乡下人的笠帽、草鞋，还有乡下人纯朴的性情都很美。两节诗如水墨画，寥寥数笔即勾勒出山野优美的自然景色与乡下人勤劳朴实的性格。

3. 逃难流离与"士"之精神

　　抗战爆发后，不少名人选择出国避难，林徽因却拒绝了外国友人发来的出国邀请，选择留在国内，体现出誓与祖国共进退的高洁不屈的"士"的操守。八年间，她一边超负荷工作，一边过着漂泊流浪的生活，她在流徙中写下的诗作，客观地剖析尖锐的内心冲突，捕捉旅途即景见闻和日常生活中闪烁的诗意，充满对家国命运的担忧以及对自身病痛的感慨。

自 1937 年 9 月 5 日他们举家离开北平，就"把中国所有的铁路都走了一段"①，10 月 14 日到达长沙，此间所历经的种种坎坷都留在林徽因写给沈从文的信里："我是女人，当然立刻变成纯净的'糟糠'的典型，租到两间屋子烹调，课子，洗衣，铺床，每日如在走马灯中过去。中间来几次空袭警报，生活也就饱满到万分。…… 文艺，理想，都像在北海五龙亭看虹那么样，是过去中一种偶然的遭遇，现实只有一堆矛盾的现实抓在手里。"②暂居长沙之时，他们一家经历了一次空袭中的死里逃生，两个月后踏上去昆明的征程。途中，林徽因始终葆有一颗"作家的心"，以"从容"和"体验"的放达精神应对奔波逃难、清苦生活以及疾病缠身，他们以真诚之心关照途中偶然结识的几位空军航校的学生 …… 经过 39 天的长途跋涉，他们到达坐落于昆明东北八公里处的一个小村边上 —— 北郊龙头街棕皮营村。那里风景优美，夫妇二人合力设计并亲手建造房屋③，林徽因邀请避难昆明的一众好友来此畅叙交流，在战火纷飞的年代短暂地重温了"太太的客厅"的时光。从 1938 年 1 月到 1940

---

① 林徽因：《一九三七年十月致沈从文》，载陈学勇编《林徽因文存：散文 书信 评论 翻译》，四川文艺出版社，2005，第 89 页。

② 林徽因：《一九三七年十月致沈从文》，载陈学勇编《林徽因文存：散文 书信 评论 翻译》，四川文艺出版社，2005，第 90 页。

③ 这是林、梁二人唯一设计并亲手完成的建筑：正房三间，是林徽因全家起居生活的主要空间。北面紧挨着院墙有三间很小的偏屋，分别是厨房、柴房和佣人房。正房西侧另有一间小屋，那是专门为金岳霖加盖的耳房。旧屋面积约 80 平方米。

年11月，梁思成、林徽因夫妇在昆明近三年，一直进行着对昆明古建筑的考察工作，成就了云南古建筑文化史、文学史上的一段佳话。其间，林徽因为赚取家用，在西南联大教学；重建的西南联大校舍，也出自他们夫妇之手，他们还设计修建了云南大学的女生宿舍"映秋院"。工作之余，林徽因主动亲近乡村社会，与当地农妇村夫、窑泥瓦匠多有来往，深入他们的日常生活，体察生活片景和人间烟火散出的韵致。然而，因为战事逼近，夫妇俩不得已再度搬迁到四川宜宾附近的小镇李庄。林徽因真实地感知着这一切，但这一切从未消磨掉她生存的意志和工作的热情。她在散文中写道："一样是旅行，如果你背上揹的不是照相机而是一点做买卖的小血本，你就需要全副的精神来走路：你得留神投宿的地方；你得计算一路上每吃一次烧饼和几颗沙果的钱；遇着同行的战战兢兢地打招呼，互相捧出诚意，遇着困难时好互相关照帮忙，到了一个地方你是真带着整个血肉的身体到处碰运气，紧张的境遇不容你不奋斗，不与其他奋斗的血和肉的接触，直到经验使得你认识。"[1]

1940年12月13日上午，林徽因带着年迈的母亲和一双儿女，经过半个多月不同交通工具的颠簸，从昆明辗转来到川南长江边的历史文化名镇李庄，随后，被安排到李庄场镇两里外的上坝月亮田民居。那是一座竹林深处古色古香的农舍，也是当时中国营造学社"社址"。李庄古镇是抗战时期中国四大文化中心之一，存有浓郁的传统文化意蕴。因为深厚的底蕴与盛情的邀请，从1939年开始，国立同济大学、中央研究院、中央博物院、中国营造学社、中国大地测量所、金陵大学文科研究所等知名度很高的高等学府、研究机构等陆续从北京、南京、上海、昆明等地辗转内迁李庄镇，小小的古

---

[1] 林徽音（林徽因）：《窗子以外》，《大公报·文艺副刊》1934年9月5日。

镇一时才俊云集，他们在国难当头时云集李庄，守护着中国的学术命脉，度过了艰难的六年。"忧郁自然不是你的朋友，但也不是你的敌人"[1]，这首以"忧郁"为题的诗体现了林徽因当时的心境。

李庄被誉为中国文化的折射点、民族精神的涵养地。不过与和风熏暖、山花烂漫的昆明不同，这里气候阴冷潮湿，极不利于身患肺病的林徽因，而她在这里住了五年之久，直到 1946 年夏才离开。1941 年春节前，林徽因的肺结核病复发，病势来得极为凶猛，使她连续几个星期高烧 40 度不退，夜间盗汗不止。当时的李庄，医疗条件极差，没有抗生素类药物，更没有肺病特效药，而梁思成因为脚疾尚且滞留在昆明，林徽因独自带着一双儿女和年迈的母亲，苦苦挣扎。在月亮田简陋的小屋里，由于当时没有电灯，夜幕降临时，他们只能借助微弱的煤油灯光书写，林徽因后来写下"肩头上先是挑起两担云彩，/带着光辉要在从容天空里安排"（《小诗（一）》）这样的诗句。纸张缺乏，就用当地的土纸或者包药的纸；没有出版社，他们便自己绘图编排。正是极富担当的"士"的情怀和坚持，使夫妻二人在李庄合力完成了中国第一部建筑史专著——《中国建筑史》，恢复编印了《中国营造学社汇刊》。在整理资料和写作时，林徽因已经是重病缠身，经常发烧卧床，可她每天依然靠在被子上工作，在极其艰难困苦的情况下燃烧着心志和能量，还写下脍炙人口的小诗《十一月的小村》，为一方小镇留下高洁的诗魂。抗战岁月，山河破碎，那一段粗茶淡饭、有苦有乐的日子，在林徽因的人生中，铸成难忘的回忆。

抗日战争胜利后，林徽因开始较为系统地治疗。1946 年 2 月，为了养病，她专程从重庆乘飞机到达明媚的昆明，一个人搬入已故

---

[1] 林徽因：《忧郁》，《文学杂志（上海 1937）》1948 年第 2 卷第 12 期。

唐继尧的公馆，北门街唐家花园。在"如洗的碧空"下，"交织着闪亮的光芒和美丽的影子"，抬眼可见"近处的岩石""窗外摇曳的桉树枝丫"和"远处的山峦"。置身充满阳光的舒朗环境中，与故人"在长谈中推心置腹"[1]，她写下组诗《病中杂诗九首》，记录下"梦幻别墅"中三四个月的恬静生活，其中《对北门街园子》写的就是林徽因的住所："别说你寂寞；大树拱立，/ 草花烂漫，一个园子永远 / 睡着；没有脚步的走响。/ 你树梢盘着飞鸟，每早云天 / 吻你额前，每晚你留下对话 / 正是西山最好的夕阳。"[2] 从诗中不难看出，北门街园子是个环境幽雅、风景宜人的好寓所。绿树成荫，花木扶疏，幽谧的园子看似在安眠，里面却萌动着烂漫生机。昆明的春天和抗战的胜利给予诗人心灵的慰抚，飞鸟盘桓于园中不肯离开，云天对园子爱得热烈，无限夕阳可以走入诗人的心扉对话。在书写生机勃勃的生命时，诗人表达了眷恋自然、拥抱生命的深情，以及通过对蓬勃生命活力的赞美驱遣寂寞的创作初衷。

1946 年 7 月 31 日，林徽因夫妇返回北平，任教于清华大学，林相继发表了《孤岛》《死是安慰》《桥》《古城黄昏》，组诗《诗三首》《空虚的薄暮》《昆明即景》《年轻的歌》《病中杂诗九首》等，其中不少是此前完成的诗作。旧作的发表可以视为诗人对几年来创作和生活的一次"回顾"与"检视"。

"——生命不容你 / 不献出你积累的馨芳；/ 交出受过光热的每一层颜色"[3]（《秋天，这秋天》），诗人早在 1933 年，就明确表达对奉献精神的由衷认可。中华人民共和国成立后，林徽因将精力

[1] 林徽因：《一九三四年至一九四八年致费正清、费慰梅》，载陈学勇编《林徽因文存：散文 书信 评论 翻译》，四川文艺出版社，2005，第 129—130 页。
[2] 林徽因：《对北门街园子》，《文学杂志（上海 1937）》1948 年第 2 卷第 12 期。
[3] 徽音（林徽因）：《秋天，这秋天》，《大公报·文艺副刊》1933 年 11 月 18 日。

无保留地投入教学和建筑设计中。教育上，她筚路蓝缕，首次开设
"住宅概论"课，系统教授现代住宅建筑设计理论，这可以看作第
一代建筑理论家向中国建筑文化的核心之回归。实践方面，她参与
设计中国国徽、人民英雄纪念碑、八宝山革命公墓主体建筑等；提
出北京修建"城墙公园"设想，组织了景泰蓝工艺的抢救和保护，
深入工厂设计了一批具有民族风格的新颖图案。学术上，林徽因同
梁思成大胆创新，探索现代建筑理论，他们用现代科学方法研究中
国古代建筑，成为这个学术领域的开拓者，为中国古代建筑研究奠
定了坚实的科学基础；林徽因还在《平郊建筑杂录》中提出了具有
原创性的中国建筑美学概念"建筑意"……病魔缠身的林徽因成就
了中国建筑史上的奇迹。

▌第二节 承袭与酬唱："焕发出美感的辉光"

1931 年春，林徽因因病从沈阳回到北平，在香山静宜园养病，
其间开始写诗。在朋友们的鼓励和期待中，她诗思如泉涌，接连创
作了《深夜里听到乐声》《仍然》《情愿》《激昂》《一首桃花》《莲灯》
等诗作。林徽因诗歌创作起步时，正值沈从文主办《大公报·文艺
副刊》，他常向林徽因约稿。林徽因对《大公报·文艺副刊》十分
支持，所以那一时期她的诗作多发表在《大公报·文艺副刊》上。

虽然林徽因一直以来都被视为后期新月派的代表诗人，其诗风
体现了新月派的诗艺特质，不过，略作考辨我们便会发现，林徽因
与新月派的关联非常独特：一方面，她承袭了新月派诗学理论，她
的诗歌是新月派的产儿；另一方面，她始终保持自己的风格和独立
面孔——她的诗歌以浪漫主义为情感主线，散发着浓郁的古典气

息，同时又自觉吸收融合了西方唯美主义和现代主义的审美特征，体现出从浪漫主义向现实主义和现代主义诗歌自觉转向的特质。在践行理性节制情感方面，林徽因避免了其他新月派诗人矫枉过正、走入形式窠臼的弊病，而是将女性与生俱来细腻柔婉的感受力和审美情趣发挥到极致，勾画出现代女性情绪的各个侧面，以独特的女性审美、生命韵致和情感智慧丰富了新月派的创作实绩，在新月派中具有不可替代性。阿赫玛托娃被誉为"俄罗斯诗歌的月亮"，而林徽因就如同新月派之"月"，倘若少了这轮莹洁明透的月亮，新月派的光芒便会失色不少，失去其流派的完整性和丰满度。

1. 情思变幻 · 美感形象 · 视觉意象

林徽因是一位善于把个体生命的感悟和灵魂的触动埋在记忆深处的诗人。对她来说，与其说诗歌是情感的表达出口，不如说是生命的审美。在经典化的历程中，林徽因为诗坛提供了神情俊逸、性格灵动、感情饱满、思想理智、温情流转的优雅而极富才情的现代知识女性形象，她为人欣赏的诗作多萦绕着"纯美"和"庄严"的气韵以及现代女性深情、高贵的品性。孙玉石就曾重点称赞《笑》《激昂》《别丢掉》《吊玮德》《深夜里听到乐声》《静院》等诗作，指出其富有艺术想象力，以象征韵味的意象，构成清丽淡凝的意境，委婉抒情中隐含睿智的哲思，贴近北京口语又不失典雅的短句，有一种亲切自然、流动灵气与自由洒脱的魅力。[①] 从林徽因早期的诗作中总能捕捉住空灵飘逸的诗歌意象，以及超然的灵性美。1931 年 4 月 12 日，她用白话写了第一首诗《"谁爱这不息的变幻"》，当时是以"薇音"的笔名发表的，从此便登上诗坛。

---

① 孙玉石：《我思想，故我是蝴蝶——30 年代卷导言》，载谢冕等著《百年中国新诗史略——〈中国新诗总系〉导言集》，北京大学出版社，2010，第 65 页。

"谁爱这不息的变幻"[①]

谁爱这不息的变幻，她的行径？

催一阵急雨，抹一天云霞，月亮，

星光，日影，在在都是她的花样，

更不容峰峦与江海偷一刻安定。

1931 年是林徽因文学创作的第一个丰收年，她之前没有写过诗，但其诗、文一发表就在文坛上引起很大反响，不乏清新的韵味。从形式上看，这是一首韵律谨严的十四行诗，押韵形式为 ABBA ABBA CDE CDE，各段诗意起承转合自如。"商籁体"的形式本源自西方古典文学，闻一多和徐志摩、朱湘都曾翻译并创作过，不过刚出道的林徽因，一起笔就能驾驭西洋诗歌体式，基本把握其精髓，确实天赋异禀。再看这首诗的情感，诗情自然充沛，用拟人的手法将天地变幻具体化，"急雨""云霞""月亮""星光""日影"等众多意象的选取使得这变幻多样而又神秘，凸显了命运的轮回无定；"催""抹""偷"等动词对诗歌意象进行烘托，使得这变幻快速而又具有跳跃性，一种无奈的感伤幽悲融贯诗行间。全诗以"爱"切入，展现出诗人对生命和爱情的细腻而丰富的敏悟，人生本像"催一阵急雨，抹一天云霞"幻化不定，神妙不居；命运无测亦如"看花放蕊树凋零""叫河流凝成冰雪"，天地刹那改换，心境从曾经的喧嚣走向寂寞，人生的际遇变幻如四季流转。"没有永恒……一切不过是风景"（黑塞），置身广漠的天地中，面对"不息的变幻"，诗人倍感渺茫、零落和卑微，无常的变幻随时肆无忌

[①] 薇音（林徽因）：《"谁爱这不息的变幻"》，《诗刊》1931 年第 2 期。特别需要关注的是，这首诗在《诗刊》刊载时目录处署名"林薇音"，诗作处署名"薇音"。同期发表的《那一晚》和《仍然》署名"尺棰"。

惮地大声嘲笑着"永恒是人们造的谎"；诗人不禁感叹"但谁又能参透这幻化的轮回"，这感伤的诗思悸动着灵魂的拷问，穿透时空，飞溅出情感的火花，燃烧着生命深层的秘密，叹惋命运难以言明的无常。那么诗人是不是被"不息的变幻"彻底击垮了呢？最后一句改变了全诗的情感基调，收束得格外果断和笃定："谁又大胆的爱过这伟大的变幻？"诗人冥冥之中道破了后半生的坎坷和执守、病痛流离之苦和乐观坚强的心态。整首诗从幽微的个人情绪写到生命的终极思索，从自然掠影和生活世相的幻影中迸射出生幻无定的电流与火光，其诗与人相融无间，放射出耀眼的火花。

林徽因的诗弥散着女性玲珑剔透的情感荧光，用词真挚精微，善于捕捉女性飘忽变幻的思绪和灵感闪烁的碎片。再看一年后她写就的《别丢掉》：

别丢掉 [①]

别丢掉
这一把过往的热情，
现在流水似的，
轻轻
在幽冷的山泉底，
在黑夜，在松林，
叹息似的渺茫，
你仍要保存着那真！
一样是月明，
一样是隔山灯火，
满天的星，

[①] 徽因（林徽因）：《别丢掉》，《大公报·文艺》1936年3月15日。

只使人不见，

梦似的挂起，

你向黑夜要回

那一句话——

你仍得相信

山谷中留着

有那回音！

　　林徽因的诗中，《别丢掉》备受瞩目，也饱受争议。该诗写于徐志摩去世后的 1932 年夏，刊于 1936 年 3 月 15 日《大公报·文艺》星期特刊 110 期，是诗人为怀念与吊唁徐志摩而写的。虽然逝情已过，但爱、美和生命的冲动都深埋在记忆深处。诗中，过去的那段感情仍缅怀在心，追忆的情感和"过往的热情"都浸润在"别丢掉"的声声叹息和回味中，令人难以忘怀。全诗感情真挚，诗意朦胧，含蓄柔婉，少雕饰，清雅中回荡着浓郁的诗情和性灵的诗思。《别丢掉》发表后的第 6 天，《自由评论》第 16 期发表了化名为"灵雨"的梁实秋所写的《诗的意境与文字》，批评林徽因的《别丢掉》不易读懂。梁实秋的批评激起了沈从文、朱自清的不满，同年 3 月 31 日，沈从文致信胡适，为《别丢掉》辩白，12 月，朱自清发表《解诗》反对梁实秋的批评，并逐句解读赏析《别丢掉》。

　　梁实秋认为《别丢掉》不易读懂，这与林徽因对诗歌的处理方法不无关系。诗人在表述上有意切断了联想的桥梁，初读起来语意不连贯，但这样一来也形成了一种独特的抒情方式，情思错落却又贯穿首尾。《别丢掉》受到了现代主义诗潮与中国传统诗教的双重影响，融汇了古诗的托物寄情与现代主义的意象表情，时而主体直接抒情或托物言情，时而意象本身成为多情的倾诉者，这是浪漫主义诗歌直抒诗情所达不到的效果。诗人将情思寄寓意象之中，生发出千愁万绪，如"这一把过往的热情"和"隔山灯火"，前者是情，后者是景，一虚一实，看似有着本质的区别，但"隔山灯火"这个意象却有着感性美和理性美的双重魅力，它的境界深入到抒情主体的灵魂深处，既是"这一把过往的热情"的具象化、知觉化，又是一个独立的意象。

诗中出现了三个"你"，因而这首诗被认为是诗人与某人对话的情诗，这也引发了颇多争议。朱自清认为《别丢掉》"是一首理想的爱情诗"，经此解读后，这首诗屡屡被看作林徽因积极回应徐志摩的诗。对此，朱自清不作具体解释而是智慧地断言它是"托为当事人的一造向另一造的说话"[1]，并没有专指哪一个人。也有学者认为《别丢掉》是为金岳霖而写的情诗。孰是孰非暂且不论，但如果一味地以索隐派的方法读林徽因的诗歌，强行将诗歌与诗人的个人情感生活联系在一起解读，就会将诗中包含的人生意义的普遍性降为专人专事的个别性，使诗意大打折扣。诗意的朦胧正意味着诗歌阐释空间的无限可能性，何必圈地自封，束缚了品味林徽因诗歌的深邃意境和想象空间呢？

仔细推敲诗中的三个"你"，同时将三个"你"放置在整首诗中考察，自然显现出一个深情追忆、怅惋叹息、真心告白的女性形象。这是一首单节多行诗，可分为四个意义单元，三个"你"分别出现在第二个和第四个意义单元。第一个意义单元是第一二句，抒情主人公直接抒情，敦促自己"别丢掉这一把过往的热情"。这里的热情，可能指对人的热情，如爱情、友情等，也可能是对兴趣爱好或理想的追求。第二个意义单元是第三句到第八句，过去的热情

---

① 朱自清：《解诗》，载《新诗杂话》，生活·读书·新知三联书店，1984，第11页。

现在"流水似的"流走了，已经"渺茫"难寻，"你仍要保存着那真"，这里的"你"有两种可能，一种是指自己，抒情主人公自勉"保存着那真"，一种是指他人，抒情主人公直呼与其对话的人"保存着那真"。

第三个意义单元是第九句到第十三句，"一样是月明，/ 一样是隔山灯火，"如今的明月与隔山灯火与当年的一样，但"满天的星"却"只使人不见"，只能在梦中挂念消失不见的人，抒情主人公借自然意象表达时过境迁后物是人非的感慨。"满天的星，只使人不见"使诗歌的指向露出了些许端倪，"满天的星""使人不见"可以理解为天空使人不见，"梦似的挂起"意为在梦中挂念不见之人。《别丢掉》写于徐志摩飞机失事去世一年后，而徐志摩正是在天空中被夺走了生命，这与诗中反复提到的"黑夜"也相呼应，由此可以推测《别丢掉》的创作与徐志摩有着一定的联系，但这联系未必是出于爱情。林徽因在《悼志摩》中称赞徐志摩的"真"与"诚"："志摩的最动人的特点，是他那不可信的纯净的天真，对他的理想的愚诚，对艺术欣赏的认真，体会情感的切实，全是难能可贵到极点。"[1] 林徽因的文艺思想也受到志摩的影响，极力主张"真"与"诚"，她在《纪念志摩去世四周年》中说："我认为我们这写诗的动机既如前面所说那么简单愚诚；……去追求超实际的真美，读诗者的反应一定有一大半也和我们这写诗的一样诚实天真。"[2] 可见，林徽因在诗中所说的"你仍要保存着那真"既是对徐志摩"真"与"诚"的肯定，也是对她自己的督促和勉励。第四个意义单元是第十四句到第十八句，"你仍得相信"的也是这样一种"真"与"诚"

---

[1] 林徽音（林徽因）：《悼志摩》，《北京晨报·北晨学园》"哀悼志摩专号"1931年12月。

[2] 徽因（林徽因）：《纪念志摩去世四周年》，《大公报·文艺》1935年12月8日。

的信仰，诗人勉励自己延续志摩诗意的信仰，矢志追求文学创作的"真"与"诚"。

可见，诗中的三个"你"指的都是诗人自己，因此，这首诗并非诗人与他人对话，而是诗人与自己心灵对话。她在回忆与体察过往情感的同时对自己的角色定位进行了思考，她不断从情感柔软的牵绊中跳脱出来，明确自我抉择的主动意识，由是，诗人高喊"别丢掉这一把过往的热情"不仅是对故人的怀念，情意的眷恋，更是一种生命意识的张扬，纯美诗意精神的呵护。至此，诗人对已逝友人的珍重化为自我珍视的动力。继《别丢掉》后，林徽因很快完成了被陈梦家称为一首"难得有的好诗"[1]的作品——《笑》：

笑[2]

笑的是她的眼睛，口唇，
和唇边浑圆的旋涡。
艳丽如同露珠，
朵朵的笑向
贝齿的闪光里躲。
那是笑——神的笑，美的笑：
水的映影，风的轻歌。

笑的是她惺忪的鬈发，
散乱的挨着她的耳朵。
轻软如同花影，

---

[1] 邵燕祥：《林徽因的诗》，《女作家》1985 年第 4 期。

[2] 林徽音（林徽因）：《笑》，载陈梦家编《新月诗选》，新月书店，1931，第 119 页。

> 痒痒的甜蜜
>
> 涌进了你的心窝。
>
> 那是笑——诗的笑，画的笑：
>
> 云的留痕，浪的柔波。

　　《笑》在林徽因早期诗作中具有代表性，这首诗透过一个个纷沓而来的轻灵透明的视觉意象，将女性的美诗性化、可感听化，尽显女诗人迥异于男诗人细腻与柔美的工笔。"思维是借助于一种更加合适的媒介——视觉意象——进行的，而语言之所以对创造性思维有所帮助，就在于它能在思维展开时把这种意象提供出来。"[①]通读全诗，诗人对笑的描画，仿佛拍摄电影的镜头一样，一直处于一个动态的聚焦过程，镜头的切换很微妙。她对笑的描画从"眼睛""口唇"写起，笑意温柔了眼神、爬上了嘴角，这样的笑温润而又传神。镜头随之转到了唇边的"旋涡"，诗人用"浑圆的"三个字来形容这笑涡，笑的灿烂程度就得以表现出来。人们常常用酒杯来形容唇边的"旋涡"，林徽因描画的"浑圆的旋涡"仿佛盛满了佳酿，只需看一眼便醉了。林徽因说这笑容"艳丽如同露珠"是恰切而不夸张的，露珠晶莹剔透，圆润而又饱满，这笑正如露珠一样。镜头再次转移到"贝齿"，"贝齿"闪着光，"闪光"尽展女性的健康与生命力，蕴含着勃勃生机。"朵朵的笑"，形象地呈现出笑的动态和持续性，灿烂如同花朵，一朵接着一朵绽放。"朵朵的笑向／贝齿的闪光里躲"，一个"躲"字生动而又传神地让这笑更加具体化，是从眼角、唇边、旋涡到牙齿都充盈着笑意，是真诚的笑。这笑仿佛带有神性，只有神才能展露出如是灿烂的笑容。诗人

---

① ［美］鲁道夫·阿恩海姆：《视觉思维：审美直觉心理学》，滕守尧译，四川人民出版社，1998，第308—309页。

用"水的映影"和"风的轻歌"来形容这笑容的美丽,一动一静的结合,从自然中巧妙取外景,来映衬这明艳动人的"笑"。继而,镜头再次转移到"鬈发"上,"鬈发"怎么能散发笑意呢?但是在林徽因的笔下连"鬈发"都散发着笑意,说明这个女子的笑是遍布全身的,整个人都洋溢着笑的光彩,这不是普通人的笑,只有神才能展露出如此有感染力的笑。"鬈发"是"散乱的""惺松的",虽然凌乱、仿佛睡觉刚醒来一般,但也不失一种慵懒的美感。动词"挨"字展现了"鬈发"与耳朵的贴近,于是这笑也仿佛从鬈发爬上了耳朵,笑的范围再一次扩大。前面都是外观的描画,最后诗笔转移到心里,丝丝入扣,轻软如同花影,又带着曼妙的甜蜜,"涌进了"那恋人的"心窝","涌"字十分传神地描画出笑意的蔓延,仿佛洪水破闸般,让人难以抵挡。同时这笑也是带有触感的,是"轻软"的、是"痒痒"的,化虚为实,化抽象为具体。最后,这笑如诗如画,像诗像画一样醉人。诗人用"旋涡""露珠"和花朵等比喻修辞来形容笑,生动而又柔软,随着诗意的深入,又通过"水的映影""风的轻歌""云的留痕""浪的柔波"等轻灵而又渗透自然气息的意象将这笑具体化,使笑变得可见可听可感,尽显其美,于是这"神的笑,美的笑"将自然的柔美庄严与女性的热忱善良完美地融合起来。

古诗中也有很多描写女性的诗句,无论是"手如柔荑,肤如凝脂",还是"当窗理云鬓,对镜贴花黄",都没有林徽因的这首诗传神且具有生命的感染力。所举两句古诗都是从客观的角度对女性的美貌进行描画,虽然也有色彩和动作,但不像林徽因的这首《笑》是动态的,流萤一般闪着光,好似诗人拿着镜头定格拍摄,放大放慢了现代女性身上糅合的神性、诗性、自信的美,诗中那精致生动的五官宛如雕刻出来的一般,每个部分都泛着笑意,这笑不止挂在脸上的每一个角落，更蔓延到了心里。

此外，在写作技巧上，诗人巧妙地将描述性的意象"浑圆的旋涡""艳丽如同露珠""轻软如同花影"同象征性意象"水的映影，风的轻歌""云的留痕，浪的柔波"融为一体，这种印象式的写法极为传神地展现了笑的韵致和主人公欢愉的心态，以及它所象征的高洁纯净的人格品性，更为重要的是挖掘出情态背后浸透的精神品格。全诗动静结合，文质兼备，风格清新，色彩与声浪、诗歌与绘画全都聚合在笑容上。诗行间对笑的情态和风采的传神刻绘之功，一时无二，尽显诗人独特的构思和描绘力。

林徽因的诗作还发展了闻一多对"建筑美"的诠释，除关注诗歌外在结构形式，着意于匀称与均衡，她还将视觉意象与诗歌形式的建筑美结合起来，这体现在她早期另一首描写女性笑容之美的诗作《深笑》中：

深笑 ①

是谁笑得那样甜，那样深，

那样圆转？一串一串明珠

大小闪着光亮，迸出天真！

清泉底浮动，泛流到水面上，

　　灿烂，

分散！

是谁笑得好花儿开了一朵？

那样轻盈，不惊起谁。

细香无意中，随着风过，

---

① 林徽因：《深笑》，《大公报·文艺》1936 年 1 月 5 日。

拂在短墙，丝丝在斜阳前
　　　挂着
留恋。

是谁笑成这百层塔高耸，
让不知名鸟雀来盘旋？是谁
笑成这万千个风铃的转动，
从每一层琉璃的檐边
　　　摇上
云天？

　　这首诗唱响了女性诗歌的内韵美。从视觉上看，反问的句式与对称齐整的诗行排列使诗歌在形式上富有立体的建筑美，诗人运用想象和比喻修辞刻绘出连贯全诗的不同视域的视觉意象："一串一串明珠 / 大小闪着光亮""丝丝在斜阳前 / 挂着""百层塔高耸""鸟雀来盘旋"，它们不断深化"深笑"的形态美、神态美、情态美。正如鲁道夫·阿恩海姆所言："一幅绘画意象，是整个地、同时性地呈现出来的，而一种成功的文学意象，则是通过一种可称之为'在随时修正中的冲积或合生（accretion）'而获得的。在这儿，每一个字眼和每一个句子都得到下一个字眼和下一个句子的修正，从而逐步接近所要表述的大体意义。这样一种通过对意象的逐步修正而达到的'构图'，使文学媒介本身'变活'了。这种效果完全超出了由纯粹的选择和对各个方面的次序编排所达到的效果。"[1] 这一系列不相关的意象在逐步"修正"中完成了动感的"构图"：像细香一样的笑"拂在短墙"，简短的一个意象使得这笑变得有场景有

---

[1] ［美］鲁道夫·阿恩海姆：《视觉思维：审美直觉心理学》，滕守尧译，四川人民出版社，1998，第334页。

视觉感，变得真实而又鲜活起来。高耸的"百层塔"耸入云天，吸引鸟雀来盘旋，琉璃瓦做的屋檐上万千风铃在转动，这些风铃仿佛也在摇荡中要慢慢升上云天。由远而近，由静到动，诗人由百层高塔联想，显然，描画高塔是为了衬托这笑，在对高塔具体而深入的描画中，这笑也变得越来越可感。诗人此处用不关联的视觉意象来展现笑容的手法是独特的，它们关联起属性不一的意象，从不同形象描绘同一的神态。在很多诗篇中林徽因都对建筑展开具体细腻的刻画，使得诗歌更具表现力。此外，诗中还运用"通感"等象征主义诗歌惯用的表现手法："是谁笑成这百层塔高耸，/ 让不知名鸟雀来盘旋？是谁 / 笑成这万千个风铃的转动"，将笑声的听觉意象跟"百层塔高耸"的视觉意象相连通，强化了笑声的视听效果，伴随着风铃的转动，转换成"摇上云天"的视觉画面。这首诗与冰心此前完成的散文《笑》同题，它们都给人带来深深的感动，不过，在冰心的散文中安琪儿与众生交织在一起的笑容表达了她内心深处对爱的世界的向往和期待，而林徽因的这首诗则回归到现代女性独立的形神之中，从个体的美扩展为女性的美，悸动着鲜活的生命感，氤氲着色彩美、音韵美、辞藻美，恰巧吻合了八年前冰心对新诗的期待："然而诗不止有意境，还有艺术，要有图画般逼真的描写，音乐般和谐的声调的，叙事之中，仍不失其最深的情感。"[1]

　　林徽因善于通过可感的视觉意象刻绘繁复细微的女性情感经验，相关题材的诗作虽然不多，却篇篇生动，她为"五四"十余年后一度平静的女性诗坛呈奉了《你是人间的四月天》这首珠贝般浑然天成的佳作。1932 年 8 月，林徽因的第二个孩子梁从诫出生，面对一

---

[1] 冰心：《中国新诗的将来》，载卓如编《冰心全集（第一册）》，海峡文艺出版社，2012，第 523 页。

尘不染的新生命，诗人的欣喜自不待言：

你是人间的四月天

——一句爱的赞颂 [①]

我说你是人间的四月天；

笑响点亮了四面风；轻灵

在春的光艳中交舞着变。

你是四月早天里的云烟，

黄昏吹着风的软，星子在

无意中闪，细雨点洒在花前。

那轻，那娉婷你是，鲜妍

百花的冠冕你戴着，你是

天真，庄严，你是夜夜的月圆。

雪化后那片鹅黄，你像；新鲜

初放芽的绿，你是；柔嫩喜悦

水光浮动着你梦期待中白莲。

你是一树一树的花开，是燕

在梁间呢喃，——你是爱，是暖，

是希望，你是人间的四月天！

　　轻巧、灵动、爱与希望全都汇聚于这首诗中，新生儿的笑将春风点亮，星光无意地闪烁着，细雨滋润着春天的花朵，简短的三五行，将春日的景象铺展开来。然而，这些都只是铺垫，只为将新生

———————————

[①] 徽音（林徽因）：《你是人间的四月天》，《学文月刊》1934年5月第1卷第1期。

儿衬托出来。戴着百花的冠冕，充满天真而又带着庄严，像每天晚上都圆圆地挂在天上的月亮，新生儿成为百花的主宰，等待"王"的礼遇照亮整个夜空，他是焦点，是神性的一种存在。这里从静态的角度对于新生儿的到来进行了刻画，表达母亲对于新生儿的期待以及重视。紧接着通过初放芽的绿草、梁间呢喃的燕子、一树树的花开等动态化的意象来表现新生儿身上蕴含的爱、温暖以及希望。透过散发着温馨与慈爱的诗行，我们可以感受到一个母亲内心的欢喜，对孩子的期待、赞美，尤其让人感动的是诗人对生命赤忱的热爱，正是这些女性经验，才使得诗跃动着温情。

身为母亲迎接新生儿时的全部感受被诗人色彩化、音韵化、节奏化，晶莹灵动的诗性赋予女性经验以微光和暖意，如一股温泉润泽着诗行，鲜活的意象被赋予了不同形态的生命感，它们纷纷跳跃着出场。《你是人间的四月天》堪称林徽因的代表作，诗人自觉地将中国诗歌传统诗词的格律和谐与英国古典商籁体相结合，注意语言的绘画美和诗形的建筑美，完美地承袭了早期新月派的诗艺追求。这首诗不仅响应了闻一多在新诗格律化进程中提出的"三美"主张，也体现出诗人对建筑美学的承袭与实践。整首诗散发古典高贵优雅的气质，意象艳丽繁复，个性鲜明独特。该诗遵循和谐均齐的审美特征，但在和谐之中又有错落，在均齐当中又有巧妙变化，意象灵动跳跃，句式参差错落。此诗既脱胎于新月派，某种程度上又可谓是"弑父之作"，或可视作新月派内部的某种自我调整与试验。

此外，林徽因在创作过程中无意识流露出了现代主义倾向，此诗还呈现出蒙太奇手法和意识流手法，自由的联想、意象的组合与跳跃为该诗的解读带来弹性。除了语言层面，关于"你"这一对象的真实身份，也有不同的猜测与说法，更为这首诗披上了神秘的面纱，此诗究竟写给谁或许终将成为永远的谜。

对这首诗的解读必然绕不开它的诗题。"四月"点出季候特征，"天"可视为时间单位，又可视为空间载体，"四月天"实为陌生化的处理方式，这首诗被经典化的历程中，逐步从陌生化走向大众文化。林徽因刚踏上诗坛，就打造出新诗史的经典意象，是她创造性地发明了"四月天"这个名词，给予其"爱""暖""希望"等特定的内涵。"四月天"还打破了新诗的意象"传统"，不同于戴望舒传世的"雨巷"、林庚灵感突发的"破晓"、卞之琳独创的"鱼化石"等具体可感的意象，"四月天"是被林徽因赋予特定内涵的抽象物，是独属于她的命名。从跨文体视角审视，林徽因的"四月天"与何其芳的《画梦录》有暗合处，都由意象的拼贴与组合图绘成心灵感知世界，出于散文的"画梦录""渗透着感觉汁液的朦胧"，"吟哦孤独与寂寞"，亦如何其芳的私人话语，而明晰清丽的"四月天"作为一个独特的命名已经被经典化，从 20 世纪 30 年代持续至今，仍不减其影响力，并且从诗歌领域发散延伸到其他文化领域，其影响力远远超出文学范畴。

那么，诗人为何要强调"人间的四月天"呢？因为四月天是自然现象，而这首诗中"你"指向人类，如此解释便可理解作者的用意。如果人类可以被比喻成多种不同的气候，"你"让人觉得如沐春风，因此"你"是"人间的四月天"。为了实现"理性节制情感"的理论原则，新月派诗人变"直抒胸臆"的抒情方式为主观情愫的客观对象化，创造了客观抒情诗。这首诗中"你"即是情感"客观对象化"的载体，这与 40 年代郑敏在《金黄的稻束》中所运用的艾略特的"客观对应物"手法不尽相同。"你"更多的是感性表达，"金黄的稻束"是"理性和情感的复合体"，这体现出新月派与九叶派的分野：林徽因的诗虽有理性主义的节制，但诗歌的感情基调仍是浪漫主义与唯美主义；郑敏受到冯至、里尔克的影响，诗歌蕴含着生命的哲思。从"人间的四月天"到"金黄的稻束"不是一蹴而就的，其间潜存着现代诗歌技巧、诗歌思潮的流变轨迹。

林徽因在这首诗中运用了许多欧化、古化的词与表达方式。第一节"笑响点亮了四面风"，"笑响"这个词本身比较生僻，"响"让人联想起王安石的《元日》"爆竹声中一岁除"，"响"流露出无限喜悦。这里还运用了感官联觉，正如法国画家塞尚想要画出"树的香味"，中国画家吴冠中想要画出"湿的色彩"，"笑响点亮了四面风"调动了听觉、视觉，甚至还有触觉。值得注意的是，"四面风"与上一行的"四月天"在字面上均齐和谐，在内涵上空间与时间相对应，形成了一种建筑美，并且营造了一种开阔的气象，是身体感受力的开阔，亦是心灵情绪方面的开阔。"轻灵/在春的光艳中交舞着变"，不符合寻常语法，正是艾略特所说的"扭断语法的脖子"。此句与徐志摩的"最是那一低头的温柔，/像一朵水莲花不胜凉风的娇羞"（《沙扬娜拉》）语言风格相近，语法处理方式相同，都对语言的传统进行了叛离。

从"人间的四月天"到"四月早天里的云烟"，实现了小节与小节之间的转换。这种转换亦体现了均齐对称的美感。值得探问的是何为"四月早天"？"四月"是春季，春季是四季中的第一个季节，本身便暗示着"早"，而"早天"可以理解为"一天"当中最早的时刻。这一诗行里共有两个"早"，一个是暗示之"早"，一个是明示之"早"，两个"早"构成了强调意味，预示着新生和希望。然而，"云烟"这个词是具有幻灭感的，此处林徽因将无限的活力、生机与颓废、幻灭、虚无并置，同样充满了强烈的张力。在李金发的《弃妇》里，"夕阳之火不能把时间之烦闷/化成灰烬，从烟突里飞去"[1]，"烟"是"烦闷""灰烬"，是弃妇难以名状的隐忧；洛

---

① 李淑良（李金发）：《弃妇》，《语丝》1925年第14期。

夫的诗里有"你那曾被称为云的眸子 / 现在有人叫作 / 烟"（《烟之外》），整首诗表现了"烟之外"还是"烟"，茫然之外还是茫然，无限的虚无苍凉。此外，"云烟"是灰色调的，与《你是人间的四月天》全诗的嫩绿色调不同，但林徽因有意为之。从"早天"直接转换为"黄昏"，从"点亮"到黄昏的暗淡，从"云烟"到"吹着风的软"，行与行之间实现了时间的飞快流动，意象场景的切换，则采用现代电影剪辑的蒙太奇手法，镜头的跳跃推动诗情的变化。"细雨点洒在花前"的"细雨""点洒"取法于女词人李清照之笔"梧桐更兼细雨，到黄昏、点点滴滴"（"细雨""黄昏""点点滴滴"），这也正是新月派所提倡的，用闻一多的话来说便是"中西艺术结婚后产生的宁馨儿"[①]。"星子在 / 无意中闪，细雨点洒在花前"与芬兰女诗人索德格朗的"我的花园到处是星星的碎片"（北岛译）具有跨时空的暗合，当然前者只是纯粹白描，而后者体现了浓厚的现代主义色彩。

第三、第四节的一二行的语法都是主语后置："那轻，那娉婷你是，鲜妍 / 百花的冠冕你戴着，你是""雪化后那片鹅黄，你像；新鲜 / 初放芽的绿，你是"与前面的两节又形成了一种对称与变化。整首诗和谐均齐，打破平衡，变化微妙，在对称的循环往复中发展，因此在音律上有一种奔腾回旋的动感。

第三节不妨从细节之处打量林徽因的诗，如同建筑的雕梁画栋，精雕细琢。从"早天"到"黄昏"再到"月圆"，事实上构成了一日之内的时间脉络，从"雪化后"到"初放芽"，是一年最后一个季节与最新一个季节的衔接，构成了四季的循环。生命从起初到结束，又返回起初的原点，这是一个完整自然的生命状态，寄托了诗

---

① 闻一多：《〈女神〉之地方色彩》，《创造周报》1923 年第 5 号。

人的美好祝福。

第四节的"雪化后那片鹅黄，你像"，其中"鹅黄"亦有可说之处。"鹅黄"本身有几种含义。其一，中国传统色彩名称，指淡黄色，这是鹅嘴的颜色，小鹅绒毛的颜色。其二，唐宋时期的酒。苏轼有句云"小舟浮鸭绿，大杓泻鹅黄"。此诗的"鹅黄"明显取义于颜色，鹅黄的饱和度高，鲜艳明亮，与下一行的"初放芽的绿"再次形成了对称的建筑美。而作为"酒"的鹅黄暗示着温暖，若解释为在严冬里饮酒取暖，也符合此诗的主题。结尾中"你是一树一树的花开"，"一树"之重复具有音乐美，且"树"暗示着花的数量众多，花朵繁复茂盛，生命力茁壮蓬勃，又生动体现出"花开"的动感。

综观整首诗，包括诗题，一共出现了 10 处"（你）是"，语气非常强烈，而包括标题在内，"你是人间的四月天"在全诗共重复出现三处，结尾处还以感叹号收束。那么，诗人用如此气势铺展开来塑造的"你"究竟是谁呢？蓝棣之在《作为修辞的抒情》中写道："梁从诫先生曾谈到《你是人间的四月天》一诗，据他父亲梁思成先生告诉他是写给她的丈夫和子女的，但他未听他母亲林徽因先生告诉过他。"[1] 当然学界始终有一种说法是把这首诗界定为情诗，其实，不妨把这首诗的"你"永远地悬搁起来，正如博尔赫斯极为钟情的一句诗："玫瑰是没有理由的开放"[2]，诗人的这一被客观化的抒情对象"你"，也可以是没有来由的。

1931 年夏，香山秀丽的景色激发了林徽因的诗情，《激昂》《莲

---

[1] 蓝棣之：《作为修辞的抒情——林徽因的文学成就与文学史地位》，《清华大学学报（哲学社会科学版）》2005 年第 2 期。

[2] ［阿根廷］豪·路·博尔赫斯：《诗歌》，载《博尔赫斯全集 散文卷（下）》，黄志良、陈泉等译，浙江文艺出版社，2006，第 136 页。

灯》《山中一个夏夜》《中夜钟声》《秋天，这秋天》《别丢掉》《一首桃花》等诗都是在香山养病时所作。此前，林徽因曾为徐志摩创办的《诗刊》写过三首爱情诗，即《那一晚》《"谁爱这不息的变幻"》和《仍然》。林徽因早期的诗作具有十分明显的浪漫主义色彩，着重内心情感的抒发，且大多数篇章在对爱情进行书写，诗歌情调多是感伤、叹惋的。这和新月派的诗歌风格有很大的共通性，并且有很深的英国唯美主义的印记。在《纪念志摩去世四周年》一文中，林徽因道出了自己的创作动机："我认为我们这写诗的动机既如前边所说那么简单愚诚；因在某一时，或某一刻敏锐地接触到生活上的锋芒，或偶然地触遇到理想峰巅上云彩星霞，不由得不在我们所习惯的语言中，编缀出一两串近于音乐的句子来，慰藉自己，解放自己，去追求超实际的真美。"[①]初涉诗坛的林徽因囿于人生阅历，再加上所处的社会阶层离普通人较远，当时确乎不易创作出贴近社会现实的诗篇。

2. 酬唱应和与文本互渗

林徽因与徐志摩是一对互为因果的诗人，他们不仅有深厚的情谊，还有创作方面的激发影响，更见诗歌的酬唱应和与文本互渗。关于他们的"英伦之恋"，曾有学者以情诗发微进行过诸多方面的考证，也有人借助"琴音"与"钟声"的意象来蕴藉他们的知音相惜。比较客观的追述则见费慰梅以林徽因好友的旁观姿态做出的冷静分析："多年后听徽因提起徐志摩，我注意到她对徐的回忆，总是离不开那些大文学家的名字，如雪莱（Shelley）、济慈（Keats）、拜伦（Byron）、曼殊斐儿（Katherine Mansfield）、伍尔芙（Virginia

---

① 徽因（林徽因）：《纪念志摩去世四周年》，《大公报·文艺》1935 年 12 月 8 日。

Woolf)。我猜想，徐在对她的一片深情中，可能已不自觉地扮演了一个导师的角色，领她进入英国诗歌和英国戏剧的世界，新美感、新观念、新感觉，同时也迷惑了他自己。我觉得徽因和志摩的关系，非情爱而是浪漫，更多的还是文学关系"。[①] 考察林徽因与徐志摩之间究竟是情爱重一些还是师友或诗友的关系多一些，无关乎文坛上的八卦逸事，我们旨在从他们的几组酬唱诗考辨彼此创作中所生发过的多重影响，细致还原或动态呈现他们在诗学观念、诗艺风格、诗题指向、意象意涵等方面存在的关联性、互文性，进而从创作发生学的维度探察林徽因早期诗作的成因及诗情流向或潜匿的情感维度。

徐志摩与林徽因在教育经历、审美取向等方面有不少共同点：二人都有欧美名校留学背景，受到欧美浪漫主义和唯美派诗人的影响，有相近的政治立场，都支持开明民主；在文学活动方面均极具凝聚力、号召力、影响力，对当时的青年诗人亦多有扶持。但徐志摩狂放不羁，富有浪漫气质，对自由的渴盼一以贯之；林徽因更加理智客观，具有东方传统女性的矜持与谨慎。性格的本质差异直接影响到他们的诗歌创作，徐志摩注重灵感袭来的刹那，不乏神来之笔；林徽因的抒情多保持哲思理性的平衡，在与徐志摩的"唱和之作"中始终秉持劝退、婉拒的内心态度。徐志摩对林徽因的影响，早于林徽因后来对徐志摩诗歌创作带来的启发。徐志摩是林徽因诗歌的领路人，她踏上诗途以及审美风格的形成最早是受到徐志摩的影响，但这种影响并不是单方面的"受惠"，徐志摩的部分诗作亦受到林徽因影响，他在《〈猛虎集〉序》中提到，他"在二十四岁

---

① ［美］费慰梅：《中国建筑之魂：一个外国学者眼中的梁思成林徽因夫妇》，成寒译，上海文艺出版社，2003，第21—22页。

以前，诗，不论新旧，于我是完全没有相干"[1]。是与林徽因的相遇，激发了他的新诗创作，他承认写给林徽因的情诗有七首以上，而实际上可能更多，他们互为对方诗歌灵感的"引擎"，为中国新诗史乃至文学史构筑了一道独特生动的风景。

1931年春，因肺病越发严重，林徽因来到北平西郊香山的双清别墅疗养，这期间，徐志摩、金岳霖、张奚若、沈从文等好友不时前来看望，彼此间也较多书信往还，时有赠诗。徐志摩以及金岳霖一向鼓励林徽因创作，徐志摩和林徽因之间多有关涉诗歌的讨论，并留下几首在情思上酬唱应和，主题、语境、意象等文本互渗的诗作。在此，以时间为经，以诗情和诗题为纬，将他们的酬唱诗分为两组。

第一组酬唱诗创作时间的跨度较长，琴音经由数载方得续弦。1920年，徐志摩从美国哥伦比亚大学转至英国剑桥学习，同年，便对刚认识不久的林徽因展开"用情至烈"的追求，随后几年间他为林徽因写下《月夜听琴》《青年杂咏》《清风吹断春朝梦》等抒发爱情和人生理想的诗。出于多方面考虑，林徽因拒绝了徐志摩的追求，1921年10月14日与父亲回国，离开伦敦前她给徐志摩留下一封信，信中写道："我怕，怕您那沸腾的热情，也怕我自己心头绞痛着的感情，火，会将我们两人都烧死的。"[2]

1931年，在香山养病期间，徐志摩带诗稿去看望林徽因，她于深夜安静之时读到《月夜听琴》[3]："是谁家的歌声，/和悲缓的琴音，/星茫下，松影间，/有我独步静听。//音波，颤震的音波，

---

① 徐志摩：《〈猛虎集〉序》，载韩石山编《徐志摩全集（第三卷）》，天津人民出版社，2005，第392页。

② 林徽因：《致徐志摩》，载《林徽因的信》，群言出版社，2016，第42页。

③ 徐志摩：《月夜听琴》，《时事新报·学灯》1923年4月1日。

/穿破昏夜的凄清，/幽冥，草尖的鲜露，/动荡了我的灵府。//我听，我听，我听出了/琴情，歌者的深心，/枝头的宿鸟休惊，/我们已心心相印。//休道她的芳心忍，/她为你也曾吞声，/休道她淡漠，冰心里/满蕴着热恋的火星。"这首诗浅吟低唱，深情蕴藉，如独语如告白，牵动起林徽因的情思，于是积压心头的情感再也无法抑制，如开闸的洪水奔涌而出，百感交集中她创作了《深夜里听到乐声》。林徽因喜欢在晚上写诗，夜幕下的宁静让她能沉下心与心灵对话。这首诗笔调纤丽，流动的琴声缠绕着心音，抒情主人公的情态黏合着情思。十载人生梦的点滴过往重新泛起涟漪，诗人彼时心里矛盾重重，她静静倾听并奏响紧闭心扉的"琴声"："这一定又是你的手指，/轻弄着，/在这深夜，稠密的悲思；//别怪我颊边泛上了红，/静听着/这异样的弦索的生动，//一声声在我心底穿过，/我懂得"[①]这首诗叙写爱人离别、各自踏上人生路途又充满感慨与怀念，淡淡哀愁蕴蓄其中，又不乏理性的牵引，情与景的搭配也十分恰当，星夜迷惘正适合内心深处情感的流露。于深夜安静之时，"我"听到远方传来悠扬的乐声，乐声被夜的静衬托得格外生动，引发"稠密的悲思"。在短短的几个诗歌小节中，诗人将思念的程度，思念时的神态等具体而微地传达出来，读来生动传神。不过，林徽因比徐志摩更懂得克制，很快超脱现实的纠结，寄希望于超现实的梦境："除非在梦里有这么一天，/你和我，/同来攀动那根希望的弦。"恰如温庭筠词中所云："山月不知心里事，水风空落眼前花，摇曳碧云斜。"此时此刻，诗人多么希望在梦里"同来攀动那根希望的弦"。

《月夜听琴》与《深夜里听到乐声》是相隔八载的酬唱之作，诗思琴瑟相和，心音际遇，相距五年的《偶然》与《仍然》暗藏

[①] 林徽音（林徽因）：《深夜里听到乐声》，《诗刊》1931年第3期。

情感的对答。1926 年 5 月，徐志摩创作了《偶然》，这首诗初载于 1926 年 5 月 27 日《晨报副刊·诗镌》第 9 期上，署名志摩。诗中，徐志摩把"偶然"这一极为抽象的时间副词形象化，置入象征性的结构中，以"片云"和"水波"两个在移动中展示美的意象，建构出思想交流和情感对话的场域，诗中"片云"代指自己，成为抒情主体，"水波"指代心仪的恋人，表征了双方情感彼此应和与互动。彼时，徐志摩 29 岁，情感浪漫活跃如"片云"，林徽因则情窦初开，聪慧灵动似"水波"，荡漾着青春律动之美。尽管双方各具"不同的方向"，但徐志摩用"在这交会时互放的光亮"（《偶然》）来隐喻一段没有结果的情缘，五年后，林徽因则以诗句"比一闪光，一息风更少 / 痕迹"[①]（《情愿》）为这段未果的感情作注脚。很显然，他们的诗作在文本互渗中存在对话性，构成诗境复调和互文关联。

林徽因于 1931 年 4 月创作了《仍然》，发表在 1931 年《诗刊》第 2 期，作为对《偶然》的回应，《仍然》共由三小节组成，每一节首句都以"第二人称代词'你' + 动词 + 像什么"的句子结构开启情感："你舒伸得像一湖水向着晴空里""你展开像个千瓣的花朵""你又学叶叶的书篇随风吹展"。全诗通过排比将"湖水"和"冷涧""花朵""书篇"这些意象串联起来。在诗人眼里，徐志摩的情感追随就犹如"湖水"一般广阔，犹如"冷涧"一样澄清，吸引着她靠近。不过，在回应中，已为人妻的她始终保持着对"映影"的"百般的疑心"，对"片云""水波"意象的回忆尤为冷静、克制和理性。尽管对方犹如花朵的"鲜妍"和花瓣的"温存"，以及智慧的"深思"，"心境"和"眼睛"都传递着浪漫气息，但在林徽因的情感世界和思维空间里，"没有回答"和"一片的沉静"成为"守住魂灵"最好的方式。除此之外，这首诗在韵律、画面、

---

① 林徽音（林徽因）：《情愿》，《诗刊》1931 年第 3 期。

色彩和结构上，都烙印着新月派的痕迹，这与徐志摩的影响不无
关系。

第二组酬唱诗多集中写于 1931 年。1931 年 4 月 1 日晚，徐志摩
创作《山中》一诗，并于 4 月 30 日发表在《诗刊》第 2 期，后收
入徐志摩自己编选的诗集《猛虎集》。这时徐志摩回到北平，在好
友胡适家中借住，探望时看到林徽因身体欠佳，随后创作出杂糅了
爱情与友情复杂情感的《山中》。《山中》是徐志摩诗艺才情的又一
次深情表达，情感丰富细腻，充溢着关心挂念之情。诗人想要攀附
"月色"，化作一阵"清风"，浮动在"你的山中"，让被吹落的那
针"新碧"，掉落在"你的"窗前，陪着你静养，伴着你入眠，既
有意识节制浓烈的情感，又清丽灵动地抒发了绵绵柔情，虽没有直
白化的胸臆呈现，但含蓄隽永的抒情格调，给诗的意境创造，带来
更高的审美向度。全诗每一节都采用"六字 + 五字"的跨行结构，
"静""影""景""静""抱""好""中""松""风""动""前""眠"
等，韵律感十足。

岁月流逝不居，"山中"的"那一晚"牵动诗人的思绪，1931
年 4 月 12 日，林徽因以"尺棰"为笔名，在《诗刊》第 2 期发表
诗作《那一晚》回应《山中》，两首诗在艺术水平上并无高下之别，
不过，通过比较不难看出，林徽因对个体生命的感悟，比徐志摩还
多出别样的理性和智慧。她用隽婉、纤丽的诗笔敞开压抑良久的情
感，星夜迷惘间追溯萦绕于心的情思。整首诗结构整饬，色彩鲜
明，节的匀称兼容句的均齐，情感回应张弛有致，收放自如。

> 那一晚我的船推出了河心，
> 澄蓝的天上照着有密密的星。
> 那一晚两岸里闪映着灯光；

> 你眼里含着泪，我心里着了慌。
> 那一晚你的手牵着我的手，
> 迷惘的黑夜封锁起重愁。
> 那一晚你和我分定了方向，
> 两人各认取个生活的模样。

诗作开篇柔缓舒放，深情如小夜曲，缓缓道来："我"和"你"彼此走进对方的心灵但终究还是理智地"分定方向"。诗人先扬后抑，深情回忆"那一晚的""星光、眼泪、白茫茫的江边！"深情抒怀中融入声、光、影、形，诗绪幻化流转于意象之间。

第一节，诗人用三组"那一晚"为首的句式，营造出浓郁的情感氛围。"那一晚"作为林徽因笔下有意味的"星夜"意象，包含更多值得言说但又无法说明的情感内韵。正是"那一晚"，浪漫的情思在两个人的手心里温存，在两颗爱情之心春潮荡漾的星夜里，心河涌动。当此之际，诗人鼓起"爱"的勇气，打开心房，和"你"牵手相依在密密的星空之下，"星夜"的迷惘，让两个人的愁绪有了短暂的释怀，形神交汇中，他们捕捉到安详的唯美时刻。然而，理性终归还是节制了情感，他们最终理智地分定各自的方向，继续各自的生活。诗的第二节，诗人以四组"到如今"为首的句式，组织起诗的结构和外在形式，让既往的心灵慰藉和精神影响留存当下，诗人所捕捉的意象皆附着了主体的情感：

> 到如今我的船仍然在海面飘，
> 细弱的桅杆常在风涛里摇。
> 到如今太阳只在我背后徘徊，
> 层层的阴影留守在我的周围。
> 到如今我还记着那一晚的天，

　　星光、眼泪、白茫茫的江边！

　　到如今我还想念你岸上的耕种：

　　红花儿黄花儿朵朵的生动。

　　诗人至今无法忘记英伦时期的异域交往，她不断游弋于追念、徘徊和摇动之间。在最后一节，诗人使用"那一天……我"和"那一天……你"的对举句式起句，在相互辉映的结构里，表达"我"对"你"的赞许与依恋。整首诗将多种修辞手法和诗歌技法交错使用，结构整饬，色彩鲜明，情感张弛有致，收放自如，较之于其1931年写下的《"谁爱这不息的变幻"》《笑》《深夜里听到乐声》《情愿》《仍然》《激昂》《一首桃花》和《山中一个夏夜》技艺尤高一等。

　　巧合的是，新月派诗人陈梦家，1929年10月在《新月》月刊第2卷第8号上发表了其处女诗作《那一晚》，该诗得到徐志摩的推介。陈梦家的《那一晚》共四节十六行，每一节的首句以"那一晚"起句和"天晓得我不敢说'我爱你'"[①]作为承接诗意的转句，意象清新淡雅，语言朴实，韵律和画面感强。若将两个人的同题诗比较，林的《那一晚》，有明确的诗意指向和特定的情感场域，诗歌的情感表现渐进柔缓，通过语言和意象的能指与所指，表现内心世界的丰富性和复杂性。陈诗更为侧重于爱情来临时的身体感受和当下体验，直接加入身体语言，如"肩并肩""手牵住我的手""身偎身""乱跳的心""挨近你的身"。正如诗中描绘的那样，即便"那一晚"是"一生难忘的错恨"，诗人依然对此时此刻的爱情，表达出刻骨铭心的留恋，用"一万声的我爱你"，对"那一晚"的遗憾和怯懦，发出最后的呐喊。

　　《那一晚》被认为是林徽因最具功力的佳作，发表后，徐志摩

---

① 陈梦家：《那一晚》，《新月》1929年第2卷第8号。

于 1931 年 7 月 7 日以《你去》一诗作为酬唱，再次回应："你先走，/
我站在此地望着你，/放轻些脚步，/别教灰土扬起，/我要认清你
远去的身影，/直到距离使我认你不分明。/再不然我就叫响你的名
字，/不断的提醒你有我在这里/为消解荒街与深晚的荒凉，/目送
你归去"①。这份感伤、动人、含蓄的情谊在徐志摩这篇唱和的诗
作中得以真切流露。该诗发表在 1931 年 10 月 5 日《诗刊》第 3 期，
附在徐志摩给林徽因的一封信中，是徐志摩写给林徽因的最后一首
诗。《你去》全诗主要采用第二人称的视角，借助纯净的语言，通
过对"你"会怎么做和"我"要怎么做的抒情性表达，以一种对所
爱之人倾诉内心私语和执着追求的态度，宣誓真挚情感的存在。徐
志摩的情感是热烈、真切的，正如诗中所言："我要认清你远去的
身影，/直到距离使我认你不分明。/再不然我就叫响你的名字，/
不断的提醒你有我在这里/为消解荒街与深晚的荒凉，/目送你
归去……"

《你去》无论是诗的内容，还是诗艺成就，都带给林徽因启迪
和灵感，出于对《你去》的回应，她于 1931 年 9 月创作了《情愿》。
《情愿》原载于 1931 年 10 月《诗刊》第 3 期，收入《新月诗选》
（1931 年 9 月出版），诗人一改通篇整饬对举的形式，诗绪围绕"情
愿"展开，对那段美好的情感经历做出回应。全诗四节十二句，首
节即直陈她对一段情感的态度："我情愿化作一片落叶，/让风吹雨
打到处飘零；/或流云一朵，在澄蓝天，/和大地再没有些牵连"②。
"落叶"和"流云"意象作为情感的载体，流露出无奈、失落和感
伤的情绪，随即而来是"伤心""怅惘"和"空虚"，以及"温柔"
不复存在。第二节"黄昏"意象承载了诗人的心理反应和个人感

---

① 徐志摩：《你去》，《诗刊》1931 年第 3 期。
② 林徽音（林徽因）：《情愿》，《诗刊》1931 年第 3 期。

觉。在第三节，诗人回望自身，以忘掉整个世界的方式，去作别落花似的思绪。最后一节，诗人要忘掉一切，告诉自己所爱的人，也要忘记在"你""我"二人的世界里，留下过的美好回忆和情感。整首诗在情感追忆的心理活动中，流畅自如，表露出诗人对真情爱恋经历的珍重和不舍，尽管现实世界有世俗的规约和节制，但是心灵的碰撞和情感的交流无法阻挡。

徐志摩飞机失事遇难五年后，林徽因于 1936 年秋创作同题诗作《山中》：

山中 [①]

紫色山头抱住红叶，将自己影射在山前，
人在小石桥上走过，渺小的追一点子想念。
高峰外云在深蓝天里镶白银色的光转，
用不着桥下黄叶，人到泉边，才记起夏天！

也不因一个人孤独的走路，路更蜿蜒，
短白墙房舍像画，仍画在山坳另一面，
只这丹红叶叶替代人记忆失落的层翠，
深浅围抱这同一个山头，惆怅如薄层烟。

山中斜长条青影，如今红萝乱在四面，
百万落叶火焰在寻觅山石荆草边，
当时黄月下共坐天真的青年人情话，相信
那三两句长短，星子般仍挂秋风里不变。

廿五年秋

---

① 徽因（林徽因）：《山中》，《大公报（上海）·文艺》1937 年 1 月 29 日。

这首诗的场景定格在北平西郊的香山，依然采用秋意下"红叶""黄叶"①"白墙""青影""红萝""黄月"等色彩鲜明的意象，将她无以言说的情感蕴蓄其中。此时此景，此情此意，已不同于徐志摩《山中》所传递出的诗意内涵，更多的是惆怅和回味"人在小石桥上走过，渺小的追一点子想念"，以及对故人"星子般仍挂秋风里不变"的追忆之情。

此外，在二人酬唱诗作中，云的意象从始至终都颇得他们青睐。通过鉴读徐志摩的《偶然》（1926）、《云游》②（1931）与林徽因《仍然》（1931）、《情愿》（1931）中云的意象，可以深入考察他们在诗艺中的互生性以及秉持的个性。

首先，他们笔下的云都是流动的而非静止的意象，"云游"（《云游》）和"流云"（《情愿》）均突出"云"的动态情状。徐志摩在《云游》中以"翩翩""自在""轻盈""无阻拦"的状态描写"云"的动感："那天你翩翩的在空际云游"，显然，诗人从"云"的意象中捕捉"游"的动态，落脚点在动作，由具体静止的意象转变为一种动态呈现。"云游"一词颇具古典气息，具有多义性，既指僧人道士等漫游四方，行踪不定；也可以意为如云彩般飘动浮游，喻笔势飘忽，无论哪一个意涵都很符合诗人洒脱、率性的气质。从字意看，"流"与"游"一表孤独，一表结伴，《云游》里写到"你的愉快是无拦阻的逍遥""你更不经意在卑微的地面""在过路时点染

---

① 林徽因善于观察和捕捉叶的色彩，比如《红叶里的信念》的"红成一片火焰"的北平西山红叶，《时间》一诗的"秋云黄叶"，以及她赠给梁思顺的长女周念慈的诗《看叶子》，诗中刻绘了秋天的"红叶"和"黄叶"："红红的叶子，又到了秋天 / 我纵知道自己想念，/ 我却画不出心里的方向——/ 我疑心你已变了模样！// 黄黄的叶子像火烧焦；/ 我听到隔墙有人摇落笑，/ 我拾起这偶来的别人欣喜，/ 惋惜底保存在自己眼泪里。"这首诗创作于 1936 年 10 月，浸润着淡淡的忧思和细微幽深的情感。

② 徐志摩：《云游》，《诗刊》1931 年第 3 期。

了他的空灵"，徐志摩把林徽因比喻为"云游"，"不经意""过路"体现了某种"短暂性"，是"点染"而不是"泼洒"。虽然暗含了不舍之情，但亦体现了这段交谊的欢快，"你的愉快是无拦阻的逍遥"写出林徽因的灵动身姿。云和游搭配一起，体现了徐志摩式的飞动飘逸的美。徐志摩始终热烈追求"爱""自由"与"美"，这与他潇洒自由的个性及不受羁绊的才华和谐地统一。《云游》里形容"飞动"的动词或形容词有"翩翩""云游""自在""轻盈""逍遥""飞渡""飞回"，它们贴切表达出诗人内心深处真实的情感与独特的个性；"在天的那方或地的那角""飞渡万重的山头"，云朵在广阔的天地之间自由地飞动。与其相近，林徽因笔下的"云"也变成"流云"："我情愿化作一片落叶……或流云一朵"（《情愿》），"落叶"与"流云"都浸染着飘零、徘徊、怅惘、游离的情态。

其次，云是他们内心情感投射的客观对应物，投射出隐秘的情感。"我是天空里的一片云"（《偶然》），徐志摩诗中的"云"简单纯粹，意象澄澈干净，也符合《偶然》整首诗空灵干净的基调，没有任何修饰变形，其诗中"云"的所有变幻都是为了"偶尔投影在你的波心"。林徽因笔下"云"的意象增加了色彩的修饰，强调"白"云，与"晴空"对照，而"白"似乎也是对前者"偶尔投影在你的波心"的回答："你舒伸得像一湖水向着晴空里／白云"（《仍然》），这好比两个人在对话："我在你心中是如何的模样？""你很美好啊。"林徽因笔下的"白云"勾勒出徐志摩在她心中的形象，明朗纯粹，浪漫天真。

《情愿》的"流云"体现了林徽因内心的复杂忧愁，对徐志摩虽爱仍拒，亦体现出二人于"英伦之恋"的态度倾向，徐志摩内心"轻盈"，一心想要追逐爱情，而林徽因顾虑重重，她的笔下一扫"云游"的欢快、自由、洒脱，诗题《情愿》暗含"我""情愿"忍受那"流云"的寂寞孤苦，也不要"云游"的快乐："我情愿化作一片落叶，/让风吹雨打到处飘零；/或流云一朵，在澄蓝天，/和大地再没有些牵连。/但抱紧那伤心的标志，/去触遇没着落的怅惘"（《情愿》）。

最后，在林徽因回应徐志摩的几组诗作中，《仍然》与《情愿》是值得深入比较和鉴赏的两首诗，细读这两首诗，比对其与徐诗文本内外的关联，不仅可以深入考察徐志摩对林徽因诗歌道路及诗风的影响，还可以挖掘出文本之间的密切关联和潜存的对话应答。两首诗声调与节奏相近，基本反映了林徽因早期诗歌的整体创作风貌，但是在情感表达方面又各有侧重。从诗题看，"仍然"为副词，表示情况没有变化或保持原状，全诗的落脚点"一片的沉静/永远守住我的魂灵"与题目相契合；而"情愿"为主观情绪，"情"指流动的情思，"愿"为宁愿、甘愿，暗含有哀戚之意。从发生学视角探寻，《仍然》和《那一晚》的创作灵感来自徐志摩，是林徽因在北京香山疗养时与徐志摩几次会面后所写。1931年徐志摩出版了诗集《猛虎集》，蓝棣之认为这本诗集是献给林徽因的，原因是："献辞即《云游》一诗是对林徽因以尺棰为笔名发表的《仍然》一诗的答复。"[1]《云游》侧重营造浩荡的空间意境，如"天际""天的那方或地的那角""飞渡万重的山头""更阔大的湖海"；《情愿》着笔于捕捉细节之物，如"一片落叶""流云一朵""一闪光""一息风"。如果说，徐志摩着眼于整体性的构图，那么林徽因则落点于细节之处进行勾勒。徐志摩的情感热烈澎湃，与诗歌当中"上天入地"的气势相符；林徽因则通过细小的"痕迹"，来体现隐隐约约、若有若无的情思与忧伤。《云游》好比一幅"宇宙俯瞰图"，《情

---

[1] 蓝棣之：《徐志摩：诗化生活与分行的扩写》，载《现代诗的情感与形式》，人民文学出版社，2002，第41页。

愿》好比工笔画，"有巧密而精细者"。而且，他们的诗歌除了洋溢着传统古典气韵，还印染有西方浪漫主义与唯美主义的影迹，林徽因的诗歌具有英国古典诗歌优雅高贵的气质，徐志摩则集拜伦、雪莱、济慈、华兹华斯"浪漫派之情热"、哈代"悲观派之阴冷"、波德莱尔"恶魔派之奇崛"为一体，形成了于清丽空灵俏皮中更带一抹激愤哀婉、冷艳情调的独特艺术个性[①]。

从《偶然》到《仍然》《情愿》和《云游》的创作间隔五余年，它们完整连贯起一段情感起灭的演化：从"在转瞬间消灭了踪影"（《偶然》）到"我却仍然没有回答"和"一片的沉静／永远守住我的魂灵"（《仍然》）；"你也要忘掉了我／曾经在这世界里活过"（《情愿》）对应"你记得也好，最好你忘掉"（《偶然》）；"他在为你消瘦，那一流涧水，／在无能的盼望，盼望你飞回！"（《云游》）对应"又像是一流冷涧，澄清／许我循着林岸穷究你的泉源"（《仍然》）。两首诗在形式上具有商籁体的美学特点，诗中的句式、意象、韵律和诗情以及结构的空间形态都体现了和谐匀称的审美原则。《情愿》的和谐均齐体现为字句、意象、意境的对仗。如前所述，"一片落叶"与"流云一朵"对仗；"澄蓝天"和"大地"对仗；"抱紧那伤心的标志"与"去触遇没着落的怅惘"对仗；"忘掉曾有这世界"与"哀悼谁又曾有过爱恋"形成对仗；"到那天一切都不存留""比一闪光，一息风更少"的"一"形成反复回旋的节奏；结尾"你也要忘掉了我"与上文"忘掉曾有这世界"相呼应。如果说《云游》抓住每一首诗特有的"诗感""原动的诗意"，寻找相应的诗律，《情愿》则主要通过对仗来呈现和谐均齐的面貌。在《仍然》中，"你舒伸得像一湖水向着晴空里""你展开像个千瓣的花朵""你又学叶叶的书

---

① 李扬平：《徐志摩研究综述》，《中国现代文学研究丛刊》1998 年第 3 期。

篇随风吹展"构成内在的和谐旋律，通过意象"湖水""花朵""书篇"的更迭来表现同一种动作——"舒伸""展开""吹展"。换言之，"伸展"的动作经过艳丽繁多的意象的涤荡，得到了加强与上升。如果说《仍然》是以抒情对象"你"为主导视角，抒情主人公始终处于被动"沉静"的状态，那么这一状态在《情愿》中被颠覆与打破。《情愿》侧重"我"的主体感知："我情愿化作一片落叶""忘掉曾有这世界；有你"。而且，这首诗不仅句式整齐，意象（"落叶"与"流云"）和意象的空间载体（"大地"与"天空"）也构成了和谐的画面。从"去触遇没着落的怅惘"的"触遇"（相遇），到"你也要忘掉了我／曾经在这世界里活过"的"忘掉"（分离），体现内在诗情的均齐；亦如《仍然》的开篇从"我循着林岸穷究你的泉源"到尾句"一片的沉静，永远守住我的魂灵"，从情"动"到情"静"，构成了情感的匀称力量，展现出现代女性繁复、幽微而充满张力的情感世界。

　　两首诗辞藻优美，意象繁密而具体，虽然是在冷却中处理饱满的情感，意象却生动可感，还加注了戏剧性场面。"你的眼睛望着我，不断的在说话"（《仍然》），诗人没有直接用抒情对象"你"，而是将无形的情感寄寓转化到有形的"眼睛"，把"你的眼睛"作为"我""看"的媒介，表达出"你"长久凝视和始终追随的状态，如此处理无形中冷凝与节制了"你""我"之间热烈的感情。"眼睛"在此成为"客观对应物"，是诗人感性"直觉"与理性"意识"的复合体。同样，《情愿》中流动炽烈的情思也是通过具体可感的意象表现出来的，"落叶""让风吹雨打到处飘零"，"流云""和大地再没有些牵连"。两首诗都借用知觉化的意象代替了直抒胸臆的传统抒情方式，区别在于情感基调上一个冷静从容，一个哀伤悲戚。林徽因将情感、理智和诗歌意象三者融于一体，在抒情与智性中找到平衡点，规避了浪漫主义诗歌"激情有余、诗味不足"的问题，也未陷落理性与形式的窠臼。在诗歌意象的营构方面，林徽因自觉吸收与融合了中西意象的美学特质，《仍然》与《情愿》中有大量的古典传统意象，"云""花""落叶""冷涧"等意象让她的诗歌萦绕古典气息，同时融入主体生命体验，复合了诗人的感性表达与理性思考，赋予它们以现代的内涵："你又学叶叶的书篇随风吹展"（《仍然》），这里的"叶叶"即是古典传统手法里的叠字与双关，"叶叶"的读音与"夜夜"双关，与"书篇"搭配在一起，"揭示你的每一个深思；每一角心境"，如此赋予传统意象"叶"以现代诗情和诗人主观感知。

两首诗在诗歌的形式上均追随诗歌的"三美"主张，体现了建筑的秩序感、对称感、整体感，古典高雅、浑然天成。细微差异在于，《情愿》形式上的直视感如同整齐的直梯，而《仍然》有开合与收束，诗歌形式给人带来视觉上的曲线美，与阿波利奈尔所追求的视觉诗或图像诗具有暗合之处。林徽因通过对诗节与诗行的灵活运用以及诗歌句式的多种变化，使诗歌具备音律节奏的美感。在绘画美方面，《仍然》由"白云""晴空""泉源""冷涧"组合成清新明丽、轻灵通透的画面，色调纯净明朗，画面具有整体性，风格偏于沉静内敛；而《情愿》呈现的却是"落叶""飘零""流云""落花"的景象，时节与时间定格于秋季、黄昏，颜色更加浓稠忧愁，色调沉重伤感，画面具有破碎感，整首诗仿佛碎片粘贴而成的沙画。两首诗都写到"云"的意象，《仍然》里的"云"是"白云"，《情愿》里的"云"是"流云"。前者注重云朵的颜色，白色淡然从容，一如"一片的沉静／永远守住我的魂灵"；后者"流云"则捕捉云的动态，漂泊游荡，一如诗人孤苦彷徨的心，"流云"与"风吹雨打"构成支离破碎的画面。

从前期提倡新诗格律化到渐渐趋向于自由体形式，新月派诗歌创作观念逐渐发生调整，不变的是诗歌返还内心、实现自我表现的功能，林徽因早期的诗路亦暗含这一创作踪迹。《仍然》从"我循着林岸穷究你的泉源""我却仍然怀抱着百般的疑心"到"我却仍然没有回答"等一系列动作变化轨迹可以看出抒情主人公的理性思考——从试探到怀疑再到拒绝，我们仿佛看见一名女子在进行思想较量，终究理性占据上风。相距时间较短的两首诗却分明呈现出截然相反的诗绪情感：《仍然》中，诗人的情绪是坚毅、决绝、冷静、理智，而在《情愿》中，则变得浓烈伤感，缠绵悱恻，"再莫有温柔""哀悼谁又曾有过爱恋"。原本的"怀疑"变成了"哀悼"，尽管最后写到"你也要忘掉了我"，却给人一种肝肠寸断之感。林徽因一如美国女诗人莎朗·奥兹，忠诚于女性特有的细腻感受；在处理女性复杂的内在情感世界方面，她又与后来的美国自白派诗人普拉斯存在某些相似之处，呈现出女性特有的感受力。

林徽因与徐志摩最终没能走到一起，对此，泰戈尔曾留下小诗影射了林、徐二人的关系，以及他的无奈的叹息："天空的蔚蓝，/爱上了大地的碧绿，/他们之间的微风叹了一声：/'唉'！/焕发出美感的辉光"（《赠林》）。然而，两位诗人在诗中通过酬唱记录并赋予这现实的遗憾以诗意的审美，也为现代诗坛留下几组别具魅力的孪生兄妹似的关联文本。林徽因作为徐志摩的情感投射对象和20世纪30年代新诗领域的现代女性，在和徐志摩的诗歌交流中，她不断获得启发，在学习新诗写作的过程中，受徐志摩和新月派创作风格和技法的影响较大。虽然浪漫主义在徐、林诗作中有不同的表现，林徽因的爱情诗也明显存有早期新月派的风格特点，这为她后来的现代主义创作和转向，提供了诗学养分和实践积淀。

▍第三节　移步现实："追求超实际的真美"

长期以来，人们对林徽因存有偏见，认为她的诗多个人抒怀，与社会现实存在一定距离，持有这一观点的评论多停留在其早期诗作中。相较早期的诗歌创作，林徽因后来的诗作减少了纯然的个人情感的抒发，视野投射外界，介入时代与生活，诗歌风格趋向现实，真实感人。抗战爆发后，在林徽因的诗中，小到底层小人物、街景，大到战争，都注入了她"诚恳"的关注。她渴望"以诚恳的态度尊重艺术的独立价值与规范 …… 写出有创造力、'纯真'艺术性和'个性'的作品来奉献给整个社会"①。

1. "街角"的"微光"和"小楼"

首先，她的作品贴近小人物和"小生活"。在散文《窗子以外》，她采用电影拍摄中"一镜到底"的技巧呈现底层生活中的"所有的活动的颜色声音，生的滋味"，亦流露出她渴望与现实亲近的平实念想。散文中她把探询的目光投向窗外，将生活的原貌卷轴式地延展开来：有"百里的平原土地"，"起伏的山峦"，有来来往往的送煤、送米的劳动者；有不通风的大衙门，也有"热闹的大街" …… 既热情讴歌了辛勤却"幽默"的劳苦大众，也温和讽刺了与生活隔离开来、不接世俗烟火气的太太和小姐们。林徽因的诗不仅关注底层人民生活，还有大量农村景象的描写，相较其散文尤加重了悲戚之感。《微光》②系她首次描写劳动者日常生活的常态的诗歌："合家大小朴实的脑袋，/ 并排儿，熟睡在土炕上"，她用"愚

---

① 蓝棣之：《作为修辞的抒情——林徽因的文学成就与文学史地位》，《清华大学学报（哲学社会科学版）》2005 年第 2 期。

② 徽音（林徽因）：《微光》，《大公报·文艺副刊》1933 年 9 月 27 日。

诚"之笔捕捉到底层人民和睦而又艰辛的生存境况，外面的"雪夜""泥泞"，砂锅里"不够明日的米粮"，这一切都加深了一家人生活的悲凉与困厄，小屋里的"微光"如此虚弱，几乎支撑不起家庭的生计，只能听凭"他和她，把他们一家的运命／明白的，全数交给这凄惨"。林徽因从内心世界走出，开始细致地刻绘穷困生活的现状和细节，全诗三次重复"街上没有光，没有灯"，变化在于场景从"店廊上一角挂着有一盏"到"店窗上，斜角，照着有半盏"，直至最后一段，变成了"街角里有盏灯，有点光，／挂在店廊；照在窗槛"。场景细节的变化与其说始于诗人敏锐的观察力，不如说体现了诗人内心深处对底层人民的深切同情、对现实的关怀。不同的开头，却以类似句式交相呼应，交替着"明——暗——明"的变化，既有重章叠句的突出效果，又彰显丰富的层次感。此外，经由渐次的渲染，末尾的"明"已非首节的"明"，而是从"黯淡"到了绝望的"凄惨"，"微光"彻底蒙上了阴影，细节的变化增强了现实感，也笼罩着诗人内心无尽的悲悯和哀叹。

林徽因同题材的诗作一反此前超然灵动、高洁唯美的诗风，拨开唯美的面纱，深入底层，以口语入诗，诗风亲切朴拙，沉实殷切，浸透着血泪的伤痛。这一系列的转变竟然与她的个人气质毫无违和感。面对行人不断、车水马龙的年关，诗人自问："可怕，还是／可爱的夜？"在年关快活的庆祝中，响起了（确切地说是诗人听到了）"一盘子算珠的艰和难"[1]；年关喜庆的表象之下，暗暗涌动着人们生活的窘迫不安。年关，是欢庆节日的开始，也是一年劳苦的总结和另一年劳苦的来临。"人和人，好比水在流，／人是水，两旁楼是山！"在逼仄压抑的城市街道上，住在两旁楼房中的市

---

[1] 林徽音（林徽因）：《年关》，《大公报·文艺副刊》1934 年 2 月 21 日。

民，仿佛在夹缝中生存："看出灯笼在燃烧着点点血"①。这妖冶艳丽的灯花，燃烧的是劳苦大众的血汗！

　　寻迹林徽因的诗歌创作，鲜明可感其创作风格的转变，其早期的诗歌创作多感性的情感抒发，可以说没有情感就没有诗歌；后期诗风陡变，不再聚焦于自我情感的书写，而是将视野转向外部世界。邵燕祥在《林徽因的诗》一文中，针对《昆明即景》中的两首诗《茶铺》《小楼》，评说林徽因的"诗笔正从内向转趋外向"，并说这和她经历了一段颠沛流离的生活有很大的关系。②在后期的创作中，林徽因更多地将诗歌的视野放在对外部世界的描摹与呈现上，虽然也会有情感的抒发，但削减甚多，较于前期又多了一些理性与节制。她尤其钟情于街头的"小楼"或小人物，比如《昆明即景》中的《小楼》：

小楼③

张大爹临街的矮楼，

半藏着，半挺着，立在街头，

瓦覆着它，窗开一条缝，

夕阳染红它，如写下古远的梦。

矮檐上长点草，也结过小瓜，

破石子路在楼前，无人种花，

是老坛子，瓦罐，大小的相伴；

尘垢列出许多风趣的零乱。

但张大爹走过，不吟咏它好；

① 灰因（林徽因）：《除夕看花》，《大公报（香港）·文艺》1939 年 6 月 28 日。
② 邵燕祥：《林徽因的诗》，《女作家》1985 年第 4 期。
③ 林徽因：《小楼》，《经世日报·文艺周刊》1948 年 2 月 22 日第 58 期。

> 大爹自己（上年纪了）不相信古老。
>
> 他拐着杖常到隔壁沽酒，
>
> 宁愿过桥，土堤去看新柳！

在这首诗中，林徽因抛开她习惯的情感寄寓方式，隐藏起主体情思，无形中应和了她作诗的"愚诚"观。全诗对小楼进行了客观的展现，不仅交代了小楼的位置、夕阳下小楼的剪影、小楼上的草和小楼周围的环境，也呈现出张大爹对待自己的小楼的态度。这首诗活画出昆明当地人的安闲与自在，某种恬淡与释然也蕴蓄其中，不乏民歌的朴实之风，读起来朗朗上口十分亲切。借由这首诗，林徽因向我们展现了不一样的诗歌景观，其在诗歌创作取材方面也发生很大变化。临街的矮楼半藏半掩，青瓦覆顶，开了一条缝的窗户映着夕阳，在傍晚的红晕中散发着悠远的古意。低矮的屋檐上冒出青草，破旧的石子路陈列在楼前，不曾有人种花，老坛子和瓦罐成了石子路和矮楼的伙伴，看似凌乱与久经风尘，却又别有一番意境。上了年纪的张大爹不评价小楼的好坏，也不服老，拄着拐杖也要去隔壁买酒喝，还要走过桥跨过堤去看春天的新柳。三节诗的每一节自成一个取景，每一个取景都展现出不一样的美，诗笔的转换犹如镜头翻转，带出诗人一直专情的"建筑意"。除了《小楼》外，她写静院与闹市、山村与炊烟、古城与小巷更为深入细致，与其前期的创作如出两人之笔。

2. "中国的悲怆永沉在我的心底"

除却记录底层人民生活，林徽因在流徙中以诗人的细敏视角捕捉到许多乡村景象，它们渗透着诗人对时事的思考，饱含个人与家国的忧愁和哀痛。《八月的忧愁》中，林徽因以平实的笔调描写八月的农村，白鸭、高粱、"昨夜雨洗过的"蓝天，这些美好明净的意象却给诗人带来挥不去的忧愁，因为"一大棵树荫下罩着井，又像是心！"诗人的心灵被生活的现实蒙上了一层哀伤，在这"夏天过去了，也不到秋天"的八月间，对"生活同梦"的"连牵"产生了疑惑。诗人的疑惑并非无端的闲愁，而是由现实的观照而生发的反思。

寄居李庄小镇时，林徽因从病榻上瞭望窗外的小村，她"轻轻的独语"，怅惘地想象"十一月的小村外是怎样个去处"，"映红了的叶子""白沙一片篁竹"和"寂寂一湾水田"等景象萦绕着淡淡的哀愁。《十一月的小村》①一诗中多处意象采用了拟人化的手法："村子迷惘了""十一月的心""一棵野藤绊住一角老墙头，斜睨／两根青石架起的大门"……诗人将无处倾诉的乡愁、烦乱和哀伤寄托在秋日逐渐萧索的景物之中，仿佛这个小村由她的愁绪凝固而成。"是什么做成这十一月的心，／十一月的灵魂又是谁的病"为全诗的灵魂，通过承上启下的问句，仿佛在问造物主，十一月的小村为何如此忧伤？又仿佛在问自己，为何卧病在此，为何要背负重病的灵魂……既点出诗人病苦，也揭示出十一月的心和病与诗人的心和病是相通的。那么，十一月怎会有心且有灵魂？——带病的灵魂？这是解读该诗的关键。该诗写于 1944 年初冬，抗战胜利前最黑暗的时光，诗人正重病缠身，表面看诗人书写个人或小村的情与景，实则浸透了她对民族家国的忧患，这"十一月的灵魂"是诗人自己的病也是落难中国的病。或许，疾患的治愈是她"等待十一月的回答"；或许，抗战的胜利是她"等待十一月的回答"——个人的境遇本来与家国的安危关联一体，那么，诗人所等待的，她已然告诉了我们。

林徽因有几篇写战争的诗情感真挚感人，反映了战时年代沉郁

---

① 林徽因：《十一月的小村》，《文学杂志（上海 1937）》1948 年第 2 卷第 12 期。

的生命体验以及与国难共鸣的深切情感。她曾写过一首悼念壮烈殉国的弟弟的长诗《哭三弟恒》①。读这首诗不能忽略一个细节，在其挚爱的三弟阵亡前，她已经接二连三接到在南下途中遇到的八位青年空军士兵阵亡通知书，最后，她没能逃过三弟的噩耗。林恒本来考上了清华大学，但为了抵抗侵略，投笔从戎，报考航空学校，殉国时年仅 25 岁。

1941 年，林恒在日军空袭成都时，没有躲到防空洞，而是来到机场跑道，准备在枪林弹雨中驾驶战斗机起飞。日军将所有子弹都对准了他刚刚起飞的飞机，很快飞机被击落坠毁在跑道尽头。对弟弟去世的悲痛持续了三年，终落笔成诗，林徽因以哀恸却又异常冷峻的笔触开篇："弟弟我没有适合时代的语言 / 来哀悼你的死；/ 它是时代向你的要求，/ 简单的，你给了"。其冷静的口吻和简洁如利刃直削的语言，加剧了悲痛的情感。在哭诉的同时诗人对时代与国情进行了反思："太早了，弟弟，难为你的勇敢，/ 机械的落伍，你的机会太惨！"当时日本的飞机比我国使用的苏联制 E15、E16 型号飞机先进许多，当我方飞机油已耗尽，对方却油料尚足，诗人个体的哀伤何尝不是国家的伤痛呢？诗的后半段，诗人一方面哀伤地勾画弟弟离世前可能拥有的美好未来，一方面却坚强地告诉远在生死另一端头的弟弟："我们已有了盟友、物资同军火，/ 正是你所曾经希望过"！家人亡故之痛，瞬间转化为"中国的悲怆永沉在我的心底"。沉埋三年，她将这"冷酷简单的壮烈"谱写成了"时代的诗"，显然，这首诗最感人之处在于抒情主人公没有简单停留于对弟弟的追悼之情，而是将个人情感升华为家国情怀，诗情悲壮哀婉而又大气磅礴，诗尾对未来的国人给予警示："而万千国人像已忘掉，你死是为了谁！"

---

① 林徽因：《哭三弟恒》，《文学杂志（上海 1937）》1948 年第 2 卷第 12 期。

在创作于 1948 年 2 月 18 日的《我们的雄鸡》[①]中，诗人逐渐走出战时的沉郁，带着理性的克制讴歌雄鸡："我们的雄鸡从没有以为 / 自己是孔雀"或"首领"，"晓色里他只扬起他的呼声 / 这呼声叫醒了别人"；"我们的雄鸡"要做的并非"仰着头漫步"、炫耀自己的"仪表风姿"，而是要忍辱负重。诗人以积极乐观的心境坚忍苦熬，坚信伟大的民族终将"象征了时间"、征服了现实，亦如她在《人生》一诗中所写："人生，/ 你是一支曲子，/ 我是歌唱的"；"我生存，/ 你是我生存的河道"……

■ **第四节　新诗现代性的自觉实践："细致飘渺的彷徨"**

作为后期新月派代表诗人之一，林徽因本人并没有明确的流派归属意识，也未见贯彻始终的诗学追从。值得称道的是，自其诗歌创作伊始，就自觉于新诗的探索之路。其早期诗歌以唯美的浪漫主义诗风为主流，不过，也隐含西方现代主义诗歌的元素，从其中后期诗歌创作的走向回视，这应该不是巧合。比如，《仍然》与《情愿》两首诗中已采用蒙太奇手法，诗人随意切换时空与场景，意象的组合富有跳跃感和陌生化："但抱紧那伤心的标志，/ 去触遇没着落的怅惘；/ 在黄昏，夜半，蹑着脚走，/ 全是空虚，再莫有温柔"（《情愿》）；"抱紧"与"蹑着脚走"是真实的动作描写"，"黄昏"与"夜半"是流动的时间的实指，与它们对应的是情感的"伤

---

① 林徽因：《我们的雄鸡》，《大公报（沪新）·文艺》1948 年 3 月 26 日。陈学勇与曹汛编写的林徽因年表都未收入这首诗。陈学勇在《林徽因年表》（1948 年）中明确指出："2 月 18 日，林徽因创作诗歌《我们的雄鸡》，生前并未发表"。（见陈学勇：《林徽因年表》，载《莲灯诗梦林徽因（增订本）》，人民文学出版社，2021，第 453 页。）曹汛的《林徽音先生年谱》（文津出版社，2022）则直接遗漏了这首诗。本注释对此进行勘误补正。

心""怅惘"，最终化为全然的"空虚"，这种写法极具个人性质，完全是私人经验的表达。诗人敏锐地捕捉到特定时刻的心境、现代情感的流动性以及细微的变化情态，"抱紧标志"与"触遇怅惘"纷纷体现出现代诗语言的悖论与陌生化，诗人在突出语言的感受性同时也赋予语言意外的离心力。如前所述，其早期诗歌创作受徐志摩和新月派影响至深，这多少阻碍过其深入探索新诗现代化的步伐。从 20 世纪 30 年代中期开始到 40 年代中后期，她开始注意诗的经验表达问题，转向新诗现代性的实践，语言构造与心智表达也都迥异于此前的创作。除新的声音和语调外，林徽因在诗歌创作中也有意识地渗入和调融了哲思与智性、戏剧性与对话性、象征与暗示等现代性表达的核心元素。

1. 从"山河的年岁"中品读生命内质的流动性

时间在整个西方现代哲学中扮演着优于空间的角色，以早期现代哲学家笛卡尔为代表，强调时间是思维的形式，现代性奠基于时间流逝。林徽因在《十月独行》《时间》《前后》《去春》《秋天，这秋天》《给秋天》《人生》《展缓》《六点钟在下午》《写给我的大姊》和《一天》等不少诗篇中体现了她对时间的现代性的思考，这一思考更多地融入了她对现代生命的感悟，注入了不同时期个体的存在之思与情感基调，早在 1932 年创作的《莲灯》[①] 一诗中，就已经显露出相关哲思的端倪。"莲灯"象征诗人的思想与灵魂，她从浪漫主义的迷惘、无端的惆怅中"擎出一枝点亮的蜡"，"捧出辉煌"，点亮了自己的心灯，也照亮了过往和未来。"人海的浪涛"与"内

---

① 原稿创作时间注为写于"二十一年七月半"，即 1932 年的农历七月十五，"七月半"即民间的鬼节，1931 年秋，徐志摩飞机失事而亡，因而此诗创作缘起可能出于悼亡。原载于《新月》1933 年第 4 卷第 6 号。

心的秘奥"构成一组对照，二者之间却并非对比，而是形成一种因果关系——正是人生海涛的苦痛激发了诗人反思内心的隐忧。诗人也认识到在人类的长河中，每个人不过是"宇宙里"的"一次过客"，纵然"这飘忽的途程也就是个——/ 也就是个美丽美丽的梦"，却仍然要选择"玲珑的生从容的死"，诗中对闪逝的生命和生死意涵的思考，如一个美丽而坚定的预言。《莲灯》是林徽因早期极为重要的一首诗，莲和灯的融合成为诗人人格的完美自况，"玲珑的生从容的死"也准确地预言和概括了诗人的一生。

前后 [①]

河上不沉没的船

载着人过去了；

桥——三环洞的桥基，

上面再添了足迹；

早晨，

早又到了黄昏，

这赓续

绵长的路……

不能问谁

想望的终点，——

没有终点

这前面。

背后，

历史是片累赘！

---

① 林徽因：《前后》，《大公报（上海）·文艺》1937 年 5 月 16 日。

《前后》蕴含着林徽因对时间的思考，时间是流动而绵延的，如果说时间有起点的确定性，也有历史的连续性，那么，终点永远是不可知的，比照这不可知，生命的意义与未来，则失去了意味，由是诗人发出"历史是片累赘"的感叹。这一阶段，林徽因创作了一系列感叹生命在岁月流逝中变幻不居的诗作："我的心没底止的跟着风吹，/ 风吹：吹远了草香，落叶，/ 吹远了一缕云，像烟 ——/ 像烟"①；"四面里的辽阔，如同梦 / 荡漾着中心彷徨的过往"②；"那玄微的细网 / 怎样深沉的拢住天地，/ 又怎样交织成 / 这细致飘渺的彷徨！"③如上诗句探索了历时性和同时性等非常深刻的现代哲学问题，是存在之思，更是诗人对生命流动性的品读。

无题④

什么时候再能有

那一片静；

溶溶在春风中立着，

面对着山，面对着小河流？

什么时候还能那样

满掬着希望；

披拂新绿，耳语似的诗思，

登上城楼，更听那一声钟响？

什么时候，又什么时候，心

才真能懂得

---

① 徽因（林徽因）：《雨后天》，《大公报·文艺》1936 年 3 月 15 日。
② 徽因（林徽因）：《记忆》，《大公报·文艺》1936 年 3 月 22 日。
③ 徽因（林徽因）：《静院》，《大公报（天津）·文艺》1936 年 4 月 12 日。
④ 徽因（林徽因）：《无题》，《大公报（上海）·文艺》1936 年 5 月 3 日。

这时间的距离；山河的年岁；

昨天的静，钟声

昨天的人

怎样又在今天里划下一道影！

《无题》在林徽因的诗作中鲜少被人提及。与陆续发表于 1936 年和 1937 年的《大公报·文艺》上另外几首诗不同的是，《无题》在时空交融、意识意向性与身体意向性的交替中完成了"我思哲学"的表达，浸透着不易被察觉的存在之思的敏悟。每节重复而又富于变化的开头延续着生命不得自主的无奈，昨日时光的流逝不仅是记忆，更成为生命此在真实性的见证："这时间的距离；山河的年岁；/ 昨天的静，钟声 / 昨天的人 / 怎样又在今天里划下一道影！"山河与城楼刻写了岁月，春风与钟声飘荡着生命的律动，在诗人的笔下，时光的荏苒不仅赋予此在以意义，还印证了内在生命的流动，在时空交错中，美好宁静的意象（"溶溶的春风""披拂新绿""耳语似的诗思"等）被放置在一连串疑问的句式中，飞扬之致与低徊叹然胶着为互动的美学，诗人最后慨叹道："什么时候，又什么时候，心 / 才真能懂得 / 这时间的距离；山河的年岁；/ 昨天的静，钟声 / 昨天的人 / 怎样又在今天里划下一道影！"诚如诗人深沉的领悟，真正的自我是流动而绵延的，人类终归无法躲避那世事沧桑的哀愁。

静坐 ①

冬有冬的来意，

寒冷像花，——

花有花香，冬有回忆一把。

---

① 林徽因：《静坐》，《大公报（天津）·文艺》1937 年 1 月 31 日。

一条枯枝影，青烟色的瘦细，

在午后的窗前拖过一笔画；

寒里日光淡了，渐斜……

就是那样底

像待客人说话

我在静沉中默啜着茶。

明丽的光辉与晦暗的阴影相伴而生，诗人的深意是思考时间流逝与生命存在的关联。"一条枯枝影""寒里日光淡了，渐斜……/就是那样底/像待客人说话/我在静沉中默啜着茶"，时空静默，诗人坐看光影如幻渐渐消失，"啜着茶"的工夫就触摸到时间走过的痕迹，时光转瞬即逝，"像待客人说话"一样无从把握，生命的悲凉之情弥散其中。《题剔空菩提叶》①一诗对时间的书写更显出其思想深处的智性和生命感悟的空灵，"昨天又昨天，美/还逃不出时间的威严"，从艺术美感的角度，剔空菩提叶被时间化了，林徽因写出了时间征服世界的威严，也正视了历史变迁的残酷无奈。"菩提树下清荫则是去年"，一切空寂的禅意在乱世中"死在风前"，写时间也好，表达禅意也好，终归诗情落在生命流逝的无奈枉然之中！

《古城春景》②从北平的春景及个人的时代感受写起，首句把"时代"拟人化，写它"把握不住……自己的烦恼"，而第一节结尾处"矗立的新观念"就在象征着历史的"古城楼对面"，一虚一实的并立，体现了全新的时代精神对悠远的历史传统的冲击。"寻觅那已失落了的浪漫"，既指诗人对个人过往的浪漫主义情怀的追忆，亦表现出她对历史的探索。"需要翡翠色甘蔗作拐杖/来支撑城

① 徽因（林徽因）：《题剔空菩提叶》，《大公报（天津）·文艺》1936 年 5 月 17 日。
② 林徽因：《古城春景》，《新诗》1937 年第 2 卷第 1 期。

墙下小果摊"，此句如神来妙笔，从小处入手，象征着物质对传统的支撑，但"光耀""红鲜的冰糖葫芦"一如"旧珊瑚"，既闪耀着当下的色泽，又印染和传递出历史悠远深沉的意味。整首诗交织着现代生命感悟与传统追怀的碰撞，有犀利的质疑批判、有鲜活的日常片影、有遥远的怀想追忆，现代人复杂的情感悉数寄寓在古城的春景之中。这首诗也暗合了她的艺术观："艺术是未曾脱离过一个活泼的民族而存在的；一个民族衰败湮没，他们的艺术也就跟着消沉僵死。知道一个民族在过去的时代里，曾有过丰富的成绩，并不保证他们现在仍然在活跃繁荣的。"[①]

以时间为基点，书写内在生命流动性的细微感悟最具代表性的诗作是《六点钟在下午》：

六点钟在下午[②]

用什么来点缀

六点钟在下午？

六点钟在下午

点缀在你生命中，

仅有仿佛的灯光，

褪败的夕阳，窗外

一张落叶在旋转！

用什么来陪伴

六点钟在下午？

六点钟在下午

---

① 林徽音（林徽因）：《闲谈关于古代建筑的一点消息》，《大公报·文艺副刊》1933 年 10 月 7 日。

② 林徽因：《六点钟在下午》，《经世日报·文艺周刊》1948 年 2 月 22 日第 58 期。以组诗《空虚的薄暮》刊载，内收两首诗：《六点钟在下午》和《黄昏过杨柳》。

> 陪伴着你在暮色里闲坐，
>
> 等光走了，影子变换，
>
> 一支烟，为小雨点
>
> 继续着，无所盼望！

"六点钟在下午"在诗中多次被重复，诗人是关注这个时刻吗？显然不是，她是通过特殊的时间点完成生命处境的象征与暗示："用什么来点缀／六点钟在下午？"开篇一句设问，拉开一段空白的心灵幕帷，暗示出彼时诗人苍白感伤的生活处境。追忆已去的故人，遥念玲珑的梦想，在寂寞的下午六点钟，这个黄昏迫近、黑白交替的时刻，诗人自问"用什么来点缀"孤寂的时光。随即营构出一个独幕剧的场景："我"正无言静默在"褪败的夕阳"下，而"窗外／一张落叶在旋转"，"褪败"与"落叶"点染出诗人惨淡寂寞的心境，"落叶在旋转"以动扰静，加剧暗示出诗人起伏落寞的心绪。这一情境与"满地黄花堆积，憔悴损，如今有谁堪摘？守着窗儿，独自怎生得黑！梧桐更兼细雨，到黄昏、点点滴滴。这次第，怎一个愁字了得！"（《声声慢·寻寻觅觅》）颇为近似。靖康之变后，国破、家亡、夫死等一系列灾难霍然降临在李清照身上，她的作品也再不见清新飒爽，浅斟低唱，转为沉郁凄婉。与李清照不同的是，林徽因的这首诗在"表现自己与隐藏自己之间"[1]传达出朦胧幽深的情绪，诗人在时间与生命、光与影、日常生活与自然片影的交合中捕捉寂寥苦闷的瞬息感受，尤为侧重抓取主体情绪的细节经验，进而追索现代生命的深沉感悟，亦如她此前提到的"日子一天一天向前转，昨日和昨日堆垒起来混成一片不可避脱的背景"，"我们每一人站在每一天的每一个时候里都是那么

---

① 杜衡：《序》，载戴望舒著《望舒草》，人民文学出版社，2000，第2页。

主要，又是那么渺小无能为"（《纪念志摩去世四周年》）。

"用什么来陪伴 / 六点钟在下午？ / 六点钟在下午 / 陪伴着你在暮色里闲坐，/ 等光走了，影子变换，/ 一支烟，为小雨点 / 继续着，无所盼望！"第二节通过"闲坐""一支烟""小雨点"等细节刻绘出时间流逝与生命沉寂的状态，一个"暮"字赫然映入，昭示出虚无等待之后的必然结局。伴随诗人主体意识的流动，死亡突然闯进这平静寂寥的时刻。就诗人的写作视线而言，如果说第一节用外景回答了"用什么来点缀 / 六点钟在下午？"第二节则转向个体对生命的感悟，落脚于"无所盼望"的等待。这首诗原载于 1948 年 2 月22 日《经世日报·文艺周刊》第 58 期，同期刊载三章组诗，每章组诗收入两首诗作，分别是：组诗《空虚的薄暮》收入《六点钟在下午》和《黄昏过杨柳》；组诗《昆明即景》收入《茶铺》和《小楼》；组诗《年轻的歌》收入《你来了》和《一串疯话》。具体写作时间应该在刊载之前不久，彼时诗人经历了至亲和好友的接踵离世，承受过国难中漫漫迁徙的奔波和诸多病痛缠身之苦，步入暮年，猛然回首，多年来一直思考的关于时间与死亡的哲学问题似乎找到了答案，在那个午后六点寂静时刻，"明白这生和死的谜……"，"无所盼望"一词的画外音是：生命有什么值得我们挽留的吗？这四个字饱含着无奈伤感，苦闷寂寥，也传递出现代生命的虚无怅惘之情。

2. 戏剧性与镜头游弋下的"抒情我"

由于不满新诗浪漫主义抒情模式，艾略特在前人的基础上，提出了诗歌戏剧性理论，进而在自己的创作中加以实践：在诗歌中设置戏剧情境，刻画戏剧化的场面，通过人物对话、独白等戏剧性方式传达诗情。林徽因的诗中存在着一个独一无二的"抒情我"，这个"抒情我"始终摇摆于充实与孤寂的现代情绪之中，林徽因借助诗歌的戏剧化写作技巧，冷静而客观地展现了沉默而又向往新生的矛盾心绪。以《一天》为例：

一天 ①

今天十二个钟头，

是我十二个客人，

每一个来了，又走了，

最后夕阳拖着影子也走了！

我没有时间盘问我自己胸怀，

黄昏却蹑着脚，好奇的偷着进来！

我说：朋友，这次我可不对你诉说啊，

每次说了，伤我一点骄傲。

黄昏黯然，无言的走开，

孤单的，沉默的，我投入夜的怀抱！

《一天》是身染沉疴、贫病交加的林徽因在李庄避居时完成的，当时结核病菌不仅侵蚀她的肺，还破坏了一个肾，她躺在病床上，教育着一双儿女，经营着一切家庭事务。困厄没能阻碍诗意的袭来，全诗拟设了一个戏剧场所以及十二个客人角色，诗人以冷静沉稳的语气开篇，以寓言和童话色彩讲述她在病榻上寂寞的一天，其中加入"我"与"十二个客人"的戏剧化对白。如同一场人来人往的舞台剧，起于平静而终于舞蹈的诗情。十二个钟头被形象地比作十二个客人，这一想象当属林徽因首创。这些客人陆续登上时间的舞台，依次来拜访"我"，他们的到来排遣了病中

---

① 林徽因：《一天》，《文学杂志（上海1937）》1948年第2卷第12期。（《一天》1942年春写于李庄，发表时以"病中杂诗九首"为题，其余诸篇为《小诗》（一）（二）、《恶劣的心绪》《写给我的大姊》《对残枝》《对北门街园子》《十一月的小村》《忧郁》以及《哭三弟恒》。）

的孤寂，"我"的情感并非是单一向度的，其复杂性被"十二个客人"具象化地呈现出来。这首寓言色彩十足的诗，可以说是一场简短而又精彩的舞台剧，林徽因熟悉的戏剧元素在这首诗中得到了很好的利用。诗歌开头营构的氛围十分热闹，然而最后所有的客人都走了，夕阳也走了，黄昏好奇地蹑着脚来了，诗人不愿意对黄昏诉说自己的胸怀，因为怕伤了自己的骄傲，最后黄昏也走了，独留诗人孤独地投进夜晚的怀抱。短短的十行诗，不仅有人物的登台与下台，有对话与独白，诗歌前半部分的热闹与后半部分的孤独形成鲜明的对比，具有很强的张力感，客人们的演出也都很传神。十二个客人简洁地登场，却将诗人病中的枯寂展现无余，也流露出她的倔强与骄傲，以及不服软的性格。林徽因的半生都在与病痛或与家人的病痛作斗争，早年出国留学前梁思成出车祸，她悉心照料，后来梁思成旧疾复发，卧病在床，也是她忙于前后，她瘦弱的肩膀承载了超出想象的重担。林徽因曾因肺病从东北回京疗养、备受病痛折磨，颠沛于西南时更是疾患缠身，但面对磨难，她从来都是乐观应对，热爱生命，珍惜亲情和友情，她在与疾病抗争过程中表现出顽强的生命意志。抗战结束，林徽因回到北京之后也创作了一些以病痛为主题的作品，《六点钟在下午》《展缓》《小诗》《恶劣的心绪》。

《恶劣的心绪》是林徽因病中创作的侧重于疾病缠身时"抒情我"独特的生命感悟与起伏的心理状态的诗作：

恶劣的心绪 [1]

我病中，这样缠着忧虑和烦忧，

好像西北冷风，从沙漠荒原吹起，

---

[1] 林徽因：《恶劣的心绪》，《文学杂志（上海1937）》1948年第2卷第12期。

逐步吹入黄昏街头巷尾的垃圾堆；
在霉腐的琐屑里寻求安慰，
自己在万物消耗以后的残骸中惊骇，
又一点一点给别人扬起可怕的尘埃！

吹散记忆正如陈旧的报纸飘在各处彷徨，
破碎支离的记录只颠倒提示过去的骚乱。
多余的理性还像一只饥饿的野狗
那样追着空罐和肉骨，自己寂寞的追着
咬嚼人类的感伤；生活是什么还都说不上来，
摆在眼前的已是这许多渣滓！

我希望：风停了；今晚情绪能像一场小雪，
沉默的白色轻轻降落地上；
雪花每片对自己和他人都带一星耐性的仁慈，
一层一层把恶劣残破和痛苦的一起掩藏；
在美丽明早的晨光下，焦心暂不必再有，——
绝望要来时，索性是雪后残酷的寒流！

三十六年十二月病中动手术前。

这首诗选取的意象不再像之前那样充满美感，而是参考了西方现代诗"以丑为美"的艺术原则。"垃圾堆""野狗""渣滓"等意象充满污秽，丑陋污浊，切近闻一多《死水》中"一沟绝望的死水"。不过这一手法却形象地将"我"病中悲观、孤独与烦闷的心绪诠释出来。疾病缠身，诗人思绪起伏不定，时而被坏情绪征服，时而又充满信心，在心绪起伏不定的时刻，写成此诗。面对疾病，"我"从个人的"忧虑和烦忧"、眼前的"尘埃""渣滓"开始，"咬嚼人类的感伤"，她觉得自己像一具残骸，又担心会给他人带去不良影响，唯希望雪落后"一层一层把恶劣残破和痛苦的一起掩藏"。前两节写病中的寂寞与孤独使纷繁的记忆胡乱涌来，理性变得像"饥饿的野狗"一样羸弱，"恶劣的心绪"被具象化后生动可感，诗人的压抑、感伤纷纷而至。不过，到了第三节，诗人的心绪发生转变，白雪涤洗了笼罩心头的晦暗，尽管生活充满苦难，身体备受疾病折磨，诗人仍在努力克服恶劣情绪，选择以乐观的心态迎接"美丽明早的晨光"。全诗的尾句，诗人想借雪花的降落来掩藏一切，将仁慈带给人间，同时她又对明天提出了新的希冀。这首诗不再像之前的创作那样刻意追求音乐美与建筑美，而是借助象征与暗示的艺术表现手法表达疾病经验中起伏纷繁的现代思绪。诗句随着情感的流露而自然成行，仿佛是意识在慢慢移动和流淌。诗人采用电影镜头游弋的手法生动形象地捕捉住"忧虑和烦忧"意识的流动：从"黄昏街头巷尾的垃圾堆"到"一只饥饿的野狗"直至"一场小雪"和"雪后残酷的寒流"，以它们为焦点，每一节转移并生发出不同灰暗残生的意象，诗人"恶劣的心绪"也被闪现的镜像生动地影射出来。这一表现手法极为符合林徽因的诗歌观，她认为"诗的泉源""是意识与潜意识底融会交流综错的情感意象和概念所促成"[1]。诗人以电影镜头转换的手法处理瞬间变幻的"意识与潜意识"以及"交流综错的情感意象"，表达生命的切身感受。

此前，人们多关注她创作中的"绘画美"，而忽视了其诗歌的镜头感。二者区别在于，绘画是静态的、单一的，也是固定的，而镜头是动态的，是可以转移的，更加灵动，更具有现代表现特质。林徽因十分善于捕捉意象，她的很多诗作，都仿佛是摄像头拍摄出

---

① 林徽因：《究竟怎么一回事》，《大公报（天津）·文艺》1936年8月30日。

来的一个个动态的画面，近似一个个小短片，这样的画面形象而又生动，已经不能用简单的"绘画美"来概括。正是这样的画面镶嵌在诗歌中，再配上充满感情的文字，才使得感情传达更妥帖。此前创作的《山中一个夏夜》亦流布镜头感：

> 满山的风全蹑着脚
>
> 像是走路一样
>
> 躲过了各处的枝叶
>
> 各处的草，不响。[①]

林徽因处理诗歌语言一贯干净简洁。这几行诗句灵动而又传神，运用了拟人的修辞手法，将山风人格化，写它像人一样在山里到处跑，而这跑又是蹑着脚的，像走路一样，没有声息。动词"蹑""躲"的使用衬托出夏夜山风的小心翼翼，也从侧面反映了夏夜山里的安静与凉爽。她用诗意的镜头向我们呈现出微风过时满山静谧的景象，枝叶和草儿微微摇晃却不发出声响，镜头下夏夜山里的凉爽仿佛能沁出诗行。

这种镜头式摄取意象的手法是自然而然的，信手拈来自成一组组生动的意象镜头，这在林徽因的散文创作中也不少见。比如《蛛丝与梅花》的结尾："午后的阳光仍然斜照，庭院阒然，离离疏影，房里窗棂和梅花依然伴和成为图案，两根蛛丝在冬天还可算为奇迹，你望着它看，真有点像银，也有点像玻璃，偏偏那么斜挂在梅花的枝梢上。"[②]午后阳光斜坠，窗棂和梅花互相映衬，闪着银光的蛛丝挂在梅花的枝梢上，身处其中，她仿佛拿着摄像机在对着小院落日进行拍摄，斜照的阳光、安静的庭院、泛着银色的蛛丝和梅树

---

① 林徽音（林徽因）：《山中一个夏夜》，《新月》1933 年第 4 卷第 7 号。

② 徽因（林徽因）：《蛛丝与梅花》，《大公报·文艺》1936 年 2 月 2 日。

等意象都闯入其镜头之中，一幅小院落日的场景被安静而富有诗意地呈现出来。无论是在诗歌还是散文中，林徽因都善于对一些意象或者景物进行镜头化的处理，这也是其新诗现代性写作策略的有效尝试。

综上，林徽因在并不长的诗歌创作之路上不断完成自我突破，她自觉地吸收西方现代诗中的情绪、意象、哲思，展现出娴熟的现代派诗歌的技法。她自如地融浪漫主义、现实主义和现代主义诗风为一体，为我们考察中国新诗现代性的进程提供了独特的文本案例。

结 语

林徽因是"中国现代文化史上的杰出女性"，她的旷世才情横跨建筑、文学、戏剧等诸多领域，她一生成就丰硕，是新文学界中极为难得的优秀的跨界人才：她是中国著名的建筑学家，中国第一位女性建筑学家；在文学领域，她坚持新月派诗歌的自我表现、贵族化的"纯诗"立场以及京派小说的自由主义，又自觉于现代诗的探寻实践，在诗歌、小说、散文等方面均有佳作，成绩斐然。梁从诫称他的母亲具有"建筑家的眼睛，诗人的心灵"，如此概括实在精辟。林徽因认为文学创作的使命就是追求"诚恳"，写出"纯真"艺术性和"个性"的作品，她虽然不是专业作家，但她的诗歌多是精品。她的诗歌作品保留下来的60余首，其他的都在战火中遗失了。她的诗观受新月派的影响，却不像新月诗人那样恪守方块格律，其学贯中西的学识和自由豁达、热情开朗的性格，使之能够自如地将口语融入古典的和外国的词语，创造出独特的意象、诗境，格调高雅不流于世俗。在诗歌形式的建设上，林徽因既创作过格律诗、半格律诗，还采用过自由诗的形式，达到内容与形式的和谐统一。在诗歌语言和艺术手法上，很少因循守旧，她选用的语词明快隽永，既能生动地捕捉世间万象和瞬息万变的思绪，又富有乐感，加之她有绘画艺术的天赋和建筑的专长，其诗歌也常常呈现出洋溢着个性色彩的场景和画面。"一身诗意千寻瀑，万古人间四月天"，金岳霖写给林徽因的挽联浓缩了一代才女蓬勃的诗意和横溢的才华。

第三章

在新鲜的焦渴中创造：陈敬容

　　以百年新诗史流变视野审视 20 世纪 40 年代，这是非常特殊的十年。这期间，女性诗歌创作阵容较为疏松，但成就和佳作依然可圈可点。此一时期除林徽因仍持续诗歌探索外，二三十年代活跃一时的女诗人几乎都搁置诗笔。不过，这十年却跃然而出中国文学史上两位重量级女诗人：陈敬容和郑敏。她们有三部诗集问世①，不仅在 20 世纪 40 年代，在百年新诗史上亦极具代表性，几乎各种版本的文学史和诗歌选本都绕不过她们。

　　20 世纪 30 年代中期踏上诗坛的陈敬容丝毫未受到同时期左翼女诗人关露、安娥等表现社会状况与抒写革命情怀诗作的影响，也未见 30 年代中期以前流行于大都市的以虞岫云、王梅痕等为代表的女学生诗体。陈敬容一出道就与当时最优秀的诗人与散文家交往②，深得现代派诗风的熏染，其创作起点高，天资聪颖，早期诗作承接了中国古典诗歌的传统，注意营造抒情气氛和诗歌意境，充盈着对苦难和孤独的咀嚼与回味，徘徊于迷惘的感思。陈敬容曾以半自学半旁听的方式接触外国文学作品，这段经历不仅成就了她日后的翻译工作，还助益她将西方现代主义诗艺和中国古典诗歌抒情传统融合起来，衍生出贯通其诗歌创作的鲜明有力而又韵味悠长的诗情意

① 陈敬容：《交响集》（1948 年 5 月）、《盈盈集》（1948 年 11 月）；郑敏：《诗集（一九四二——一九四七）》（1949 年 4 月）。

② 曹葆华、李健吾、孙毓棠、卞之琳、何其芳、李广田、辛笛、方敬等人。

绪。陈敬容的早期诗歌带有现代抒情诗色彩，随着时代的变迁、人生经验的改变，其在 20 世纪 40 年代的创作，从理论到实践深受西方现代派诗歌影响[①]，诗作中知性的成分得到凸显，充满对理性的追求，抒情开始让位于思考，理性的节制代替了感情的宣泄，这一特质与另一位"九叶派"[②]诗人郑敏的起笔不期然相接，两位女诗人在 40 年代没有任何交流和交集，却共同擎起现代女性诗歌的半边天。20 世纪 80 年代"归来"后，历尽生活磨砺的陈敬容仍葆有青春诗心和旺盛的创作力，以坚执的生命韧性打开崭新的生命境界和审美境界。她是百年新诗中充溢着力之美的女诗人，她的孤独、迷惘、叹惋、呼唤、焦渴、痛楚……这些生命热力的燃料助燃着不竭的诗火，葱郁蓬勃，成为新诗现代化进程中一道引人入胜的风景。

▌第一节　生命的歌吟与映照

陈敬容（1917—1989），原名陈懿范，曾用笔名蓝冰、成辉、文谷，1917 年 9 月 2 日生于四川乐山。乐山是现代作家郭沫若的出生地。乐山旧制为嘉定府，它距离峨眉山百里左右，三面为长江支流所环绕，只有一面陆路，经几个县通往成都。那里气候宜人、风物

[①] 《诗创造》中最具现代派特色的译诗专号（1947 年第 10 期）和诗论专号（1947 年第 12 期）就是陈敬容和唐湜负责编辑的。

[②] 20 世纪 70 年代末，由曹辛之（杭约赫）发出邀请，辛笛、曹辛之、唐祈、唐湜、陈敬容、袁可嘉、杜运燮、穆旦和郑敏九位诗友在北京相聚相识。曹辛之希望每人各选一组 40 年代的诗作，汇成一本诗歌合集。就如何给九位诗人定位，辛笛随口说："那就算作陪衬社会主义新诗之花的九片叶子吧。"《九叶集》由此而来。

多丽，古往今来，哺育了不少杰出文人。陈敬容家庭虽不富裕，却是书香世家，足可温饱。祖父是清朝末年的秀才，辛亥革命后教小学，还学会了新式的算术。陈敬容四岁启蒙，全靠祖父。童年时，祖父常教她读书，但只限于"正经书"，小说则无论新旧，一律不许看。祖母因为自己不识字，最反对读书，她总是愤愤地说："读了书做女王吗？——我不读书也活了一辈子。"①祖父很希望父亲能光耀门庭，父亲也终于在四川军阀手下当了一名不大的官儿，东奔西跑，常年不在家。母亲是一个商人家的女儿，念过私塾，结婚后，千方百计要去县城女子师范学校读书，由于祖母的竭力反对，终于没上成，一直引以为憾，因此，对于女儿读书这件事，母亲十分支持。

1. "叹息我从未翻起过一朵浪花的平凡的生命"

祖父陈耀庭曾是一名秀才，思想比较开明，据陈敬容回忆，她自幼时起便受到中国传统文化的熏陶浸染，最初教她们这一群小辈读书的就是祖父，由《三字经》《女儿经》《孝经》慢慢过渡到《史鉴节要》《论语》、古诗等。祖父有一间很大的书房，橱里、架上、桌子上堆满虫蚀的线装书。陈敬容希望像祖父一样，堂堂正正地坐在那里，探取书中奥秘，但森严的家规却把她拒之门外——未成年的孩子是不准进书房的。十二岁那年一个冬日的黄昏，一家人都在房间里烤烘笼，陈敬容瞅准时机溜进祖父书房内，从书架上取下《聊斋志异》。1946 年，她在散文《偷读》中还追述过当时"惊心动魄"的阅读体验："怎样地惊奇、狂喜，又怎样地骇怕！那些鬼怪、狐狸，等等的故事，真叫人毛骨悚然！好像他们都在窗隙里，门缝

---

① 陈敬容：《偷读》，载罗佳明、陈俐编《陈敬容诗文集》，复旦大学出版社，2008，第 692 页。

里向我窥看，好像他们已经进到屋内，躲在那些拥挤的家具背后，好像每一条，每一片影子都在蠕动着，向我逼过来！但是这种恐惧却不能夺去我阅读的兴趣，我便把两手捧住了脸，只留两只眼睛朝向书本上；偶然，也举眼望一望四周，但马上又骇怕地收回来。"[①]从此，她读书的兴致陡增，想方设法躲开祖父的目光，在书房里大加搜索，开始贪婪地阅读《三国志》《列国志》和名目繁多的小说，又从叔父商店的学徒手中借来了《封神榜》和《西游记》等。

少时，陈敬容就读于法国教士创办的乐山公信小学，后考入县立女中即乐山女子中学，父亲为其另取名"敬容"，她逐渐接触到"五四"初期作家鲁迅、朱自清、郭沫若、俞平伯、叶绍钧、冰心等人的作品。同时，教师还会选一些活页文选给学生阅读，她得以接触到外国作家都德、左拉、拜伦、柯罗连科等人的作品。有时，她省下零用钱，到旧书铺租书来读。中学期间，她喜爱写篇幅短小的作文和诗歌，曾用笔名"芳素"在学校壁报上刊出。读书期间，陈敬容与当时在该校代课的英语老师曹葆华相遇，诗人、翻译家曹葆华为她打开诗歌这扇门，让她看到异于传统、更为广阔的天地，这是由"五四"以来新青年们合力创造的自由蓬发的世界。陈敬容的诗情和诗心在际遇曹葆华之后不断萌芽成长，不仅仅是文学才情受到了催生，思想的窗户也被打开，从此正式走上文学创作的道路。由于受到新思想的启蒙，她对自己的封建家庭，逐渐产生反感，尤其是对唯我独尊、经常打骂妻子儿女的父亲更是不满。1932年5月，15岁的陈敬容不告而别，与曹葆华一道离开家乡。他们从乐山码头出发走水路，想到达文化中心北平。船行至万县，由其父陈勖和县女中联署的快件发给当地主持军政的同乡，二人遂被拦

---

① 陈敬容：《偷读》，载罗佳明、陈俐编《陈敬容诗文集》，复旦大学出版社，2008，第693页。

住，被囚禁起来，陈父赶至万县，将女儿带回，曹葆华被送回清华[①]。陈敬容创作于初中二年级的诗歌习作《幻灭》被曹带至北平，发表在当年的清华大学校刊《清华周刊》上，该诗的最后一句是："叹息我从未翻起过一朵浪花的平凡的生命。"[②]陈敬容被父亲抓回后，关了半年多，由于母亲的恳求和亲友的劝说，父亲才退让，允许她跟随祖父结拜兄弟的女儿到成都中华女中继续读书，并改名陈彬范。在成都，国文课教材普遍采用文言文，连写作文也要讲究"摇曳生姿""一唱三叹"，周围的同学们也颇崇尚古风，看新书的人极少，于是新文学暂时与她隔绝了，不过，这却使她汲取到古代散文的丰富营养。离初中毕业还差一学期，学校让她顶替该校因病辍学的同学陈在琼的名字考入四川省立第一女子师范学校。1935年2月，陈敬容再次离家，独自奔赴北平。因经济原因，未能继续求学，但被曹葆华带进了文学的圈子，与对她写作上影响很大的何其芳、十多年后给她出版了两本书的巴金，以及叶公超、卞之琳、辛笛都相识于当时。陈敬容的作品，最初发表在《清华周刊》和《北京晨报·学园》的"诗与批评"专栏，为曹葆华引荐或直接编发，从此陈敬容正式踏上诗歌创作的道路。

　　1939年春，陈敬容与曹葆华分手，同年结识诗人沙蕾，一年后远嫁兰州，与沙蕾先后生育了两个女儿，这一时期的生活有短暂的幸福，更多的是困厄痛苦。该时期的诗作，被她筛选后编入了《盈盈集》第二辑《横过夜》中。当年的诗句"我们在雾中穿行，/ 在雾的深林"（《在雾中穿行》，1943）应是那一段生活的真实写照。

---

① 从万县返回北平的曹葆华，进入清华研究院。当年11月，他在北平新月书店出版了诗集《落日颂》，扉页赫然印着："给敬容，没有她这些诗是不会写成的。"这些诗，无疑是昭告天下的爱的宣言和呐喊。当然，曹葆华也成为陈敬容爱诗、写诗的引路人。

② 陈敬容：《幻灭》，《清华周刊》1932年10月24日第38卷第4期。

1945 年 1 月，她只身逃离兰州，数日后，她的小女儿病殁。陈敬容辗转去了重庆磐溪，暂时卸下家庭重负的她，恢复了写作的热情，并与巴金、何其芳再次取得联系。1946 年，陈敬容由顾颉刚介绍进入重庆文通书局，结识臧克家。1946 年夏，陈敬容被文通书局调派上海，她在散文《大江东去》里如是描述那时的生活："现在我生活在上海，呼吸在上海了。愿它能给我足够的，好的空气。"① 年底，从文通书局退出后，她专注于翻译和写作，同时，和曹辛之等人先编《诗创造》，后编《中国新诗》。

1948 年春，陈敬容与友人王辛迪、曹辛之等共同发起创编《中国新诗》月刊，为了避免向反动当局登记，一直用的是丛刊名义，实际上每月出版。与此同时，还编了一套"森林诗丛"，出版数册。同年底，《诗刊》《诗丛》《星群》和森林出版社，遭到国民党特务的捣毁和查封。对编刊一事，陈敬容投入极大的热情，也由此彰显出她的组织联络能力。方敬名列编委，为陈敬容去信邀请。唐祈来沪，是她数次飞函的结果。甚至北方的几位诗人，也由她串联约稿。唐湜回忆，陈敬容、唐祈和他，经常在法国公园附近的咖啡店与曹辛之碰头，讨论编辑事项，他们实际上形成了《中国新诗》的编辑核心。关注九叶诗人，不应漏掉蒋天佐，他在《中国新诗》的创刊号上发表了《诗与现实》一文，当时他与陈敬容已建立恋爱关系，曹辛之回忆，蒋天佐当年不仅帮助审稿、组稿，甚至还下工厂看校样。就在蒋天佐不得不离开上海之际，他还拜托冯雪峰关心这本小小的诗刊。1958 年，蒋天佐和陈敬容离婚。陈敬容并不喜欢谈自己的情感经历，即便是对自己的生平，她也鲜有回忆文字。

1949 年，陈敬容在华北大学学习，同年底开始从事政法工作。

---

① 陈敬容：《大江东去》，《世界晨报》1946 年 7 月 4 日。

中华人民共和国成立以来，由于工作繁忙，陈敬容的文学创作基本中断，直到 1978 年，近 30 年间，她只发表过两首诗。不过，在工作之余，她翻译了不少外国文学作品。1950 年至 1951 年，被《解放军文艺》聘为特约撰稿人，1956 年任《世界文学》编辑，1973 年退休。1978 年起，她重新执笔创作，10 年来发表诗作近 200 首，散文和散文诗数十篇，并有新的译著问世。1981 年至 1984 年，她曾为《诗刊》编外国诗专栏。

恰如其诗中所喻，"黑夜将要揭露 / 这世界的真实面目 / 黄昏是它的序幕"（《冬日黄昏桥上》，1935）。陈敬容一生颠沛流离，在爱情和婚姻中一再受挫，年老时备受病痛折磨，她仍坚持不懈，创作了大量既具现代意识，又具有中国古典风格的诗歌和散文，并在翻译、编辑、评论等领域成绩斐然。曾结集出版散文集《星雨集》（1946），诗集《交响集》（1948），诗集《盈盈集》（1948），诗集《老去的是时间》（1983），散文、诗选集《远帆集》（1984），还翻译了著名的外国文学名著《安徒生童话集》（1947）、《太阳的宝库》（1947）、《巴黎圣母院》（1948）、《绞刑架下的报告》（1952）、《图象与花朵》（1984）等。新时期以来，因为与其他八位现代诗人合编著名诗歌合集《九叶集》，成为中国著名现代诗派——"九叶诗派"主要成员之一。诗集《老去的是时间》获中国作家协会第二届优秀诗集奖。

1989 年 11 月，陈敬容去世。其遗愿要求一切从简，正如她在散文《杜鹃》中所写："我将永远地飞着，唱着，如杜鹃一样；当我流尽了最后一滴血，我也不企求一个永远安息的所在……"

2. 从蜀中"皓月"到现代生命的"窗"

从思想情感及艺术特点来看，陈敬容的诗歌创作大致分为三个阶段：1935—1944 年是陈敬容诗歌创作的早期即初创阶段，1945—1948 年为成熟阶段，1979—1987 年为创作晚期。

陈敬容极具文学天赋，她的诗歌创作起点颇高，起步阶段无人对她进行具体的写作指导，是幼时古典文学的滋养与现实生活的刺激共同引发出她的诗情与诗心。她秉持坚韧硬朗的性格，以诗为武器冲破命运的藩篱和苦难的拘囿，捕捉生命的律动，以挑战的超越性精神杂糅东西诗质，锤炼现代诗的品格。蜀中时期的少年陈敬容，面对现实苦难时充满迷惘与孤独，努力从家庭的束缚中挣脱出来，少女情怀的感伤延伸于早期作品中，同时刚毅不屈的男性气质在其诗歌中初步显现。1945 年 28 岁的陈敬容逃离兰州，经过平凉、邠州、白沙等地，历时 3 个月才到重庆磐溪安顿下来。这次逃离是促使陈敬容诗歌走向成熟的重要转折点，在后来的诗歌创作中，其抗争不屈的"去女性化"特质更为明显，陈敬容对自我身份意识的确认也从家庭主妇的角色中彻底挣脱出来。1945 年后，其很多诗作融注了她对个体生命与宇宙生命关系的思考，知性玄思成为诗人这一阶段的创作主流。

诗的活动的起点，始终是一种生命体验。陈敬容早期诗作《幻灭》即源自生命体验的激发。据陈敬容本人回忆，此诗是她最早发表的作品。[①] 陈敬容创作《幻灭》时年纪虽小，却显露出丰沛的才情：

[①] 陈敬容自己在回忆中曾这样描述："我最早的一首诗是 1932 年读初中二年级时写的，后来由别人带去发表在同年的清华大学校刊上，原诗未存，连题目也不记得了"。陈敬容：《答〈未名诗人〉问》，载《辛苦又欢乐的旅程》，作家出版社，2000，第 208 页。

幻灭 [①]

在深夜里我默默独坐，对着幽暗的灯光

俯首思量，——我仿佛住在翡翠似的

竹林中，接受大自然伟大的赐予：破晓时

我便从被中跃起，听鸟雀的清歌，看溪流的

澄清，并且拾取青草上的露泉当作食品。

当黄昏偷偷爬过了山冈，深蓝的天空

闪耀着明星几点，一轮明月播散似水的幽光

在碧绿的田野；唧唧的虫声又在草丛间

应和着我石上轻轻的步履。这时我便想

这里决不有尘世的喧哗，在这里可以让我

不安定的灵魂，自由地在真理的清泉中

沐浴。——但我正当这样陶醉，这样迷离，

隔壁却传来了母亲苦痛的呻吟，摘断了

我不可思议的幻想。我只得对着孤灯，俯首沉思，

叹息我从未翻起过一朵浪花的平凡的生命。

　　《幻灭》原载《清华周刊》，后收录进《集外辑诗》。透过诗行，我们看到一位静默沉思、充满灵性的蜀中少女。诗人幻想出一幅静谧安逸的田园画卷，深夜万籁俱寂，思维自由驰骋，正当"我"不安定的灵魂"自由地在真理的清泉中沐浴"时，母亲苦痛的呻吟打碎了这如镜花水月一般的幻想："——但我正当这样陶醉，这样迷离，/隔壁却传来了母亲苦痛的呻吟，摘断了/我不可思议的幻想。我只得对着孤灯，俯首沉思，/叹息我从未翻起过一朵浪花的平凡的生命。"确切地讲这是一首散文诗，语言直白、通俗易懂，呈现

[①] 陈敬容：《幻灭》，《清华周刊》1932 年 10 月 24 日第 38 卷第 4 期。

出现实状况与美丽幻想之间的矛盾。诗人抓住环境的氛围特点，注重生命瞬间特有的感受，并将二者巧妙地融合在一起。诗歌的最后一行，在清醒之后"叹息我从未翻起过一朵浪花的平凡的生命"。从中看出诗人对当前沉闷生活状态不甘的心绪，她渴望更加广阔的天地，这是正值豆蔻年华的蜀中少女的迷惘与孤独，其中隐现的挣扎也预示了她之后的出走。

　　1934年，年仅17岁的陈敬容通过与曹葆华恢复通信获得路费，独自一人跋涉千里到达北平，这一次的出走也导致她与家庭断绝往来。次年，陈敬容通过曹葆华认识了梁宗岱、何其芳、孙大雨、孙毓棠、林庚、冯至、罗念生等人，与这些人的交往潜移默化地促进其诗歌观念日趋成熟。正如唐湜所说："她浸润于这创造了最精致最美的诗与散文风格的年轻一代并脱颖而出，开始就起点很高，表现了极为早熟的风格。"①

　　20世纪30年代是陈敬容诗歌创作的早期阶段，先天的诗人气质使其一出道即跨过练笔期，诗人心性敏感倔强和不谙世事，蜀中少女的青春挣扎、孤独之感与迷茫之思凝定为陈敬容早期诗作的基本主题。唐湜在《论陈敬容前期诗歌》中，细致而全面地分析了陈敬容《盈盈集》《交响集》以及《集外辑诗》中的一些早期诗作，他说诗人以"蜀人的敏感气质感受了蜀山碧水间乱离的悲欢，现糅合了一些人生悲剧的火焰，乃以近于男性的气质弹起了急促的哀弦，爆出了一连串智慧的火花"，并指出："奇怪的是，在30年代与她有过些交往，而且应该说影响过她的诗人何其芳有着一些女性柔和风格的表现；而她，一个女性的诗人，反而以男性的气魄，抒写了不少较何其芳粗犷而开放的诗章。"②唐湜敏锐地攫取其诗歌中呈现

---

① 唐湜：《论陈敬容前期诗歌》，《诗探索》2000年第1—2辑。
② 唐湜：《论陈敬容前期诗歌》，《诗探索》2000年第1—2辑。

出的男性气质与"去女性化"特征，《盈盈集》的第一首诗《十月》就初步显示了男性气质。但不可否认，这一时期陈敬容诗歌立足点大多指向个体孤寂的生命体验，缺少开阔性。

《十月》是一首十分简短的小诗，整首诗只有两小节六行，

十 月

纸窗外风竹切切：

"峨眉，峨眉，

古幽灵之穴 。"

是谁，在竹筏上

抚着横笛，

吹山头白雪如皓月？

—— 一九三五年春，北平。

短短的六行诗简约凝练，营构出飘逸复古的氛围。"纸窗""风竹""古幽灵之穴"，由古典意象着手，色彩感、画面感极强。第一小节似乎有意将读者引入缥缈的幻境，"切切"为象声词，形容声音轻细，或声音凄切。在古代汉语中还有急切、急迫、哀怨、忧伤、恳挚、深切之意。意境朦胧感的营造和抒情氛围的渲染都十分巧妙，这是否是诗人在创造她的"江湖梦"？第二小节则引入一个主体，"是谁，在竹筏上""吹山头白雪如皓月"，意象"白雪""皓月"色彩莹洁，整首诗所描绘的意境与水墨画有异曲同工之妙。陈敬容的《十月》与何其芳的《预言》拥有相似的朦胧感，我们无法确定诗人当时的所思所想，但诗句传达出超然独立的自在姿态，"只是无意中的一次展示，展示一个独立的人最根本的权利：不同于他人的自我。当时，作者是否知道：只有这种'不同'的展示，才能在人与人之间得到最重要的'相同'：对人的尊严的信赖和崇奉。

我想，她是知道的"，彭燕郊透过这首诗品读出少女飘逸淡雅而又高洁独特的心境，"惊奇于她那不同于一般女性的独特"和"不同于他人的自我"①。如果说《十月》与《预言》有承袭之处，那么《断章》（1937）不仅同题于卞之琳的《断章》，也更见新月派诗歌的遗风："我爱长长的静静的日子，/白昼的阳光，夜晚的灯；/我爱单色纸笔，单色衣履，/我爱单色的和寥落的生。"

从诗歌主题、诗风等方面比较，陈敬容与郑敏以迥异姿态初涉诗坛——"陈敬容的诗是忧郁的少女的歌吟，郑敏则是静夜的祈祷者。"②诗人在北平三年的诗歌创作明显继承了中国古典诗歌和新诗注重抒情的传统，对抒情气氛的营造、诗歌意境的重视，以及细腻柔和的抒情风格等，都是中国诗歌注重含蓄蕴藉的体现。同时，作为现代中国的青年诗人，身处文化激烈动荡的年代，陈敬容自中学起便开始接触外国文学作品，曾在北大、清华旁听外国文学课程，她的诗无疑受过西方文学艺术的影响，也融入中国古典诗歌抒情传统，这使其诗歌鲜明深彻而又韵味悠长，比如她的早期代表诗作《窗》：

窗

一

你的窗
开向太阳，
开向四月的蓝天；
为何以重帘遮住，

---

① 彭燕郊：《明净的莹白，有如闪光的思维——记女诗人陈敬容》，《新文学史料》1996 年第 1 期。
② 吴思敬：《〈郑敏文集〉总序》，《北京师范大学学报（社会科学版）》2012 年第 5 期。

让春风溜过如烟？

我将怎样寻找
那些寂寞的足迹，
在你静静的窗前；
我将怎样寻找
我失落的叹息？

让静夜星空
带给你我的怀想吧，
也带给你无忧的睡眠；
而我，如一个陌生客，
默默地，走过你窗前。

二

空寞锁住你的窗，
锁住我的阳光，
重帘遮断了凝望；
留下晚风如故人
幽咽在屋上。

远去了，你带着
照澈我阴影的
你的明灯；
我独自迷失于
无尽的黄昏。

我有不安的睡梦

与严寒的隆冬；

而我的窗

开向黑夜

开向无言的星空。

——一九三九，四月，成都。

　　《窗》收录于《盈盈集》。抗日战争爆发后，陈敬容与恋人曹葆华一起离开北平，回到大后方成都，并积极参加战时文学活动。这一时期，恋情的变动和民族的灾难使原本就早熟的诗人愈加孤傲。写于 1939 年春的《窗》是陈敬容不多见的爱情诗，也是富有多重象征指向的诗作。首先，"窗"抒写了"我"对恋人的无限钦佩与分手后的伤感失落。诗人用"你"的窗"开向太阳 / 开向四月的蓝天"与"我"的窗"开向黑夜 / 开向无言的星空"做诗意对比，既道出彼时恋人与诗人处于截然不同的人生处境，也表露了诗人对生活的迷茫感和孤独处境。当恋人最终离去，"照澈我阴影的 / 你的明灯"也不得不熄灭于窗前，"我"不得不再次"独自迷失于 / 无尽的黄昏"。其次，"窗"亦是诗人凝望世界、体悟人生的角度，透过这扇窗子"让静夜星空 / 带给你我的怀想吧，/ 也带给你无忧的睡眠"，这是 22 岁的女青年历经沧桑后发出的"失落的叹息"，也是她观望人生和未来的一个出口。再次，"窗"是中国女性诗歌中出现频率较高的意象，蕴含着情感表达和沟通之意。陈敬容却一反传统诗词中"窗"的寄寓之情，将视点放在窗内和窗外的对比上，"窗"被"重帘"和"空寞"遮掩，不仅遮住了恋人间的心灵沟通，也尽展"我"对外界的隔膜及拒绝态度。"重帘"既是男性恋人对"我"遮蔽而产生的象征之物，又隐含了在中华民族最危急的时刻，诗人身处大后方压抑苦闷的境遇。

3."在荒凉的西北高原做了一场荒凉的梦"

然而，黎明并未如期而至，不幸的命运刚刚拉开帷幕，向诗人发出劫难的挑战。1940 年，诗人与沙蕾到达兰州并开始了为期近 5 年、被她自己称为"在荒凉的西北高原做了一场荒凉的梦"（《星雨集·题记》）的家庭主妇生活。在 1941 年生下大女儿沙灵娜之后，为照顾女儿以及料理家庭种种琐事，诗人有将近 18 个月未曾动笔写作，直到 1942 年 3 月 29 日，才在《甘肃民国日报》的文艺副刊《生路》上发表了《风夜》一诗，"你寻觅什么，/ 在屋上疾疾地走？/ 你失落了什么，/ 向星群呼吼？""你失落了什么，/ 在窗前疾疾地走？/ 你寻觅什么，/ 向暗角招手？"诗句已显露出诗人怅然若失的心绪，现实生活的种种枷锁让诗人产生了逃离的想法，甚至想过"有一天我将关上我的窗"（《海》，1942），发出渴望挣脱这庸俗现实、渴望自由的心声："听那呼唤…… 近了，那呼唤；/ 听呵，听呵，我要走！"（《风夜》，1942）来自灵魂深处的情感呼吁和自我拷问在其散文《思想——一盘琴键》中表达得尤为明晰："美丽的赤子，人之子啊，你的身体可能被屋子遮住，被墙壁挡住，被栅栏隔住——可能被有形或无形的囚狱，将你和自由的天地深深隔离；但你的思想，你灵魂的鹰隼呀，它的铁翅随时可以冲破这些拦阻，它要飞向云中，而且要穿过云，飞向云外，飞向宇宙最后的边缘之外。"

"在那个极端缺少现代生活设施的地方，为人妻，为人母，写作成了一个奢侈的偶然。"[1] 或许是生活极度的寂寞困厄，烦琐的日常生活严重违背了个人理想，1944 年春日，陈敬容写下《映照》一诗，将寂寥的情思以及对生活的敏悟烙印在"繁星""动荡的水""河

---

[1] 赵毅衡：《诗行间的传记·序〈陈敬容诗文集〉》，载罗佳明、陈俐编《陈敬容诗文集》，复旦大学出版社，2008，第 5 页。

滩""佳果""鱼""鸟""光和暗""流泉"等意象中。

映照

我从满天繁星里

摘下最远的一颗，

再向一片动荡的水

去照我思想的影子。

陈年的欢乐，陈年的忧患，

相携漫步于多雾的河滩，

晚秋的林中佳果垂垂，

又越过寒冬，向春召唤。

我是歌唱的鸟或沉默的鱼；

光和暗都给我雕镂花纹；

有时是一抹无心的流泉

映照着多幻的云天。

——春初，一九四四，兰州。

《映照》一诗收录在《盈盈集》。在西北漂泊的五年，陈敬容的诗歌创作大多平淡伤感，比如："倦飞的鸟啊，/倦鸣的鸟啊，/池水，倦于安卧的/你的幽咽……"（《横过夜》，1942），"谁在微笑呵谁在幽咽——/谁，高高地投掷/一串滴血的/碎裂的心……"（《回声》，1943），"苦难是骄矜者的王国，/那里日夜枯萎着生命的花朵；/当月色凄冷或灯火青苍，/曾经燃烧的梦魂/僵化于绝望的土壤"（《归属》，1944）。与在兰州创作的诗作比，《映照》别有一番新异的意境，流溢着诗性的辉光。"繁星"象征着希望，"远"体现出诗人自我追求的希望与现实的距离，"最"又将这距离无限地延长，诗歌起笔两句象征着诗人与理想相距迢遥。"动荡的水"暗示出生活的跌宕，在渺远迷茫的心绪中诗人希望通过既有现实去内省自身，反观自己的思想。如此，我们就能释然为何"繁星"是"满天"的，诗人偏要摘取这"最远的一颗"；"水"是"动荡"的，竟能"映照"心境；"流泉"是"无心"的，却"映照着多幻的云天"，纵使生活不尽如人意，诗人还是保持了在困顿中主动求索的意志。

第二节写到春秋冬三季，唯独夏缺席，加之起句不断重复的"陈年"和后面"多雾"词语的渲染，暗示了热情或激情的丧失。诚然，诗人不避讳她的迷茫和伤感，但她也是清醒的，因为所有的欢乐与忧患都闪逝而过，唯有思想留存。此前的生命体验如一条没有方向的河，流过晚秋"佳果垂垂"的树林，"越过"寒冬，流向春天的"召唤"。"佳果垂垂"强化了希望存在的真切感，"向春召唤"是诗人心底未泯灭的生命的热力，即便一切都幻化如烟，但依然保留着孜孜以求的期盼，这恰恰是陈敬容为人为诗最具魅力之处。

经过前两节复杂的多重暗示，不管身份或角色发生怎样的转换——从"歌唱的鸟"到"沉默的鱼"，"光和暗都给我雕镂花纹"，她坦然地接纳命运的馈赠或捉弄，犹如"流泉""映照着多幻的云天"。云天多幻，一切过往经验都若瓷器上雕刻的花纹，明亮或暗淡都不会影响她对生活的态度，反而随曲折而愈见笃定。

4. 给予的热望

密茨凯维支在巴黎讲述斯拉夫文学时，谈到拜伦对东欧诗人的启迪："他是第一个向我们表明，人不仅要写，还要像自己写的那样去生活。"[①]陈敬容就是这样的诗人，无论经历怎样不堪的苦难，她从未沉沦不振，她的诗歌永远歌颂春天和黎明，当冰河尘封，她

---

① 转引自骆一禾：《海子生涯》，《上海文学》1989 年第 9 期。

会不期然地破冰而出，寻找阳光和绿荫，她的创作热情、生命野性、顽强毅力，始终招摇着春的气息。

1940年秋，已经怀有身孕的陈敬容跟沙蕾一起来到兰州生活，她对即将分娩的小生命的憧憬从彼时创作的《秋》可见一斑："我将在你的迷歌中／静静地隐藏；／给我的夜缀上／淡淡的霜。"初到兰州几年，她也经常举办诗歌沙龙，与诗友们合编诗歌刊物，以及从事诗文创作等，这些文学行为和她当时秉持的诗学理念推进了抗战时期"西北新生代诗人"的崛起，对于抗战时期的兰州诗坛影响颇深。

在西北，陈敬容完成了生命与诗的艰难蜕变——从"极度欢愉"到"至深苦痛"。当家庭主妇与诗人自我身份认知的冲突愈发明显，平庸琐碎的家务以及不幸的爱情与诗人对自由生命意志的向往发生了激烈的碰撞，"娜拉"再次出走了。

1945年1月，陈敬容悄悄逃离"沉闷""失落""痛心"[1]的生活，去寻找始终追求的精神归属，她以一首《骑士之恋》（1944）为这段压抑苦闷的生活画上句号。诗人出走兰州几天后，小女儿真娜因病去世，陈敬容曾专门撰文《悼小真娜》[2]纪念女儿，文章凄婉动人，"亲爱的，你可能听到我遥远的、嘶哑的呼唤吗？我呼唤你，我的长眠的小真娜呀……"字里行间流露出一位因痛失爱女而备受煎熬的母亲的心，彼时，诗人28岁。生活中饱受折磨，精神上经历丧女之痛，这些都未击垮诗人，反而使她愈加坚强。在旅途中，她的创作激情不期然地喷发，西北的荒漠赋予诗人无穷的灵感。

同年5月份，她辗转来到重庆郊外的小镇担任小学代课老师，

---

① 贾东方：《陈敬容的"忏悔之音"——早期佚文与离兰事件》，《新文学史料》2016年第2期。

② 陈敬容：《悼小真娜》，《甘肃民国日报·生路》1945年4月9日。

几乎每天必有所作，有时一日三首。当时，"创作的欲望炙灼我像火一样"（《星雨集·题记》），每晚她都回到山顶寄居的茅舍，在油灯下闭关写作，仅这一年她就完成了很多优秀的诗篇，诗思凝重饱满，思维敏锐深邃："我从疲乏的肩上／卸下艰难的负荷；／屈辱、苦役……／和几个囚狱的寒冬。"（《飞鸟》，1945）她屹立广袤的大地上，感受大自然无穷的力量："每一粒细尘都向空探首，／以领受你，自然母亲，伟大的情人，／你的永恒的爱之偎搂！"（《展望》，1945）她义无反顾地追求生命的热力："不开花的树枝／有比花更美的战栗""假若热情化灰——／你说，我将怎么样？／想想吧，我便是那火，／还得多少次燃烧，归向死亡？"（《不开花的树枝》，1945）写诗和生活都在比花更美的战栗中燃烧，她开始审视并重新确认身份意识和完善人格建构，诗歌创作和精神成长日益成熟："永远地飞行，／永远地追寻，／你的翅膀日益丰盈；／而你的希望／一天比一天更新"（《追寻》，1945），献身艺术创造的决心更加坚定："从那战栗的弦上／闪光的箭掠去了——／急剧地送来／一个最清脆的音响。"（《弦与箭》，1945）在重庆一年的休整是她文学活动的复归期，缪斯女神再次点燃她郁结许久的诗情，她创作了《新鲜的焦渴》（1945）、《雨季》（1945）、《友情和距离》（1945）、《流溢》（1945）、《烛火燃照之夜》（1945）、《野火》（1945）、《边缘外的边缘》（1945）等优秀诗篇。

伍尔芙极欣赏柯勒律治所说的："一个伟大的脑子是半雌半雄的。"[①]优秀的文学作品能够超越性别界限，平衡性别差异，将两者融洽无间。莎士比亚、济慈、柯勒律治、普鲁斯特都是雌雄同体的

---

① 伍尔芙在《一间自己的屋子》里提到柯勒律治的一句话：一个伟大的脑子是半雌半雄的。参见唐湜：《陈敬容的〈星雨集〉》，载《新意度集》，生活·读书·新知三联书店，1990，第79页。

典范，徐志摩也曾指出诗人的一半是女人（Poet is half woman），他站在男性的立场强调诗歌应具有女性柔美的表现力。陈敬容的诗歌正是融合了阴柔与阳刚两种不同特质，她在 1945 年之后创作的诗歌跳出了早期偏重自身孤独体验、私语化倾向的女性写作的局限，以独立之姿重新反思自我，在诗中注入更为鲜明的阳刚与雄浑风格，显示出风云动荡年代的宏阔之气。同时代中，唐湜最先发掘到陈敬容诗歌中"常有男性繁促的调子"这一特质，认为她的短诗像"晶莹的露珠"，透明且特别富有"提示力量"[①]。在现实主义文学创作成为主潮的 20 世纪 40 年代，诗人依旧坚持探索以多种形态和手法展示现实，深入现实的不同维度，思索人生哲理，在动荡战乱的世界中管窥人性的内涵。如《黄昏，我在你的边上》（1946），这首诗是诗人这一时期创作的篇幅较长的诗作，它将诗人烦乱的心绪表现得沉痛而又清晰，糅杂着诗人身处大都市的孤独、迷惘与怀乡之情。当诗人在最后一节说想攀上黑夜拍动的翅膀"飞，飞，/ 直到我力竭而跌落在 / 黑夜的边上"时，其内心的挣扎以及对现实的感受既生动又不失真切。这一点迥异于同时期的郑敏，如二人同受里尔克《罗丹传》影响而创作诗歌《雕塑家》（陈敬容）与《雕刻者之歌》（郑敏），陈敬容笔下的雕塑家是从他者观现实："你手指下有汩汩的河流，/ 把生命灌进本无生命的泥土，/ 多少光、影、声、色，/ 终于凝定，/ 你叩开顽石千年的梦魂；// 让形象各有一席：/ 美女的温柔，猛虎的力，/ 受难者眉间无声的控诉，/ 先知的睿智漾起，/ 四周一圈圈波纹。// 有时万物随着你一个姿势 / 突然静止；/ 在你的斧凿下，/ 时空缩下，时间踟蹰，/ 而你永远保有原始的朴素"，诗人透过雕塑家这一群体反映深刻的人生境遇，广而阔。而郑敏却言

---

① 唐湜：《陈敬容的〈星雨集〉》，载《新意度集》，生活·读书·新知三联书店，1990，第 79 页。

道："春天，夏天，秋天，冬天 / 多少次我掩起我的耳朵，遮着我的眼睛 / 为了我的石头在向我说：宁静，宁静 / 开始工作时，我退入孤寂的世界 / 那里没有会凋谢的花，没有终止的歌唱 / 完成工作时，我重新回到你们之间 / 这里我的造像将使你们的生命增长"，她有意识地将客体自我化，直接以雕刻者的身份思考并传达自己的哲学观念，高而深。在针对同一主题的写作中，两位诗人的写作姿态和手法亦各有侧重：陈敬容的《雕塑家》与郑敏的《雕刻者之歌》分别以第三人称和第一人称写作，陈敬容以旁观者视角着笔雕塑家对顽石形象的塑造："美女的温柔""猛虎的力""受难者眉间无声的控诉""先知的睿智漾起"，运用"思想知觉化"技巧，将抽象的动作投射在具体的形象上，意象偏向纤柔且具有流动性。而郑敏的诗作更富有哲学思辨的意味，为她的观念寻找"客观对应物"，意象与节奏稍显凝重，凸显了里尔克式"雕塑"的品质。

从陈敬容诗歌中自我身份的确认，可以管窥其女性意识的演绎面向：如果说 30 年代的创作是独属于女性的迷惘痛苦，40 年代初期的创作仍局限于因家庭变迁造成的内心波动，那么 40 年代后期的创作，开始转向作为独立的生命个体和宇宙生命之间的神秘对话，充满智性思考。以她在 40 年代后期创作的两首诗（《假如你走来》和《珠和觅珠人》）为例：

假如你走来

假如你走来，

在一个微温的夜晚

轻轻地走来，

叩我寂寥的门窗；

假如你走来，

不说一句话，

将你战栗的肩膀，

倚靠着白色的墙。

我将从沉思的坐椅中

静静地立起，

在书页里寻出来

一朵萎去的花

插在你的衣襟上。

我也将给你一个缄默，

一个最深的凝望；

而当你又踽踽地走去，

我将哭泣——

是因为幸福，

　不是悲伤。

　　　　　　——五，十二晨散步时。

　　《假如你走来》是一首淡雅素洁却深情动人的爱情诗，写于1947年，收录于《盈盈集》，彼时诗人已屡经生活的磨砺，可是，她始终以豁达与坚韧的心态面对苦难。"假如"增加了全诗的不确定感和朦胧属性，引出了抒情主人公与恋人一次假想的约会。在"一个微温的夜晚"，恋人轻轻叩响"我寂寥的门窗"，"寂寥"一词铺展开诗人的内心境况，直陈开场的主要氛围。与这一氛围极为切合的是第一节选用的核心词语"微温""轻轻"和"寂寥"，纷纷勾勒出"我"所置身的静谧而沉潜的内心世界；而"走来"和"叩"却搅动了内外环境的"静"，让全诗的诗绪泛起了波澜。"叩"字来得颇为响亮，及时敲碎诗人内心深处的孤独，也拉开情感的序幕。

第二节"假如你走来"又是一个想象的场面，这一句重复诗题，呼应首段第一句，表达了诗人对"你走来"无言的渴盼和等待。"不说一句话"是无须言说，这眷恋的情感都放在心中，彼此应和，从"你战栗的肩膀"可以看出"你"的动情之深，倚靠墙上，诗人无须再描摹对方的情态，唯有深情的凝望。陈敬容选词一贯凝练，"白色"昭示了彼此纯净莹白的情感，也渲染和散布开雅洁的意境氛围。

第三节，"我将从沉思的坐椅中"，一个"将"字再次提醒我们这是一场想象的会面，"我"按捺住如潮的涌动，以"沉思"的克制之姿"静静地立起"，把"一朵萎去的花／插在你的衣襟上"，"萎去的花"浓缩着诗人过往所有情感的碎片。不过，时间虽然榨取了它的汁浆，却夺不走其灵魂的芬芳，而"我"选择把这灵魂的花朵"插在你的衣襟上"，两情的浓密和高洁溢于言表。

第四节，"我"以"最深"的"凝望"目送你，"缄默"地看着"你又蹁跹地走去"，在这一来一去的心理片段间，彼此已经完成心灵的融汇，如同神识的穿越，默默交汇了情感。从"假如"与"轻轻""静静"到"缄默""凝望"，这些词语巧妙地暗示出一段隐秘而深沉的心灵的幽会。全诗情感的升华在最后三句"我将哭泣 ——／是因为幸福，／不是悲伤"。这三句与全诗婉转柔情的抒情格调截然相悖，直接陈明情感，简洁明了的诗句富有穿透力和震撼力，打破缠绵内敛的情思。

全诗音韵和谐，流转如一首小提琴独奏曲，在暮色初降时娓娓奏响，平淡的语词饱含深挚的情感。诗人始终抑制且平衡着情感的升降尺度，曲终时陡然直指真情。古人以"浓尽必枯，淡者屡深"（司空图）强调表达手法的自然与节制原则，于淡中泼墨；陈敬容深谙此法，她没有直言情思，而是于虚实相间中烘托氛围，于抒情的空隙捕捉细节，传神地蕴蓄了一段绵长深沉的情感，诗人以富有现代感的意象和丰富的象征空间完成了言有尽而意无穷、此时无声胜有声的艺术表达境界。

20 世纪 40 年代的现代派诗人深受里尔克和冯至的影响，里尔克通过一只牢笼中的豹子展现出被凝视与被监禁的愤怒，冯至则用一只交媾的昆虫开启了现代化的探索之路。他们均在物中凝聚了自己对生命的思考，在物与自我、物与他者的二重转喻间，描写出人类共同的生存境遇和生命困惑。陈敬容也习得这一技法，《珠和觅珠人》就是相关的实践。该诗发表于 1948 年，这一年诗人参与创办《中国新诗》月刊，任编委，这首诗蕴蓄着诗人对未来的期许：

珠和觅珠人

珠在蚌里，它有一个等待

它知道最高的幸福是

给予，不是苦苦的沉埋

许多天的阳光，许多夜的月光

还有不时的风雨掀起白浪

这一切它早已收受

在它的成长中，变成了它的

所有。在密合的蚌壳里

它倾听四方的脚步

有的急促、有的踌躇，

纷纷沓沓的那些脚步

走过了，它紧敛住自己的

光，不在不适当的时候闪露

　　然而它有一个等待

　　它知道觅珠人正从哪一个方向

　　带着怎样的真挚和热望

　　向它走来；那时它将要揭起

　　隐蔽的纱网，庄严地向生命

　　展开，投进一个全新的世界。

　　　　　　　　　——1948 年夏于上海

　　诗人从珠的孕育过程写起，"珠在蚌里，它有一个等待"，"等待"是一个重要的提示语和线索，它暗示珠今后的人生选择与命运走向。"等待"过后是生命的领悟——"它知道最高的幸福是 / 给予，不是苦苦的沉埋"，珠在蚌中吸取着养分，在阳光和月光的馈赠中，它逐渐长大；在白浪的拍打下，它学会承受，这一切构成珠成长的总和。接着，诗人开始刻画珠在蚌壳中的生命遭际，珠在封闭的蚌壳中仅能凭听觉感知外在世界，它细心聆听从外界传来的脚步声——"有的急促、有的踌躇"。这些"纷纷沓沓"的脚步如过客一般闪过，不为彼此而停留——"走过了，它紧敛住自己的 / 光，不在不适当的时候闪露"，诗人在此处设置了一个微妙的场景，即珠在有意收敛自己的锋芒，"适当"是一个主观性很强的词语，珠在蚌中的命运看似是不能把握的，就像在从前"这一切它早已收受"那样被动而无助，它不能选择阳光是否照耀，也不能左右白浪何时拍击，但在珠被觅珠人赏识的关键时刻，珠却充满了自主性，珠的命运因此发生了转折——"然而它有一个等待 / 它知道觅珠人正从哪一个方向 / 带着怎样的真挚和热望 / 向它走来"，这里的"等待"与本诗开篇中的"等待"相呼应，由此揭开谜底——珠在生命开端，就在等待觅珠人的来临，珠要为真正的知音"揭起隐蔽的纱网"。珠的生命必将在这一刻重新迸发光彩，包裹着新生的喜悦与崭新的期待，未知神秘的全新世界召唤着它。

陈敬容不仅专注于珠与觅珠人之间宿命式的缘分，更寄寓了自己渴望觅得知音的憧憬，诗人以"珠"自况，将颠沛流离的前半生高度抽象化和意象化，童年的悲惨与婚姻的不幸都"苦苦"地"沉埋"了，取而代之的是诗人对未知可能给予的热望。另一方面，正是因为诗人对个人经历的"去个人化"，才使得每个读者都拥有了进入诗歌的路径。诗歌如小径分叉的花园，每小节都可能潜藏着曲径通幽的乐趣，陈敬容将情感思想的特殊性与普遍性巧妙融合，将读者带入理念世界的大观园。

全诗回环曲折又环环相扣，陈敬容像一个出谜人一样将读者引入诗歌的迷宫，每每解开一个谜团，读者便收获一个智慧的锦囊。诗歌篇幅不长，却极具故事性，诗人通过独特的分行和断句，将珠的命运层层展开，"珠"与"觅珠人"的形象并置在一起，构成"千里马"与"伯乐"的另一重隐喻，穿越物象的迷网，我们终于走进生命的密林。

▌第二节 现代意象的建构与中西和弦的美学实践

在陈敬容不同阶段的诗歌创作，都能够提炼出独具意蕴的诗歌意象，从这些意象的选择中我们也可以寻迹到诗人自身人格的映射及其诗艺的成长轨迹。对此，孙玉石曾称赞："陈敬容是一位很有才华的女诗人，她 20 世纪 30 年代开始发表具有现代派诗风的作品。她善于在普通的事物里体悟富于哲理的诗意，然后找到象征的意象，用一种暴风一般迅速的调子、气势与节奏抒发出来，寓强烈的现代意识于新奇的意象之中。"[1]

1. 丰沛的感悟与独立人格：现代意象的建构

陈敬容诗歌中现代意象的建构有时代性指征，比如 20 世纪 30 年代的"黄昏"意象、"黑夜"意象，40 年代过渡时期的"飞鸟"意象等。从这些意象中我们可以看出诗人审视生命的细腻与力度，诗人把人生立体多元的感悟和独立的人格等融入诗歌中。陈敬容始终身兼数职——诗人、评论家、翻译家、编辑，多重身份集于一身使得其诗作在中西诗艺的和弦中呈现出"复调"特征。

30 年代的陈敬容对诗歌意象的选用多出于人生经历的感性抒发，由于其幼时受中国传统诗歌影响，因此无论书写离乡伤怀还是青春迷惘，她都是基于已有文化积淀选择最符合其当下生命感受的意象。首先，"黑夜"与"黄昏"等古诗中常有的意象频繁出现在陈敬容的诗歌中，如"我枕下有长长的旅程，/ 长长的孤独"（《夜客》，1935）。诗人渴望陪伴、理解与关怀，非人的动物都成了寻求慰藉的伙伴："请进来，深夜的幽客 / 你也许是一只猫，一个甲虫，/ 每夜来叩我寂寞之门。"（《夜客》，1935）长夜如此清静，"陌生人敲叩着陌生的门 / 在长巷里。/（听我的门上 / 一声沉寂）"（《静夜》，1936）。其次，与这一时段的心绪意象相对应，陈敬容在 30 年代的创作中还特别注意用色调来强化繁乱的内心感受，意象配合独特的色彩选择及语调，营造出极具魅力的诗歌氛围，情感的繁复又促进了色彩意象的多样化，"常用色彩与非常用色彩和谐地交汇在一起，既有陌生感又不至于流于枯涩"[2]，将色彩运用得恰到好处，"发黄

---

[1] 孙玉石：《露珠与野草：孙玉石自选集》，首都师范大学出版社，2018，第 311 页。

[2] 蒋登科：《陈敬容：在新鲜的焦渴中沉思与创造》，《中国现代文学研究丛刊》1999 年第 2 期。

的记忆，/ 壁上的影子在叹息"（《黄》，1936），"我要一盏青色的灯 / 青色而明净，如夜中星点"（《哲人与猫》，1937），"我爱单色纸笔，单色衣履，/ 我爱单色的和寥落的生"（《断章》，1937），"苍黄的月 / 揭起夜帷，/ 云，像一个殉道者 / 曳着灰暗的长帔"（《遥祭——献给母亲》，1939）。袁可嘉曾说："敬容一生很少用瑰丽的色调，而总是喜爱'青色的灯''白的月''蓝色的安息'这类明净的色彩和意象。像许多年轻人一样，在自己奋斗的方向没有明确之前，敬容也表达了一种失落感。"[1] 最后，在诗歌的语气上，这一阶段她的诗存在大量的疑问句式，除了前面提及的《十月》，还有："我将怎样寻找 / 那些寂寞的足迹，/ 在你静静的窗前；/ 我将怎样寻找 / 我失落的叹息？"（《窗》，1939）……大量无答案问句的使用显示出诗人此时面对人生选择的忧虑。"我见青山多妩媚，料青山见我应如是"，意象、色彩和语气尽显现代女性细腻的生存感受方式，诗思所描绘的即是诗人自身。

20 世纪 40 年代初兰州时期的诗人处于矛盾的心态，正如彭燕郊所说："诗人的精神品质，通常我们称之为心中灵秀之气的那种无形的力量，从事艺术创造的人不会缺少的自由意志，和那已经成为生命血肉的一部分的文学亲缘，不可能使她安于平庸琐屑的家务。"[2] 陈敬容是一位不断追求进取，始终充满"焦灼的渴意""盈盈的满溢"（散文《渴意》）的诗人。在离开兰州之后，她借"飞鸟"的意象表达自己挣脱牢笼的喜悦。如《飞鸟》（1945）一诗中所写的"负驮着太阳，/ 负驮着云彩，/ 负驮着风"，带来了"心灵的春天"，让

---

① 袁可嘉：《蕴藉明澈、刚柔相济的抒情风格——陈敬容诗选〈新鲜的焦渴〉代序》，《文学评论》1990 年第 5 期。

② 彭燕郊：《明净的莹白，有如闪光的思维——记女诗人陈敬容》，《新文学史料》1996 年第 1 期。

诗人感到已从疲乏的肩上卸下了屈辱和苦役。诗人感动于飞鸟快乐的鸣唱，想要攀上它们轻盈的翅膀，化作云彩，"在高空里无忧地飞翔"。对陈敬容来说，"自由的象征是翻飞的海鸟"（《现代的普罗米修斯》，1979），她不能满足被囚禁的生活，她向往自由，所以诗人会在年轻时离家北上寻找自由的天空，会在为爱索居西北五年后毅然离开，诗人的一生都在执着奔赴希望，孜孜不倦地追求新的突破，不论在艺术上还是生活中都是如此。她的诗中频繁出现"海鸟"（《风暴》，1945）、"飞燕"（《致白丁香》，1979）、"歌唱的鸟"（《映照》，1944）、"青色的小鸟"（《船，生命，孩子》，1944）、"白鸟"（《沉思者》，1944）等飞翔的鸟的意象，当庸俗的日常腐蚀着诗人的理想与未来时，她清醒地认识到该以怎样的姿态离去。

2. 波德莱尔的影响：在翻译和创作之间

1946 年夏，陈敬容来到上海，积极参与《诗创造》与《中国新诗》的编辑活动，上海繁华的现代都市生活，给予诗人极大刺激，激发其诗思，诗人此阶段有较多优秀的作品见于上述两本刊物。同时，陈敬容也积极翻译雨果的《巴黎圣母院》和波德莱尔、里尔克等西方诗人的作品——从这一时期的诗歌创作可以看出翻译外国诗人尤其是波德莱尔的诗作对陈敬容的影响很大。到上海之后，陈敬容把流寓重庆期间翻译的包括波德莱尔在内的法文诗歌的部分译作发表在京沪报刊上：《波德莱尔 试译二首》（包括《人与海》《生动的火焰》）1946 年 8 月 5 日刊载于唐弢主编的上海《文汇报·笔会》第 21 期、《黄昏的和歌》1946 年 10 月 29 日刊载于《文汇报·笔会》第 82 期、《音乐》1946 年 11 月 15 日刊载于《文汇报·笔会》第 96 期、《悲哀》1946 年 12 月 13 日刊载于北平《国民新报·国语》第 4 期、《盲

人》1947 年 1 月 30 日刊载于《文汇报·笔会》第 153 期等 [①]；1957
年《译文》7 月号刊发了陈敬容纪念《恶之花》出版一百周年所译
的 9 首诗，这是 50 年代至新时期之前，公开发表的为数不多的外国
译诗，她对波德莱尔的译介让当时年轻的北岛、多多等诗人们深受
触动 [②]；80 年代，陈敬容出版了《图象与花朵》一书，收入她所翻
译的波德莱尔诗歌 39 首。对于自己所受的外来影响，陈敬容在《答
〈中国比较文学〉提问》一文中自述："除了古代和现代中国诗人，
在外国诗人中，我读得较多，译得也较多的是法国的波特莱尔（波
德莱尔）和奥国的里尔克，因而就难说没有受到他们的影响了" [③]。
40 年代《文汇报》围绕翻译波德莱尔作品的问题曾展开一场激烈论
争，林焕平曾撰文《波德莱尔不宜赞美》，矛头直指陈敬容，认为
近来看到的对波德莱尔诗歌的翻译和赞美是不良倾向。面对批评，
陈敬容积极回应并撰写随笔《谈我的诗和译诗》，指出尽管波德莱
尔的诗有缺点，但其不满现状、反封建的精神，严格的形式，熟练
的技巧，丰富的词汇都是值得重视的。她的《波德莱尔与猫》一
文简要概括了欧洲浪漫主义文学的盛衰，谈到波德莱尔的诗歌美
学、独特风格、文学史上的不朽地位以及自己的感受和体会，见解

---

① 参见张松建：《"花一般的罪恶"—— 四十年代中国诗坛对波德莱尔的译介》，《中
　国现代文学研究丛刊》2005 年第 2 期。根据文中列举部分整理。

② 诗人北岛曾回忆："陈敬容是我所敬佩的九叶派诗人之一。她译的波德莱尔的
　九首诗散见于 50、60 年代的《世界文学》，被我们大海捞针般搜罗在一起，工
　工整整抄在本子上。那几首诗的翻译，对发端于 60 年代末的北京地下文坛的精
　神指导作用，怎么说都不过分。"选自北岛：《时间的玫瑰》，江苏文艺出版社，
　2009，第 83 页。诗人多多曾谈及陈敬容翻译的波德莱尔诗歌是促使他开始写作
　的重要机缘，"我觉得最直接的原因就是波德莱尔，如果说我的老师，就是陈敬
　容先生的翻译传神，这点也是极其重要的"，选自多多、李章斌：《是我站在寂
　静的中心 —— 多多、李章斌对谈录》，《文艺争鸣》2019 年第 3 期。

③ 陈敬容：《答〈中国比较文学〉提问》，载《辛苦又欢乐的旅程》，作家出版社，
　2000，第 206 页。

独到：

> 读波德莱尔的诗，令人有一种不自禁的生命之沉湎。虽然他所写的多一半是人生凄厉的一面，但因为他是带着那么多热爱去写的，反而使读者从中获得了温暖的安慰，他底作品中感伤的气氛也很浓，但不是那种廉价的感伤，不是无病呻吟。而他底欢乐，是真正的火焰似的欢乐，是一些生命的火花，而非无故的吟风弄月——像我们古代的才子佳人，或今日的鸳鸯蝴蝶派底作品那样。
>
> 我们在波德莱尔的作品中找到那积极的一面，我们发现了那无比的"真"。有人认为波德莱尔颓废，那只是他们底臆测之词，那因为他们没有看到他的底里。
>
> 波德莱尔不同于其他象征派诗人们，虽然他事实上是象征派的创始人（人家把象征派创始人底头衔加在马拉梅 Mallarmé 身上，不过因为他曾经每晚在罗马街寓所里举行诗歌沙龙，一时诗人、画家、雕刻家等群集门下，造成了那么个形势），他比任何象征派诗人都来得广博，丰富。
>
> 像猫儿底叫声一样，他底诗章有的温婉如四月黄昏的笛声，有的凄切如午夜鹃啼，有的凶猛如苍鹰的锐鸣，或枭鸟的狞笑。
>
> 在寒冷的冬天的雨夜，灯光也像是冰冷的，我想起他一些冰冷的诗句，而感到温暖。①

针对 40 年代后期诗坛发展状况，陈敬容认为新诗存在两种不良倾向，即"两个传统"和"两个极端"：一个尽唱"梦呀，玫瑰呀，眼泪呀"，走出了人生，另一个是尽吼"愤怒呀，热血呀，光

---

① 陈敬容：《波德莱尔与猫》，《文汇报·浮世绘》1946 年 12 月 19 日。

明呀"①，走出了艺术。上述观点与陈敬容所看重波德莱尔的积极的一面相吻合——"我们发现了那无比的'真'"（《波德莱尔与猫》），她欣赏波德莱尔诗歌中显现的"生命的火花，而非无故的吟风弄月"（《波德莱尔与猫》）。

　　总体来说，陈敬容在都市题材诗歌创作、诗歌意象的选取、抒情基调、象征主义艺术手法等多方面受到波德莱尔的影响，同时，这些影响与陈敬容所受中国传统文化熏染暗合。她在翻译波德莱尔的诗歌时，注重的也不是描绘畸形丑怪事物的诗篇，而是饱含忧郁孤寂情调的抒情诗，强调波德莱尔在貌似颓废的外表下，深藏着"真实"的取向和积极的意义，她在诗歌创作中也努力去践行。陈敬容借鉴了波德莱尔都市诗歌的写作经验，结合当时中国都市的社会现实，重在揭露都市之恶，明显有别于波德莱尔"发掘恶"的暧昧态度。她认为："所谓诗的现代性（Modernity），据我个人的理解，是强调对于现代诸般现象的深刻而实在的感受：无论是诉诸听觉的，视觉的，内在和外在生活的。"②因此她的都市诗歌描写植根于现实生活。在诗歌情调上，不同于波德莱尔毕生没有摆脱的忧郁，也没有沿袭波德莱尔对忧郁美的执着追求，而是将美与真结合起来，不懈追求，永远"向明天瞭望"。她对波德莱尔那些充盈着阴暗美的诗句的喜爱，表现出其个人审美倾向，这并未削弱她对现实的书写力度。她试图在寻找现代性的同时传承现实主义的诗歌精神，正如蓝棣之先生所言："探索到底怎样写才可能以多方面的路子来反映现实。"③陈敬容曾说："文艺上适当借鉴外国的表现方法，把它溶

---

① 默弓（陈敬容）：《真诚的声音——略论郑敏、穆旦、杜运燮》，《诗创造》1948 年第 12 期。

② 默弓（陈敬容）：《真诚的声音——略论郑敏、穆旦、杜运燮》，《诗创造》1948 年第 12 期。

③ 蓝棣之：《论四十年代的"现代诗"派》，《中国现代文学研究丛刊》1983 年第 1 期。

进自己民族的新旧传统，只能使我们的文艺传统更为丰富。"①

　　20世纪40年代中后期，陈敬容在艺术创作手法和诗歌价值取向这两方面都已步入成熟阶段，她一直在探索处理反映现实与个人艺术创作的关系，阅读翻译里尔克、波德莱尔等人的作品对其创作也大有裨益。她不断自我突破："在这个时代里我们有我们份内的苦难，也有我们坚持的决心。…… 本集中每篇诗文 …… 我们不敢说真有什么大的成就，但至少我们没有采用一篇'浮嚣'的或'虚假'的作品。我们愿与作者们和读者们共同守着一个认真的原则，艺术不容虚假；而诗艺术在今日的中国，正弥漫着一片混沌的和空虚的迷雾。我们愿与作者们和读者们合作，努力冲破这片堕性的气氛与迷雾。"②陈敬容在现实主义基础上融入现代主义诗风，在诗中形成震撼人心的力，这一特点在组诗《逻辑病者的春天》中显得尤为明显，这组诗由五首诗构成。诗篇一开始便写到"流得太快的水 / 像不在流，/ 转得太快的轮子 / 像不在转，/ 笑得太厉害的脸孔 / 就像在哭，/ 太强烈的光耀眼 / 让你像在黑暗中一样 / 看不见"，这是感官视觉、听觉与现实的悖论，透过这些看似荒谬的现象，传达出人的理性有时并不完全可靠。诗人也借此写出她对战争状态下人民生存状态的观察与评判："欺骗和谎话原本是一家，/ 春天，我们知道你有 / 够多的短暂的花！/ 追悼会，凄凉的喇叭在吹，/ 我们活着的，却没有工夫 / 一径流眼泪"，如上诗句残酷地揭示出战争状态下群众被迫"麻木"的处境。诗中"轰炸机""大病院""医生""枯死的草木""幸运儿童""沙丁鱼""鸣雷""咳嗽""斑鸠"等，这些与优美无关的语词或意象直指40年代大众普遍的人生状况。这种

---

① 陈敬容：《关于所谓"朦胧诗"问题》，载《辛苦又欢乐的旅程》，作家出版社，2000，第151页。

② 容（陈敬容）：《编辑室》，《中国新诗》1948年第1期。

意象组合方式异于传统，极具现代主义特征，从中可以看出诗人面对历史大变革依然保持难能可贵的真诚。"她没有郑重其事地把自己看作战士，那种排除了任何个人成分的战士。当人们争着说'我们'而耻于说'我'的时候，她却在低吟身世之感：乱离的泪滴，凋尽的童心，悲愤，苦恼，枷锁和哀歌。'遥远的一朝忽然近在咫尺，一转瞬又是另一个天涯，'谁愿意如此坦率地写出自己可能被认为'复杂'的心态？她没有用空洞的欢呼掩盖一个诗人的最丰富的感受。从下面蜷伏着一切的灰尘中望出去，既然看见的还只是一角蓝天，就不必急于说成无限广阔的蓝天。"① 真诚最易打动人心，那么如何真诚地写好都市中现代人的"复杂"心态呢？对于陈敬容来说，走进都市，仅靠古典诗歌的素养来发掘现代都市的诗意已经举步维艰，在描写都市人诗性感觉这一点上，她从波德莱尔的都市诗歌中所汲取的养料正是现代人行走都市间留下的细心体验，她将短暂的时间植入永恒的空间借以表达当下的现代感。

波德莱尔对黄昏时刻有着特殊的感情，他的诗中经常出现"黄昏"意象，陈敬容在散文《黄昏的故事》中借用人物之口写道："我记得波德莱尔的散文诗里有一篇讲到黄昏，他说有好些人在黄昏时疯狂，有的在黄昏时自杀"，"也许有一天我也会疯狂或者自杀的"。陈敬容表达黄昏意象最直接的当数《黄昏，我在你的边上》（1946）和《冬日黄昏桥上》（1947），两首诗中"黄昏"一词都进入了诗题。黄昏是一个休憩的场所，是一个连接过去与未来的节点，过了黄昏，诗人就要攀上黑夜的翅膀继续飞翔，"直到我力竭而跌落在 / 黑夜的边上 / 那儿就有黎明 / 有红艳艳的朝阳"，《冬日黄昏桥上》是诗人在黄昏时分展开的思索，与波德莱尔直言放弃思考不同，陈敬

---

① 彭燕郊：《明净的莹白，有如闪光的思维——记女诗人陈敬容》，《新文学史料》1996 年第 1 期。

容在这个抒情时刻的思考进入了哲理层面。她面对的是比波德莱尔更加复杂的矛盾：民族的危亡、生活的磨难、女性生存的选择、艺术的艰难追求……作为一名女性，她不仅勇敢超越了波德莱尔想要超越却无法超越的自我，而且，她有效地尝试将中西诗歌美学调融谐和，从代表作《新鲜的焦渴》（1945）可以进一步了解她的诗学实践。

3. 古典诗美的烛照与现代性追寻

新鲜的焦渴

我怀念你们，一些

永不复来的时光；

因为在怀念中

秋雨也温暖，

乌云的颜色也很淡。

但是我更加怀念

不可知的未来的日子；

在希望中黄昏永远像黎明，

有太阳，有飞鸟，

有轻风拂树的微颤。

这首诗是陈敬容的代表作，是诗人生命情感与真诚信念的流泻，收录于《盈盈集》。前两节在古典诗歌传统的意境中起兴，在现代诗歌美学的烛照下投射着诗意的光芒，也呈现出两种诗歌伦理之间矛盾又协调的张力。第一节用"时光""秋雨""乌云"等意象为读者营造了一个相对古典的意境。诗人一开始就表现出抒情的自觉。前两句直抒胸臆，表达了诗人的"怀念"，对"一些／永不复来的时光"的怀念。该诗写于 1945 年 5 月，彼时诗人刚离开"沉默之城"（兰州），告别了一段压抑的生活，辗转 3 个月之久，在重庆磐溪安顿下来。这次逃离成为其诗歌走向成熟的转折点。一面是风尘仆仆的奔波，一面是喷薄四射的创作，诗人此时"怀念"的，可能是过往西北高原生活的美好片段，也可能是更久之前的某些过往记忆。联系到诗人幼时学习古典诗词的经历，这怀念的"永不复来的时光"，未尝不是古典诗歌传统秩序中的种种业已固定的意象。"因为在怀念中／秋雨也温暖，／乌云的颜色也很淡"。第一节前两句"兴"，后三句"比"，一定程度上表现出诗人的古典诗歌伦理追求。随着主体意识在诗歌文本中的增强，第二节诗人笔锋一转："但是我更加怀念／不可知的未来的日子"，"未来的日子"既是"不可知"的，何来"怀念"之说？此句中诗人对于未来，没有使用"期待""盼望"这样的词语，而是打破了现代汉语的正常逻辑，用"怀念"将期待、盼望一类的情绪用陌生化的手法更强烈地表现出来，由此丰富了读者的阅读体验，也丰富了现代汉诗的表现方式。诗人以主体意识切入诗歌意象，因此"在希望中黄昏永远像黎明"。虽然后两句类似古典诗歌中的"赋"，此处的"黄昏"没有"落日"，但"有太阳"；没有"倦鸟"，但"有飞鸟"；还有"轻风拂树的微颤"，它们闪现出一个民族短暂而丰沛的诗意瞬间。第二节可看作是诗人以现代诗歌伦理超越古典诗歌伦理的美学实践，"黄昏"是陈敬容中期创作中一个常见的意象，该意象的组织方式呈现出现代人的时间意识。有古典诗歌伦理笼罩下的"黄昏"："雨后的黄昏的天空，／静穆如祈祷女肩上的披巾"（《雨后》，1935）；也有模糊了时间与空间界线，偏重体验感、现代性的"黄昏"："黄昏，我在你的边上／因为我是在窗子边上"（《黄昏，我在你的边上》，1946）;《新

鲜的焦渴》一诗中，"希望中""永远像黎明"的"黄昏"，无疑是
象征的、现代的。联系时代背景和诗人经历，这"希望中""永远
像黎明"的黄昏不仅象征着诗人的个人命运，更象征着诗人对受苦
受难的百姓迎接光明的期待。

> 我掬饮过很多种泉水，
> 很多，很多，但它们
> 没有将我的焦渴冲淡；
> 从江河到江河，
> 从海洋到海洋……
> 我不知道哪一天
> 才能找到生命的丰满。
>
> 我焦渴着。通过了
> 多少欢乐，多少忧患，
> 我的灵魂不安地炽燃；
> 我厌倦今日，
> 厌倦刚刚逝去的瞬间——
> 甚至连我的焦渴我也要厌倦，
> 假若它已经不够新鲜。
>
> ——五，十三日。

诗的后两节基本摆脱古典诗歌伦理的局囿，开始沉入生命丰
富的内质。第三节提出"冲淡焦渴"的问题，引出"生命的丰满"
的方向。诗人"掬饮过很多种泉水"，却没有将焦渴"冲淡"，此
"渴"之"焦"可见一斑。直到最后两句提出了对于能否达成"生
命的丰满"的疑虑，我们才发现此"焦渴"非同寻常的现代性内

蕴，是向往"新鲜"的生之焦渴、诗之焦渴。本节中的"泉水""江河""海洋"等意象也都象征着漫长的生命过程。

经过了第一节的"怀念"，第二节的"超越"，第三节的"疑惑"，在第四节中诗人终于发出了心底的呼唤。"我焦渴着。通过了 / 多少欢乐，多少忧患"，诗人的灵魂还是"不安地炽燃"。因为"我厌倦今日，/ 厌倦刚刚逝去的瞬间 ——/ 甚至连我的焦渴我也要厌倦"，而不安、炽燃、厌倦，都是因为"不够新鲜"。诗人在自述中为此解释："我们是在一个新旧交替的大时代里，我们这一代的年青人的苦恼，比任何时代为多。我们一半截埋在旧的坟墓里，一半截正在新的土地上茁长。我们无时不在希望像一个蝉虫一样，完全从旧的皮囊中蜕化。因此我们有新鲜的焦渴。"[1]由此可见，与上一节的"黄昏"相同，这"焦渴"不独属于个人。诗中表达的，是一代人渴望冲破旧束缚，实现生命蜕变的期待。如果说陈敬容的部分文本体现了她对古典诗歌伦理的认同，那么该诗在一定维度上可以视作她对古典诗歌伦理的超越。她通过对生命的深沉感受以及充满疑惑与焦虑的生存体验的书写，拓宽了女性诗歌的书写范式。

"新诗现代化"是"九叶诗派"的重要追求，他们着力于用现代的语言书写现代人独特的心理感受，更为关键的是他们重视对心灵世界的深入挖掘，自觉地将感性经验上升到哲学高度。陈敬容作为"九叶诗派"的代表诗人之一，她将坎坷跌宕的个人经历熔铸到智性美学中，伴随着个人意识的不断觉醒，逐渐臻于醇厚浑圆的境界。以《智慧》一诗为例：

智慧

鞭打你的情感，从那儿敲出智慧，

---

[1] 陈敬容：《答复一个陌生读者的公开信》，《文汇报·笔会》1946 年 12 月 18 日。

让它像条河，流去斑斑血泪，

抚摸并疗治一切创伤，

最后给带来新生的朝阳。

假若琴弦破碎，

弹不出快乐的调子，

那么，让智慧高歌，

让热情静静地睡。

拍着翅膀，拍着翅膀，

白鸽啊，蓝空里你要飞翔——

当你的影子掠过明澈的湖水，

水底的砂石将闪出宝光。

——9.29.

《智慧》收入《交响集》，这首诗集中体现了陈敬容对现代性命题的追寻和思索，在对斯芬克斯之谜的探寻中，诗人缓缓揭开思维与存在的面纱，让疼痛与新生通过语言的修辞得以传达。"鞭打你的情感，从那里儿敲出智慧，/让它像条河，流去斑斑血泪"，诗人用"鞭打"和"敲出"这两个极具力量感的动词来表现感性与理性相博弈的残酷与痛感，这一过程交织着血与泪的碰撞，是现实与理想的交融与裂变。当思考者愈发接近人生的真相和永恒的真理时，他们也将发现人生的道路上实则布满了诸多不可见的荆棘，且将无可避免地陷入"无物之阵"的困局之中；随之会从苦难中汲取超越的力量——"抚摸并疗治一切创伤，/最后给带来新生的朝阳"。情感给予人感知万物的能力，而智慧赠与人超脱一切的勇气，诗人最终在智慧之翼的引领下，挣脱了繁重的枷锁，奔向形而上的高空。在第一节，我们看到了两种力量的对峙，新生孕育于苦痛之中，同时新生能够治愈苦痛，诗人借用新生与苦痛的辩证将理智与情感的对立统一展现得淋漓尽致。

诗歌的"智性转向"意味着20世纪40年代诗歌的航向变更，"诗缘情"与"诗言志"的争论又一次凸显出来，"九叶诗派"崇尚艾略特的"非个人化"的诗观，主张将象征的手法与抒情的笔调熔为一炉，使意象与思想完美凝结，他们更执着于发现诗歌的内在抒情旋律，让情感与思想从容地于笔端流出。第二节以"假若"开头，将读者带入假定性的情境中，当"琴弦破碎"，智慧便开始高歌，世俗的声音慢慢隐退，智者的歌声则"飞入寻常百姓家"，世界又复归于宁静与祥和之中。诗作在声音的交替中，完成了抒情与智性的双重变奏。

第三节看似与前两节无关，但实则可以将它看作对求索之路的外在赋形。"智慧"是极为抽象和隐秘的人类经验，如何将不可言说的部分具象化是对诗人诗艺的重大考验，它既需要诗人将自我思考附着在智性的语言表达上，又需要兼顾语言的美感而使其有别于精练的警句格言。陈敬容引入"白鸽"意象，构筑了一幅白鸽飞翔的美丽图画，让它承载着人类文明展翅翱翔。白鸽飞向蓝天的过程就是人类或曰诗人寻找智慧的过程，如古老的"天问"一般，充满着人类对未知世界的渴望。当白鸽轻盈的身姿一次次掠过水面，智慧的福音便又一次散落人间，山川草木只要沾染了它的光泽便会"闪出宝光"，诗人用形象的事物去表现抽象的理念，在一张一弛间，建构起诗歌的张力之网。

整首诗将智性表达与诗性语言有机融汇，既有深刻的洞察，又能让读者在思考中渐入佳境，开辟出光明的彼岸世界。《智慧》一诗回归到"智慧"的元命题上，将对本质的追问转变为追寻的过程，这一巧妙的策略让读者清晰地感受到了获取智慧的不易，也使人更加向往拥有智慧后的超然与自在。

唐湜在 20 世纪 40 年代后期曾对当时青年诗人的创作进行过评述，形象地勾画出彼时新诗创作的两个浪峰："一个浪峰该是由穆旦、杜运燮们的辛勤工作组成的 …… 另一个浪峰该是由绿原他们的果敢的进击组成的。"[①] 40 年代后期陈敬容的创作也可以被归入前一个早期"九叶诗派"的"浪峰"，面对充满磨难的人生，她"更多音乐般的飘荡，流水般的奔涌，她永远在憧憬追求完美，她永远具有新鲜的焦渴，她是一条奔流不息的生命之河，诗歌艺术之河"[②]，始终闪耀着莹白的思维之光！

▌第三节　践行"丰满"的生命诗学

"我不知道哪一天 / 才能找到生命的丰满。// 我焦渴着。通过了 / 多少欢乐，多少忧患，/ 我的灵魂不安地炽燃"（《新鲜的焦渴》，1945）。纵观陈敬容 50 多年的诗歌创作，她的诗歌几乎全部是基于真切的生命体验，在时代的震颤中敏锐地刻写"丰满"的生命感觉。陈敬容初涉诗坛时，政治纷乱、战争频仍，当大多数诗人自觉或者不自觉将自己与时代捆绑，呐喊助威之时，陈敬容依然坚定地为生命歌唱。一直以来，研究者对此有不同的理解，张同道将陈敬容的创作风格归结为"灵魂与灵魂的秘语"[③]，楼肇明则提出"憧憬"是陈敬容诗歌的总主题，他指出诗人"从锦绣年华到双鬓斑白，始终矢志不渝地讴歌希望和憧憬"，并且诗人"力图突破某一由具体

---

① 唐湜：《诗的新生代》，《诗创造》1948 年第 8 期。

② 游友基：《九叶诗派研究》，福建教育出版社，1997，第 323 页。

③ 张同道：《探险的风旗：论 20 世纪中国现代主义诗潮》，安徽教育出版社，1998，第 441 页。

事物触发的诗情，以及这一诗情可能受到的种种局限"①，这些看法揭示了陈敬容诗歌创作的特征。总体来说，陈敬容诗路历程是追寻"丰满"生命的不懈努力的求索之途。

1. 生命意识的多重交响

"诗人们从各自的深处走来，体验着根的触及、河流的悠远，以及所有被水性或血性赋予了意义的存在。"②生命意识始终为陈敬容关注的书写对象，生命意识涉及人生命的各个方面，关于生命的种种指涉都包含其中。陈敬容一生多次经历"逃离"与"反叛"，最初的"焦渴"源于家庭对诗人的压制，第二次"焦渴"则是由于爱情失败对诗人造成的创伤，尤其是在第一段与沙蕾的婚姻中，诗人的生活时常充满"压抑而窒闷的声音"（《〈星雨集〉题记》），因此诗人才会认为"四年来我在荒凉的西北高原做了一场荒凉的梦。走出梦境后我又疲倦又兴奋，创作的欲望炙灼我像火一样"。③正如彭燕郊所说："人必须首先找到自己，然后才能在这个世界上找到确切的位置。所有的娜拉都一样。"④陈敬容是执着追求女性独立自主的"娜拉"之一，代表这一时期强烈生命意识的诗作是《新鲜的焦渴》（1945），这是一首优秀的抒情诗，如前所述，它表现了诗人不停追寻的生命状态，诗歌情绪感染力十分饱满。诗人先从"怀

① 楼肇明：《憧憬，是永远也不会疲倦的 —— 读陈敬容诗作的一点感想》，《诗刊》1985 年第 1 期。

② 谭桂林：《现代中国生命诗学的理论内涵与当代发展》，《文学评论》2004 年第 6 期。

③ 陈敬容：《〈星雨集〉题记》，载《辛苦又欢乐的旅程》，作家出版社，2000，第 75 页。

④ 彭燕郊：《明净的莹白，有如闪光的思维 —— 记女诗人陈敬容》，《新文学史料》1996 年第 1 期。

念"写起："永不复来的时光""秋雨""乌云的颜色"，营造了一种对时光流逝遗憾、落寞、无奈的气氛。第二小节笔锋一转，情绪变得昂扬向上，虽然诗人说"更加怀念"，但是此处的"怀念"却有更为积极的意义——带着希望生活，黄昏也像黎明，"太阳""飞鸟""轻风拂树的微颤"……一切都那么清新富有朝气。第三小节写道："掬饮过很多种泉水"，很明显诗句与诗人坎坷不平的现实生活契合。但是，苦难没有将诗人的焦渴冲淡，她仍在不停地寻找"生命的丰满"，"从江河到江河，/从海洋到海洋……"，诗人一直在强调"焦渴"，显示出顽强坚韧的性格特点。最后一节诗人直接说明，无论过去的生活有多少欢乐、忧患，往昔不可追寻，"我厌倦今日，/厌倦刚刚逝去的瞬间——/甚至连我的焦渴我也要厌倦，/假若它已经不够新鲜"。这种"焦渴"显示执着追寻"丰满"生命的意识。

"舞者为一个姿势/拼聚了一生的呼吸"（《力的前奏》，1936），"丰满"的生命诗学逐渐被陈敬容转向力的爆发，呈现出生命搏斗的姿态。"歌者蓄满了声音/在一瞬的震颤中凝神"（《力的前奏》），全诗第一节塑造了歌者的形象，在他洪亮的歌声发出之前，他聚积了全身的力，这种力本身融汇了歌者全部的理智、情感，甚至整个生命，他在痛苦中守候，为的是在一瞬间向全世界咏唱出生命之歌。诗人敏锐地抓住"在一瞬的震颤中凝神"的形态，把广大人民盼望黎明的坚执迫切的心态以瞬间的凝固状态雕刻下来，这富有象征意味的瞬间神态涵摄了一个民族的期待。第二节塑造了舞者形象，舞者为展现积压在苦难生命深处的"姿势"，几乎"拼聚了一生的呼吸"。对"力"的刻绘展现出探索者的努力、苦难者的磨砺，"一生的呼吸"凝聚了顽强不屈的生命力！这种近于哲理思考的形象，暗示出理想时刻到来之前，人的精神力正在觉醒。

如果说，第一、二两节内涵丰富的意象，还不足以表明诗人意之所指，撷取的仅是近于哲理的生命体验和生活经验；那么在第三节，诗人从前两节具体的意象转向敞开的象征情境的描写："天空的云，地上的海洋 / 在大风暴来到之前 / 有着可怕的寂静"，诗人以丰满的感受书写自然在风暴前蕴蓄着的"可怕的寂静"，这给沦陷的人们带来爆发的希望。1947 年 4 月的上海大都市正处于暴风雨前夜死一般的寂静中，诗中传递着生命的窒息、情感的沉凝，然而又跃动着黎明的曙光。在光明与黑暗搏斗的际会中，诗人从个体转向人类，从具象铺展开时代的气息，完成一首诗的升华："全人类的热情汇合交融 / 在痛苦的挣扎里守候 / 一个共同的黎明"，最终点燃必胜的信念，也点燃生命的信念。全诗静中有动，跃动中沉潜着寂静，这三节意象的刻绘均采取动静兼容的手法，与塑造的形象形成应和，全诗的节奏既跳跃又凝重，既有青春的活力也兼及理智的成熟。

2. 不绝求索：向晚的精神向度

继 20 世纪 40 年代出版《盈盈集》和《交响集》之后，由于各种原因，陈敬容基本远离了诗歌创作。在经历了将近 20 年的写作空窗之后，她重拾创作之笔，1983 年，第三本诗集《老去的是时间》由黑龙江人民出版社出版，并于 1986 年获得中国作家协会第二届全国优秀诗集奖。进入 80 年代，诗人创作的"韵律"似乎整体慢了下来，这里的"慢"不是诗歌创作数量的减少，而是叙述语气和抒情氛围的营造上的柔缓，《亮星的归来》便能体现这一点：

亮星的归来

一席话把时间拉回

几十年。长河上

恶浪滚滚，遥夜无边

纵然也曾有亮星
在高空闪照
黑暗中伸出钩爪
不许竖立起天梯
不许架一座
跨越空间的桥

亮星被无形的风
吹落，远离了太空
历尽几多魔劫
最后变成
一只发光的小鸟

小鸟冲腾
穿过云雾层层
还原为亮星
重又在高空闪照

——1981 年冬。

这首诗创作于 1981 年冬季，收录于《老去的是时间》第二辑，是该辑的最后一首诗。诗歌共有四小节，诗行不长，但是每一小节营造的画面感都十分强烈。第一小节，"一席话把时间拉回 / 几十年。长河上 / 恶浪滚滚，遥夜无边"，瞬间就将人与现实时空拉开距离，诗人似乎变为一名严厉的审判官，审视着这长河上的"恶浪"与"遥夜"。第二节开始，"黑暗中伸出钩爪"妨碍着亮星，于是"亮星"被吹落远离了太空，变成一只发光的小鸟，"小鸟冲腾 / 穿过云雾层层／还原为亮星／重又在高空闪照"，诗行间布满坚定的力量，联系当时的历史，可以发现其丰富的寓意。1981 年，汇集了辛笛、陈敬容、杜运燮、郑敏、唐祈、唐湜、袁可嘉、穆旦、曹辛之（杭约赫）九人的诗歌选集《九叶集》由江苏人民出版社出版。就像明珠被蒙尘，十几年的动荡压迫湮没了一大批优秀诗人的作品，本应在夜空中闪亮的星却被"无形的风／吹落"，"历尽几多魔劫"变成"发光的小鸟"，竟依旧能够穿过云雾层层，重新变为亮星闪耀夜空。"历尽几多魔劫"暗示着诗人们命运的坎坷，"小鸟冲腾""还原为亮星"是对诗人身份的重新确认，就像这本诗集的出版使"九叶诗人"重现于历史和读者面前，优秀的诗作不会被掩埋。

长久的沉默并没有凝滞陈敬容思潮的涌动和对生命的坚执探寻，晚年，在自我坚守中，她仍对生命本真状态进行着不懈的探问与质询。其诗歌中生命意识的表露，存在于对其自我生命状态的不断确认中。尽管陈敬容晚年身体状况不佳，生活也是清苦寡淡，但诗人并没有消极沉沦，其诗歌依然充盈着生命的热力与跃然气息。如《黎明，一片薄光里》："黎明，一片薄光里／思维大敞着门窗／想象是一双／生机蓬勃的翅膀／自由地翔舞／在高不可及的天空／和远远近近／辽阔的大地"。这首诗写于 1980 年，气象蓬勃，诗人凝视"重新扑动／欢乐的羽翼"，"年轻的朝阳／从湛蓝海上／冉冉地升起"。从诗中抒发的高远的理想与高洁的情操，可以感觉到诗人燃烧的心灵之火又一次喷发。

生命意识的涌现还体现在对时间存在的强烈感知当中，热爱生命，珍惜当下每一瞬间是陈敬容 20 世纪 80 年代诗歌创作的主题之一。世间万物都无法逃脱时间的侵蚀，但诗人却依然持有积极乐观的生活态度，她向世人宣告："老去的／是时间，不是我们！／我们本该是时间的主人"（《老去的是时间》，1979），"时间永远奔流／

我们永远航行／没有起点也没有终点／生命是一个／永恒的圆圈"（《在激流中》，1935）。生命奔腾流淌永不止息，稍有不慎便会湮没在历史的洪流之中，历代文人不免产生深深的虚无感，早有唐代诗人张若虚的"人生代代无穷已，江月年年只相似"（《春江花月夜》），而陈敬容试图挣脱这种虚无感，对时间的感知和珍爱使她热爱生命并去追寻生命价值的永恒。在《我的七十》组诗（1987）中，诗人将人生迟暮之期比作一枚酸果："酸涩与苦咸／浸透了果肉果壳／果核却无比坚硬／如石／如钢铁"，人生虽然困顿如同酸果苦涩酸咸，但诗人的内心历经岁月淘洗愈发真纯，大浪淘沙之后心智坚强如钢铁。随后诗人又将晚年比为一棵高龄的树："枝枝叶叶还继续抖擞／随时准备抗击／世俗的无端风雨"，诗人并未因年老而止步，前进抗争是诗人永存的姿态。诗人的高妙之处就在于其情感与客观对应物的贴切吻合，生命不是孤立存在的，生命与自然、社会是关联的，它们的共性在于不绝地求索："千年之后／是无数千年／时间披满白发／而生命不绝／求索——／不绝"（《千年三咏》，1987）。是的，肉体虽会变老，但生命不止，诗人探索的步履就不会停止，这与屈原"路漫漫其修远兮，吾将上下而求索"的精神跨越千年而相通，不过与屈原最后的绝望不同，陈敬容直至晚年仍葆有一颗积极进取、乐观明朗的不老之心。《羊群和波浪》是她写于1980年的作品："岁月它穿破了多少五光十色的衣裳，／有一天可会老去，拄上根拐杖？／当它把拐杖连同衣裳一股脑儿去掉，／竟变成儿童，纵身游向时间的汪洋"，该诗道出了生命的有限和时间的永恒的辩证关系，时间之河永远向前，而生命之流只是"时间汪洋"中的一瞬间。对时间的哲思贯注陈敬容毕生的创作，正因此，生命向晚时她才会创作出如下意味深长的诗句："时间如同石岩／永远是／现在——持续的现在"（《连山风也是软绵绵的》组诗，1987）；"唯一需要争取的／——

是时间／最好把日影拉长／让一天长于百年／让你得以在一天之内／做完所有应该做的事／写出所有能写的诗篇"（《我的七十》组诗，1987）。在其晚年的诗歌创作中，没有老年迟暮的低回感伤、知足认命，而是顺应自然规律、追求生命创造的既镇定自若又积极进取的健康心态，追寻生命价值的永恒和传达生命意义的不朽的决心，如诗句"多少次呵我曾经临近／那万古深渊／多少次呵我曾经听见／那庄严声音／时空外隐隐呼唤"（《假若到那样一天》，1983），"生命的多情的手／又一次将我捉住／拽回这辛苦又欢乐的旅程"（《假若到那样一天》，1983），"月亮啊，它哪能知道／谁在欢笑／谁在悲怆／谁呵／在寸草难生的荒丘上／辛勤地培育／一星星美丽的希望"（《故乡在水边》，1973）。陈敬容一生经历坎坷，但从未消极堕落，也许正是这"星星"般"美丽的希望"一直指引着她在"寸草难生的荒丘上"不停前进，"在时间所带来的忧患的沉埋里，诗人像是一个现代荒原上的阿伯拉罕或是一个心灵孤岛上的鲁宾逊在踽踽独行，用最原始的石头取火照耀自己的心目，烧熟自己心灵的食粮使自己生活下去"[1]，唐湜一语道破诗人笃定的精神追求与秉性。

　　陈敬容的诗虽然不乏对社会人生、科学真理的哲理性探求，但追根究底仍是感性抒情，这也是她与郑敏在诗艺风格方面最根本的差异，相较于郑敏的哲思冷凝，她的诗起源于生命热力，更富于生活感、亲近感和创造的活力。维柯说："按照诗的本质，一个人不可能同时既是崇高的诗人，又是崇高的哲学家，因为哲学把心从感官那里抽开来，而诗的功能却把整个的心沉没在感官里；哲学飞腾到普遍性相，而诗却必须深深地沉没到个别事例里去。"[2]陈敬容的诗歌明显体现了这一点，诗思来源于生活的激发，她的构思方式

① 唐湜：《严肃的星辰们》，《诗创造》1948年第12期。
② 参见伍蠡甫等编：《西方文论选（上卷）》，上海译文出版社，1988，第559页。

大体上是"外景触发内感"，她把包含情感的许多意象加以安排组织，并穿插进一些特殊的感受，向深处开掘，向广远伸展，诗中有若隐若现但经仔细体味仍可捉摸的思想感情。在知性与感性、幻觉与实境的交融中，感性是一种直觉性体念，是诗人心绪的流泻，它具有片断性、瞬时性、真实性。具有代表性的是其晚年创作的《山和海》：

山和海

"相看两不厌
唯有敬亭山"

——李白

高飞
没有翅膀
远航
没有帆

小院外
一棵古槐
做了日夕相对的
"敬亭山"

但却有海水
日日夜夜
在心头翻起
汹涌的波澜

无形的海呵

　　它没有边岸

　　无论清晨或黄昏

　　一样的深，一样的蓝

　　一样的海呵

　　一样的山

　　你有你的孤傲

　　我有我的深蓝

　　　　　——1979 年 4 月，病中。

　　《山和海》写于 1979 年，收录于《老去的是时间》。全诗意象简单、文字朴素，却能展现一位成熟诗人独有的豁达与坚守精神，在其朴实的抒写中更见诗人真挚热烈的诗思。整首诗共五节，每节四行，最短的一行只有两个字"高飞"，最长的也就八个字，诗行简洁利索却极富表现力。整首诗一韵到底，押 an 韵，读来有一种开阔的感觉。从随口而出的平实语言中可以领会到诗人丰富宁静的内心孕育着澎湃激情。外在形式上音韵与诗歌情感的内在节奏自然地融合在一起。全诗虚实相生，是诗人对其内心世界的观照。整首诗只有第二节是实景："小院外 / 一棵古槐 / 做了日夕相对的 / '敬亭山'"，小院外的"古槐"成了日夕相对的"敬亭山"。这里诗人运用了李白《独坐敬亭山》中的意象。空旷博大的天地里孕育着洒脱超逸的情怀，诗人此时与李白产生了情感的共鸣。第一节与第二节是诗人的感慨，第三节却话锋一转，使得后面的几节与前两节形成鲜明的对比。情感跳跃自然而不突兀，视域转换也十分流畅。淡淡的忧伤、生命的受挫被执着的追求与信念取代，"我有我的深蓝"写尽诗人心中矢志不渝的东山之志。整首诗语气平稳，却句句可感波涌的激情在诗人心中奔突。全诗运用了隐喻与象征，山和海都是博大、威严同时又具有强烈的力量感的意象。诗人借山和海表达自己对"高飞"和"远航"的期待，尤其是海，它是豪情，是愿望，是新生活，是诗人自己。当它与知性相伴，片断性和瞬时性转化为一种深刻性，从而走向艺术与生命的本质。知性的加入使诗歌拒绝停留于表面，诗人抓住事物内在的、本质的关联，因而能在人们不易觉察的地方发现某些奇妙的关系，从而产生奇妙的诗艺效果。

从语言上看，《山和海》也十分优美整饬，整首诗的诗行随着呼吸的均匀和语调的自然而展开，诗中多处使用了自然化的音韵，如"日日夜夜"叠词的使用和"一样的深，一样的蓝"等复沓手法的使用，增强了内在的情绪节奏和意义节奏。诗歌的语音节奏和情绪节奏相协调，诗人用长短相间的语句，不紧不慢地道出了山的孤傲和海的深蓝，引人遐想、令人深思。为了更加完美地诠释出山和海的辩证关系与山和海的真正内涵，诗人有意设置了长短诗行相间的形式，视觉节奏和内在节奏互为应和，用完美的形式诠释出了深刻的内容。总体来看，陈敬容的诗歌除了注重日常语言的运用，也注重诗歌语言节奏的运思。她的诗歌语言外节奏与内节奏之间相互协调，诗歌的韵律随着情感轨迹的变化而自然流动。显然，诗人不是为了追求某种形式而刻意雕琢，而是让诗歌的外节奏随着内节奏的变化而变化，追求外节奏和内节奏的协调。如有的诗歌语言感情强烈，韵脚就比较密集，采取多种押韵形式；而有的诗歌情感平淡则不去押韵，但是仍然有其内在的节奏韵律。诗人对语形节奏、语音节奏、意义节奏和情绪节奏的追求并不是孤立分开的，而是相互统一的。她的诗歌语言，常常做到了将视觉节奏、听觉节奏和意义节奏三者完美结合，追求整体性的节奏。如此一来，她的诗歌语言不仅做到了魏尔伦所主张的"诗要兼造形和音乐之美"，还做到了用"诗的旋律文字""诗的思考方法"来表达智性的经验感受和对生命的沉思。

　　陈敬容晚年的诗越发呈现出"追寻"的执着和韧性,她的诗与人从未停止追寻,《绝对主题》即展现出不竭的意志和顽强不屈的生命体认。这首诗收录于《集外辑诗》,写于1986年,即陈敬容深受疾病折磨的晚年,从意象组织的方式到生存体验的再现都尽显其诗艺风格。

绝对主题

从古到今许多个世纪

折磨 ——

对于某些人它总是

生活的绝对主题

比方说你竟然想过

要不要把两只耳朵

割掉 ——

为了逃避多年来

各种机动车日夜不断的

上百分贝的震响轰鸣

　　第一节中出现的抒情主人公"某些人",限定了"折磨"并不是针对所有人的。那么"某些人"究竟指哪些人?他们又为何以"折磨"为"生活的绝对主题"?

　　第二节的前三句呈现了"要不要把两只耳朵 / 割掉 ——"这样狰狞可怖的意象组织,让人很难不联想到"痛苦""绝望"这些情绪。后三句以破折号引出了这狰狞想法的由来 ——"逃避多年来 / 各种机动车日夜不断的 / 上百分贝的震响轰鸣"。

终于没割去耳朵

那是为了还得要

听人说话、听音乐

或偶尔去到还有鸟的地方

听听那些

比车辆噪音微小千万分的

悦耳的嘤鸣

说起来也真巧

忽然患上了严重耳疾

在难忍的疼痛中

窗外的震耳轰鸣

居然像是降低了一半

使你在疼痛中十分庆幸

啊，病痛

变成了特殊的安慰

但此刻

你是该庆幸耳疾的好转呢

还是该诅咒捣乱的听觉

为什么不肯

干脆永远失灵

这里以两重矛盾呈现出生存的悖论，第一重："没割去耳朵"
是为了那些悦耳的声音，可是"没割去耳朵"也还要继续承受噪音
的折磨。第二重："患上了严重耳疾"，带来了"难忍的疼痛"，但
"窗外的震耳轰鸣／居然像是降低了一半"，"病痛／变成了特殊的安

慰"，以至于不知该庆幸还是该诅咒。

并不是没想过对策

也买过几只耳塞

也曾用棉花

用布卷儿

把两耳紧紧堵上

可怎样也难以阻挡

那些巨大震响的冲击

困难究竟在哪里

咳，不过是由于

折磨本身

这永生永在的

绝对主题

噪音吗也仅仅是

万千折磨之中

近在耳边的一种

由于年老

你已经够迟钝的了

噪音它可不会老

它一天比一天年轻

同无法逃避的

种种折磨一起

它还在繁茂生长

——1986 年 10 月

诗的后三节以切身体悟为切入点记录了诗人与噪音对抗的过程，并将个体生命的感悟升华为"这永生永在的／绝对主题"，既体现了本阶段创作的哲理思辨色彩，又深化了本诗的主题："噪音吗也仅仅是／万千折磨之中／近在耳边的一种"。

同样写于多病的晚年，同样从个人体验升华到群体经验，不妨将这首诗与昌耀的《烘烤》进行对读：

> 烘烤啊，烘烤啊，永怀的内热如同地火。
> 毛发成把脱落，烘烤如飞蝗争食，
> 加速吞噬诗人贫瘠的脂肪层。
> 他觉得自己只剩下一张皮。

昌诗在书写晚年的病痛折磨时，同样选取了较为狰狞的意象群。文本的深层结构中，陈诗用"割耳与否"的矛盾呈现出敏锐的感受力在生活中的两面性，而昌诗则将狰狞的象征发挥到极致，用"永怀的内热如同地火""烘烤如飞蝗争食""吞噬诗人贫瘠的脂肪层"暗示了晚年病中"灵与肉"的双重困境。与陈敬容的美学选择路径类似，昌耀跨越了狰狞的书写，将个人经验联通至群体：

> 这是承受酷刑。
> 诗人，这个社会的怪物、孤儿浪子、单恋的情人，
> 总是梦想着温情脉脉的纱幕净化一切污秽，
> 因自作多情的感动常常流下滚烫的泪水。
> 我见他追寻黄帝的舟车，
> 前倾的身子愈益弯曲了，思考着烘烤的意义。
> 烘烤啊，大地幽冥无光，诗人在远去的夜。
> 或已熄灭。而烘烤将会继续。

烘烤啊，我正感染到这种无奈。①

不难看出，个人生命的有限与社会和病痛带来的"折磨"母题构成令人畏惧的张力。两位诗人在文本表相中暗含的绝望情绪如此刺痛人心。盗火者之所以为盗火者，诗人之所以为诗人，源于他们不屈从于劫难，并不断在对"新鲜的焦渴""黄帝的舟车"的追寻中获得新见。

晚年的陈敬容超越了生活的苦难，从其诗作来看，诗人生命中的焦渴最终并未获得"解渴"的结局，在某种程度上，"解渴"就意味着"焦渴"，固着于哪一个比重更多没有实质意义，反而诗人持续探寻丰满生命的努力更值得我们去关注。古今中外，伟大诗人的诗作无一不充盈着永不停息、奔流向前的生命热力，亦如但丁、拜伦、阿赫玛托娃等诗人，时间老去，生命不绝。

"如果说《盈盈集》是一个春天的花园，那么《交响集》就如一个秋日繁盛的森林，而《老去的是时间》则更是澄蓝的天宇，满是一片静夜的星星。"② 少时青春迷茫，中年漂泊流浪，晚年沉静澄澈，她对生命处境的关注，对超然精神的探索始终沉迷。虽同为"九叶诗人"，但陈敬容不同于其他诗人的创作风格，以"联大三星"之一的穆旦为例，陈敬容的诗歌创作直接根植于个人的人生经历和体验，个体生命的直观感受是她创作诗歌的重要动力，"她对个体生命所具有的力度和强度的信任，使她的诗歌明快而集中"③，

---

① 昌耀：《烘烤》，载《昌耀的诗》，人民文学出版社，1998，第 248 页。

② 唐湜：《黎明之岸——陈敬容论》，载《九叶诗人："中国新诗"的中兴》，上海教育出版社，2003，第 145—146 页。

③ 段从学：《流派研究对个体特征的遮蔽——从〈陈敬容诗文集〉说起》，载赵敏俐主编《中国诗歌研究动态（第七辑·新诗卷）》，2010，第 301 页。

并"始终保持着她那明净的莹白，闪光的思维"[1]，但是穆旦对于自我和民族的反思追问不可谓不残酷，其中现代性的思考贯穿如一，不同于穆旦，从陈敬容的诗中我们感受到的是热烈、活跃、向上的生命冲动，她一方面将女性最直接的生命感受融入诗中，另一方面，她的诗始终蕴含着现代人对社会的智性思考，柔美又刚健，婉约又豪迈，就像袁可嘉所说："在我国八十年来的新诗界，敬容无疑是以蕴藉明澈、刚柔相济为特色的最优秀的抒情女诗人之一。"[2]纵观其跨越半个世纪的诗歌创作，她无愧于中国新诗界最具代表性的现代抒情女诗人之一。

▌ 第四节　力的合奏："美女的温柔，猛虎的力"

陈敬容的诗打破了我们对于女性诗歌的认识秩序：她的诗总是先触发我们的感受，点燃我们的艺术敏感，然后带领我们深入个体独异的生命体悟中。身为女性，她对力竟怀有特殊的审美感情，不乏青睐和赞美，她的诗是纯然的力的聚集汇合体。无论是语言、节奏、意象还是表达范畴，力的美学贯穿如一，它们汇聚并构成风格鲜明的"力的合奏"，在中国女性诗歌中极具辨识度。相较于以温婉见长的女性诗歌，其诗歌中的雄健之力呈现出丰富的"迥异"之姿：不仅有"美女的温柔"，还蕴含着"猛虎的力"，后者生发于她的生命态度，诚如其言："正视现实，体验生活，最后你将变成一

---

[1] 彭燕郊：《明净的莹白，有如闪光的思维——记女诗人陈敬容》，《新文学史料》1996 年第 1 期。

[2] 袁可嘉：《蕴藉明澈、刚柔相济的抒情风格——陈敬容诗选〈新鲜的焦渴〉代序》，《文学评论》1990 年第 5 期。

块纯钢，具备着铿锵的声音，犀利的力量。"① 陈敬容在散文中曾以读后感的方式果决地宣誓："昨天读了一篇亚美尼亚作家底《更夫》，是藉一个更夫说话来描写命运胜不过坚强的意志的。'我不相信命运'，那勇敢的更夫说。是，命运能有多大权力，它能始终支配着我们么？不，哪一天让我们也支配命运去！"② "支配命运"的气魄在其生命的不同阶段均有体现。她 15 岁时尝试逃离故乡追求文学理想与自由；17 岁时与家庭断绝来往，独自跋涉千里到北平求学；28 岁时毅然地挣脱第一段婚姻的束缚，迎来创作的又一个高峰期；41 岁时再度离婚，专注于翻译和诗歌创作。这种"支配命运"的勇气与意志，正是她始终渴望的"猛虎"的气魄，体现在诗歌内容和形式方面即为力的合奏。

陈敬容早期的诗作柔美舒缓，后期的则内蕴着"猛虎的力"，力度感与辽阔性互渗，刚柔并济，引领读者进入奇诡的力的审美体验中。她的诗以非"组织"的方式强化了力的表现功能，无形中暗合了鲁迅当年评价萧红的《生死场》时选用的一个鲜活生动的词——"越轨的笔致"③。本节从语言的力量、节奏的力量、意象的力量、力的场域以及力的溯源等维度再现诗人生命的原生状态——自由喷发、野蛮生长、无拘无束及原始的、野性的美。探究其诗歌中的力度美、原始美、野性美的根源，捕捉诗行间散发出的纯粹本真、生机蓬勃的生命气息，是鉴赏陈敬容诗歌的"命门"，也不失为鉴读其诗作的一条捷径。

---

① 陈敬容：《生活——你的镜子》，载罗佳明、陈俐编《陈敬容诗文集》，复旦大学出版社，2008，第 652 页。

② 陈敬容：《两封信》，载罗佳明、陈俐编《陈敬容诗文集》，复旦大学出版社，2008，第 691 页。

③ 鲁迅：《萧红作〈生死场序〉》，载《鲁迅全集（第六卷）》，人民文学出版社，2005，第 422 页。

1. 语言："鸟翅扇起涛声"

"美女的温柔，猛虎的力"出自陈敬容的诗作《雕塑家》（1936），也浓缩了她的诗歌美学特征和复杂饱满的审美感受力。她认为真正的美、值得欣赏的杰作都是刚柔相济的，这在《雕塑家》《芭蕾舞素描》等诗作流动的语言美学中得以生动诠释。

《芭蕾舞素描》作于1959年，收录《集外辑诗》。百年新诗中少有专写芭蕾舞题材的佳作，这首诗的新异不仅体现在题材方面，更体现为诗人对柔美与阳刚兼融的芭蕾舞姿的传神刻绘：

芭蕾舞素描

是空中飞舞的羽毛？
是海面漂浮的水藻？
万千种形态都被你摄取：
忽而像流水，忽而又宛若行云。

你舞姿凝定的一瞬，
仿佛最美的雕像抽去了重量；
你每一次高举、轻飏，
衣裙飘散出柔和的芬芳。

欢乐在你的舞步里笑出了声音：
青春、美梦、纯洁的爱情；
为理想的高歌，同死亡的搏斗……
一袭轻纱顿时间重比千钧。

当你的双臂微颤地垂下，
眉宇间又载着多少忧伤！

> 你足尖的一扬，手指的一点，
>
> 组成无声的乐章，无字的诗行。
>
> ——1959 年 10 月

芭蕾舞表演经常需要踮起脚尖，因此芭蕾舞又称作脚尖舞。舞蹈演员跳芭蕾舞的脚尖全程都需要用力，以完成踮脚的动作。训练有素的演员跳舞时看起来似乎毫不费力，以至于观众在欣赏演员曼妙的舞姿时往往忽略了他们脚尖的发力。与其他人不同，诗人所关注的恰恰是舞姿中"凝定"的力、演员排演背后不尽的辛酸，以及观者诗绪的变化。诗人选取一系列精准的动词连通全诗情感和诗绪，如"飞舞""漂浮""摄取""凝定""抽去""散出""笑出""搏斗""垂下""载着""一扬""一点""组成"等，这些动词既再现出动感舞态，又承载了诗人幻变的情感。

第一节通过"羽毛""水藻""流水""行云"等轻盈灵动、"万千种形态"的意象勾勒出舞者曼妙多姿的舞蹈，与后面的意象构成美学上的反差。第二节中"你舞姿凝定的一瞬，/ 仿佛最美的雕像抽去了重量"堪称神来之笔，将瞬间的舞蹈定格住，"仿佛最美的雕像抽去了重量"，表面上写舞姿的轻盈，轻盈得如同完全失去了身体的重量，实则表达重心却转向"猛虎的力"。透过表象，诗人洞见到一个铁的定律，即娴熟的舞姿是需要日复一日的艰苦训练、强大的肢体力量支撑才能达到的，因此，她不由感慨："一袭轻纱顿时间重比千钧。"当人们被舞蹈的"轻"所吸引和障蔽，诗人却始终关注舞蹈的"重"。她从舞蹈的精彩演绎转向对舞者本人的挖掘："当你的双臂微颤地垂下，/ 眉宇间又载着多少忧伤！"诗人对舞者的感同身受何尝未来夹杂着个人的血泪体验？末句"你足尖的一扬，手指的一点，/ 组成无声的乐章，无字的诗行"，这既是舞蹈的最高境界，也是诗人对舞者的至高赞誉，舞者的用力在表演过程中丝毫不露痕迹，"无声的乐章""无字的诗行"，形象生动感人。

如果统计女诗人对动词的使用情况，陈敬容当属最特别的一位。在此，不妨先挑出其诗中极富生命感的动词："揭起"（《遥祭 —— 献给母亲）》，1939）、"扇起"（《千年三咏》，1987）、"激起"（《沉思者》，1944）、"摇撼"（《浮游者》，1944）、"挣扎"（《挣扎)》，1935）、"掷"（《月夜寄语》，1935）、"推开"（《渡河者》，1935）、"绞死"（《无线电绞死春天》，1936）、"铸炼"（《铸炼》，1945）、"冲腾"（《亮星的归来》，1981）、"翔舞"（《黎明，一片薄光里》，1980）、"逼求"（《赠送二章》，1936）、"凝缩"（《海上日月》，1981）、"散放"（《海上日月》，1981）、"抖落"和"振奋"（《季候风》组诗第二首，1982）、"张开"（《季候风》组诗第二首，1982）、"激荡"（《乡音》，1981）、"震动"（《长夏不眠夜》，1935）、"跃出"（《题罗丹作〈春〉》，1948）、"奔突"（《断想》，1981）、"扭绞"（《给噪音》，1980）、"碰击"（《诗同我》，1986）、"刀削斧砍"和"蒸腾"（《山告诉我们 —— 石林之四：剑峰》，《连山风也是软绵绵的》组诗第六首，1987）、"浇铸"（《酸果》，《我的七十》组诗第一首，1987）等。若把动词归类，我们会发现陈敬容诗歌中力的美学涵盖了不同类型、不同方位、不同发力点的力。

陈敬容使用的动词包含多种不同的力：比如推力 ——"把垂死的长夜推开"（《渡河者》，1935），"创造的手 / 推开一重又一重 / 诡谲的波浪"（《孟姜女庙和姑娘》，1981），"有力的手推开了窗户"（《杜鹃盛开》，1982）；比如冲力 ——"海波冲激着云际的桥"（《薄暮》，1943），"小鸟冲腾 / 穿过云雾层层"（《亮星的归来》，1981）；比如升力 ——"不绝地升腾、升腾"（《升腾》，1983），"腾起沉重的烟云"（《平安夜》，1986）；比如奔跑的力 ——"骏马呵，任你奔腾！"（《只要是广阔的世界》，1979），"几只野兔 / 迎着陌生的足音 / 惊慌地奔突向前"（《断想》，1981）等。不同的力源自不同的方向，诸如向上的力、向下的力、旋转的力、平行的力等。向上的力，如"森林举起辽阔的祝福"（《流进和平的梦乡》，1985），"举起"隐含了"向上"的方位属性，在视线上将空间拉大，将天地的距离拉长，"森林"原本体积庞大，所举之物是"辽阔的祝福"，"辽阔"便显示出同样的庞大感，而"举起"这个词将森林中内蕴的向上之力体现出来，还有一种拔高之感。"举"字在此既有竖直的矗立感，又有横向的庞大感。向下的力，如"乌鸦的黑翅膀上 / 掉下了沉重的黄昏"（《等待》，1936），诗人以惊人的想象力写出了夕阳的垂坠感，还有"现代文明的巨鸟，一队队 / 从高空翩翩下降"（《季候风》组诗第一首，1982）。旋转的力，如"旋动山河大地"（《现代的普罗米修斯》，1979），"那里面还有些大脑 / 正在扭绞 / 要绞出绿色的 / 汁液"（《给噪音》，1980）。平行的力，以及平行移动过程中渐进的力，"奔去，奔去 / 迎着扑面的风沙 / 奔向太阳"（《奔马》，1984），动词"奔"连接"去""向"等具有方位属性的字眼，生动地勾勒出一匹永不停息的"奔马"，这似乎也是陈敬容本人的生命写照。陈敬容一生辗转多地，从故乡乐山、北平、兰州到汉口、成都、重庆、上海等地，这些地方都留下了她的足迹，陈敬容的生命历程不断地从一个地点奔向另一个地点，无论置身何种境地，她始终葆有一颗"向明天瞭望"的诗心。

诸上种种力又分别具有不同的发力点。比如以手部作为发力点的力，"给陈旧的年月掷回去"（《月夜寄语》，1935），"还剩几朵浪花 / 凝聚在脚下 / 托住你庄严的形象"（《达摩立像瓷雕》，1982），运用拟人的手法，浪花仿佛伸出双手般，托住庄严的形象。比如以足部作为发力点的力，"骏马呵，任你奔腾！"（《只要是广阔的世界》，1979），"当一只青蛙在草丛间跳跃"（《雨后》，1935）。再如以翅膀作为发力点的力，"它很快就要张开 / 适应现代化的 / 轻盈的翅膀"（《季候风》组诗第二首，1982），"青色小鸟拍动着羽翼"（《月夜寄语》，1935），"白翅膀抖落下金色花瓣"（《只要是广阔的世界》，1979）等。

陈敬容使用的动词范畴广泛，发力的主体也千姿百态，在她的诗中，野性美、力度美、原始美，是世界的本来面貌，是万物的质朴状态；而力则是生命最初的动力，是自然的法则，是宇宙的秩序。力不独属于人类，世间万物都有支配力量的权力，诗人将整个宇宙作为她取之不尽用之不竭的力的资源宝库。在陈敬容的笔下，力的主体时而是海波（大自然）——"海波冲激着云际的桥（《薄暮》，1943），时而是森林（植物）——"举起辽阔的祝福"（《流进和平的梦乡》，1985），时而是鳄鱼（动物）——"鳄鱼含起一树树珊瑚 / 向雾的深谷潜逃"（《薄暮》，1943），时而是"勇敢的划手"（人类）——"将平静的水面 / 不断地激起波纹"（《沉思者》，1944）。以及"你的先辈"——"汗液蒸腾着勇猛"（《山告诉我们——石林之四：剑峰》，《连山风也是软绵绵的》组诗第六首，1987）。主体与动词之间的联动极具陌生化效果，以"汗液蒸腾着勇猛"为例，"汗液"为物质，"蒸腾"为动词，"勇猛"为抽象的形容词，它们组合到一起形象生动地表达出诗人对大胆粗犷、充满力量的人类祖先的赞美。

陈敬容通常使用两种手法强化语言的力度。第一，拓展核心动词的新意涵以产生奇崛效果。比如"翔"这个动作，在陈敬容的诗中存在几种不同的表达："白鸥呵，任你翔飞！"（《只要是广阔的世界》，1979），"飞翔"的词意被倒置与破坏，诗人有意将词语的重心落在"飞"上，强调了白鸥的"飞"的动作。而在《黎明，一片薄光里》（1980）则写道："想象是一双 / 生机蓬勃的翅膀 / 自由地翔舞"，"翔飞"与"翔舞"颠倒了习常的词序，前者侧重飞行动作，后者侧重舞动的形态，可见，诗人对动词的精细打磨使词义更饱满，也丰富了我们的阅读感受。

> 寂静里一只马在奔跑，
>
> 它的毛色雪白，四蹄好像
>
> 善飞的大鹏底羽翼；
>
> 它从冰窖奔赴火山，
>
> 从黑夜奔向白日；
>
> 它从枯井奔往大海，
>
> 从风雨晦暝的深谷
>
> 奔到阳光满布的草原。

　　这节诗选自组诗《为新人类而歌》第六首，作于 1945 年，收录于《集外辑诗》。诗中描绘了一匹奔跑的骏马，从"冰窖"到"火山"，从"黑夜"到"白日"，从"枯井"到"大海"，从"风雨晦暝的深谷"到"阳光满布的草原"，时间地点不断飞速切换，诗人用五个以"奔"为核心的动词"奔跑""奔赴""奔向""奔往""奔到"将不同场景串联起来。"奔"的反复出现强化了整首诗的动态美和诗情张力，不断叠加的力度冲击着我们的视觉与感受力，在跳跃的画面中诗人将情感表达推至高潮。

　　此外，陈敬容经常赋予动词以生命感受，将个体情感注入动词中，打破词语搭配组合的规律。比如"将最初的叹息 / 最后的悲伤，/ 一齐投入生命的熔炉，/ 铸炼成金色的希望"（《铸炼》，1945），生命的希望是由叹息和悲伤"铸炼"而成的，一个动词勾画出从悲伤到希望的涅槃。比如 "原本是由铁水浇铸而成 / 在钢铁基座上 / 它被赋予了多汁的甘美果肉"（《酸果》，《我的七十》组诗第一首，1987），"浇铸"被烙印上生命的历练意味。比如"无线电绞死春天"（《无线电绞死春天》，1936），动词"绞死"以及本无生命表征的意象"无线电"合在一起给人带来冷峻、生涩、窘迫的生命况味。陈敬容还拓宽了动词的表达维度，比如"向每一粒尘沙逼求意义／尘沙里闷死自由的人生"（《赠送二章》，1936），这里"逼求"并非等同于原意，而是迁移为精神的自由求索状态，"逼"给人窒息之感，也暗示出诗人与现实的紧张关系。如此一来，习常的文字经组织后产生出独具审美特性的"力"，特殊的文字组织方式强化了"力"的表达效果和功能。

第二，在动词的使用过程中以小衬大。陈敬容喜欢在诗歌当中运用"杠杆原理"，大小之力的差异产生鲜明对照，具有反衬的作用。如"苍黄的月／揭起夜帷"（《遥祭——献给母亲》，1939），月亮相比夜幕是较为单薄的，然而它居然能够"揭起"辽阔的夜色帷幕。无独有偶，"乌鸦的黑翅膀上／掉下了沉重的黄昏"（《等待》，1936），用反逻辑的方式推导，"沉重的黄昏"居然从一只小小的乌鸦的翅膀上掉落下来。黄昏与乌鸦的翅膀，二者本身就存在力的悬殊，然而诗人用悖论的手法，以乌鸦的翅膀，撬动了整个黄昏。再比如"还剩几朵浪花／凝聚在脚下／托住你庄严的形象"，"庄严的形象"往往偏于"沉重"，然而小小的"几朵浪花"却能够"托住"这庄重肃穆的形象，如此奇诡的关联产生了意想不到的冲击力。

陈敬容的诗歌语言不仅拥有力度，还充斥着力的悬殊、力的角斗、力的神话。正如"鸟翅扇起涛声"（《千年三咏》组诗第一首，1987），一只小鸟与辽阔无垠的大海相比微不足道，然而，鸟儿单薄的翅膀却能扇动起整片汹涌的波涛，足以显见诗人用词的力度之强，以及用情之深。"扇"字倾注了鸟儿一生的心血，凝聚着其全部的力量，从而奇迹般地引发了波涛的震动。诗句中所彰显鸟儿拼尽全力与命运进行抗争的情节，何尝不是动荡年代中诗人个体顽强生命意志的写照？无论淌过多少泥沙，时间的迁流都不曾消退文字中力的美感。就艺术效果而言，纵观千百年女性诗歌创作，陈敬容对词语力量的侧重、凸显、延展和嵌入，陡然增加了力的情调，无形中打开动词的美学空间，恰如"鸟翅扇起涛声"，她掀起了诗歌文字和审美的壮观波涛。

2. 意象："感情是一条鞭子／生活是一阵雷"

从诗歌标题我们可以发现陈敬容尤为偏爱具有力度感的意象，如《帆》（1939）、《风暴》（1945）、《风暴之后》（1945）、《旗手和闪电》（1944）、《烛火燃照之夜》（1945）、《弦与箭》（1945）、《核的聚集》（1979）、《火山喷发后》（1982）、《在激流中》（1935）等。以《帆》为例，"帆"是充满力量的象征，蓄满风力的"帆"使船得以航行。陈敬容在另一首诗中写道："我是引满了风的／一片白帆，／我是蓄满着渴意的／一道河溪"（《边缘外的边缘》，1945）。她的诗歌会出现"勇敢的划手们"（《沉思者》，1944）、"勇敢的旗手"（《旗手和闪电》，1944）、"骑士"（《骑士之恋》，1944）或者"斗士、英雄"（《斗士，英雄》，1935）。这是陈敬容诗歌有别于其他女诗人的抒情诗所在，她采用的意象具有非女性化特质，甚至直接以男性角色作为抒情主人公。

陈敬容诗歌中凝聚着力量的意象可以归为三个特征：第一，多用数量或者体积庞大的意象；第二，喜欢选取自然界中具有震慑力的意象，如电闪雷鸣；第三，选用自身秉具强大力量感的意象，如"群魔""蛟龙"（《帆》，1939）、"火焰似的眼睛""纯钢似的翅膀"（《为新人类而歌》组诗第七首，1945）等，它们浸染了怪诞色彩，这些也可以称为力的变形。

再有，陈敬容经常使用"万"这一洋溢着豪迈气概的数词，如"千万斤沉重"（《夜蝇》，1935）、"万颗珍珠"（《长夏不眠夜》，1935）、"一万双铁脚"（《北京城》，1981）、"万千虹彩"（《升腾》，1983）、"上百分贝的震响轰鸣"（《绝对主题》，1983）、"万仞山"（《山告诉我们——石林之四：剑峰》，《连山风也是软绵绵的》组诗第六首，1987）等。不同于多数女诗人喜欢小巧纤细之物，陈敬容在数词上的使用流露出男子气魄。体积或者场景的庞大表现于相关词语的选用，如"巨鸟"（《季候风》组诗第一首，1982）、"巨眼"（《新世纪旋舞》，1935）、"巨擘"（《对镜》，1935）等，很显然，诗人颇为喜欢使用"巨"这个字来形容意象。"是否这明镜背后／藏有一双无名的巨擘／窃去多少美好的岁月"（《对镜》，1935），与庞大意象"巨擘"相对应，"窃"这个动词也充满力度。以巨擘"窃去"美好岁月，"窃"不仅有盗窃之意，还给人一种疼痛的感受，刻画出美好岁月消逝之后心如刀割的痛感。

自然界中富含力量的元素是陈敬容诗的核心意象。比如"地心的火"（《薄暮》，1943）、"烈火"（《浮游者》，1944）、"岩浆"（《只要是广阔的世界》，1979）、"浪潮"（《浮游者》，1944）、"怒涛"（《只要是广阔的世界》，1979）、空中的"电闪""雷鸣"（《燕塞湖断章》，1981）等。以《燕塞湖断章》为例：

燕塞湖断章

没有什么能激起波涛

甚至湖心里险恶的岩礁

海水在这儿深深睡去

忘了山那边

还有电闪、雷鸣和风暴

忘了水底下

潜伏着海龙和海蛟……

——1981 年 9 月。

这首诗收录于《老去的是时间》，其意象几乎聚集了自然界中各种威猛的力："波涛""湖心""岩礁""海水""山""电闪""雷鸣""风暴""水底""海龙""海蛟"，其笔下强大、硬朗的意象群中，"波涛""电闪""雷鸣""风暴"是动态意象，展现出波涛汹涌与电闪雷鸣相交织的险恶景象。这首诗的意象背景是由"岩礁""海水""山"组成，山与海是两种不同的意象，一静一动。山是高耸静默的，海是广阔汹涌的，但它们在自然界中都具有强大"力"的象征意味，"岩礁"暗含着危险的意味，可视为"力的阻拦"。水底下潜伏的"海龙"和"海蛟"是不可捉摸、充满力量的生物，正是由于它们充满了未知的力量，所以才令人觉得神秘恐怖。再如：

大海上有的是风风雨雨，

云愁雾惨、浪立如山；

但也有阳光万顷金灿灿，

碧波上掠过成群白鸟，

白翅膀抖落下金色花瓣。

这节诗选自《只要是广阔的世界》，收录于《集外辑诗》，作于1979 年 2 月。其意象被划分成两种色调——一种是"云愁雾惨"，另一种是"金灿灿"。陈敬容用叠词"风风雨雨"表达"风雨"，加重了"风雨"的密度与力度，"浪立如山"，浪花高耸犹如山峰，而山是沉雄浑厚的，这站立如山的浪花势必积蓄了雄浑的力量。在

"金灿灿"的色调里，阳光是"万顷"的，白鸟是"成群"的——值得注意的是，在陈敬容的笔下，鸟要么是"巨鸟"，要么是"成群"的。"白翅膀抖落下金色花瓣"，这"金色花瓣"指的是阳光，阳光"灿烂"地从鸟儿的翅膀中抖落下来。整首诗营造的画面辽阔而唯美，成群的鸟儿的白翅膀抖落下金色的花瓣。万顷的阳光与翻滚的大海相对应，这是力的上下对称的两个世界，它们的关系既紧张亦协调。最后一节："只要是广阔的世界，／就有丰满的生命——和爱"。"大海""云雾""浪花""阳光""群鸟"，这些都是原始、蓬勃的生命力的体现，"阳光万顷金灿灿""抖落下金色花瓣"这暖色调的画面与"云愁雾惨"相对比，象征着希望、理想与爱。"生命"与"爱"在广阔的画面里互相交织，以充满力量的形象展现出来，生命澎湃如浪花，爱则喷薄如阳光。

陈敬容倾心于富有力量感的意象，这类意象的选取超乎寻常，有的甚至浸染了怪诞的色彩。比如"群魔"（《帆》，1939）、"蛟龙"（《帆》，1939），这些"野兽"因承载着超然的力量而神秘荒诞，令人害怕。此外，陈敬容通过"力的变形"，塑造出一系列怪诞的意象，并显现出奇异的美学效果："你的海上许会有／惊险的风涛，／在冥暗的夜中／我将听到蛟龙的啼声，／水殿里群魔呼号"（《帆》，1939）。出人意料的是"鳄鱼"竟然也能入诗，而且出于女诗人之笔："海波冲激着云际的桥，／鳄鱼含起一树树珊瑚／向雾的深谷潜逃"（《薄暮》，1943），诗人赋予"鳄鱼"以美幻的想象并衬托以奇幻神秘的画面："含起一树树珊瑚／向雾的深谷潜逃"。在《为新人类而歌》组诗（1945）第七首里，鹰被描写为"火焰似的眼睛／和纯钢似的翅膀"，"火焰"与"纯钢"都是充溢着力的意象，"火焰似的眼睛"写出了鹰的眼神锐利、意气风发，"纯钢似的翅膀"写出了鹰飞翔的雄健有力。这富有力量的形容，赋予了"鹰"以"神鹰"的奇幻色彩。"世纪可没有睡眠！／它正睁着狰狞的巨眼／安排着一个血的盛筵"（《新世纪旋舞》，1935），"狰狞的巨眼""血的盛筵"，将世纪描绘成巨兽这一富有野性力量的形象，给读者带来陌生的和探入式的感悟。陈敬容对力的追求和捕捉没有边界，为此有些意象发生了变形。

陈敬容丰富了意象的固化含义，她以惊人的想象力与创造力给读者带来另类的审美感受。"假若感情是一条鞭子／生活是一阵雷"（《地狱的探戈舞》，1935），诗人将感情比作"鞭子"，这个充满想象力的比喻可以说独属于陈敬容。半年后，陈敬容创作的《智慧》（1935）或许可以作为"感情是一条鞭子"的进一步诠释："鞭打你的情感，从那儿敲出智慧，／让它像条河，流去斑斑血泪，／抚摸并疗治一切创伤，／最后给带来新生的朝阳。""鞭子"恰如诗人所言具有一种"犀利的力量"（散文《生活——你的镜子》），这个充满力度的意象把人在感情中的受伤状态表达出来，而且刺痛和牵动了每一个在感情上受过伤害的人，也揭示出感情被重创后留下的伤疤。"生活是一阵雷"，"一阵雷"是霹雳作响，又是转瞬即逝的，感情热烈之时便是那瞬间的震动轰鸣，而轰鸣过后，又倏忽消失，这些诗句和意象聚合了陈敬容本人的命运遭际。"感情是一条鞭子／生活是一阵雷"，诗人在情感经验中伤痕累累的经历跃然诗行间。

3. 节奏："奔去，奔去／迎着扑面的风沙"

诗人之间的影响关系是互相袭承的。陈敬容早期的诗歌创作受曹葆华的影响颇深，曹葆华的诗风又受到闻一多、徐志摩等新月诗人的影响。闻一多提出的新诗格律化非常注重诗歌的节奏，他认为

"节奏便是格律"。① 在此基础上，徐志摩进一步指出诗歌的内在音节的重要性，徐志摩认为："明白了诗的生命是在它的内在的音节（Internal rhythm）的道理，我们才能领会到诗的真的趣味；不论思想怎样高尚，情绪怎样热烈，你得拿来澈底的'音乐化'（那就是诗化），才可以取得诗的认识。"②

陈敬容延续了新月派对于节奏与音乐性的推崇，她认为："音乐性——或者说韵律（不只是韵脚）与节奏，使得诗有别于其他文学品种，而具有自己的面貌和气质。"③ 陈敬容将音乐性作为诗歌有别于其他文体的核心特质，她在诗歌创作中尤其注重韵律与节奏，这与她的诗歌启蒙者曹葆华不无关联。

曹葆华的《她这一点头》《寄》《寄诗魂》等诗，形式大致整齐，风格热情明朗，是诗人真诚缠绵的个人化声音的再现。④ 陈敬容前期创作的诗歌多形式整齐、柔美舒缓，如写于 1942 年的《给杏子》：

给杏子

我将伴着八月走向你，
我们静静地听
九月的黄昏的雨。

菊花将开放，

---

① 闻一多：《诗的格律》，《晨报副镌》1926 年 5 月 13 日。

② 志摩（徐志摩）：《〈诗刊〉放假》，《晨报副镌》1926 年 6 月 10 日。

③ 陈敬容：《学诗点滴》，载罗佳明、陈俐编《陈敬容诗文集》，复旦大学出版社，2008，第 216 页。

④ 对此，罗振亚曾指明曹葆华"受闻一多、徐志摩等新月诗人的影响，他那时主要歌唱不安定灵魂中纯洁的爱情与失恋的苦痛，《她这一点头》《寄》《寄诗魂》等就是其中真诚缠绵的个人化声音再现，形式大致整齐，风格热情明朗"。罗振亚：《不该被历史遗忘的"星辰"——1930 年代现代诗派"小"诗人丛论》，《文学与文化》2012 年第 4 期。

菊花将萎去；

去，去时间的岸边

筑一道堤。

去我们的堤边哭泣，

为那青春，为那爱情；

去，去那遥远的海洋找寻……

你将抛弃呢，你将拾取？

在无影的风中，在无光的暗中，

菊花将开放，

菊花将萎去！

　　　　　　——五月廿二日，一九四二，兰州。

　　《给杏子》收录于《盈盈集》，此诗总体情调偏向缠绵柔婉，通过句式的重复增强节奏的铿锵，全诗两次重复"菊花将开放，/ 菊花将萎去"，使诗歌有一种回旋流转之感。"去，去时间的岸边 / 筑一道堤"，"去，去那遥远的海洋找寻……"，诗人将"去"字单独挑出来，放在句首，加强了节奏感。"为那青春，为那爱情"，"你将抛弃呢，你将拾取？""在无影的风中，在无光的暗中"，这些诗句在反复中加强了情感的浓度，而结尾感叹号的运用流露出诗人浓郁的忧愁，使情感得以强化。三年之后，诗人写下另外一组诗《为新人类而歌》（1945），形式的整齐与诗句的重复得以延续，不同的是舒缓的调子变得更为激进急促。不难看出，她逐渐从曹葆华的影响中走出来，开始探索自己的诗艺风格，也孕育出传递着个人气势和神韵的声音——那充满力度、如弦上之箭般蓄势待发的声音。

为新人类而歌·七

这里又是一只鹰在飞翔，

它飞翔，从远古以至永恒的未来，

它永不迷失方向，

因为它有火焰似的眼睛

和纯钢似的翅膀。

它便是你，是你底

新的意志，新的力量，

在一切悲愁之上，

在一切欢乐之上，

它翱翔；

它的眼睛望着土地，

它的心却远远地

望向云天外

一些不知名的地方。

"你是谁，呵，你是谁，

如此辛苦，如此匆忙？"

"我是幻想，是你底幽室外

另一个充满奇迹的仓房；

我用青色的火焰，

紫色的火焰

白色的火焰，

在时空之外

张着一个奇异的巨网。

> 从你的椅上起来，
>
> 从你的床上起来；
>
> 从你们的课堂上，
>
> 从你们的田亩间，
>
> 从你们的工厂里，
>
> 从你们的店铺中
>
> 走出来，跳出来，跑出来；
>
> 从一切栅栏，一切院墙里面
>
> 飞出来——
>
> 你们将狂舞，你们将高歌，
>
> 在我底亮晶晶的网上。"

　　这首诗是《为新人类而歌》组诗中的第七首，整首诗的节奏与语气不断变化，总体音调是高昂坚毅的。诗的第二节"它便是你，是你底／新的意志，新的力量"，"你"出现两次，"新的"出现两次，以此加强语气，继而诗人直陈"新的意志，新的力量""在一切悲愁之上，／在一切欢乐之上"。"在一切……之上"这个句式近似于"上帝视角"，有一种大气磅礴的内在基调。"你是谁，呵，你是谁，""我是幻想，是你底幽室外／另一个充满奇迹的仓房"，很显然，诗人以问答的方式构成前后的对称，继而以排比句强化了情感表达的急促："我用青色的火焰，／紫色的火焰／白色的火焰"。直至下一节达到整首诗情绪紧张的巅峰："从你的椅上起来，／从你的床上起来；／从你们的课堂上，／从你们的田亩间，／从你们的工厂里，／从你们的店铺中"，抒情的画面急速流转，蒙太奇镜头似的迅速切换，物象从"你的椅上"拉到"你的床上"，场景从"你们的课堂"切换到"你们的田亩""你们的工厂""你们的店铺"，通过地点的移动加快诗歌的内部节奏。这里"你的"在后面切换成"你们的"，从单独的个体到集体，暗示着诗人情绪愈加紧张的变化。"走出来，跳出来，跑出来"，仿佛所有积压的苦闷得到了宣泄，"走""跳""跑"步伐仍在加速，下一节直接变成了"飞"，"从一切栅栏，一切院墙里面 / 飞出来——"，而且是"从一切"，饱含着诗人想要冲破一切阻力的决心。"你们将狂舞，你们将高歌"将全诗推入高潮，尽显希望和乐观精神。显然，这首诗的节奏是鼓点式的，在六个小节里，几乎每个小节的句式都发生了变化，整体看，全诗节奏急促有力，激情洋溢，仿佛脱了鞘的长剑。

通过对同一个动词的反复使用，推进诗歌的节奏，也是陈敬容常用手法，比如《奔马》一诗：

奔马

奔去，奔去
迎着扑面的风沙
奔向太阳

太阳颤抖起来
它仿佛忽然老了
白胡须水波一样
在大气中流动

远远近近
未知的万千事物
频频将马群招引
尘土呻吟喘息

捧出成串的蹄印

——1984 年冬

《奔马》收录于《集外辑诗》。第一节三个"奔"字加强了语势的急促感。"奔去""奔去""迎着""奔向"，诗人满怀着欣喜，诗情洋溢着奔腾的力量。第二节将白云比作太阳的白胡须，展现出诗人高超的想象力，渲染了大气磅礴的壮阔感，孕育着力度。"万千事物"体现了陈敬容一贯对巨大数词的热衷，"马群"亦从数量上增进壮观的效果。结尾"尘土呻吟喘息 / 捧出成串的蹄印"极为精彩，诗人有意将尘土与马蹄的关系倒置，尘土化被动为主动，"捧出成串的蹄印"，这"成串"也体现了数量上的力感。

> 朝上
> 举向天空
> 朝上
> 举向星斗
> 朝上
> 举向希望

这节诗选自《钻天杨》，作于 1981 年初夏，收录于《老去的是时间》第二辑。陈敬容用了三个"朝上"，并且每个"朝上"都是单独一行，"举向"的三个对象分别是"举向天空""举向星斗""举向希望"。在视觉上，这样的形式给人一种向上拉伸的纵向感。从语言的推敲角度，从天空，到星斗，再到希望，"举向"的对象越来越清晰，天空是烟波浩渺的，星斗是天空中的发光物，而希望是星斗的具体象征意义，这三小句的节奏也在层层递进。

陈敬容追求节奏在视觉与听觉上的双重效果："诗，是诉诸视觉又诉诸听觉的艺术"[1]，从听觉上看，她的诗节奏激烈急促；从视觉上看则呈现出整饬与错落相兼的艺术效果，以《河流》一诗为例：

河流

我的七十是一首诗

悲天悯人的陈子昂

曾为之怆然而泪下

我的七十是一首乐曲

在贝多芬的《命运》中

有过沉重的叩击

来自青青地平线

我的七十是

　　一条河

翻涌过分外忧郁分外欢快的

一重重波澜

河流东到海

汇入汪洋一片

它将依旧奔腾着

向前——

　　　永远

　　　　永远

　　　　　　——1987 年 9 月

---

① 陈敬容：《学诗点滴》，载罗佳明、陈俐编《陈敬容诗文集》，复旦大学出版社，2008，第 218 页。

　　《河流》作于 1987 年 9 月，系组诗《我的七十》第四首，原载于《诗刊》1988 年第 5 期。第二节中"我的七十"与下一行的"一条河"在排版格式上错落了两个字，不仅给人视觉上的冲击和警示，还勾勒出河流蜿蜒流转的姿态。尾句"向前 ——/ 永远 / 永远"，三行诗句排列充满巧思，呈现出阶梯状，在节奏上拉长了"向前"与"永远"的音节，让整首诗留有余韵。再如《风暴》一诗：

> 风暴正在卷来，
> 　　正在卷来；
> 当月光下谁叩着船舷，
> 说九月的海水太平静了。

　　《风暴》作于 1945 年 1 月，收录于《盈盈集》。该诗第一节同样使用了诗句错落排列的手法，加强了"风暴正在卷来"的节奏力度。在这首诗的最后一节，诗人写道：

> 也附上你们任一轻快的羽毛，
> 去多多地承受阳光，
> 　也用无比的快乐，
> 迎接一切美丽的风暴！
> 　　—— 一九四五年一月，平凉旅次。

　　末尾两行故意错开，从视觉与听觉方面带出强力的节奏感。

　　陈敬容在诗中善于强化力的节奏，如此也形成了独特的抒情语调。正如"奔去，奔去 / 迎着扑面的风沙 / 奔向太阳"，她的一生都处于充满力量的"追寻"与"奔跑"状态。"半月的旅程，由重庆到上海，由一个熟悉的地方到一个陌生的地方；长江、铁路、轮船、木船、火车、热挤、生病、淋雨——现在我生活在上海，呼吸在上海了。愿它能给我足够的，好的空气。"①这是诗人自述从重庆"奔向"上海的过程，历经旅途的艰难万苦，也留下其"奔向太阳"的写照。"奔去，奔去／迎着扑面的风沙／奔向太阳"，这何尝不是陈敬容现实生活的节奏？

4. 延伸："向边缘外的边缘"

陈敬容诗歌的辽阔性与力度感互为增进，诗歌的辽阔性为承载词语和情感的力度提供了开放的场域，由于这广袤的场域，力量的喷发更加气势磅礴。陈敬容总是在探寻黑夜的边缘、宇宙的边缘，乃至边缘之外的边缘，她在散文《追寻——不断的发现》中呼唤道：

> 美丽的赤子，人之子呵，拿掉一切遮住你视线的东西，你要自由地望，以无限的趣味和信念望向无限。
>
> 你也要拿掉一切塞住你听觉的棉花，用灵异的耳朵向无限远的边缘外的边缘倾听，去收受每一道可能有的音波。
>
> 向最远处，向最高处，向最深处，伸出你智慧的触角吧，永远地追寻，永远在追寻中发现全新的光芒。②

陈敬容有一首诗《边缘外的边缘》，写于1945年，收录于《盈盈集》，末尾两句浓缩了她的核心创作观念："温柔地延伸／向边缘外的边缘"。纵观陈敬容跨越半个世纪的诗歌创作，她始终在寻访"边缘外的边缘"，这既是她创作的动力，也是她生命的信仰："永

---

① 陈敬容：《大江东去》，载罗佳明、陈俐编《陈敬容诗文集》，复旦大学出版社，2008，第702页。

② 陈敬容：《追寻——不断的发现》，载罗佳明、陈俐编《陈敬容诗文集》，复旦大学出版社，2008，第659页。

远寻访那个边缘外的边缘，那个最后的'真'，切不可在任一边上停滞，因为边缘是很多的，地球之外还有别的星球，星球之外还有永久的云雾，永久的云雾之外还有……究竟有多少'之外'呢？"（散文《追寻——不断的发现》）陈敬容诗歌中的辽阔感来源于她博大的胸襟和超乎性别的阳刚之气，也来源于她无畏的探索精神。

> 在黑夜的堤外
> 我有一片年青的草原，
> 在那儿露珠带着
> 新鲜的战栗；
> 它铺展着有如
> 一个绿色的希望
> 温柔地延伸
> 向边缘外的边缘。

这一节诗即选自《边缘外的边缘》，"年青的草原"是陈敬容的精神王国，她永远秉持着"智慧"和"希望"探寻生命"边缘之外的边缘"。她写黑夜，"没有星月，也没有灯光，/只是黑色的海岸/向黑夜延长"（《船，生命，孩子》，1944），"黑色的海岸/向黑夜延长"是诗人对黑夜边缘的探寻。她写阳光，"向万顷阳光寻觅一个影子"（《交错》，1935），"万顷阳光"是诗人对辽阔无边的光明的摹写。在她的笔下，黑夜与阳光两个对峙的意象却拥有相同的念想——对边沿的无限延伸，诗人看透了无垠的本质，即"只要是广阔的世界，/就有丰满的生命——和爱"（《只要是广阔的世界》，1979）。她写思想，"而我的思想像水，/以万千种生动的线条，/向四方流散开去"（《默想》，1935），与"万千种生动的线条"相对应的，是"四方流散开"，"四方"营造出思想辽阔的场域，"流散"

是向四面八方传播开去，亦体现了思想的浩瀚。

河上
——忆乐山五通桥旧游

云的渴意

风的倦意，

枳花的香

像是沉重的梦吧。

虹投影在水中，

桥高悬天际，

我驶向黄昏，

日和夜

在我的船舷交替。

—— 一九四三冬，临夏。

《河上——忆乐山五通桥旧游》作于 1943 年，收录于《盈盈集》。陈敬容常常以阳刚气魄收束全诗，这首诗神来之笔正是收尾的两句"日和夜 / 在我的船舷交替"，展现了男子般豪迈洒脱的情怀与包容天地的胸襟。诗人发挥超凡的想象力，将抽象的时间概念比作交替的船舷，既体现出日夜的更迭，又写出抒情主人公乘风破浪的豪迈气概。近 40 年后，在《天鹅之歌》组诗（1982，收录于《集外辑诗》）中，诗人再度发出强音："把时间 / 驱赶到宇宙的边沿"，这次诗人是用时间造访"宇宙的边沿"，探究生命中令人敬畏的超越性力量：

任凭案头白螺壳

翻涌起无边风浪吧

> 伴同窗外日夜不断的
>
> 多种车轮的震响
>
> 伴同千年大漠风
>
> 带着尘沙，把时间
>
> 驱赶到宇宙的边沿

这一节选自《天鹅之歌》组诗第一首。读过陈敬容晚年的散文《心远地未偏》[①]，就不会对诗中写到的场景感到陌生。组诗《天鹅之歌》与散文《心远地未偏》堪称同一个场景的两种不同文体的书写版本。由此，这篇诗人亲自撰写的散文就成为《天鹅之歌》最好的注解。

　　我家住在紧连着二环路的宣武门西街，大小两居室连同也只好当房间用的小小过厅，窗户一律朝北，也就是朝着日夜车声震耳的马路，而且冬凉夏暖，大风时尘沙满窗。这条马路同别处的二环路一样，长途短途的大型公共汽车等日夜不断，夜间再加上十轮大卡车和拖拉机，还有骡车。这里每天日夜的车辆噪音究竟是多少分贝，不知可有人准确地测定过？

　　每到夜深人静，各类机动车带着巨大震响，不断跑过窗外的马路，简直像是从人们的大脑或胸脯上碾过去！甚至门窗和床铺都被震动得颤悠！

　　自从既老且病，这些年我工作全得在家。对于脑力劳动的人们，夜晚的时间更是多么地宝贵！谁不想在夜晚安静地读点书或是写写东西呢？可是请设想一下：正当你凝神构思，或者刚下笔写出几句，一阵阵轰隆巨响从窗外如同潮水一般涌来，你的思路能不被打断么？打断了再接上，接上了再打断……这么一来二去，白白

[①] 原载《北京晚报》1986 年 2 月 28 日。

耗费了多少精力，多少时间！^①

结合这篇散文，进一步解读诗歌的最后一句"把时间／驱赶到宇宙的边沿"，可以看作是诗人争分夺秒创作的发愿。"夜晚的时间更是多么地宝贵！"晚年的陈敬容住在宣武门西街的居室里，忍受着附近车辆噪音的困扰，在"巨大震响"的环境里创作，她恨不得"把时间／驱赶到宇宙的边沿"，尽可能将一切时间与精力投入于写作当中。"把时间／驱赶到宇宙的边沿"这句诗是陈敬容晚年不屈不挠、坚持创作的生动写照，也是她与命运抗争的不屈之力的再现。

在创作出《边缘外的边缘》40 年后，她仍未放弃追寻"边缘之外"。仿佛是与 40 年前的自己隔空呼应，诗人在生命的弥留之际，再次发出"边沿之外／还会有多少边沿"的感慨，"边缘外的边缘"几乎凝聚了陈敬容的终生追寻。

> 边沿之外
> 还会有多少边沿
> 翅膀掠过去
> 飘落下羽毛片片
> 带着斑斑血迹

这首诗选自《孤寂再不是孤寂》组诗第三首，作于 1985 年，收录于《集外辑诗》。或许是写于生命的最后几年光景的缘故，这几句诗透露着某种悲凉。诗人用一生追寻"边缘外的边缘"，濒临生命的尽头，"翅膀掠过去／飘落下羽毛片片／带着斑斑血迹"，那"斑斑血迹"何尝不是诗人晚年凄凉的写照，亦如赵毅衡所言：

---

① 陈敬容：《心远地未偏》，载罗佳明、陈俐编《陈敬容诗文集》，复旦大学出版社，2008，第 719—720 页。

　　许多有关陈敬容的介绍，都是说她生平坎坷，晚景凄凉，甘愿被世界忘却。读了这些报道，我心里总是很纳闷：我见到的陈敬容老人，乐观，坦荡，善于交朋友。这是她一生最高兴的时刻，我认识陈敬容，也是在那个兴奋的年代。我太明白这话背后的逻辑，知道那些报道的话中之话是在说：陈敬容作为一个女人是悲惨的，因为没有稳定地落在一个婚姻中，哪怕作为一个寡妇了度晚年，也可以比无夫之妇骄傲，至少能住一套好一点的房子。[①]

　　如今，距陈敬容去世 30 多年，除了像赵毅衡这些曾与陈敬容打过交道的学者，鲜少有人直接获悉陈敬容生前最真实的心情与实际生活状况。但通过陈敬容留给后世的诗歌，我们能够了解到诗人的全貌——她是从不放弃追寻、永远充满力量的"强者"。陈敬容在晚年不仅依然葆有乐观精神，而且还秉持着饱满的创作激情，焕发出生命的蓬勃气息，即使"飘落下羽毛片片 / 带着斑斑血迹"，她仍然鼓足勇气，以不屈的生命之力延伸有限生命的边沿，亦如弱小的"鸟翅扇起涛声"（《千年三咏》组诗第一首，1987）。

　　陈敬容的诗歌充满力度，她的诗奏响了现当代女性诗歌的最强音，是"弦与箭"（《弦与箭》，1945）般的节奏，"旗手和闪电"（《旗手和闪电》，1944）般的奏章，充满"风暴"（《风暴》，1945）般的宏伟气势。她的诗歌爆发出的力量犹如"核的聚集"（《核的聚集》，1979），她用"力"的奏章谱写生命的序曲，"一挥手放出时间的疾雷"（《给我的敌人——我自己》，1936），这样富有力量感的句子凸显出中国女性诗歌书写特质的多元化、个性化和超性别化。

---

① 赵毅衡：《诗行间的传记：序〈陈敬容诗文集〉》，载罗佳明、陈俐编《陈敬容诗文集》，复旦大学出版社，2008，第 9—10 页。

5. 溯源："痛苦 —— 一个炼狱"

陈敬容诗歌中力的美学特质和呈现方式，与诗人的性格力量和精神力量不无关联。她丰沛的生命体验和多劫的人生历练铸就了独一无二的力的美学特质。陈敬容的一生极为坎坷，但这并未削弱其蓬勃的创作激情、鲜活的生命力与深沉的哲思敏悟，"痛苦"在其生命中始终占据主色调，她曾专门写过一篇散文坦言："没有痛苦的人生相同于没有阴影的图画，我们将看出色调之简单；也相同于一章平板的乐曲，我们将找不到抑扬的音波"①（《痛苦 —— 一个炼狱》）。陈敬容浸渍于苦难的传奇一生近乎萧红，她们都极为渴望爱，却在命运的安排中与爱近在咫尺而终归失去，她们都有过求学艰难的起点，青年时踏上颠沛流离远赴他乡的征途，中年又都遭遇惨淡婚姻，最伤害她们的几段情感经历亦如尖刀时常割裂她们对简单幸福的渴望……虽然陈敬容比萧红在世间的历练更长久，也更豁达，但未逃离晚年疾病缠身、孤独终老的命运。此外，她们始终坦然面对苦难，在痛苦中孕育和喷射出不竭的生命力，于她们而言，痛苦是创作的催化剂，是作品精魂的核心要素。所不同的是，一个将苦难融入如歌的小说，一个将痛苦转化为"猛虎的力"。

> 我的痛苦和
> 我的欢欣吗，
> 它们都是最犀利的
> 刀斧和凿子，
> 可以穿透所有
> 坚硬的顽固的岩石。

---

① 陈敬容：《痛苦 —— 一个炼狱》，载罗佳明、陈俐编《陈敬容诗文集》，复旦大学出版社，2008，第 656 页。

　　这节诗选自《边缘外的边缘》，或可视作诗人对痛苦的深沉"告白"。正如她信奉的誓言："正视现实，体验生活，最后你将变成一块纯钢，具备着铿锵的声音，犀利的力量。"（散文《生活——你的镜子》），现实生活的痛苦锻造出一股罕见的"犀利的力量"，迫使她发出"铿锵的声音"，痛苦成为她人生前进道路上"最犀利的／刀斧和凿子"（《边缘外的边缘》）。

　　陈敬容的诗风多变，她对"痛苦"的审美与理解复杂而深刻，她如此阐述自己独特的"痛苦美学"：

　　　　像时序之有秋冬，像万物之有憩息，像声音之有低抑，像颜色之有晦暗——

　　　　在情绪里我们有痛苦。

　　　　痛苦是一个风云变幻的天空，一个怒涛冲击的港岸，一阵阴雨，一片雷鸣。美丽的赤子，人之子呵，庄严地，坚强地，投入痛苦吧。

　　　　没有痛苦的人生相同于没有阴影的图画，我们将看出色调之简单；也相同于一章平板的乐曲，我们将找不到抑扬的音波。

　　　　在完全的欢乐里容易完全觉不出欢乐。当我们称颂宏丽的幸福时，让我们也礼赞宏丽的痛苦。[1]

　　前文曾从不同维度阐释陈敬容性格的双面性，体现在诗歌美学和对现实的观照方面亦毫无违和感。她既称颂"宏丽的幸福"，也礼赞"宏丽的痛苦"，她把痛苦比为"时序之有秋冬""万物之有憩息""声音之有低抑""颜色之有晦暗"，这样的抒情笔调未免有"美化痛苦"的倾向。在她的笔下，痛苦不是用来悲伤感叹的，而是充

---

[1] 陈敬容：《痛苦——一个炼狱》，载罗佳明、陈俐编《陈敬容诗文集》，复旦大学出版社，2008，第 656 页。

满力量："痛苦是一个风云变幻的天空，一个怒涛冲击的港岸，一阵阴雨，一片雷鸣。""风云变幻的天空""怒涛冲击的港岸""阴雨"或"雷鸣"，这些喻体是陈敬容诗歌中经常出现的蕴含着力量的意象，而"痛苦"正是这些意象生成的源头。她坚定不移地发出了赤子的呼唤："庄严地，坚强地，投入痛苦吧。"这正是陈敬容的生命写照，也是其诗歌力量的成因之一。

正如她笔下的诗句"忧患同沉疴／抖着滞重的铁链"（《遥祭——献给母亲》，1939），她的生命历程何尝不是由一个又一个"滞重的铁链"组成的呢？早在15岁时她就初尝"痛苦"的滋味。与曹葆华出走的失败于少女的理想而言，无疑是难以忘怀的缺憾。逃离计划的破产意味着与家庭抗争的失败，理想与自由的"夭折"，一段朦胧情感的失落，亦是对少女自尊的摧残与生命力的束缚。

17岁的她，又背井离乡到北平，"北漂"的日子十分辛酸，"没有经济来源，生活靠诗友接济，所以居无定所，先是在清华女子宿舍寄宿半年，有时又寄居友人家或女青年会；后来住在北平沙滩一个女子公寓……"[1]

28岁的她，第一段婚姻破灭，她果断逃离令人窒息的生活："出走途中，一路奔波一路写诗"[2]，"奔波"似乎成为陈敬容生命的常态，与奔波相伴的是超人的勇气与毅力。此后，她大半生辗转，四处漂泊，充满"永远讲不完的又悲凉又古老的故事"[3]，陈敬容在散文《街》中清晰地回忆起曾漂泊过的城市、街巷店铺、码头车站：

---

① 陈俐：《陈敬容生平及创作年表》，载罗佳明、陈俐编《陈敬容诗文集》，复旦大学出版社，2008，第727页。

② 陈俐：《陈敬容生平及创作年表》，载罗佳明、陈俐编《陈敬容诗文集》，复旦大学出版社，2008，第729页。

③ 陈敬容：《街》，载罗佳明、陈俐编《陈敬容诗文集》，复旦大学出版社，2008，第626页。

事变，卢沟桥的炮声，逃难……

天津，那些街道是多么拥挤呵，有的又多么窄呵，两边矗立的洋楼把天空夹在一条窄窄的蓝色带子。

青岛，人们在街上也能闻到海水的气息。

济南，郑州，徐州，街道像在热病中疲倦地睡眠。

汉口，它有着诱惑人的整洁广大的码头。而人们在这个城市来去也像船舶之于码头样。

成都，我重临时那些街对我不是陌生的，但整个城市给我的印象如像颠簸在一乘破旧的洋车上；花香掩不住它底破败。住了两年多，才又看着它慢慢更新起来。

重庆，尘灰飞扬的街，下雨时尘土变成没胫的泥泞。不平的坡路，煤烟，喧嚣，坐着滑竿走下许多石级时好像要被倒了出来……我在一条闹嚷的马路上住了半年。

宝鸡，满街行色匆匆的面孔，火车的汽笛声催促着旅行人。

西安，几千年不变的风沙同月亮。街道宽长而古老，渗揉着嘈杂和荒凉。

兰州，尘土封闭的店铺，两旁有高坡的窄的街巷，沙土铺塞着。有铁轮的骡车蹒跚地在砂土中辗过，里面坐着的大都是穿红着绿，头发梳得乌亮，戴着耳环同手镯的西北妇女，到亲戚家串门去的，车夫的绳鞭在风中劈啪地挥得极响。[1]

常年独自奔波的背后，陈敬容的内心是凄凉的："但变不了的是那任何地方也没有的凄凉。当你一个人踽踽地在黄昏里行走，就仿佛你的生命中永远只能有黄昏。"（散文《街》）不难看出，陈敬

---

[1] 陈敬容：《街》，载罗佳明、陈俐编《陈敬容诗文集》，复旦大学出版社，2008，第627页。

容的一生被铺陈"黄昏"般悲凉的底色，少有"温暖的记忆和希望"（散文《街》）。

陈敬容前半生大部分时间忍受着与孩子生离死别、聚少离多的痛苦。她与初恋和两任丈夫的情感关系都以断绝告终，这与她坚毅的性格和她对苦难的理解不无关系：其一，陈敬容的性格果敢决断，即使是爱情也没法淹浸她骨子里坚定硬朗的气概。她宁愿忍受孤独，独自承担诸多生活重负，也不愿意像绝大多数中国古代女性那样受女德的洗礼而委曲求全，守着冰凉的"爱情之坟"。其二，陈敬容曾用诗句"感情是一条鞭子"形容三段感情带来的遍体伤疤，谁又能想到几番情感的痛苦却酿造出超越性别的力的诗歌美学。

除了经济拮据、情感破灭、生活窘迫，陈敬容还遭受疾病折磨。1959 年，42 岁的陈敬容被派往河北怀来农场劳作，由于极度营养不良以及劳动强度过大，全身浮肿，埋下后来严重心肌梗塞发作的祸根。后来也因为健康的缘故，71 岁高龄的陈敬容放弃了平生唯一的出国机会。[①] 1989 年，陈敬容于生命结束前一个月在给唐湜的信中倾述因饱受病苦而陷入精神的困境，字里行间透露无奈的凄凉：

> 这次病下来快一年了，我的心情逐渐变得有些看破红尘的味道，已经对许多事都看作身外之物，极不关心了……精神极差，晚间很早就得上床睡觉，但经常失眠，浑身上下似乎无一处无病痛。生活兴趣似乎完全丧失了——当然更主要是丧失了生活能力，常常顾此失彼，无一是处……[②]

---

① 挪威一大学邀请陈敬容参加该校博士生以她为题的论文答辩，并答应承担全部费用。陈俐：《陈敬容生平及创作年表》，载罗佳明、陈俐编《陈敬容诗文集》，复旦大学出版社，2008，第 732 页。

② 陈俐：《陈敬容生平及创作年表》，载罗佳明、陈俐编《陈敬容诗文集》，复旦大学出版社，2008，第 737 页。

在此之前，陈敬容的诗文中鲜少凄凉感，这或许是一个预示。一个月后，11月8日22时40分，她因患肺炎医治无效，于北京病逝，享年72岁。

陈敬容的一生饱受各种苦痛——生活的重压、情感的创伤、病魔的缠身，但她始终葆有顽强的生命力，她将这些饱含血泪的生命体验镌刻于诗歌语言中，炼化出如"猛虎的力"一般巨大的力量："在贫困中你们不会悲伤，/因为贫困是一个巨大的力量"（《为新人类而歌》组诗第九首，1945）；面对情感之殇，她却从中领悟出如何乐观、怎样智慧："鞭打你的情感，从那儿敲出智慧，/让它像条河，流去斑斑血泪，/抚摸并疗治一切创伤，/最后给带来新生的朝阳"（《智慧》，1935）；面对生命与死亡的痛苦，她感叹道："啊，生命，我掬饮/你的痛苦和凄伤"（《生命的雨滴》，1945），并且"我还要掬饮/你的最后的雨滴——/我要含着笑掬饮死亡"（《生命的雨滴》，1945）；面对"生，爱，欢乐，痛苦，/工作，斗争，创造，/贫穷，疾病，死亡"（《尾声》，《为新人类而歌》组诗第十三首，1945），她坦然地接受全部，哪怕是生命终结以及全然未知的领域："我的生命和你们/有着同一的方向"（《尾声》，《为新人类而歌》组诗第十三首，1945）。

"痛苦"对于陈敬容已然是生命的"常态"，她以真切深刻的体验在散文中形象地刻绘了不同维度的痛苦：

> 有些痛苦之来又是如此粗暴，它像一阵骤雨，一片焦雷，或一阵怒涛，一次倒坍——或者轻一点，像一阵飞快的鞭挞。
>
> 你惊恐，你呼号，你哭泣，你倒退——你倒退，倒退，哦，你已退到最后的边缘了，再退一步你就要落入万仞绝涧，葬身于虎豹的腹中……

站住，站住，亲爱的朋友，站住吧，从你的灵魂深处掬出愤怒同勇猛，你将发现你自己的手中握着更响的霹雳，更大的暴雨，更汹涌的洪水，更猛烈的地震——啊，你握着比鞭子更有用得多的炸弹！①

面对粗暴的痛苦，她拿起诗笔爆发出比痛苦"更响的霹雳""更大的暴雨""更汹涌的洪水""更猛烈的地震""比鞭子更有用得多的炸弹"……这正是陈敬容的精神风范和生命写照。陈敬容在痛苦当中锻造出"犀利的力量""铿锵的声音"，并从痛苦中体悟智慧，"倔强地"抵达生命的极地之境："美丽的赤子，人之子呵，通过了一切痛苦，我看见你倔强地走来，活泼而新鲜；而在你聪慧的前额，刻画着更为坚毅的纹线。"②在痛苦的考验中，她生动地比喻："最后你将变成一块纯钢"（散文《生活——你的镜子》）。"痛苦"之火锻造出纯钢般的意志，猛虎般的力量，直至"最粗暴，最残酷的痛苦，终于也无法将你击倒了"③，浴火重生，她成为生命的强者，诗歌的"女王"。陈敬容将内在生命的苦难诗性地转化为阳刚的气魄、雄健的力量以及富于魅力的性情，挥洒诗情发出震撼心魄的诗词强音，形构出独属于她的"语言场"。

---

① 陈敬容：《痛苦——一个炼狱》，载罗佳明、陈俐编《陈敬容诗文集》，复旦大学出版社，2008，第656—657页。

② 陈敬容：《痛苦——一个炼狱》，载罗佳明、陈俐编《陈敬容诗文集》，复旦大学出版社，2008，第657页。

③ 陈敬容：《痛苦——一个炼狱》，载罗佳明、陈俐编《陈敬容诗文集》，复旦大学出版社，2008，第657页。

结 语

陈敬容是推进新诗现代化进程的重要女诗人，她从 20 世纪 30 年代中期就开始写诗，直到 80 年代末还在创作，创作历程纵贯现代与当代，长达 50 年之久，她始终自觉保持着诗歌探索的先锋姿态。作为"九叶诗派"的一员，她也被誉为中国现代著名的抒情诗人。陈敬容的诗作既交融了时代的足音和个人传奇的经历，亦含纳了独特的诗歌美学，她的诗充盈着永不停息、奔流向前的生命热力，散发着野性蓬勃的生命活力与不懈追求的探寻精神。其对苦难刻骨铭心的书写，中西诗艺的深度交融，抒情与智性的和谐调融使她的诗歌创作历程，犹如一首多声部、情感丰沛、富有张力的交响曲。此外，她还是著名的翻译家、编辑、目光独异与思想尖锐的批评家，她为中国女性诗歌创作带来了成熟的现代性，以及自由、完整、高贵的品质，用其诗句评价她的一生最为恰切："你有你的孤傲，我有我的深蓝"（《山和海》，1979）。

第四章

中国诗坛常青树：郑敏

在不同历史阶段，诗歌史的发展都离不开女诗人的参与，新诗发展的重要节点，总会出现具有代表性的女诗人及经典诗作，她们从不同层面概括或标识了这个时代的诗歌艺术特质，比如"五四"时期冰心之小诗体，20世纪40年代，陈敬容、郑敏之于现代诗艺的探索。20世纪40年代，陈敬容和郑敏对古典意境展开现代探寻，为文学史提供不少个性分明、丰盈独创的经典诗歌意象。在女性诗歌借鉴现代派以及在现实与艺术之间寻求平衡的道路上，她们取得了卓异不凡的实绩：前一维度见诸个人生存境况和内心自省的诗学表达，后一维度体现为对个体小宇宙和集体大宇宙的处理方式，以及对民族与人民命运的书写中。相近的诗学观念和诗艺追求使未曾谋面的她们共同走进"中国新诗派"诗人群，陈敬容曾以默弓为笔名发表评论，称赞郑敏的诗"真实动人""智慧""敏感"……①不过，同样的艺术追求并未影响她们各自独放异彩：从现代性审美追求考察，陈敬容的诗有种蓬勃顽强的热力及反抗与韧性之美；郑敏的诗则多表现为沉练凝寂的哲思和智性繁复之美。从女性生命体验看，陈敬容以"投进一个全新的世界"的女性视角，呈现出"超越一切的崭新的自己"，展现了生命的尊严；郑敏在诗歌中既暗存了一个美丽少女，也努力淡化性别角色意识，从个体和人类命运

---

① 默弓（陈敬容）：《真诚的声音——略论郑敏、穆旦、杜运燮》，《诗创造》1948年第12期。

的内敛视角"寻得一个平衡的世界"（《诗人的奉献》）、刻绘至高的灵魂。对于新诗现代性的探索，她们都试图超越历史与时代的制约：一方面，陈敬容反感把新诗当成时代和艺术的传声筒，另一方面，她的诗不乏为人民和时代激愤的歌吟，群众之心与个人之心兼顾，她并非僵硬地与时代对接，而是将个人生命体验融于现实表达，从独立的个体视角捕捉时代表征；郑敏则以醒悟的姿态关注充满矛盾的现实和民族命运，以及知识分子内心深处形而上的思考，于生命悲剧感中浸透理性思辨的生命哲学，结出玄学的果实。

无论起笔于 20 世纪 30 年代中后期，还是 40 年代初，陈敬容与郑敏的诗风均在 40 年代中后期趋于成熟；蛰伏 30 余载之后，她们在 80 年代初再以"九叶"诗人的身份"归来"，且各有坚守和突破：词语富有鲜明的现代质感，诗歌迸发的内在精神层次丰富，语言诗学上的先锋性与其他"归来"诗人迥然相异。"归来"后的她们为诗坛屡奉佳作，登临又一个创作高峰。

第一节 "不可竭尽的魅力"：中外诗人的影响源流

2022 年 1 月 3 日，"九叶派"最后一位诗人郑敏在北京去世，享年 102 岁。

1920 年 7 月，郑敏生于北京一条胡同里，祖父王允皙是清代颇有名气的"碧栖词人"，母亲读过私塾，聪慧好学，有文学天赋，常为她用闽调咏古诗，使她从小得以领略中国古典诗词回肠荡气又柔情万种的抒情性和音乐性。十岁以前，郑敏在河南某矿山长大，相对封闭的环境使其性格变得颇为内向，回忆起寂寞童年，她自言那是一段"闷葫芦之旅"①。"九一八"事件后,郑敏举家迁往南京,在那里度过中学时光,在此期间,她第一次接触到"世界文库"系列丛书,并怀着好奇与热爱步入诗歌与哲学的新世界。

1939 年,郑敏考入西南联大②,开启坚执漫长的新诗创作之旅:20 世纪 40 年代,她以哲思的深邃凝视尘世,以博大的胸怀拥抱人类和自然,为诗坛留下不少经典之作;50 年代到 70 年代末是创作空白期,受政治因素影响,郑敏暂停写作;80 年代,"归来"后的诗人笔耕不辍,在当代西方思潮影响下,诗艺迸发出新异风采,成为"九叶"诗人、也是迄今为止女性诗人中,创作生命最长的一位。

1. 诗性萌芽:中国诗人的影响

在中国古典诗教影响下,郑敏小学时开始读《古诗十九首》、岳飞的《满江红》以及李煜和李清照的词,虽然当时并不能完全了解这些诗词背景和作者胸臆,但她仍深深被诗词中的感慨和节奏所吸引③,沉浸在汉字魅力和诗词审美意境中。进入中学时代,接触到新诗,她最喜欢徐志摩、陈梦家、废名和戴望舒的诗:"我从初中时代接触到新诗的海洋。当时对我最有吸引力的新诗,是徐志摩、戴望舒、废名等人的作品。中学是青年充满幻想和激情的时

① 郑敏:《诗歌自传》,载《诗歌与哲学是近邻:结构—解构诗论》,北京大学出版社,1999,第 477 页。

② 国立西南联合大学简称西南联大,是由北大、清华、南开三所国内顶尖学府组建而成的联合大学,拥有着独特的教学优势,它汇聚了来自全国四面八方最优秀的学子以及三所大学各具特色的师资力量,优秀的学校配置造就了西南联大博大的教育环境,融各方所长的西南联大用自身的教育体制塑造了卓尔不群的教育品质。

③ 郑敏口述,祁雪晶、项健采访整理:《郑敏:跨越世纪的诗哲人生》,载刘川生主编《讲述:北京师范大学大师名家口述史》,光明日报出版社,2012,第 455 页。

代。"① 具体而言，郑敏尤其喜欢徐志摩的《偶然》和废名极富禅意的诗："尤其是徐志摩的《偶然》，谱成歌曲也很好听，我非常喜欢。还有废名那些富有禅意的诗，我也很爱读，这大概又是受了我的父亲——生父——的影响，他就是吃斋念经，对佛禅很感兴趣的。"② 值得注意的是，郑敏钟爱徐志摩的《偶然》并非偶然，她并非喜欢徐志摩所有的抒情诗，而是关注《偶然》这一类富有禅意的短诗，这也是她喜欢废名的原因。徐志摩的《偶然》具有古典理性和情感客观化倾向，而废名的诗蕴含着佛教哲理，二者对郑敏的吸引都在于诗与哲理之融合。可见中学时代的郑敏，虽尚未学习哲学，天性却向往哲理，这在日后将她引向诗歌与哲学相结合的道路。

在西南联大就读期间，郑敏受徐志摩和废名诗的启发，写下第一首诗《晚会》。这首诗在多方面体现出徐志摩《偶然》的影响。首先，两诗核心事件都是"相遇"，又都为"相遇"找到客观对应物，徐志摩把"相遇"比作云投影在波心、两条船在黑夜的海上相逢；郑敏把"相遇"比作小船受晚风召唤归来。其次，两首诗都选择"海"的意象，且都是"黑夜中的海"，黑夜中的海更能够渲染出静谧的氛围。此外，两诗都使用了"你""我"两个人称，整首诗以对话的形式构成。不同的是，《偶然》只从"我"的视角来写，《晚会》则不独有"我"，还从"我"对"你"的想象视角出发，引出"你"——第一句至第五句是"我"对赴约的叙述和想象，第六句至第十一句是写"我"对"你"迎接我的到来的想象。此外，还有更深层的影响。

《偶然》与徐志摩情感奔放外露的早期抒情诗不同，呈现出他

---

① 郑敏：《我与诗》，《诗刊》2006 年第 2 期。
② 张洁宇：《诗学为叶，哲学为根——郑敏教授访谈录》，《文艺研究》2014 年第 8 期。

沉静思索生命的状态，抹去了抒情中的浮躁，情感得到净化，揭示出自身的隐秘灵魂，完成从"感性"到"知性"的升华。郑敏步入大学后选择哲学专业，对诗歌审美不再满足于单纯抒情，而是沉醉于知性内涵，《偶然》符合初入大学的郑敏对诗歌知性的审美要求，让她看到了实现自己审美追求的可能性，《晚会》便是其诗路上的第一次尝试。

此外，郑敏的诗途领路人和精神导师冯至对其走上诗歌创作道路产生了决定性影响。她自言："我不是冯先生在外语系的学生，但是，我确实认为，我一生中除了后来在国外念的诗之外，在国内，从开始写诗一直到第一本诗集《诗集（一九四二——一九四七）》①的形成，对我影响最大的是冯先生。这包括他诗歌中所具有的文化层次，哲学深度，及他的情操。"②1943年7月，郑敏从西南联大哲学系毕业，获哲学学士学位。哲学与诗歌是其生命的两翼。

郑敏走上诗歌创作道路，离不开恩师冯至的鼓励和栽培，她晚年回忆道："我之走上诗歌的创作的道路，绝大部分是因为在大学期间选读了冯至先生的德文课、诗歌课"③，"但诗真正进入我的心灵还是二年级的一个偶然的机会。作为一名哲学系的学生，学校规定必修德文。当时有两个德文班，而我被分配到冯至先生的德文班上。这个偶然的决定和我从此走上写诗，并且写以'哲学为近

---

① 《诗集（一九四二——一九四七）》的书名有不同版本。1949年4月，由文化生活出版社出版的《诗集（一九四二——一九四七）》系"文学丛刊"第十集，封面年份使用汉字；1998年8月由中国文联出版公司出版《诗集（一九四二——一九四七）》，封面年份亦使用汉字；1986年5月由湖南文艺出版社出版《诗集（1942-1947）》，封面年份改为阿拉伯数字。本书采纳第一手文献，即1949年4月由文化生活出版社出版的最初版本。

② 郑敏：《遮蔽与差异——答王伟明先生十二问》，载《诗歌与哲学是近邻：结构—解构诗论》，北京大学出版社，1999，第453页。

③ 郑敏：《我与诗》，《诗刊》2006年第2期。

邻'的诗，有着必然的联系。因为我从那时起，就在冯至先生的
《十四行集》中找到了自己诗歌最终的道路。"①大学三年级时，郑
敏将诗稿拿给冯至请教，并得到了鼓励。冯至点评："这里面有诗，
可以写下去，但这却是一条充满坎坷的道路"②。郑敏听后备受鼓
舞，久久不能平静，由此铸就了她与诗歌的不解之缘，也令她对诗
人未来的命运做足了精神准备，她以寂寞的心境去迎接诗坛的花开
花落，度过了生命中漫长的有诗和无诗的日子。

　　郑敏与冯至有着相似的哲学文化背景，他们都是先学哲学，而
后进入诗歌领域，相近的教育经历使郑敏更容易亲近冯至的诗作。
这种影响深入到精神和文学层面、思维和气质层面，关涉写作策
略、艺术风格，亦关涉灵魂和认知。如郑敏所言："那时我的智
力还有些混沌未开，只隐隐觉得冯先生有些不同一般的超越气质，
却并不能提出什么想法和他切磋。但是这种不平凡的超越气质对
我的潜移默化却是不可估量的，几乎是我的《诗集（一九四二——
一九四七）》的基调。"③郑敏极为欣赏冯至《十四行集》中朴素的
诗句，其深厚的文化积淀，融合了西方的哲学和杜甫的情操，达到
中国新诗的最高层次。

　　冯至教会郑敏如何以自身创造性，将外来影响与中国传统完美
交融。郑敏晚年回忆："许多许多年以后，我才意识到在写新诗方
面，我无意中走上了冯至先生在《十四行集》中开创的那条中国新
诗的道路。"④十四行诗是外来诗体，冯至对十四行诗进行了本土化

---

① 郑敏口述，祁雪晶、项健采访整理：《郑敏：跨越世纪的诗哲人生》，载刘川生主
　　编《讲述：北京师范大学大师名家口述史》，光明日报出版社，2012，第459页。
② 郑敏：《忆冯至吾师——重读〈十四行集〉》，《当代作家评论》2002年第3期。
③ 郑敏：《忆冯至吾师——重读〈十四行集〉》，《当代作家评论》2002年第3期。
④ 郑敏口述，祁雪晶、项健采访整理：《郑敏：跨越世纪的诗哲人生》，载刘川生主
　　编《讲述：北京师范大学大师名家口述史》，光明日报出版社，2012，第462页。

改造，其诗学追求也由外部音响转向内在节奏，他的《十四行集》，从外形看，达到了整体均齐，每行字数相当，错落有致；从节奏看，主要以四音步为主，这与古诗四音为主相合；采用十四行体，但保留了古诗的节奏范式，这种审美定式掩盖了十四行体的不足。冯至的《十四行集》带动了当时诗坛十四行诗的写作，对九叶派等青年诗人产生重要影响，尤其影响了郑敏的十四行诗创作。《濯足》体现了郑敏对十四行诗内在节奏的成功把握，这首诗以四音步为主，起承转合自然，促成了声音与意义的和谐。

十四行诗，又称为商籁体，是欧洲一种格律严谨的抒情诗体。这种由域外引进的"十四行体"独树一帜，在新诗格律化进程中占有举足轻重的地位，它将外国诗体的借鉴和中国古典诗艺的继承完美结合起来。徐志摩、朱湘、冯至、梁宗岱、孙大雨、卞之琳等对十四行体的移植蔚为大观。

郑敏的十四行诗创作既深受冯至影响，也体现了她个人的诗学理想："中国新诗从古典的格律走出后，面临一次剧烈挑战的并非内容，而是寻找那新的内容所必需的新的形式。自由诗是一种最高的不自由，而不是廉价草率的自由，因为它比格律更不允许露出不自由，是最高的'艺术的不自由'。"[①]郑敏"最高的'艺术的不自由'"观点恰恰暗合了闻一多"戴着镣铐跳舞"诗论。《濯足》是她运用十四行体创作的成功实践与典型范例。

《濯足》在形式上遵照十四行诗的要求。第一节尾韵为"ing"，分别体现在第一、二、四行的"径""映""命"；第二节的尾韵为"u"和"i"，复沓与参差相结合，构成了音律的回环错落美感，体现在第一、二行的"出"与"足"，及第三、四行的"里"与"己"；

---

① 郑敏：《忆冯至吾师——重读〈十四行集〉》，《当代作家评论》2002 年第 3 期。

第五、六、七行则不押韵，在流动的韵律之间体现出参差之感。其间，不乏对仗整齐的句式："他来了，一只松鼠跳过落叶""他在吹哨，两只鸟儿在窃窃私语"，她不仅仅追求音律美与形式美，更是将优雅整饰的美感深化于诗歌画面中，从诗歌的肌理到血肉，真正体现出十四行体的美感。

"白话诗能和古典格律诗分享的语言音乐，不在话语字数的规定(如七言、五言)而在于词语组的字数的均衡，或一字，或二字，或三字，或由两组二字组成的四字，或由二字与三字组成的五字。"[1]想必创作《濯足》时郑敏是受到了这一理念的影响，并且还提供了另一种语言音乐的流动均衡美，即多种形式的复沓。"这里古树绕着池潭，池潭映 / 着面影，面影流着微笑 ——"，郑敏故意将"池潭映 / 着面影"里的助词"着"隔开，落到下一行当中，形成一种语感的错愕，如同平滑大理石凸起的纹理，这种异质感的处理方式加深了郑敏诗歌的美学质地。

我们亦可在不同诗行之间寻找到郑敏的这种复沓美感，第一节的"深林自她的胸中捧出小径 / 小径引向，呵 ——这里古树绕着池潭，池潭映"，其中第一、二行的"小径"在不同行之间，在首尾之间，无缝衔接，平滑流淌。而且第二行的"呵 ——"与第三行的"面影流着微笑 ——"，两行的破折号在语气与节奏上形成一种均衡的舒缓感。此外，若凭依词语组划分诗行中的语义构成，会有意想不到的阐释效力。以第一小节为例：

> 深林 | 自她的胸中 | 捧出 | 小径
> 小径 | 引向，呵 —— 这里古树 | 绕着 | 池潭，池潭 | 映
> 着 | 面影，面影 | 流着 | 微笑 ——

---

[1] 郑敏：《忆冯至吾师——重读〈十四行集〉》，《当代作家评论》2002 年第 3 期。

像不动的花 | 给出 | 万动的生命。

这一节中的动词要么是"捧出""给出"，要么是"绕着""映着""流着"，语词保持均齐之美。开首第一行"深林自她的胸中捧出小径"，在主语与谓语之间，间隔着一个状语"自她的胸中"，突显了"捧出"的喷发之感和高亢之意，重音落在动词"捧"字上，将诗情的内在积蓄力量推至顶端。而当"小径"出现时，这股力量便一泻千里，有一种狭长与无限之意、连绵之感，实现了音律与含义的神形统一。"像不动的花给出万动的生命"，重音落在"给出"，而后续接着"万动的生命"，瞬间有了磅礴之感，加重了"给出"的节奏力量。郑敏妙用动词，将汉语内部的音乐感发挥到极致。

向那里 | 望去，绿色 | 自嫩叶里 | 泛出

又溶入 | 淡绿的日光，浸着 | 双足

你 | 化入 | 树林的 | 幽冷与宁静，朦胧里

呵少女 | 你在快乐地等待 | 那另一半的自己

他来了 | ，一只松鼠 | 跳过落叶，

他 | 在吹哨，两只鸟儿 | 在窃窃私话

终于 | 疲倦 | 将林中的轻雾 | 吹散

"读《十四行集》除了行数和尾韵是有规定之外，汉语，由于其非拼音文字，是无法套用西方十四行关于每行音节的规定的"[①]，基于这一认识，郑敏从汉语本身的音乐性出发，思考如何将十四行体中国化，她尝试从词组当中挖掘汉语本身的音乐性。第一行，"望去""泛出"都是由趋向动词搭配而成的组合式结构，并且都在句末，"自嫩叶里"与第一节"自她的胸中"呼应。第二行的"溶入"

---

① 郑敏：《忆冯至吾师——重读〈十四行集〉》，《当代作家评论》2002 年第 3 期。

与第三行的"化入"呼应，虽然动词是对应的，但"日光"和"幽冷与宁静"却产生温度上的强烈对比，即包含了整饰与参差之美。动词"泛出"与上一节的"捧出""给出"相呼应，"浸着"与上一节的"绕着""映着""流着"相呼应。"呵少女你在快乐地等待那另一半的自己"这一句诗体现出整首诗歌的均齐特征，"少女"如同完整的一首诗，而这首诗均齐对称的部分，犹如"那另一半的自己"。

> 你梦见 | 化成 | 松鼠，化成 | 高树
> 又化成 | 小草，又化成 | 水潭
> 你的 | 苍白的足 | 睡在 | 水里

就汉语诗歌的节奏感，郑敏指出古典诗词五言的节奏多是"二、三"（床前 | 明月光），七言多为"二、二、三"（锦瑟 | 无端 | 五十弦），词则常穿插有"一、三、六"以取得一种参差的节奏感，至于抑扬的声调部分则由平仄来管[①]。《濯足》的这节诗第一行为"三、二、二，二、二"，第二行为"三、二，三、二"，第三行为"二、四、二、二"，节奏平易，朗朗上口。单单是"化成"二字，便重复四遍，"你梦见化成松鼠，化成高树 / 又化成小草，又化成水潭"，在声音节奏、语句结构上都具有重叠回环之感。"你的苍白的足睡在水里"，不是"你苍白的足"，而是"你的苍白的足"，后者"二、四"（你的 | 苍白的足）比前者"一、四"（你 | 苍白的足）更具有节奏上的均衡感，而两个"的"的重叠，也使得音韵更为优雅。"你的苍白的足睡在水里"在语义上产生强烈的张力与冲击感，是"足"（器官）睡在水里，而非"你"（人）睡在水里，由此辽阔

---

① 郑敏：《忆冯至吾师——重读〈十四行集〉》，《当代作家评论》2002 年第 3 期。

无垠的诗性空间被打开。

郑敏曾敏锐地指出十四行诗创作存在的问题："有些新诗虽注意到尾韵，或行数、字数的规律，但却忽视了行内、行间的音乐性的呼应对答"[①]，正因有所意识，她试图在创作中弥补这一不足。《濯足》在音韵、结构、词组等方面精巧雅致而不失流动感，郑敏将汉语内部的音乐美发挥到极致，达到"不自由之自由"的最高境界。郑敏评价冯至的《十四行集》舍弃了西方拼音语言的音步规定，而创造了汉语的词的结合与顿的音乐美。如果说冯至的《十四行集》为新诗的里程碑，那么《濯足》则为十四行诗殿堂里一颗闪耀的明珠。

2. 决定"写作的重要色调"：西方诗人的影响

20世纪40年代，以艾略特、奥登和里尔克为代表的西方现代派诗人及其作品，推动了中国现代主义诗歌的迅速发展，这种影响的持续性从40多年后郑敏的论著《英美诗歌戏剧研究》亦可见一斑。

郑敏在20世纪40年代的诗歌创作受到艾略特、庞德、约翰·顿、华兹华斯、里尔克等西方诗人的影响，对其影响最大的是约翰·顿、华兹华斯和里尔克。郑敏曾自述三位诗人对她的影响："在我长达半个世纪的写诗和研究诗中，我经过不同的阶段。但下面的三位诗人也许是我最常想到的：他们是17世纪的玄学诗人约翰·顿；19世纪的华兹华斯和20世纪的里尔克。"[②]英国浪漫主义创始人之一华兹华斯一直深得郑敏青睐。中学时代她喜欢上华兹华斯的诗歌，大学期间，华兹华斯继续成为她欣赏和研究的重点对

---

① 郑敏：《忆冯至吾师——重读〈十四行集〉》，《当代作家评论》2002年第3期。

② 郑敏：《不可竭尽的魅力》，载《诗歌与哲学是近邻：结构—解构诗论》，北京大学出版社，1999，第58页。

象，她经常把华兹华斯诗作引为范本，或作为阐释个人诗论的有力论据。她专门写过《英国浪漫主义诗人华兹华斯的再评价》，对华兹华斯的诗歌成就进行过详细分析，给予高度评价，同时针对其此前受到的曲解和误读进行大力辩驳。在《诗和生命》一文里，郑敏引用华兹华斯关于写诗即"在宁静中重记感情"的创作理念；她曾明确表达出对华兹华斯的欣赏，称其诗是"西方浪漫主义诗歌中最有境界的"[①]。郑敏对华兹华斯的创作理念一直印象深刻，也推崇其冷静、克制、理性的抒情方式。

约翰·顿是 40 年代末郑敏在布朗大学做硕士学位论文的研究对象，在此期间，郑敏接触到艾略特等玄学诗倡导者的诗学，她对约翰·顿玄学诗的理解基本可以概括为"感性与知性互为表里的现代性特点"[②]，这一理念在其创作中亦多次实践。

对郑敏早期诗歌创作影响最大的西方诗人，是象征主义大师里尔克。郑敏对里尔克的接受得益于冯至："我当时念的是哲学系，冯先生教我德文。同时，我还选修旁听了冯先生教的关于歌德的课，并读了冯先生翻译的里尔克的《给一个年青诗人的十封信》，这些都对我影响非常大。"[③]冯至、里尔克、歌德决定她诗歌创作的重要色调。郑敏诗歌不仅具有里尔克式注重内心体验的沉思气质，其语言的凝练风格亦深受里尔克影响，而且，里尔克的诗歌精神在日后一直成为她诗歌生命的营养。在郑敏看来，里尔克与她心灵最为接近："40 多年前，当我第一次读到里尔克给青年诗人的信时，我就常常在苦恼时听到召唤。以后经过很多次的文化冲击，他仍然

---

① 郑敏、李青松：《探求新诗内在的语言规律 —— 与李青松先生谈诗》，载郑敏著《郑敏文集 文论卷（下）》，北京师范大学出版社，2012，第 795 页。

② 郑敏：《中国诗歌的古典与现代》，《文学评论》1995 年第 6 期。

③ 郑敏：《遮蔽与差异 —— 答王伟明先生十二问》，载《诗歌与哲学是近邻：结构 — 解构诗论》，北京大学出版社，1999，第 452 页。

是我心灵接近的一位诗人。"①里尔克曾告诫青年诗人，对人生、对理想，心中要有执着虔诚的信念，同时，写诗之时要避免肤浅和感情倾泻，要学会静观、体悟，让意象自然呈现，这样才能贴近事物本质，诗中感情经过自省和收敛，才不至于泛滥。诸上诗观都深得郑敏认同。

里尔克对郑敏的影响，主要体现在诗思技巧和诗歌精神层面。在诗思技巧层面，里尔克诗歌的雕塑性，对郑敏的诗作技巧有重要影响。郑敏早期诗歌受到以里尔克为首的现代主义诗人影响，具有"雕塑般的质感"。里尔克在担任雕塑家罗丹的秘书期间，受染于罗丹现代雕塑艺术，他的艺术观发生深刻变化，意识到艺术需要观察，从此便试图将雕塑的特征融于诗歌之中。由此，里尔克开始注重诗的雕塑性，追求客观表现事物的内在精神。郑敏多次提到里尔克的《豹》："它的目光被那走不完的铁栏／缠得这般疲倦，什么也不能收留。""只有时眼帘无声地撩起——／于是有一幅图像浸入。"②里尔克的《豹》堪称"雕塑性"咏物诗的典范，他将充满力量的豹置于一个相对静止的画面，用相对静止的画面承载流动的情绪，这种张力呈现出震撼人心的雕塑美。

里尔克诗歌的雕塑性对郑敏的诗歌创作产生巨大吸引和启发，郑敏逐渐形成了里尔克式把握世界的方式：冷静观察事物，以敏感触须去探索事物本质，用图画、用雕塑的效果表达绵长的思绪。因此，在郑敏诗中始终可以看到她善于从客观事物引发深思，借由生动的形象展开联想，洞悉和超越事物本质。

---

① 郑敏：《天外的召唤和深渊的探险》，载《诗歌与哲学是近邻：结构—解构诗论》，北京大学出版社，1999，第409页。
② 参考冯至的翻译。［奥地利］里尔克：《豹》，载冯至著、韩耀成编《冯至全集（第九卷）》，河北教育出版社，1999，第434页。

除了华兹华斯、约翰·顿、里尔克，郑敏还受到庞德、威廉斯、阿胥伯莱等英美诗人的影响，从文本到诗观，诸上西方诗人滋养了她的诗学资源，而且她对英美诗歌的研究成果也颇为丰硕。[①]当然，在不同历史时期，郑敏对西方诗人的选择也不尽相同。

经过几十年沉寂，1979 年，郑敏重新拿起诗笔，吟出重返诗坛的第一首诗《诗呵，我又找到了你》。"归来"后的郑敏，经过一段时间调整，重新焕发活力，《寻觅集》体现出其调整痕迹。

20 世纪 80 年代郑敏访美，恰逢后现代主义风靡西方，她敏锐感受到这一时代脉搏。访美归来，郑敏一方面致力于美国后现代主义诗歌研究，一方面大力介绍德里达的解构主义。对美国后现代主义诗歌及对解构主义的研究，使郑敏新时期的诗歌创作发生转向。她在对后现代主义诗歌的解读中，接触到无意识理论，并将其作为她后期创作的重要指针："从 1984—1985 年以后我才朦胧地找到自己的艺术途径。这是一种庞德式的浓缩和后现代主义的强调无意识的意象的混合。"[②]与后现代主义诗歌肆无忌惮、毫无节制地呈现无意识不同，郑敏对无意识的呈现是有节制的，她试图以清醒的结构意识来控制失序的无意识的呈现，从而避免诗歌中出现她认为有伤诗美的部分。可见，郑敏对后现代主义诗歌的接受有选择、有条件，即不能失去审美意识的清醒。

在郑敏新时期诗歌创作中，西方后现代主义思潮敲开她的无意

---

① 1980 年 12 月 25 日，论文《意象派诗的创新、局限及对现代派诗的影响》刊于《文艺研究》1980 年第 6 期；1981 年第三季度，论文《英美诗创作中的物我关系》刊于《诗探索》1981 年第 3 期；1981 年 11 月 20 日，论文《英国浪漫主义诗人华兹华斯的再评价》刊于《南京大学学报（哲学社会科学）》1981 年第 4 期；1982 年 4 月 25 日，论文《庞德，现代派诗歌的爆破手》刊于《当代文艺思潮》1982 年第 1 期。参见刘福春：《郑敏文学年表》，《文艺争鸣》2022 年第 3 期。

② 郑敏：《创作与艺术转换——关于我的创作历程》，《诗刊》2002 年第 14 期。

识大门，她开始与心灵对话，发出许多内心的声音，造就一种玄远的风格。1985 年创作的《心象组诗》是郑敏在无意识引导下创作的里程碑式作品，其中第三首《渴望：一只雄狮》展现出郑敏被压抑的无意识：

渴望：一只雄狮①

在我的身体里有一张张得大大的嘴

它像一只在吼叫的雄狮

它冲到大江的桥头

看着桥下的湍流

那静静滑过桥洞的轮船

它听见时代在吼叫

好像森林里象在吼叫

它回头看着我

又走回我身体的笼子里

那狮子的金毛像日光

那象的吼声像鼓鸣

开花样的活力回到我的体内

狮子带我去桥头

那里，我去赴一个约会

郑敏在《关于〈渴望：一只雄狮〉》中自述创作此诗的心路历程："那是一个气氛相当压抑的年头。……这时我仿佛清晰地看到在我的身体深处有一只张大着嘴的狮子，它被监禁很久了，于是我让它走出我的身体，以后它做些什么，看见什么，感觉到什么，又

---

① 郑敏：《心象组诗（之一）》，载《郑敏文集 诗歌卷（上）》，北京师范大学出版社，2012，第174—175 页。

怎样将我引向新的希望和生机丰富的境界，都如实地写在诗里了。
这首诗以迅雷不及掩耳的速度来到我的笔下。……因为它是来自那
无意识的心灵'黑洞'；化成一头渴望解放的狮子，走入我的意识、
又进入我的诗歌。"[1]"十年动乱"使郑敏心灵备受折磨，她重返
诗坛，仍觉气氛桎梏，创作的激情与欲望时刻遭受意识的压抑，不
知如何解脱。这时，她忽然觉得正该写出积蓄已久的压抑感。诗人
心中的活力喷发了，幻化成张着大嘴的狮子，它带着诗人与大自然
约会，成为诗人与大自然沟通的桥梁，也成为恢复其诗性活力的使
者。雄狮是从无意识中抽象出来的形象，诗人创作时仿佛真看见它
从身体奔出又回来，这预示着活力重新回到诗人身上。

　　如果说郑敏在 20 世纪 40 年代的诗歌是用静止画面承载流动的
诗情，将深邃的哲思凝固成静止的雕塑，其新时期以来的诗歌，则
是以无意识为根基，用动态词语将她所描绘的各个形象转化成不断
变换的场景，呈现出流动之美。

　　郑敏在新诗形式上还借鉴了美国当代诗人威廉·卡洛斯·威廉
斯的"三行体"。1989 年 6 月，冬淼编、郑敏等译的《欧美现代派
诗集》由中国青年出版社出版，收所译威廉·卡洛斯·威廉斯、埃
兹拉·庞德等美国诗人诗作 28 首。可见威廉·卡洛斯·威廉斯在郑
敏的诗学视野当中有着重要地位。此外，1990 年 5 月，郑敏评传《威
廉斯》刊于《外国著名文学家评传》第四卷；1994 年 5 月，译文《反
风气论——对艺术家所做的研究》（威廉·卡洛斯·威廉斯著，李
玉所译，郑敏审编）刊于《诗探索》1994 年第 2 辑。综上可见，郑
敏对威廉斯诗歌做了大量研究与推广工作。对于诗歌形式，威廉斯
曾要求彻底摆脱英国抑扬格节奏的束缚，在美国本土的语言中寻找

---

[1] 郑敏：《关于〈渴望：一只雄狮〉》，载《诗歌与哲学是近邻：结构—解构诗论》，
　　北京大学出版社，1999，第 426—427 页。

诗歌新节奏，提出"可变音步"理论。经过多次试验，他认为"三行体"最能表现美国语言的本土特征。三行体，即每节诗有三行，第二行比第一行缩进几个字母，第三行比第二行缩进几个字母，每行三音步。郑敏对这种三行体进行过模仿，以《两座雕塑》一诗为例：

两座雕塑 [①]

她对土地说

要沉默

沉默在思考中

要坚硬

坚硬得能撑起飞跑的队伍

愤怒的脚步

要松软

松软地埋起

血泊中的高贵

除了这一尝试，郑敏还在新诗形式中使用一种迂缓的说话节奏，诗行长短也由呼吸节奏来安排。在郑敏新时期诗歌创作中随处可见这种安排："假如我匆匆走向树林 / 告诉鸟儿们唱得温柔些 / 轻轻地，轻轻地 / 不要惊醒树荫下熟睡的婴儿"。（《假如……然而……》）

从 20 世纪 80 年代开始，郑敏结束了 40 年代带有古典后现代主义色彩的里尔克式诗歌语言，很自然地走向无意识理论、解构主义等西方后现代主义的理论核心。新时期后，郑敏受德里达的非中

---

① 郑敏：《两座雕塑》，载《郑敏诗集（1979—1999）》，人民文学出版社，2000，第 22—23 页。

心论和多元化思想的启发，对汉语诗歌和中国传统文化有了全新认识。她怀着极大热情尝试以西方现代精神解读东方智慧和中国古老文明，力图将西方解构主义与中国的老庄哲学融会贯通。另外，对"无意识"与创作关系的认识，也使她深深意识到原始生命力受到"超我"过分压制，已逃到作为生命深层结构的"无意识"中去，只有不断地同它沟通、交谈，才能获得更丰富的创作源泉。

综上可见，郑敏跨越半个多世纪的诗歌创作始终主动积极地汲取西方诗哲营养，形成开阔的诗学视野；直至晚年，她开始回归本土化传统，致力于现代汉诗的研究。不可否认，郑敏为现代汉诗理论及创作做出卓越贡献，但其创作实践更多显示出她对西方文化的"本土化"改造，并无太多将中国古典文化加以"改良"的成果。对此也可以如此解释：郑敏对传统文化的系统研究投入较晚，故而在创作中对中国古典文化的引用和创作，远不如对西方艺术深入。

▌ 第二节　"静夜里的祈祷"：智性的泉源与写实的象征

"海德格尔说'诗歌与哲学是近邻'一语，足以概括我所经历的心灵旅程。"[1] 郑敏倾其毕生创作与探索，诠释与践行了现代汉语诗歌如何与哲学成为近邻，她曾把哲学与诗歌对自己的影响比拟为放射性渗入，比如："我在大学时所修的哲学是我此生写作和科研的放射性核心。"[2] 就哲学与诗歌的真实要义和关联，她别有颖悟："我并不认为应当将哲学甚至科学理论锁在知性的王国中，也不应将诗

---

[1] 郑敏：《诗歌与哲学是近邻——关于我自己》，载《诗歌与哲学是近邻：结构—解构诗论》，北京大学出版社，1999，第474页。

[2] 郑敏：《诗歌自传》，载《诗歌与哲学是近邻：结构—解构诗论》，北京大学出版社，1999，第478页。

局限在感性的花园内。高于知性和感性，使哲学和诗、艺术同样成为文化的塔尖的对生命的悟性，而这方面东方人是有着丰富的源流的。"[1]

1. 开拓新诗现代化道路：西南联大诗教资源

1939 年，郑敏考入西南联大外国语文学系，因考虑到文学可以自学，但自学哲学有困难，遂果断转入哲学系[2]，其后选修了中文系许多课程。联大的新诗创作氛围非常浓厚，在此执教的老师多为现代文学史上的大家，有冯至、沈从文、闻一多、朱自清、陈梦家、卞之琳等，几乎云集了中国新诗各阶段的知名诗人，对新诗有兴趣的学生，自然"近水楼台先得月"，直接获得名师教益和启发。联大师友共同营造起国内高校中极为罕见的新诗创作热潮与传播生态，比如，闻一多教授虽主要讲授"楚辞""唐诗""古代神话"等中国古典文学课程，却非常关注中国新诗的发展，以及学生的新诗创作，他热情地为喜爱新诗的学生指点助力。多年以来，闻一多一直担任联大文学社团的指导教师，从早期"南湖诗社"到"冬青社"再到"新诗社"，见证了联大校园诗歌的发展过程。作为指导教师，他多次受邀参加学生社团的讲座，有机会直接参与到学生诗歌观念的构建过程，成为联大学生新诗创作的精神力量。此外，郑敏很欣赏沈从文乡土小说中那股浓郁的湘西气息。一次，西南联大校友、诗人袁可嘉请她去家里吃饭，巧遇沈从文，席间沈从文发问："你们记得有个写诗的郑敏现在到哪里去了吗？"郑敏心中窃

---

[1] 张洁宇：《诗学为叶，哲学为根 —— 郑敏教授访谈录》，《文艺研究》2014 年第 8 期。

[2] 笔者曾于 2017 年采访郑敏先生，她直言当年"是为了理解生命才去念哲学的"。参见孙晓娅：《多元诗性思维的交融 —— 郑敏访谈》，载赵敏俐主编《中国诗歌研究动态（第二十五辑·新诗卷）》，2021，第 335 页。

笑，沈从文只记得在他主编的《大公报·文艺副刊》上频频发表诗歌的郑敏，却不清楚她还听过他的课。[①]

在联大读书期间，冯友兰、汤用彤、郑昕、冯文潜等先生讲授的哲学课成为郑敏一生中创作和思考的泉源；哲学专业的多年训练使她成为一个风格独具的思考型诗人，赋予其诗歌深沉的哲学底蕴；而哲学兼文学课程的熏陶，又使她在现当代女诗人阵列中脱颖而出，就艺术成就和创作历程而言，至今尚无超越者。郑敏曾自述过其不同于其他九叶派诗人的诗歌起点："……哲学方面受益最多的是冯友兰先生、汤用彤、郑昕诸师。这些都使我追随冯至先生以哲学作为诗歌的底蕴，而以人文的感情为诗歌的经纬。这是我与其他九叶诗人很大的不同起点。"[②]

20世纪40年代，战争成为人们生活的主要成分，但对于郑敏、穆旦、杜运燮、袁可嘉等校园诗人来说，西南联大时期，他们所处的文化环境依然开放而丰富。这些校园诗人集中于冬青社[③]、文聚社[④]、新诗社等文学社团，一方面，受到多位中国知名学者诗人的言传身教，他们潜心于继承并开拓新诗现代化的道路；另一方

---

① 郑敏口述，祁雪晶采访整理：《郑敏：回望我的西南联大》，《中国教育报》2012年3月16日。

② 郑敏：《忆冯至吾师——重读〈十四行集〉》，《当代作家评论》2002年第3期。

③ 作为联大历史上著名的文学社团，冬青社为繁荣西南联大的校园文学艺术做出了巨大的贡献，曾经出版《冬青》壁报，以及《冬青文抄》《冬青诗抄》《冬青小说抄》《冬青散文抄》等刊物，同时与《贵州日报》合作创办专刊《革命军诗刊》，共有11期，除首期外，其余10期皆刊发"昆明西南联大冬青文艺社集稿"，可以说，冬青社作为一个文学社团在文学创作方面积极主动并且成果卓著。

④ 出版《文聚》文艺月刊，由林元、马尔俄编，由文聚社出版，由昆明崇文印书馆印行。《文聚》杂志的发起人有林元、马尔俄、李典、马蹄等人，发起人中有部分为群社社员，有部分为冬青社社员。《文聚》创刊于1942年2月，一直出版到1946年。冬青社社员刘北汜、杜运燮、林元、马尔俄和社外的沈从文、冯至、卞之琳、李广田、穆旦等都在《文聚》上发表过作品。

面，燕卜荪、奥登等著名西方当代诗人赴华讲学，"他们跟着燕卜荪读艾略特的《普鲁弗洛克》，读奥登的《西班牙》和写于中国战场的十四行，又读狄伦·托马斯的'神启式'诗，他们的眼睛打开了，——原来可以有这样的新题材与新写法！"① 以上两方面，是西南联大在成立的短短八年时间内，能够雨后春笋般涌现出穆旦、杜运燮、郑敏、袁可嘉、王佐良、何达、林蒲等一大批优秀的校园诗人的主要原因。激荡的外部战争和静谧的学院环境，给予校园诗人创作上的新启示。王佐良曾动情回忆道："这些诗人们多少与国立西南联大有关，联大的屋顶是低的，学者们的外表褴褛，有些人形同流民，然而却一直有着那点对于心智上事物的兴奋。在战争的初期，图书馆比后来的更小，然而仅有的几本书，尤其是从外国刚运来的珍宝似的新书，（他们）是用着一种无礼貌的饥饿吞下了的。这些书现在大概还躺在昆明师范学院的书架上吧：最后，纸边都卷如狗耳，到处都皱叠了，而且往往失去了封面。但是这些联大的年青诗人们并没有白读了他们的艾里奥脱（艾略特）与奥登。也许西方会出惊地感到它对于文化东方的无知，以及这无知的可耻，当我们告诉它，如何地带着怎样的狂热，以怎样梦寐的眼睛，有人在遥远的中国读着这二个诗人。"②

西南联大的绝大多数教师是在"五四"后出国留学的新一代知识分子，他们通晓古今、融汇中西。作为三所全国一流高校的集合体，西南联大所具有的师资优势和生源优势，是其他学校难以匹敌

---

① 王佐良：《谈穆旦的诗》，载杜运燮、周与良、李方等编《丰富和丰富的痛苦：穆旦逝世 20 周年纪念文集》，北京师范大学出版社，1997，第 3—4 页。

② 王佐良：《一个中国诗人（代序）》，载穆旦著《蛇的诱惑》，珠海出版社，1997，第 2 页。

的[1]。除却本土教师和作家,西南联大空前的学诗热潮与一位有数学头脑的现代诗人、锐利的新批评家燕卜荪不无关联。燕卜荪冒着战火来到昆明,在西南联大开设"英诗选读""莎士比亚研究""现代诗"等课程。他的"英诗课"习惯系统全面地梳理英国历代诗歌流派,他会从哈代、叶芝、艾略特一直讲到狄伦·托马斯,"其中自然也包括与他同时期的奥登、斯本德等诗人"[2],这样的课堂内容与他独特的骨架式教学模式相得益彰,使穆旦、郑敏、杜运燮、王佐良等联大学生受益匪浅。王佐良回忆道:"我们——一群从北平、天津的三个大学里跋涉到内地来的读英国文学的学生——是在湖南衡山南岳第一次听他的课的。那时候,由于正在迁移途中,学校里一本像样的外国书也没有,也没有专职的打字员,编选外国文学教材的困难是难以想象的。燕卜荪却一言不发,拿了一些复写纸,坐在他那小小的手提打字机旁,硬是把莎士比亚的《奥赛罗》一剧凭记忆,全文打了出来,很快就发给我们每人一份!我们惊讶于他的非凡的记忆力:在另一个场合,他在同学的敦请下,大段大段地背诵了密尔顿(弥尔顿)的长诗《失乐园》;他的打字机继续'无中生有'地把斯威夫特的《一个小小的建议》和 A. 赫胥黎的《论舒适》等等文章提供给我们……然而我们更惊讶于他的工作态度和不让任何困难拖住自己后腿的精神——而且他总是一点不带戏

---

[1] 笔者梳理了一份西南联大文学院教授名单。中文系:闻一多、陈寅恪、朱自清、罗常培、罗庸、魏建功、杨振声、刘文典、王力、浦江清、唐兰、余冠英、陈梦家。外文系:叶公超、莫泮芹、冯承植(冯至)、燕卜荪、黄国聪、潘家洵、陈福田、吴宓、温德、陈铨、吴达元、钱锺书、陈嘉、杨业治、傅恩龄、柳无忌、刘泽荣、吴可读、闻家驷。哲学心理学系:汤用彤、金岳霖、冯友兰、贺麟、沈有鼎、孙国华、周先庚、冯文潜、郑昕、容肇祖。历史社会学系:刘崇鋐、姚从吾、毛准、郑天挺、钱穆、蔡维藩、陈受颐、傅斯年、雷海宗、王信忠、邵循正、陈达、潘光旦、李景汉、皮名举。

[2] 张金言:《怀念燕卜荪先生》,《博览群书》2004 年第 3 期。

剧性姿态地做他认为该做的事，总是那样平平常常、一声不响的。"[①]
他对西方现代诗歌第一手的导读，让联大学子们领受到迥异于本土
诗歌教育的方式。

1938 年 2 月到 6 月期间，对西南联大校园诗人颇具影响的外籍
诗人教师，还有英国著名现代诗人奥登。奥登是一名受欧洲左翼思
想影响的诗人，他与小说家克里斯托弗·伊舍伍德合写了《战地
行》一书，书中有他创作的 23 首十四行诗《战时》，前 12 首运用西
方神话中的意象完成自己对社会现实的隐喻，从第 13 首到第 23 首，
诗人直接用诗歌描绘战争中的中国。诗中记录战时中国的场面成为
日本侵华暴行的重要见证，组诗也成为记录中国抗战的史诗。《战
时》组诗不仅带给中国另一种审视战争的眼光，更重要的是，他引
领了一代诗人，尤其是西南联大校园诗人的诗歌之路。

综上，得到中外名师言传身教，是西南联大校园诗人得天独厚
的教育优势，郑敏受益其中，奠定了其诗歌创作坚实的基础。

2. 感性与知性互为表里

1949 年，郑敏出版第一本诗集《诗集（一九四二——一九四七）》，
由文化生活出版社出版，列入巴金主编的"文学丛刊"第十集，内
中收录郑敏五年中创作的 62 首诗，按创作年代排序，分三辑："第
一辑可视为诗人创作的见习期，题材大都关涉青春期的爱情、自然
的感受、希望与梦幻等；第二、三辑可视为诗人的成长期，内容已
扩及对社会问题和形而上学的思考。从风格上来看，第一辑注重音
乐的流动性，第二、三辑则增加了雕塑的凝固感。这本诗集可视为
郑敏在 20 世纪 40 年代对现代主义诗歌探索过程中的艺术成就，也

---

① 王佐良：《怀燕卜荪先生》，《外国文学》1980 年第 1 期。

奠定了她在中国新诗史上无可代替的地位。"①

　　这一时期，郑敏的创作取向是纯然学院派，联大浓厚的学术氛围与她自身崇尚沉思默想的个性使她的诗充溢着"女学生"式的智性思考。

　　　　"瞧，一个灵魂先怎样紧紧把自己闭锁 / 而后才向世界展开，她苦苦地默思和聚炼自己 / 为了就将向一片充满了取予的爱的天地走去。"（《Renoir 少女的画像》）②

　　　　"生活是贪饮的酒徒，急于喝干幼稚的欢快，/ 忍耐在岁月里也不会发现自己过剩，/ 我们唯有用成熟的勇敢抵抗历史的冷酷。"（《西南联大颂》）

　　这些诗句活泼灵动，但思想并不十分深刻，可以窥见女学生时期即已萌生的智性特质。从第一首公开发表的小诗《晚会》、颇有些俏皮意味的《云彩》，到歌颂母亲的名作《金黄的稻束》，郑敏对不同主题的抒写都有极细腻的感受与独到开掘。与一般女诗人不同，她虽也书写爱情与寂寞，情调却绝不凄婉，不涉闺怨诗，而是将艺术的视野延伸到人类和宇宙，感性与知性互为表里：

----

① 孙晓娅、张光昕：《新诗十二名家》，高等教育出版社，2020，第 141 页。
② 《Renoir 少女的画像》题目有不同版本。1948 年 6 月首发于《中国新诗》丛刊第 1 集《时间与旗》的题目为《Renoir 少女的画像》，和《最后的晚祷》《求知》《生命的旅程》总题为《最后的晚祷》外三章，初收《诗集（一九四二——一九四七）》，其中《生命的旅程》改题目为《生命》；1981 年 7 月收入江苏人民出版社出版的诗集《九叶集》中时改题目为《雷诺阿的〈少女画像〉》；1988 年 10 月，由人民文学出版社出版，谢冕、杨匡汉主编的《中国新诗萃（20 世纪初叶 —40 年代）》选用的题目为《雷诺阿的〈少女画像〉》；1992 年 2 月，由人民文学出版社出版，蓝棣之编的《九叶派诗选》选用的题目为《雷诺阿的〈少女画像〉》；1994 年 10 月，由华东师范大学出版社出版，王圣思选编的《九叶之树长青——"九叶诗人"作品选》选用的题目为《Renoir 少女的画像》。本书采纳最初版本：《Renoir 少女的画像》。

"时间和时间里的文明，文明和文明培养出的自尊／都消失了。这一片垂闭的眼睑是宁静了的战场，／呵，人类，假如有一天你抛下猎枪而吹着魔笛，／你的降伏将是你最大的胜利。"（《静夜》）

对"生命"奥义的领悟是郑敏 40 年代诗作的突出主题。不难想象，身处联大自由开放的学术环境，正值求知若渴、探索人生的年纪，年轻的校园诗人对生命之谜的好奇和追寻流注于笔端：

"我们被投入时间的长河，／也许只为了一霎的快乐"（《生命》）

"生命，你做了些／什么工作？不就是／这样：一滴，一滴将苦痛／的汁液搅入快乐里／那最初还是完整无知的吗？"（Fantasia）

"我把人类一切渺小，可笑，猥琐／的情绪都掷入他的无边里，／然后看见：／生命原来是一条滚滚的河流。"（《寂寞》）

此外，诗人不忘对生命之韧的赞颂：

"开始工作时，我退入孤寂的世界／那里没有会凋谢的花，没有终止的歌唱／完成工作时，我重新回到你们之间／这里我的造像将使你们的生命增长"（《雕刻者之歌》）

"（那不是没有，不是没有／它已成为所有人的祈求／现在在遥远的朦胧里等候／它需要我们全体的手，全体的足／无论饥饿的或是满足的，去拔除／蔓生的野草，踏出一条坦途）。／举起，永远地举起，他的腿／奔跑，一条与生命同始终的漫长道路／寒冷的风，饥饿的雨，死亡的雷电里／举起，永远地举起，他的腿。"（《人力车夫》）

"虽然你看见在他微俯的头额上／生命犹在闪动着明亮的双翼翱翔／但是已经开始的必会不断增长／落日放出最后的灿烂／但，远处绵延的峰峦／他的四肢，已沉入阴暗。"（《垂死的高卢人（The Dying Gaul）》）

以及对"死"与"生"之间的辩证关系的思考：

"倘若恨正是为了爱，/ 侮辱是光荣的原因，/ '死'也就是最高潮的'生'"（《时代与死》）

"每秒是一个世界 / 穿过多少个世界 / 我们向无穷旅行 // 待望到生的边疆 / 却又象鸟死跌降 / 松舍了天空万顷"（《死》之一）

"你不会更深的领悟到生的完全 / 若不是当它最终化成静寂的死""生命在这里是一首唱毕的歌曲 / 凝成了松柏的苍绿，墓的静寂 / 它不是穷竭，却用'死'做身体 / 指示给你生命的完整的旨意。"（《墓园》）

在郑敏早期诗歌实践中对生命主题的青睐自有原因，对她来说，诗和生命之间画着相互转换的符号①。进入大学并选定哲学作为研究方向时期，曾倍感年少孤独的少女逐渐长成为一个具有完全独立思辨能力的人。郑敏对诗歌的热爱如同对个人生命的奇异观瞻，她在两者间找到共通处，以书写的方式记录和思考着身外的世界。唐湜评 40 年代郑敏诗歌是"静夜里的祈祷"："在她的诗中找不到尼采所解说的酒神台翁尼苏斯（Dionysus）式的疯狂，但却可以找到《圣经》里的那种坚忍的浪漫感情。我们可以把她比拟作一个在静夜里祈祷的少女，对大光明与大智慧有着虔诚的向往。"②

袁可嘉曾将九叶派的创作倾向归纳为"纯粹出自内发的心理需求，最后必是现实、象征、玄学的综合传统"。郑敏不例外，她虽站在象牙塔中，但并不自我隔绝，而是将创作逐步转向现实生活，

---

① 郑敏：《诗和生命》，载《诗歌与哲学是近邻：结构—解构诗论》，北京大学出版社，1999，第 417 页。

② 唐湜：《郑敏的静夜里的祈祷》，载王圣思选编《"九叶诗人"评论资料选》，华东师范大学出版社，1996，第 266 页。

从生命的沉思走向时代与社会。《清道夫》《人力车夫》《小漆匠》等都是郑敏关注现实的有力明证。面向现实她常用"写实的象征"或"象征的写实"来建构诗行、沉淀哲思。同九叶派另一位代表诗人穆旦相比，彼时郑敏的诗受西方文化影响极深，几乎没有显性的中国古典文本质素，但内含着的爱国情感都深挚而绵长。不同的是，穆旦诗更加"复杂"："我"的分裂、"情感线团化"，让一首短诗的意蕴也充满"生活""痛苦"与"哲理"，内敛且凝重；郑敏诗的底子更加清透，同样有"生活"和"哲理"，却引人直抵文本核心。

提及郑敏 40 年代最出色的作品当数《寂寞》。这是一首境界辽阔、意境深邃的长诗。古人写寂寞，常集中于"痴男怨女"、思乡怅惘，而这首诗则写以天地万物为背景的寂寞，是一场切近哲思的论说：萦绕诗人心怀的，并非生存和现实的寂寞，而是灵魂的寂寞。诗人从看到一棵矮小的棕榈树开始自陈：仿佛于"闹宴"后归来，"跌回世界"，展示一个从现实回归精神，并逐步抽离自我的过程，最终，诗人得以"单独的对着世界"。此后，诗思开合有度，调动多种感官，从听觉和视觉感受黄昏到黑夜的流转，再进入想象，深化对寂寞的体验与思考，发现一个奇异的心灵世界：在这里，寂寞从被遮蔽到澄明现身，诗人将"寂寞"所开启的思度轰然推向生命的无限可能，整首诗的境界由此显得空寂而廓大。

《寂寞》的构思使人想起冯至的《蛇》。"寂寞"是古往今来永恒的诗歌母题，而这两首诗对"寂寞"的抒写都显示出极强的独创性。"我的寂寞是一条蛇，/静静地没有言语"，冯至用具象的"蛇"喻指抽象的"寂寞"，一开篇便足以让人产生悚惧的情绪。又正如蛇会潜行游走一般，冯至诗中"蛇"的意象也是运动发展着的："它月影一般轻轻地 / 从你那儿轻轻走过；/ 它把你的梦境衔了来 / 像一只绯红的花朵"。"蛇"使"寂寞"本身冰冷和诱惑的特性放大，象征诗人对爱的渴求与煎熬，具有浓郁的浪漫主义抒情色彩。而郑敏的《寂寞》更富有现代哲思意味，并且借助了新鲜意象和丰富的想象去提炼和勘察庄严的生命意义："在'寂寞'的咬啮里／寻得'生命'最严肃的意义"。直观看来，《蛇》是一首譬喻精妙的短诗，《寂寞》是散文化长诗，若只注重诗的形式，会撕裂二者联系，但从诗歌书写"寂寞"的构思、对梦境的塑造，以及客观对应物、远取譬等手法的运用来看，可以明晰看出两首诗之间的相似性与承续性。

《寂寞》长达一百三十多行，它主题突出鲜明，意蕴广博。它不局限于诗人的个体经验，还融入人类的共同经验，给予读者多个进入复杂情感体验的入口。此外，诗人选择的象征意象充满力度和美感：岩石、树木与河流分别作为"寂寞"的载体，有凝固，也有流动。对于读者而言，这些意象无一不是具有陌生化效果又能切近寂寞本质的描述，它们有赖于诗人通过沉思，融合现实与想象、经验与情感，将其合奏为生命的繁复交响。

▮ 第三节 "灵魂中的思绪正奔腾"：在时代烽烟中雕塑思想

20 世纪 40 年代，郑敏除了用"客观对应物"的手法避免过去浪漫派存在的情感泛滥问题之外，还经常创造具有生命力的直觉意象，用间接抒情的方式，达到深刻而凝练的审美效果，《荷花》即是这类诗作。张大千有一幅墨荷图，普通观众只赞叹它的美和技艺，郑敏却从那盛开的荷花、"不急于舒展的稚叶"中，读出"载着人们忘言的永恒""在纯净的心里保藏了期望"。在《荷花》中，诗人把"荷花"放在"一场痛苦的演奏里"，在这里，荷花有盛放的快乐且永不凋零，有诗人对其抵抗时间侵蚀的期望与赞美。郑敏为笔下的"荷花"赋予新意，在她一贯喜爱吟咏的生命主题中，"荷花"显得生机勃勃，从根里接受了"风的摧打 / 雨的痕迹"，也"因为它从创造者的 / 手里承受了更多的生，这严肃的负担"，显示出物之外的拟人化的品格，使读者获得立体多元的诗美感悟。

1. 沉潜着灵魂的意象

这一时期，郑敏渴望跟踪内心变化莫测的思绪，并赋予变动的思绪以凝重静穆的形象，从而获取雕塑般的品格。创作中，她追求雕塑或油画的凝定美，有意寻找生命的强烈震波，领略生命的崇高，这无疑深受里尔克影响。她在《金黄的稻束》这首诗中尝试融汇里尔克雕塑式的手段、艾略特的象征手法、约翰·顿的玄想，描绘出米勒式的秋日田野风景画：

金黄的稻束 ①

金黄的稻束站在
割过的秋天的田里，
我想起无数个疲倦的母亲
黄昏的路上我看见那皱了的美丽的脸
收获日的满月在
高耸的树巅上
暮色里，远山是
围着我们的心边
没有一个雕像能比这更静默。

---

① 郑敏：《金黄的稻束》，载《郑敏文集 诗歌卷（上）》，北京师范大学出版社，2012，第 9 页。

肩荷着那伟大的疲倦，你们

在这伸向远远的一片

秋天的田里低首沉思

静默。静默。历史也不过是

脚下一条流去的小河

而你们，站在那儿

将成了人类的一个思想。

　　《金黄的稻束》首次发表于《明日文艺（桂林）》（1943 年第 1
期），初题为《无题（之二）》[①]，后改名《金黄的稻束》。这首诗在
内容题旨和艺术手法上均有创新，是新的技巧、意识和意象的完满
结合，它不仅是郑敏个人早期代表作，充分体现出诗人对西方现代
诗人的借鉴和吸收；也颇为出色地表现出九叶派共同秉持的现代主
义诗学主张，堪称中国百年新诗经典佳作之一。

　　优秀诗篇往往沉潜着灵魂的肖像，从"金黄的稻束"到"无数
个疲倦的母亲"，郑敏刻绘出一个伟大灵魂的肖像。那么，诗人如
何生成、雕刻，进而升华这萦绕在百年新诗史中的生动的灵魂肖像
呢？关于这首诗的创作缘起和酝酿，诗人如此阐释："有时一霎时
的内心的一次颤动，会触发一首诗。人们称之为灵感的到来，其实
可能就是那酿酒的无意识向你发出的酒香的信号……线条型的诗一
经上意识的修改就会失去神韵，但并非主张写诗只需一挥而就，应
当说诗在无意识中酿造时间是很长的，这个酒窖是由无意识和潜意
识组成的，它的功能神秘而复杂，那里的酒曲是很古老的，有的是

[①] 同期的《明日文艺（桂林）》共发表了郑敏九首诗作，为冯至推荐。

我们的始祖所遗留下来的。"[1] 时隔60年，郑敏在《〈金黄的稻束〉和它的诞生》（2003）一文中坦言，诗情萌发于具体情景的触动，深蕴于哲学与文学的深厚土壤，从丰收时"金黄的稻束"联想到劳作后"疲倦的母亲"，饱经沧桑的"皱"脸同时也是"美丽"的。诗思跳跃，情思推移，实物逐渐被抽象，从对生命的感知到对历史变迁的流动思考，流变的思想层层被推衍和递进。"满月""树巅""远山"等意象一方面立体可感，勾勒出视觉性极强的图画，同时又富有绘画感及雕像感，表明诗人极善于捕捉物象的静止凝固之美；另一方面，明晰的意象描绘出一个苍茫的意境，为诗末抒发哲理做出恰如其分的铺垫。

现代主义诗歌与传统古典诗歌的显明分野在于，前者不再满足于单纯的写物状景抒情，而是对宇宙、历史、人生呈现出哲理性关注。《金黄的稻束》极为成功地运用了艾略特"客观对应物"的手法——一旦某种外部事实出现，便能立刻唤起某种情感。以"金黄的稻束"为核心意象，它不单是诗人描写的一个客体形象，还是一个"理性和感情的复合体"。在诗人的沉思中，它成为"人类的思想"的"客观对应物"。

这一时期郑敏的诗，追求雕塑或油画的凝定美，有意寻找生命的强烈震波，领略生命崇高，而这无疑是受了里尔克影响。冯至概括过里尔克诗歌的品质——"他使音乐的变为雕塑的，流动的变为结晶的，从浩无涯涘的海洋转向凝重的山岳"[2]——这正是郑敏创作之初的向往。她渴望跟踪内心变化莫测的诗绪，并赋予它静穆的

---

[1] 郑敏：《诗和生命》，载《诗歌与哲学是近邻：结构—解构诗论》，北京大学出版社，1999，第422—423页。

[2] 冯至：《里尔克——为十周年祭日作》，载《冯至选集（第二卷）》，四川文艺出版社，1985，第156页。

形象，获取凝重的雕塑般的品格。

这首诗塑造出现代诗歌史上的经典意象——"金黄的稻束"，诗人把文学的超越性建立在坚实的意象和深邃的洞察力上。"金黄的稻束"象征收获的仪式，它伟大而又沉默，即使在最辉煌和丰盈的秋日，也只是"低首沉思"，一个习见的意象却因"站在"这一动作，变得富有力量感和生命的韵致。"金黄"是多么神圣的色彩，流溢着光芒，晃动着收获时节欢欣的情感。第一句起笔简约不凡，有具象、有色彩、有情状、有姿态，诗人用白描手法和拟人修辞拉近读者与诗歌情境的距离。"秋天的田"向我们敞开浑厚广袤、饱满丰硕、蕴含着无数可能的生命空间，当无穷的辽阔与"割过"的残缺并置时，在视觉和感觉方面均充满了对撞的张力。由此，已完成的收割状态触动诗人的情思，从收获的实景蔓延开去，从一垛垛"金黄的稻束"的如实直观转变为形象性很强的"类似联想"。

随即，整首诗核心的灵魂——"无数个疲倦的母亲"登场。"我想起"让"稻束"与"母亲"两个跨度很大的意象在"秋天的田里"相遇，也推动诗人情思从实景中游移开。诗人如何完成由"金黄的稻束"到黄昏路上无数个"疲倦的母亲"的意象转换呢？换言之，庄严的象征符号意义如何关联起来？从外部看，丰收后垂着稻穗的稻束与母亲都被沉甸甸的重担压弯了腰，二者都是负荷的形象；从生命内质看，二者的生命价值在于无私奉献和孕育，又以此自足；从隐喻层面看，稻束是眼前大地收获的状态，而"疲倦"的母亲是当时祖国的处境。随后，诗人采用蒙太奇手法，将视线从午后田野移到黄昏路上"皱了的美丽的脸"、满月和树巅、远山，意象由近及远，由实到虚，透着米勒油画《拾穗者》的既视感，在极具兴发感动力的浓郁"静穆的"氛围中，一层层揭开现代中国被战火硝烟笼罩着的苦难，最终定格于静默的"雕像"。"雕像"被置于富有意境的氛围中，显出格外的肃穆、庄严与神秘，"没有一个雕像能比这更静默"，则直接点明诗中意象的雕塑感和静默感。随着诗绪流转，"雕像"走向旷远的延伸："肩荷着那伟大的疲倦，你们／在这伸向远远的一片／秋天的田里低首沉思"。这是一个如此静默的意象群体，极具宁静致远的感发功能，以致使抒情主体直觉到一次极其旷远的生命顿悟："静默。静默。历史也不过是／脚下一条流去的小河／而你们，站在那儿／将成了人类的一个思想"。"雕像"在历史的绵延中凝固为"人类的一个思想"。"流去的小河"以动破静，与稻束的沉思静默形成对比，显得轻飘渺小，而稻束站在田野里，将成为人们永远的思想。

这首诗由眼前实体的"稻束"到想象中"疲倦的母亲"，再到"人类的一个思想"，虚实结合，达到"形似"与"神似"的完满统一。"思想"也因其雕塑般的静穆与沉厚，给人以"抽象的肉感"，同时，在既形象立体又含蓄蕴藉之中，展现出丰富的生存宇宙意蕴。这无疑是抒情主体一次大智慧的闪光，诗人以冷静的观察和沉静的思考，借助象征、联想，将知性与感性糅为一体，在连绵不断、新颖别致的局部意象转换中，含蓄表达出对稻束、田野、土地、母亲、远山等平凡又伟大的事物的赞美。诗人知晓如何充分发挥形象的力量，将抽象的观念、深厚的情感寓于可感的形象中，使"思想知觉化"，引领读者穿越历史的"小河"，感受雕塑般静穆所蕴含的坚韧生命与永恒伟力。

在学习西方现代诗人的创作技法时，郑敏逐渐形成沉思静默又浑厚深切的创作风格，在百年女性诗歌中很难找到与这首诗风格切合的诗作。不过，诗中渗透出的宁静美和坚韧品质，与艾米莉·勃朗特《我独自坐着，夏天》一诗的风骨竟遥相呼应："我灵魂中的思绪正奔腾／我的心屈从于他们的力量／我眼睛里的泪水正喷涌／

因为我说不出那感觉 / 庄严的快乐偷偷围绕着我 / 在那神圣的没有烦恼的时刻"。

是的，"在那神圣的没有烦恼的时刻"，每个诗人的处境不同，感悟也迥然有异。郑敏侧重的，是历史长河中母爱的博大与深厚，她彰显出以谦卑之姿支撑起民族繁衍的"永恒的女性引领我们向前"的象征意味。她说："'母爱'实际上是人类博爱思想之源头"，"是根深蒂固的人性的一个方面，并且深深地影响人类文明、伦理及各方面的理想和审美"。[①] 在默想与沉思中，诗人对母亲的讴歌达到一种新高度。如果说，里尔克认为"我们的使命就是把这个短暂而羸弱的大地深深地、痛苦地、深情地铭刻在心，好让它的本质在我们心中'不可见地'复活"（《穆佐书简》）；那么，郑敏在诗中成功复活了稻束和母亲在我们心中的形象。稻束兀然耸立，仿若一座丰碑，显出群山厚重敦实的品格和不可藐视的力量，正是它们支撑起真正的历史。那些由一串英雄的名字缀结成的煊赫历史，不过是其下"一条流去的小河"，只有这些静默的"稻束"，才能以始终沉默的姿态，进入人类的思想。哲思的渗入，使密集的意象不流于浮艳，使那片立于满月之下、秋野之上、暮色远山之围中的质朴稻束，变得如雕像般凝重、静穆，充满内在的坚实性。

2. 观物与结构：诗的磁场

郑敏《诗集（一九四二——一九四七）》辑录若干首十四行诗，以及《马》《鹰》《树》《兽》《金黄的稻束》等"物诗"系列，它们反映出里尔克现代主义观物模式给她带来的深刻启示。里尔克在担任罗丹助手时，受罗丹"像一个画家或雕塑家那样在自然面前工作，顽强地领会和模仿"的启示，由此，意识到艺术家的任务就是

[①] 郑敏：《序》，载《郑敏诗集（1979—1999）》，人民文学出版社，2000，第4—5页。

把外部现实变成艺术"物"，使其从本身的偶然性、模糊性和时间流变性中解脱出来[①]。里尔克从中学得如何去"看"，写下一批"咏物诗"，其中最著名的一首是《豹》。

郑敏十分细致地解析过这首诗："在全诗里读者直接接触到的是对豹所居住的铁栏、豹的眼神、四肢的'紧张的静寂'，眼皮的无声的开闭，'极小的圈中旋转'的动态与'中心一个伟大的意志昏眩'的静态形成强烈的对比，等等。但那贯穿在这些客观的细节的描绘之中的却是里尔克的主观的意识和情感，这就是对于一个被关闭在铁栏后的充满原始活力的豹，对于这只失去自由的豹的挣扎、痛苦、绝望的无限同情和惋惜。"[②]在郑敏眼里，里尔克为自己情绪的表达找到了某种"客观对应物"，《豹》没有情绪宣泄，诗人的情绪被转移到"物"（豹）之中而变得客观化，最终，自我意念与所观察的对象达到统一。这种寻找客观对应物的方式极大激发了郑敏，使她开始尝试着捕捉瞬间流过心底的情绪或思想，将之在一刹那定格。

郑敏的《马》，其观察维度与咏叹的姿态与《豹》极其相似，从《马》这首诗能直观地看出郑敏诗歌的雕塑品质，这不仅为了赋予诗外形"美"，更在于它作为诗的内在质地，还原为一种摄人魂魄的"真"。《马》所表现的，是一个生命完成飞跃的精神历程，英雄历经磨难成为圣者时留下的深刻足迹。诗歌开篇先书写"马"的外形、姿态，"像箭一样坚决""奔腾向前像水的决堤""崛起颈肌"，都是充满力感的描写。随后笔锋一转，马的"形体渐渐丧失了旧日的雄美"，倒下在路旁，"当年的英雄早已化成圣者 / 当它走完世间

[①] 魏育青：《译者序》，载［德］汉斯·埃贡·霍尔特胡森著《里尔克》，魏育青译，生活·读书·新知三联书店，1988，第 7 页。

[②] 郑敏：《英美诗创作中的物我关系》，载《诗歌与哲学是近邻：结构—解构诗论》，北京大学出版社，1999，第 41 页。

艰苦的道路"。这一系列思想意象的过渡，让人想起英雄迟暮的悲壮，引发古时成王败寇终付笑谈的苍郁感叹。

郑敏绝非躲在象牙塔中不闻窗外事的宁馨儿，其创作于 20 世纪 40 年代的诗作不乏对战争的直陈以及对民族崛起的呼唤和期待。置身连个人主义者都无法独善其身的烽火年代，作为西南联大的学子，她秉持知识分子的良知反思战争，发出抗争的呐喊：

"人们被枪声惊醒，发现世界在重复它的愚蠢 / 那幅记载着爱与罪恶的画又在这绿草上复活，耶稣 / 这一次他没有分给面包，却将手举起 / 放在额上：宽恕，犹大，是他分得耶稣的最后宽恕！"（《最后的晚祷》）

"自己的、和敌人的身体，/ 比邻地卧在地上，/ 看他们搭着手臂，压着 / 肩膀，是何等的无知亲爱，/ 当那明亮的月光照下 / 他们是微弱的阖着眼睛 / 回到同一个母性的慈怀，/ 再一次变成纯洁幼稚的小孩。"（《战争的希望》）

尽管这一时期知识分子多取法西方文明，但诗人始终保持冷静，针对西方施加于中国的非正向影响，她做出理智的考量：

"对于东方和西方 / 时间是无私的母亲 / 然而一个婴儿创造着奇迹 / 自腐朽里捉寻到永生 / 另一个婴儿守着腐朽啼哭。"（《时间》）

"这个国度比任何国度更令人迷惑，/ 这个时代比任何时代更令人怀疑，/ 在这里'正'和'误'好像昼夜不分的北极，/ 在这里真理是兼饰两角的傀儡。"（《学生》）

郑敏还将视点对准各类人群的描摹："死难者""清道夫""学生""残废者""诗人和孩童"……对他们的发现和书写旨在担负起诗人的职责：

"诗人，你没有看见那 / 燃在花瓣里的火焰，/ 藏在海波下的温柔，/ 画在天空上的明朗，/ 和百灵喉头的欢乐？/ 他只是低首摘食着 / 胸前的果实，仿佛要 / 从那口口的苦汁里 / 寻得一个平衡的世界。"（《诗人的奉献》）

郑敏诗作虽呈现出自觉的"超性别意识"——写女性不一定强调女性意识，不写女性一样表现女性意识——但书写女性境遇、女性内在经验，确实贯穿了诗人半个多世纪的诗路历程。在传统男权文化社会中，女性长期处于失语状态。"五四"运动之后，父权意识形态受到猛烈撼动，中国文学史上出现了第一个现代女作家群体。从社会、政治和文化角度来看，一方面，女性写作往往难以摆脱性别意识，另一方面，女性写作通过重构属于她们自己的、迥异于男性的女性话语，重塑了写作的主体性。郑敏诗歌即是用女性的个体经验展开想象，再结构以广大的人民与时代、民族经验，使个体经验获得普遍性的深度。

郑敏前期诗作，即有部分直接涉及女性的爱情主题和母性主题：

"为什么偏说行云流水 / 假如却指着说：/ 昨儿的山，石 / 昨儿的日，月，和 / 这站在你面前的也就是 / 昨儿里你所怀念的我呢？/ 我曾对着黄昏的云彩想 / 它昨夜月光里的睡态。/ 任这个世界不停如一章 / 音乐的变去吧。变去吧。/ 但自一个安静里可以 / 看见多少个昨夜 / 我的心是深山里的一口井 / 天空永远卧在它的胸上 / 假如有一只苍鹰忽地 / 自郁黑的林里飞起 / 在蓝天盘旋，盘旋，/ 它一定也和我一样想那云彩吧。"（《云彩》）

这首《云彩》写少女恋爱心理，语调俏皮，灵动活泼的形象跃然眼前。此外，诗人并不局限于表露少女美好的娇羞和纯真，而是深入到女性对爱的忠贞、追求和捍卫。

郑敏诗作中的母亲形象承载了丰富的义涵，兼及个性与群体性，含摄了女性与女儿性、母性与人性，比如：

> "母亲，秋天带伤疤的苹果 / 在酒桶里等待压汁 / 冷风搅起缤纷的落叶 / 彩色的童装嬉戏而过 / 但她却看见 / 一件染成黑色的上衣 / 黑洞的眼睛，迷惘的眼神 / 一只迷路的小鸭 / 自远处踯躅而来 / 唯一的鲜艳是那颈上 / 滴血的领巾"（《给失去哭泣权力的孩子们》）

这首诗以母亲的视角，写动乱中因受父母牵连而饱经离乱的孩子们，通过意象色彩的明暗对比，刻绘母亲的喜悦与疼痛，以视觉强化手法凸显心情的悲凉内蕴着复合的张力结构。如果说《金黄的稻束》捕捉到为人类的延续辛苦劳作的"疲倦的母亲"，那么《旱》则刻绘了在苦难的"荒废了的土地"上无声啼哭的祖国母亲形象。相较于第一代女诗人冰心的母爱颂歌，郑敏诗中的母亲形象超出了传统女性被赋予的家庭责任与道德形象，上升到更博大的人文主义关怀。从某种意义上说，这种写作姿态不仅是对既定女性意识的一种超越，也显示出诗人卓越的艺术创造力和博大的文化感悟力。

20 世纪 40 年代，郑敏即开始关注诗歌创作的结构感以及空间场域，她曾说，结构感是打开诗歌的一把钥匙，并一直把结构作为诗歌魅力的重要本源，将结构磁力场发射信息量的多少，作为判断诗歌质量可倚重的标准。郑敏认为："诗永远是一个磁力场，各条磁线从那里发出，诗之所以是有生命的，因为它的各条磁力线不断地在与其他的力起作用，并同时放出能量，它的能量在读者的心态上引起反响。这样形成了读者与诗之间的对话。"① 一个优秀诗

---

① 郑敏：《诗人与矛盾》，载《诗歌与哲学是近邻：结构—解构诗论》，北京大学出版社，1999，第 53 页。

人，能将诗的生成视为一种矛盾运动，如果诗人足够杰出，就一定能将诗中各种矛盾的力，有机组合在一个统一的场中，这个场便形成了诗的生命所倚重的内在结构。对此，郑敏这样解释："诗与散文的不同之处不在是否分行、押韵、节拍有规律，二者的不同在于诗之所以成为诗，因为它有特殊的内在结构……诗的特殊内在结构正是为这种只有诗才能有的暗示和启发的效果服务的……诗的内在结构可以有很多类型，但它的目的都是使诗含蓄而有丰富的暗示魅力。……如果一首诗只是描述一番而没有深刻的寓意，自然不能是佳作，即使有很深的思想，但缺乏一个体现这种思想的诗的结构，也会令人失望……诗的内在结构是一首诗的线路，网络，它安排了这首诗里意念、意象的运转，也是一首诗的展开和运动的路线图"。①

郑敏还特别留意到，诗的结构意义不仅在于写诗本身，还体现在诗与读者的关系中，她说："诗的结构像一座桥梁，连接了诗人的心灵与外界，连接了诗人与读者，诗人是通过这种结构给他的精神境界以客观的表现。诗的真意存在在它的结构里，在读诗时如果较清晰地掌握了一首诗的结构就可以对它有深刻的理解。"② 她有意识地在自己的写作中建构高层结构，这种诗歌结构经常会体现出两个相互交融的信息源——写实和象征——为写实的基底浸染一层超写实的象征光晕。比如《树》，读者除了感知诗中所描述的物象，总能收获背后隐藏的某种精神蕴含。这种结构的特点在于，既抵达具象，同时又超越具象；既再现实体，又力图重构实体

① 郑敏：《诗的内在结构——兼论诗与散文的区别》，载《诗歌与哲学是近邻：结构—解构诗论》，北京大学出版社，1999，第3—23页。
② 郑敏：《诗的内在结构——兼论诗与散文的区别》，载《诗歌与哲学是近邻：结构—解构诗论》，北京大学出版社，1999，第26页。

背后的超验含义。按照通常的表达途径，诗人的情志依靠由此及彼逐层展开的起兴模式表达，或者采取树与人的情景交融的方式表达，但在这里，郑敏却采取了高层结构，将写实与象征压制为一层，展现出其运思方式的独具匠心。诗人注视着室外"悲伤""忧郁"的树，在无意识的作用下，联想到丧失自由的人民。在这种情境下，树与人民两个形象叠合在一起，彼此交融。这种幻觉对诗人产生积极作用，因而能使其将自己对人民的想象移情到"树"的形象上。如此一来，"树"既是树，又越出"树"，建立起现实情境和象征秩序中的多重蕴含。在此过程中，诗人不但追求联想顿悟，也追求转换升华之后的联想顿悟，这只能依靠那些丰富、动态有张力的意象才能实现，这便是出现在《树》中的"婴儿""春天""手臂"等充满运动感的意象。郑敏诗歌屡屡在这种高层结构中，将作品的象征含义和智性风格统摄一处，并相得益彰，让有限的诗歌文本空间召唤出无限的沉思和意义。诗歌与哲学这对近邻，也在这种高层结构的参与下，实现完美共振，即"以哲学作为诗歌的底蕴，以人文的感情作为诗歌的经纬"。如果说，这标志着郑敏诗歌的精神境界与思想高度，那么"使音乐的变为雕刻的，流动的变为结晶的"[①]，则代表郑敏诗歌独特的艺术追求与艺术风范。

3. 凝视："在一个偶然的黄昏"

在西南联大读书时，穆旦、杜运燮和郑敏并称"联大三诗人"，如九叶派诗人唐湜所说："这三个人里，杜运燮比较清俊，穆旦比较雄健，而郑敏最浑厚，也最丰富。她仿佛是朵开放在暴风雨前历

---

① 吴思敬：《〈郑敏文集〉总序》，《北京师范大学学报（社会科学版）》2012年第
5期。

史性的宁静里的时间之花，时时在微笑里倾听那在她心头流过的思想的音乐，时时任自己的生命化入一幅画面，一个雕像，或一个意象，让思想之流里涌现出一个个图案，一种默思的象征，一种观念的辩证法，丰富、跳荡，却又显现了一种玄秘的凝静。"[1]

郑敏的处女作《晚会》即暗含"玄秘的凝静"：

晚会[2]

我不愿举手敲门，

我怕那声音太不温和，

有一只回来的小船，

不击桨，

只等海上晚风，

如若你坐在灯下，

听见门外宁静的呼吸，

觉得有人轻轻挨近……

扔了纸烟，

无声推开大门，

你找见我。等在你的门边。

《晚会》与郑敏为人称道的那些哲理诗比，不似出自一人之手，但实际上，它已初步显露诗人的核心创作理念，即既表达出对知性的审美要求，也表达出对境界的追求。

这是一首写赴约的情诗，抒情主人公是位柔和沉静的女性，前

---

[1] 唐湜：《静夜里的祈祷——郑敏论》，载《九叶诗人："中国新诗"的中兴》，上海教育出版社，2003，第184—185页。

[2] 《晚会》作为《诗九首》中的第二首刊登在1943年5月陈占元主编的《明日文艺（桂林）》第1期，后于1949年收录在巴金主编的《文学丛刊》第十集中的《诗集（一九四二——一九四七）》第一辑。

来赴约的她静静伫立门前，不愿举手敲门，"怕那声音太不温和"，因为对于静静等待相逢的心灵，任何细小的声音都显得嘈杂。"有一只回来的小船，/ 不击桨，/ 只等海上晚风"，小船象征女主人公曾漂泊而去，现在又默然漂泊而来，只等恋人晚风般轻柔的呼唤。小船无声等待晚风吹送，大海同样默默无言，广默的空间仿若生命的处境，渲染出人与人、人与自然情感的融通感应。最后，"无声推开大门，/ 你找见我。等在你的门边"，诗中的两个人在自始至终的无言静默中，完成充满期盼与思念的心灵际会。全诗既营构出"无言独化"的境界，又表达出"悠然心会，妙处难与君说"的心曲，更有"众里寻他千百度，蓦然回首，那人却在灯火阑珊处"的感慨。从这首诗可见大学时代诗人即具备了的敏锐的感知力、充沛的想象力和有节制的感情，诗中没有华丽辞藻，没有平仄、对仗等音乐性手法。诗人巧妙避开所有能为好诗添光增彩，也能为劣诗掩盖不足的外在形式，保留下近乎赤裸的诗意。若每行诗单独拆开看，无异于口语，合在一起却又能酝酿出异常馥郁醇厚的诗意。全诗语言平淡朴实，却支撑起一个密度很大的精神情感世界，也初次描画出深埋在诗人无意识中的诗化"爱丽丝"形象。

　　郑敏钟情于"宁静、安谧"，"静"是解读其诗歌的关键符码，在郑敏诗作中常能见到"寂静""宁静"等与"静"相关的词语，郑敏对宁静之美的热爱源于她自身安静的性格。诗人初入诗坛，便显出与同时代诗人的不同，她的诗没有陈敬容之忧郁，也没有穆旦之坚韧，她是静夜里的祈祷者。她曾这样描绘心中的爱丽丝："我突然看见一个小女孩，她非常宁静、安谧，好像有一层保护膜罩在她的身上，任何风雨也不能伤害她，她就是我的爱丽丝。"[①] 她把自

---

① 郑敏：《我的爱丽丝》，载《诗歌与哲学是近邻：结构—解构诗论》，北京大学出版社，1999，第414页。

己的理想投射在爱丽丝身上，化作一个宁静、安谧的小女孩形象，引导着她的诗歌之路。

"宁静"既是诗人的性格底色，也是她所追求的境界。郑敏在西南联大时，听过冯友兰的"人生哲学"课，冯友兰有关人生境界的哲学使她深刻认识到，诗的灵魂就是诗人的"境界"，诗歌比其他文学类型更能反映诗人的"境界"，"境界"是决定诗歌品位的重要因素。受冯友兰影响，郑敏表达了她对境界的理解："只有将自己与自然相混同，相参与，打破物我之间的隔阂，与自然对话，吸取它的博大与生机，也就是我所理解的天地境界，才有可能越过'得失'这座最关键的障碍，以轻松的心情跑到终点。"[②] 这种立足于"天地境界"的积极人生态度，不仅使其诗歌获得广阔境界，也支撑她渡过人生难关。

《晚会》是郑敏追求宁静之境的早期诗作，从表层看，诗中选用的两个形容词"温和""宁静"清晰凸显出郑敏对宁静的追求，诗中的动作也都很轻柔、安静："我"的动作是——"我"不敲门，"我"呼吸宁静，"我"轻轻挨近；"你"的动作是——"你"坐在灯下，"你"无声推门；小船的动作是——小船不击桨，等晚风吹送。诗人以动写静，为整首诗营造出静谧的氛围。从深层看，诗的意义不仅在于描绘一次无言的心灵际遇，也表达了对更高艺术境界和宁静的生命境遇的向往。

《晚会》中的情感是克制的。郑敏在创作初始阶段鲜少直抒胸臆，多采取对内心情感进行二次加工处理的方式，以净化凝练后的抒情，来达到冷静而深刻的知性美。新诗从 20 世纪 40 年代开始即由重抒情向重知性转换，而郑敏从感性向智性转变的诗歌审美观

---

② 郑敏：《忆冯友兰先生的"人生哲学"课》，载冯钟璞、蔡仲德编《冯友兰先生百年诞辰纪念文集》，清华大学出版社，1995，第 336—337 页。

念，正与之契合。

郑敏非常智慧地选取凝视之姿来联动内心和诗绪中的"静"，她写过一首鲜被评论家提及的诗作——《永久的爱》，恰好精深地展现带有神性的爱的凝视美。

永久的爱①

黑暗的暮晚的湖里，

微凉的光滑的鱼身

你感觉到它无声的逃脱

最后只轻轻将尾巴

击一下你的手指，带走了

整个世界，缄默的

在渐渐沉入夜雾的花园里。

凝视着园中的石像，

那倾斜的头和美丽的肩

坚固开始溶解，退入

泛滥着的朦胧——

呵，只有神灵可以了解

那在一切苦痛中

滑过的片刻，它却孕有

那永远的默契。

郑敏诗集，无论单行本，还是全集，均未标注其 20 世纪 40 年代诗歌的写作日期。这首诗在收录于《诗集（一九四二——一九四七）》

---

① 郑敏：《永久的爱》，载《郑敏文集 诗歌卷（上）》，北京师范大学出版社，2012，第 41 页。

之前，从未单独发表。《诗集（一九四二——一九四七）》分三辑，诗篇排序遵循一定的时间线索，第一辑第一首诗《晚会》是郑敏诗歌生涯的开端。第一辑中的《晚会》《无题（我们并肩坐在）》《音乐》《云彩》《怅怅》《冬日下午》《无题（金黄的稻束）》等诗，由冯至推荐发表在《明日文艺（桂林）》1943 年第 1 期。发表在《世界文艺季刊》1945 年第 1 卷的《读歌德 Selige Sehnsucht 后》，收录在第二辑，是第二辑第一首。这一阶段最晚见诸报刊的《Renoir 少女的画像》，于 1948 年 6 月发表，收在第三辑。但是，《诗集（一九四二——一九四七）》并未遵循严格的时间线索，如同样发表于 1948 年 6 月的《马》没有收进第三辑，而是收在第二辑，作为"观物诗"中的一篇。郑敏对她早年的生活自述甚少，此阶段她的生活状况难以勾勒，只可大致推断这首诗写于 1943—1948 年间。唯一清晰的是，1943 年郑敏从西南联大毕业后，先在位于重庆北碚的一所护士学校教英语和语文；后到当时国民政府的"中央通讯社"做翻译，1944 年随当时的"中央通讯社"返回南京。当时工作比较轻松，一天上班四小时，有大量时间从事阅读、写作。

首先，前两句的句式相同，由虚词"的"划分为三个音步。第一句，前两个音步重复相同的轻重轨迹，仄声的"暗"与"暮"在音调上下降，仿佛具有重力使暮色下垂，引人进入难以视物的昏暗之中，而轻声作为裂隙，使不可见光进入其中，托起"你"徜徉于幽暗的自适。第二句，三个音步均以平声结尾，上扬的语调出自轻盈的心情，"凉"和"滑"的开口韵尾指向平滑与朝向外部的内在境地，"的"居中的声调又将滑出的声音拉回身体之中，回到心湖的平静。此时"你"将手伸进湖水，将身体知觉投入世界中，伸手触摸意味着寻求联系，黑暗中，"你"触摸到的世界就是"微凉的光滑的鱼身"，因此，当鱼逃脱，即是带走整个世界。它无须挣扎便逃脱，无声，且没有激起水花，暗示这只手并未调动肌肉的力量，它线条柔和，一切都在偶然间发生。"你"的全部注意力凝聚在手中，除了触觉，其他感官、思维似乎都处在无波动的宁静之中。因此，当最后一点轻触消失后，以"你"为中心建立的此世界便全然"缄默"。抒情主体将自身客体化，将自己放入场景画框中凝视、远观，虽是写感官体验，但写"你"的感知比写"我"的感知多了一层审视。"鱼"还意味着隐微的秘密，这偶然发生的"微凉""光滑"的秘密潜藏在世界暗部，如鱼藏身黑暗水底。

　　第二节延续第一节的环境色调，依然是昏暗的傍晚时分，夜雾开始弥漫，"你"悄然退场，不再触摸到凉或暖、光滑或粗糙，取代身体知觉的是潜在的"我"睁开双眼。第一节中，"我"既是参与者，又是审视者；现在，"我"退出画框，面前的事物不再需要伸手触碰才能与之产生联系。虽然潜在的"我"取代了"你"，但潜隐的客观审视延续下来，并由视觉取代。抒情主体凝视着园中石像，比起《Renoir 少女的画像》，这一石头人像仅仅有"倾斜的头和美丽的肩"，诗人塑造的是一个残像，石像的脸始终被雾遮掩，我们仅能感受它优美的轮廓。但描写重点不在石像，而在"沉入夜雾的花园"这一整体氛围，抒情主人公所凝视的则是夜雾弥漫、黑夜取代傍晚的层次变化，这一过程以石像为参照，变得更为清晰。

　　"凝视"极易使人想起郑敏与里尔克的渊源，郑敏曾在给袁可嘉的信中提及对里尔克"咏物诗"的自觉接受："我希望能走入物的世界，静观其所含的深意，里尔克的咏物诗对我很有吸引力，物的雕塑中静的姿态出现在我们的眼前，但它的静中是包含着生命的动的"[1]。里尔克以视觉艺术家为师，学习"观看"，他的观看意味着使事物如其所是地呈现，而非以文学性的方式观看，后者意味

――――――――
[1] 袁可嘉：《西方现代派诗与九叶诗人》，《文艺研究》1983 年第 4 期。

着忽视事物本身，仅获取观看者投射其上的抒情信息。里尔克像视觉艺术家那样从客观物的物质形式开掘美，实现"美"的含蓄、如实、深远，并使主体获得从个人抒情中的超越。

回到郑敏的"凝视"，在这黑夜渐次发生过程中，在远距离的审视中，诗人的心灵指向什么？郑敏在《求知》中写道："那些壮年和儿童继续走着，朝向 / 呵，什么地方？是果园？是荒冢？还是一个透 // 过厚雾的容貌，是神的，还是人自己的容貌？""厚雾的容貌"与夜雾中的石像，是相似意象，前者指生命的解答。郑敏在这首诗中流露出对于不可穷尽生命之究竟的焦虑，神的容貌与人的容貌指向两种解答道路：宗教或人的理性。遮掩其上的厚雾表现人的所求扑朔难寻。在《永久的爱》中，石像也象征生命的解答。

"凝视"不独为"我"对外界的观看方式，还是"我"对命运及内心情感的审视和感知："既然上帝允许你在我的心头踏过，/ 来吧，我将如草原，等待你骋驰而去"（《爱的复活》），"你"的出现伴随一阵深切的颤抖："这颤抖从我的心底，不，身体里"；"我"不敢直视："更不能把眼睛向你举起"。她将"你"称为"爱"，对"爱"的领悟带有坦然失却的痛楚："因为你不过 / 醒来又熟睡，复活为了另一次的死去"，因为"我"无法控制这种"爱"，因此，与其说它是对他人的感情，不如说它是偶然发生的灵光，是"来自辽远的启示"（《舞蹈》）。《永久的爱》所描述的倏忽消失在掌心的鱼，夜雾中逐渐淹没的石像都带有"偶然降临、蓦然消逝"的特征。这偶然发生的，也正是生命的解答：全然的寂静中一条鱼曾从无尽的暗处短暂到访；一尊石像曾短暂显形，最终弥漫的夜雾使凝视失效，事物不再显形，这一次"复活"已结束。"爱"发生的过程游荡着一股超验的力量，它在郑敏诗中时时可见，如《求知》中不朽的"微笑"；如"你愿意经过一个沉寂的空间 / 接受一个来自辽远的启示吗？"（《舞蹈》），又如《永久的爱》最末节的"只有神灵可以了解"。这种超验力量大多时候依托于"上帝""造物"等基督教文化中的概念。

郑敏与基督教的渊源，可追溯到她 11 岁到 13 岁间在一家教会办的"贝满女子中学附小"上学的经历。郑敏并未谈及基督教对她的直接影响，但她坦陈自己在 20 世纪 40 年代"继承西方的东西比较多"[①]，诗中除了"上帝""造物"之外，还有其他基督教文化中的意象，如表示祥和的钟声："在我的心里钟声却在乱敲着 / 唱出一个永恒的欢乐的歌"（《Fantasia》），取材于基督教的《最后的晚祷》等。郑敏的宗教和哲学资源堪称庞杂，她亲生父母信佛，受此影响，她亲近废名的禅诗；上大学后则又学习"康德哲学""魏晋玄学""中国哲学史""人生哲学""西洋哲学史"等。我们不能说，郑敏诗中的"神"在内涵上源出基督教文化，但或许可以说，"神"与"爱"的指称借自基督教。基督教认为，耶稣爱世人，因为神爱世人，所以世人也须以爱回报神，世人爱神的方式便是"爱邻"。基督教在"神爱我，我爱神"的观念之外强调实践，但《永久的爱》并非德行实践手册，而仅强调对"爱"的感受。这"爱"是来自超验力量的"神"之爱，是生命的解答、苦痛中的启示。"神灵"表现的是和谐、智慧、宁静的境界，在它给予的爱中，人得以从与生俱来的"苦痛"中获得解脱。"苦痛"具有广远内涵：在《求知》一诗中，人在无解的奥秘前"绝望的死去，因为发现一切只是恶意的玩笑"；《白苍兰》一诗中，诗人从花朵中看到没有什么东西"在这有朽的肉体里不朽长存"；《静夜》一诗里，追求金钱的人"怀着 / 不稳定的欣喜和难动摇的惆

[①] 郑敏、李青松：《探求新诗内在的语言规律 —— 与李青松先生谈诗》，载郑敏著《郑敏文集 文论卷（下）》，北京师范大学出版社，2012，第 798 页。

怅"，情人"想要压碎横在彼此间的空隙"，外交家在沉思"什么时候恐惧变成了凶猛"；在《寂寞》一诗中，诗人领悟到"'死'在黄昏的微光里 / 穿着他的长衣裳"；《小漆匠》一诗通过细微动作描写，发掘孩子的内心世界，以及黑暗社会带来的伤害。此外，还有战争中的"死难者"，贫穷苦难的"人力车夫""清道夫"等。闪现在诗末的"苦痛"一词，基于郑敏多思敏感的性格，以此为出发点，诗中蕴含着诗人对"人"的关怀与怜悯，表现出其对人类命运的深切关注。

《永久的爱》第一节中，"我"凝视着"我"自身参与构建的这一场景；第二节中，"我"凝视的场景中不再有"我"，但这并不意味着"我"与物的距离更远，而是更加冷静与客观；第三节中，语气骤然强烈，由感叹词"呵"聚集起在前两节中潜伏的力量，在此前"我"将前两节当作一个完整的整体加以凝视，而现在，"我"将它们搁置一旁，直接与"神灵"对话，那些偶然事物触发了"带走了 / 整个世界后"的缄默，触发了"我"的"静夜"，第一、二节的场景正是"静夜"。诗人曾喃喃祷告静夜的来临："安睡吧，人们……只有从黑暗的床上你仍能重返所渴望的原始……你不过是自然中 / 的一种动物，让黑夜静静的进入你的岩洞"（《静夜》）。人摆脱了他与生俱来的苦痛，与安全的黑暗融为一体，他的意识沉寂、宁静，不再感到孤独、怀疑、焦灼、愤怒，他已受到祝福，在与自然同化中得到无与伦比的欢乐。这正是"我"感受到的"永久的爱"，虽仅是"滑过的片刻"，虽只有"神"才能与"我"明白这共同的"默契"。书写"默契"，诗人让物以自身形式说话，其冷静、客观的抒情使得观看的过程成为诗歌本身。因此，一切嘈杂的分析都静下来，回到她眼中，一切都因为"在一个偶然的黄昏，她抛入多变的世界这长住的一瞥"（《一瞥》）。

▌第四节 "不谢的奇异花朵"："归来"后的探索

1948 年到 1979 年，郑敏的诗歌创作沉寂了三十年。1948 年，郑敏赴美进修，1952 年，她在美国布朗大学获得英国文学硕士学位，因中美断交滞留。1954 年，中美日内瓦会议举行后，她作为留学生获准回国。1956 年，郑敏入职中国社科院从事外国文学研究工作，1960 年调入北京师范大学外语系教授基础英语、法语等课程。1979 年，郑敏给北京师范大学外语系学生开设英美文学、西方文论等课程。一个缪斯眷顾的契机点燃郑敏恢复创作的诗情。当时，"九叶诗人"首次相聚北京，在返程回家的公交车上，郑敏按捺不住内心的兴奋，压抑三十年的诗情引燃，以腹稿的形式写下搁笔后的第一首诗《诗呵，我又找到了你！》。三十载磨一剑，这无疑是她再度踏进诗坛的一次真情亮剑。此后，一发不可收，郑敏以真诚心和极大的热情，保持旺盛的创作精力，先后出版诗集《寻觅集》《心象》《早晨，我在雨里采花》《郑敏诗集（1979—1999）》，及诗学论集《英美诗歌戏剧研究》《结构—解构视角：语言·文化·评论》《诗歌与哲学是近邻：结构—解构诗论》《思维·文化·诗学》，编译《美国当代诗选》，且每年都会在《人民文学》或《诗刊》上推出新作，形成人生中第二个诗歌创作与理论的高峰。岁月淘洗让她的诗歌焕发出澄澈、明净的动人光彩，深深打动着读者心灵。2012年，六卷本《郑敏文集》由北京师范大学出版社出版，成为郑敏一生创作与思考的汇集。

20 世纪 80 年代后，郑敏开始指导硕士研究生，讲授莎士比亚戏剧、英国浪漫主义诗歌、17 世纪英国玄学诗歌、中国现当代诗歌等课程。1985 年，应著名学者叶维廉之邀，赴美国加州大学圣选戈分校访问，这为她学习兴盛一时的解构主义提供了良机。在此期间，她大量阅读 70 年代后的西方新诗，接触到以法国哲学家德里达为代表的后结构主义思潮，开始用解构主义理论反思 20 世纪汉语文学的问题。郑敏在 80 年代频繁参加国际诗歌活动。1984 年，出席荷兰鹿特丹国际诗歌节；1986 年再次赴美，访问美国哥伦比亚大学、明尼苏达大学阿波利斯分校，出席在加利福尼亚举行的中国新诗巡回朗诵。[①] 这些国际诗歌交流对郑敏的诗学思想产生了巨大冲击。

1. "无意识"与"不存在的存在"

解构主义理论使郑敏从文学思维及语言观上，彻底扭转了个人诗歌创作和诗学言说的方向，更趋向德里达解构主义的"无意识"与"去中心"，探寻一种"不存在的存在"。郑敏怀着极大的热情尝试以西方现代精神解读东方智慧和中国的古老文明，力图将西方解构主义与中国老庄哲学融会贯通，融入诗歌创作和诗学研究，逐渐形成新风格。

郑敏 20 世纪 40 年代的诗歌主题集中于生命、苦难、死亡和寂寞；80 年代重返诗坛后其诗歌主题则增加了对"不在之在"的探索："'不在'是那种能产生丰富事物的真空和空虚，它是对萌发的许诺，是将诞生者的潜在，又是已退入过去时刻的消逝者的重访的可能性。"[②] 要展现"不在之在"需要调动"无意识"的力量，捕捉心灵深处的意念、感觉、情感及思维状态。如果说，彼时的创作是里尔克式逻辑、理性的，"思想的脉络与感情的肌肉常能很自然和谐地相互应和……她虽常不自觉地沉潜于一片深情，但她的那种超然物外的观赏态度，那种哲人的感喟却常跃然而出，歌颂着至高的理

---

① 刘福春：《郑敏文学年表》，《文艺争鸣》2022 年第 3 期。

② 郑敏：《自由与深渊：德里达的两难》，载《郑敏文集 文论卷（上）》，北京师范大学出版社，2012，第 152—153 页。

性"①，诗作往往满溢哲思，犹如一座座静止的雕塑；那么，进入80年代，向后现代主义诗风转向之后，郑敏追逐内心的无意识，追随多变的想象力，对文字、语言的把控更加自如，表现了事物的流动，不再强调它们的永恒意义。

因而，新时期郑敏诗歌更强调追求一种闪逝的瞬间美或流动的动态美。从早期的《寂寞》到此时的《成熟的寂寞》，从《荷花》到《晓荷》，从《金黄的稻束》到《秋的组曲》……转向后的郑敏，从早年"赤裸的童真与高贵的热情"②到岁月沉淀后的启悟与更广阔的视野，她得以延展早期未曾触及的主题，如自我心灵的释放、时代和历史的直陈，抒情日渐深广。

对于其80年代的代表作《心象组诗》，郑敏自言："第二卷的卷首诗《心象组诗》写于1986年，那年自己走出早期的诗歌语言，找到适合新的历史时期的自己的风格的诗语。《心象组诗》的写作解放了自己长期受意识压抑的无意识，从那里涌现出一批心象的画面，在经过书写后仍多少保存其初始的朦胧、非逻辑的特点。这些图像并非经过理智刻意组织的象征体，也非由理性编成的符号表象。它们自动的涌现，说明无意识是创造的初始源泉，语言之根在其中。"③此处的"心象"是虚拟之物，是人们无意识深处的变幻莫测、波谲云诡的心灵图景："不存在于人世"的"门"，"我身体的笼子里"关着一只"雄狮"、"充满了急躁和爱情"的"云"、守口

---

① 唐湜：《郑敏静夜里的祈祷》，载《新意度集》，生活·读书·新知三联书店，1990，第143页。

② 1947年3月，在北京大学求学的年轻诗人李瑛，读到了从未谋面的郑敏的诗，欣喜地写下了一篇诗评，说"从诗里面我们可以知道郑敏是一个年轻人，而且在她自己的智慧的世界中，到处都充满了赤裸的童真与高贵的热情，在现阶段的诗文学中是难得的"。李瑛：《读郑敏的诗》，《益世报（天津版）》1947年3月22日。

③ 郑敏：《序》，载《郑敏诗集（1979—1999）》，人民文学出版社，2000，第2页。

如瓶的"那个字"、"无声的话"、可以将人吞食消化的"看不见的鲸鱼"等一系列似是而非、似非而是的诗歌形象。从前诗人对"客观对应物"采取恒定的"静观"模式，将观照物作为"雕塑"，从外部经验世界进入，上升到哲理渲染。《心象组诗》则完全突破这一模式，意象开始富有流动性，展示生命、爱情、语言、欲望、时空、记忆、自然等"心象"无所附着的空灵的本质。郑敏一直有意在写作中探求"无意识"和"意识"之间的"对话"，在社会刚刚恢复秩序的新时期，这一尝试富有开创价值，并且是成功的，即让意识接受无意识的暗示和冲动，拓宽创作内容的边界，让现代诗歌的诗思更富于流动性。

郑敏认为，两次世界大战后，诗人们"探索着像黑洞一样存在于人们心灵中的'无意识'。神秘的无意识，没有人能进入它，但又没有人能逃避它的辐射，因为今天语言学已经明确这心灵中的黑洞是语言结构的发源地"。她说："我想我们的民族和个人不知有多少丰富的经历都还被埋在那深深的无意识中，如果我们能打开栅门，让它浮现出来，我们的作品一定会获得以往不曾有过的新的能量。"[①] 实际上，如何能够让"月亮那不朝向地球的另一面"——无意识也可以参与到作者的诗歌创作中，确实成为新时期以来郑敏认真思考的问题之一。从《心象组诗》开始，郑敏不断挖掘作为生命深层结构的"无意识"，不断与它沟通、交流。当然，郑敏并没有照搬超现实主义的"自动写作"，她强调意识与无意识对话，让那些沉淀在心灵深处的东西活跃起来，形成图象和幻象，使心灵得以捕捉到平时被抑制被淹没的一些奇思妙想。

大型组诗创作是郑敏后期诗歌体式的一大特色，也是其重要的

---

① 郑敏：《天外的召唤和深渊的探险》，载《诗歌与哲学是近邻：结构—解构诗论》，北京大学出版社，1999，第411—412页。

诗歌转折实践。相比单篇诗作，组诗更具有延展性和全面性，美学追求更加包罗万象、神秘丰富。此外，郑敏极注重诗的色彩美，除了在写景、写物诗中大量突出色彩作用外，在表达内心境界时，也往往采取一定的色彩修饰，"郑敏喜爱采用流线派的手法。以西方绘画来比拟，接近于梵高的笔触与马蒂斯的线条，或者古代敦煌的风格。将现实转化为梦境，进一步让意识之流回溯到前意识、无意识的深渊，造成某种恍惚迷离的流动感"[①]。这种由流动色彩组成的诗之境界，是郑敏后期诗歌的一大特色。《心象组诗》的普遍共性在于诗歌意象色彩捉摸不定、变幻莫测，一切皆由内心无意识自觉生成，是对理性思维的规避。如"引子"中，诗人试图勾勒出一幅既"坚实而又虚幻"的世界，捕捉一种"变换不定的心态"，随着心态变换，在色彩上又各有侧重。如组诗十三："亮蓝的海水 /围裹着游泳人的苍白肉体 / 黑郁的森林 / 掩盖着黑熊的踪迹"。"亮蓝""苍白""黑郁"在此处主要强调还原"物象"的最纯真底色，是一种毫无修饰的自然存在。

　　20 世纪 90 年代，郑敏写下《诗人与死》，这是一组具有史诗气魄的杰作。"死亡"是郑敏诗作一直关涉与思考的话题，在 40 年代，郑敏写过《时代与死》《死》（二首）、《死难者》《一九四五年四月十三日的死讯》等作品。这时，她虽是一个初出校门、涉世未深的小姑娘，笔下的"死亡"却充满了诗意的想象和辩证的玄学话语。写《诗人与死》时，诗人接受过近半个世纪的苦难洗礼，历经无数次生死无常，"死亡"在诗人生命中不再是隔着文字和书本的想象，而是一种切身体验，因而此诗拂去了诗人早期创作中缥缈的玄思意味，沉淀为更深沉的社会担当和主体反思。整首诗的情感趋向也已

----

① 切·迈耶（陈明远）：《出路——读郑敏在新时期诗创作的笔记》，《当代作家评论》1992 年第 5 期。

不像早年对生命毫无保留的颂扬，而是充满认清现实的无奈。可贵之处在于，其无奈并非妥协，而是保留了知识分子不畏世俗丑恶、洁身孤绝的风骨，诗作以幽默、滑稽、自嘲的方式，揭示了中国当代知识分子的荒诞命运。

《诗人与死》选用十四行诗形式，意味着诗行有形式上的要求和限制，限定的形式并未对诗思造成限制，反而为诗的严肃主题附上紧张且平衡的格律支撑。

全诗鲜明的理想主义色彩并非建立在空中楼阁之上，而是与现实交锋之后，沉淀成富有依托的深厚反思。为此，诗中多反讽荒诞手法，以及非诗意的词句："掌管天秤的女神曾 / 向你出示新的图表 / 天文数的计量词 / 令你惊愕地抛弃狭小 // 人间原来只是一条鸡肠 / 绕绕曲曲臭臭烘烘 / 塞满泥沙和掠来的不消化"，整段诗由非诗意词句集合而成，突出强烈的异质性。"鸡肠"这个意象的使用尤为特殊——"人间原来只是一条鸡肠"，"臭臭烘烘"，"绕绕曲曲"，给人极强的视觉和嗅觉冲击。鸡本身需要吃泥沙来帮助消化，但泥沙又不能消化，是"掠来的"。再由此反思现实中人们对一些事物"生吞活剥"和"消化不良"现象，可见这首诗生动深刻触及当时的文化处境——腌臜污秽，并非逍遥之所。同时，因为意象的"实在"和"非诗意"，得以凸显诗句背后深刻的现实讽喻色彩。

《诗人与死》的整体基调趋于低沉，有诗句："在冬天之后仍然是冬天，仍然 / 是冬天，无穷尽的冬天"。事实上，诗人并未陷入茫然悲观。从节选的第五首和第十四首来看，嗟叹此调，是由于诗人看清现实的痼疾之后，做出诚实、深刻的反思。不隐恶的态度，使她正视一代知识分子盲目追崇信仰，却未得善果的教训，这是一种真挚叩问和真诚哀悼。无论是整体结构，还是诗与诗之间，内在韵律一以贯之，情感起伏错落有致。内容上，诗人因大胆批判现实、有悖主流话语，受到某些非诗因素的干扰，在某次提名奖项评选时，因情绪不够高昂，有些低落，被否掉了，但这无损诗的内涵与光彩。

"将我尚未闭上的眼睛／投射向远方／那里有北极光的瑰丽／／诗人，你的最后沉寂／像无声的极光／比我们更自由地嬉戏"，"无声的极光"促成深邃的哲思、真挚的情思与诗人本身的生命遇合。在郑敏诗歌创作中，正是智性与感性、哲理同思辨的品质带来深刻性与丰富性，坚持"终身写作"使郑敏诗作向晚愈明，越往后越成熟而静穆。

进入新世纪，郑敏在《诗刊》发表《最后的诞生》①，这是一位年过八旬的老诗人，对死亡深沉而冷静的思考：

> 许久，许久以前
>
> 正是这双有力的手
>
> 将我送入母亲的湖水中
>
> 现在还是这双手引导我——
>
> 一个脆弱的身躯走向
>
> 最后的诞生
>
> ……
>
> 一颗小小的粒子重新
>
> 飘浮在宇宙母亲的身体里
>
> 我并没有消失，
>
> 从遥远遥远的星河
>
> 我在倾听人类的信息

死亡是所有生命要抵达的终点，但诗人没有恐惧，没有悲观，

---

① 郑敏：《最后的诞生》，《诗刊》2003 年第 1 期。

更没有及时行乐的放纵，而是以哲学家的姿态冷静面对。她把自己肉体生命的诞生，看成第一次诞生，把即将到来的死亡，看成化为一颗小小粒子重新回到宇宙母亲的身体，是"最后的诞生"。参透生死的达观，对宇宙、对人生的大爱，表明诗人晚年的思想境界已达峰巅。

2. 语言观与女性意识：重建"文化国土"

进入新时期，郑敏在创作中尝试突破和重构白话新诗的形式。在解构主义启发下，郑敏试图还原汉语言的原初属性，以此为目的她尤为侧重诗歌的可视性与音乐性。如写于 1995 年的短诗《舞》，诗人选用参差错落的排行形式，表达"对舞者的舞姿的动态感受"。另一首《秋天的街景》以竖列形式，将每一列字数递减，以期呈现"雨丝的断续"。《秋天时的别离》则表现对古典汉语音乐性的探寻，诗中不设标点，用诗行间的停顿表示诗中一些长短句所具有的感情节奏。《人和土地》是借鉴美国诗人威廉·卡洛斯·威廉斯的三行体写成。这些白话新诗，虽不再以古诗形式和格律设计自身，但诗人通过新诗的节奏、情感与自由形式，发掘汉语声调这一"字内的音乐"，使其诗歌写作与诗学研究并驾齐驱。

解构主义思潮同样触及女权运动与女性主义诗歌，女性如何成为独立自我，是郑敏在诗论中认真探讨的话题。20世纪80年代初期，中国当代女性诗歌较多受到中国社会转型和西方女权主义运动的影响，一些先锋诗人试图通过女性躯体写作，来对抗男权主义。伊蕾《独身女人的卧室》对女性裸体进行自我审视，翟永明在组诗《女人》中展现女性的种种躯体姿态，唐亚平《黑色沼泽》对性意识毫无顾忌地书写……女诗人此番大胆暴露生理和性意识世界可谓惊世骇俗，但事实上，仍未能摆脱将自我置于被男性凝视的地位。郑敏对这种现象进行了批判，她认为中国的女权运动正处在与西方截然不同的十字路口，比如"西方的女权主义者唾弃一切传统留给妇女（出于保护她们）的权益，要求受到男子一样的社交待遇时，中国的一些女性反抗却表现在：'请将我当一个女性来对待'"[①]。郑敏对这样的社会状态和意识中产生的一种新式"闺怨"感到担忧，郑重指出："当空虚、迷茫、寂寞是一种反抗的呼声时，它们是有生命力的，是强大的回击；但当它们成为一种新式的'闺怨'，一种呻吟，一种乞怜时，它们不会为女性诗歌带来多少生命力。只有在世界里，在宇宙间，进行精神探索，才能找到 20 世纪真正的女性自我。"[②]另一方面，她分析海德格尔"它既在此又不在此"的箴言，称："语言有一种隐蔽自己的性能。作者必须用他的悟性去发现他和语言间的一种诗的经验，也就是与语言对话，不要害怕'思维会妨碍诗寻找它自己的语言'。"[③]

毫无疑问，女性意识是女性诗歌存在的本体条件，但女性诗歌也不能仅仅凭借"女性"来诉说历史，还必须拥有更阔大的精神、整体宇宙意识、包容他者的态度等，去架构或对接具有世界意义的精神维度。郑敏曾指出："虽说中国妇女长期婚姻爱情不自由，在男性社会中常被视为交易的筹码。但怒与怨本身有尊严与乞怜之分，崇高与庸俗之分，大怨大怒与小怨小怒之分。这一切决定于女诗人本身的素养。失去对人类命运、对全世界事态的关怀，缺乏历史意识，其怒与怨只能达到撕扇与闺怨的高度。如果女诗人只耽于

---

① 郑敏：《女性诗歌：解放的幻梦》，《诗歌与哲学是近邻：结构—解构诗论》，北京大学出版社，1999，第 395 页。

② 郑敏：《女性诗歌：解放的幻梦》，载《诗歌与哲学是近邻：结构—解构诗论》，北京大学出版社，1999，第 395 页。

③ 郑敏：《我们的新诗遇到了什么问题？》，载《诗歌与哲学是近邻：结构—解构诗论》，北京大学出版社，1999，第 279 页。

青春期的忧郁与欣喜发而成诗，虽也能写出好诗，并成为青春偶像，但如止于此，还不能算是一个成熟的女诗人 …… 一个女诗人应当像特里萨修女，这位诺贝尔和平奖的获得者，能终生以她对人类的母爱让生命永不衰老，肉体的老态进入不了她永远年轻的灵魂，她的一生是真正女性之诗。"[1]

郑敏自走上新诗之路，便深受西方现代主义诗风影响，由于诗的意象、形式、创作方法过分西化，受过一些非议，写作中遭到过两种"误解"："一种是过分狭隘的理论家们蛮横的批评，视现代主义为艺术歧途；一种是对现代主义艺术的隔膜与陌生，将美的创造横加肢解。"[2]专业背景使她在生命的抽象思考上或多或少淡化了中国传统入世的精神，这与她渴望亲近的孕育于中国文化的生命形态形成极大反差。郑敏自剖："我的教育里头中国古典的东西太少 …… 因为在我们那一代所有中国古典的东西都被认为是陈词滥调，都扔掉了。我现在开始从古典的东西里找出跟中国现代一样强烈的东西，但我并不主张恢复到陈词滥调，像破镜重圆之类的，我如今不见得会使用。有些比喻，有些意象，确实几千年来被用得太陈旧了。但中国古典诗歌艺术是非常了不起的，那个跳跃，那个朦胧，胜过现在我们写的诗。"[3]进入 80 年代，郑敏将关注点放在文化与诗歌的关系上，从语言观的角度思考中国新诗的语言问题，不断强调和重申要拥有自己的"文化国土"。

回顾中国新诗百年来的创作实践，当代汉语诗歌几乎完全舍弃了中国古典诗歌资源，从语言到内容都加以否定，竭力使新的创作

---

[1] 郑敏：《新诗百年探索与后新诗潮》，载《诗歌与哲学是近邻：结构—解构诗论》，北京大学出版社，1999，第 342 页。

[2] 孙玉石：《郑敏：攀登不息的诗人》，《当代作家评论》1992 年第 5 期。

[3] 徐丽松整理：《读郑敏的组诗〈诗人与死〉》，《诗探索》1996 年第 3 期。

遗忘和背离中国古典诗词，对西方文学变革则亦步亦趋。20 世纪初，文学革命先驱者以激烈决然的态度寻求变革的可能性，白话文与文言文的关系被直斥为革命与不革命的矛盾。他们要求新诗在语言文字上，必须彻底放弃两千多年来形成的古典散文与诗词的文学语言：要创生新事物，就要与旧事物彻底告别——白话文与文言文、现代新诗与古典诗歌形成决然的对立颉颃。然而，**随着时间推移**，这种创作思维与创作方法的弊病越来越突出。要使中国新诗跳出唯西方文化马首是瞻的境遇，郑敏认为，应该重新发现自己、认识自己的诗歌传统。

　　"最伟大的创新者一定是一个伟大的继承者"，郑敏在《时代与诗歌创作》中明确表示，现代汉诗"至今并没有建立起中国新诗自己的民族文化传统"，这是她对现代汉诗发展状况的一个主要观点。面对中国现代新诗创作进入困境，未能有国际文学界公认的"大作品"的状况，1993 年，郑敏发表论文《世纪末的回顾：汉语语言变革与中国新诗创作》阐明自己的观点，她着重从语言变革与新诗创作的关系方面进行一系列思辨和拷问：新诗从草创期就存在缺陷，即以"二元对立"的非此即彼的方式来对待中国古典诗歌传统及西方文化资源；由于长期专注于"我手写我口"，古典诗文词汇大量流失，深深影响到新诗的内涵深度和色调的丰富；只强调口语的浅明易懂，加上对西方语法的偏爱，杜绝了白话文对古典文学语言丰富内涵的继承，白话文创作迟迟未能成熟只能是一种必然。基于此，郑敏提出几点思考：古典汉语"在中华文化中究竟占什么地位？作为民族母语的文言文对今天的汉语有没有影响？在古典文学与白话文学中有没有继承问题？"①

---

① 郑敏：《世纪末的回顾：汉语语言变革与中国新诗创作》，《文学评论》1993 年第 3 期。

1996 年，郑敏发表论文《语言观念必须革新 —— 重新认识汉语的审美与诗意价值》，强调古典汉语浓厚的隐喻色彩，使得汉语本身富于诗的本质，这正是白话新诗所不能及的："每个汉字都是一篇文，一首诗，一幅画 …… 汉字本身就是诗、书、画三者结合的时间 —— 空间双重的艺术 …… 诗人首先要深入体会汉字的诗的本质，新诗与汉字汉语间的暗喻及形象的内在联系 …… 对语言与文学的关系有新的一层的领悟 ……"[①]

郑敏认为："我们的文学创作、新诗创作并不一定能在很短的时间内达到语言艺术的成熟。但一切探讨和尝试都是必要的，不管是成功还是失败，改革的强烈愿望正在漫延。我们可以用这样一段引语来鼓励自己对汉语的探讨和革新：'每一个伟大的真理在它的发现之前都是通过一种先行的感觉，一种预感，好像雾中的轮廓和不可达到的对它的捕捉，来宣告自己的到来；这是因为时间的进展为它准备好一切。因此先行的必然是一些不联贯的话。他的发现者只能是这样一个人，只有他才从多种原因中认出它，并且想清楚它的结果，推动它的整个内容，注视它的整个领域，并且充分意识到它的价值和重要，清楚联贯地研究它'。"[②]

综上，郑敏从语言观和女性意识两个维度提出重建"文化国土"的构想，对现代汉语诗歌及女性诗歌做出重要的诗学阐释意义。

3. 古典与后现代融汇：《诗人与死》及后期诗学构建

组诗《诗人与死》写于 1990 年，就郑敏及其同时代诗人而言，对"诗人"和"死亡"两个命题的思考都不是新话题。早在 20 世纪

---

① 郑敏：《语言观念必须革新 —— 重新认识汉语的审美与诗意价值》，《文学评论》
　1996 年第 4 期。
② 徐丽松整理：《读郑敏的组诗〈诗人与死〉》，《诗探索》1996 年第 3 期。

80 年代，朦胧诗人与第三代诗人就已注意到，将死亡这一不可把握的可能性事件引入诗歌，往往能从中裸露出其内在生成的张力，如海子"雨夜偷牛的人 / 把我从人类 / 身体中偷走"（《死亡之诗·之二：采摘葵花》），肖开愚"这个美丽的少女的平静固定着罪恶，/ 她被罪恶分三部分分割"（《死亡之诗》），死亡作为终极隐喻在不同诗人手中绽放。相应地，也意味着，在 20 世纪 90 年代诗歌转向后，写作者为了切近琐屑的日常生活体验，"死"这一当下不可能性经验几乎必然要被舍弃。

（1）生成场域与"应变"的书写

为何郑敏仍要着手"死"这一话题的书写，并将同样在 90 年代因商业浪潮而被消解了崇高性的"诗人"同"死"相联系？这是解读《诗人与死》首先面临的问题。1990 年 1 月 20 日，郑敏的诗友、九叶派诗人唐祈因一场医疗事故去世，仅两个月前，另一位"九叶诗人"陈敬容因肺炎于 1989 年 11 月 8 日在北京去世。短短两个月内，"九叶诗人"去世两位。唐湜在悼文中感慨："再去了早年逝世的穆旦，就只剩下我们六个了。"[①] 在九叶派诗人中，唐祈生前始终对新诗未来葆有期待。唐祈在新诗上的影响力非常大，却迟迟未能成为教授，此种处境下，与之相对的则是即便在"气候却多阴晴转变的年头"，他依然是"充满激情的理想主义者，言语间总仿佛真就要进入一个诗歌的繁荣历史时期"[②]，突然逝世也多少标志着他为"九叶诗人"们带来的"蓬勃的心情"宣告幻灭。联想唐祈的遭遇，郑敏感喟整个知识分子的命运，同时还有她对死亡的体悟。需要明确的是，"诗人与死"不是指某个具体事件，该诗也绝非简单

---

① 唐湜：《忆唐祈——悼念他猝然的死》，《诗刊》1990 年第 4 期。
② 郑敏：《序》，载《郑敏诗集（1979—1999）》，人民文学出版社，2000，第 11 页。

的悼亡诗，而是从"个人"通向"时代"，借"诗人与死"关怀知识分子时代命运的隐喻。经由对唐祈的悼念，郑敏进一步将感触探入当下生活场景内部，使这首诗聚焦于知识分子仍遭受不公正待遇处境的同时，也因为这种同"此时此地"的对话和呼应，打破了封闭的阐释空间。

除此之外，郑敏很早就试图从"死亡"这一题材中挖掘更多可能性。早在20世纪40年代，郑敏已创作出包括《墓园》《时代与死》《死难者》等以"死"为主题的诗歌。郑敏本科就读于西南联大哲学系，这使她往往能让写作以对话、推衍、抽象等方式充分展示现实的纵深。因此，其早期诗作并不沉陷于死亡在惯性认知内覆盖与摧毁的效力，而是试图以逻辑的推衍切近死亡的本质。她将"死亡"处理为通过"生"认识自身的渠道：唯有通过对死亡重负的承担，"生"在死亡时刻迫近之时，才能辨认出自身的存在，甚至在逻辑的演变与缠绕中，"生"和"死"不再作为对立的两面，而是沟通起生命的两端。在《诗人与死》的创作时期，郑敏又将"死"这一主题发挥到新阶段。如果说郑敏在20世纪40年代持一种静止的死亡观，在一种固定的观看装置中试图再现死亡与生命的逻辑对话，悬置了抵达死亡所必须历经的肉体衰败与情感痛苦，那么在晚期创作的《诗人与死》中，郑敏则试图将死亡观念拆解，让死亡这一概念挣脱人的观念的制约，彻底回归世界不透明的内部，死亡不可捉摸的晦暗性、流动性占据了她的声音。

与同时代大多诗作不同的是，《诗人与死》采用十四行诗的结构形式与交叉韵式，这直接源于里尔克的《致俄耳甫斯的十四行诗》。郑敏坦言："比较喜欢 abab cdcd efg efg 的里尔克常用的格式。十四行诗特别能满足我对一首诗结尾的要求：或者进入突然绝响的激动，或者有绵延无尽的袅袅余音中的无限之感。"[1]区别于德语清晰的音节、音步与抑扬格，基于拼音的汉语只能依托于行数、顿数、押韵来呈现节奏感。但这也意味着，郑敏能根据书写对象及时调整诗行的发音重心与阅读节奏，凸显诗作表现的焦点，如整饬的交叉韵式会让单首诗不同的诗行，以及诗与诗之间，都由统一的节奏组织起来，从而使诗作获取整体力量。

要而言之，在内在思绪的演变方面，郑敏从早期形而上的逻辑推理转变为后期"向死而生"的碎片化死亡观；在对外言说的方面则从单纯展现心迹到呈现知识分子整体命运。下面从两个向度阐释《诗人与死》中郑敏诗歌创作的转型轨迹。

其一，"当死亡在这里的时候，我就不再在这里，不是因为我是虚无，而是因为我不能够把捉"[2]。死亡与一种虚无的不可能性经验相连，以"死"为题材的诗歌就是将死亡的不可能性与沉寂转化成无限趋近可能的言说。将早期诗歌中"死亡"的塑形艺术"砸碎"：郑敏早期以"死亡"为题材的诗歌将死亡的晦暗、沉寂与难以捉摸塑形为肃穆、静谧的造型艺术，从而转化成无限趋近可能的言说。然而，《诗人与死》以喷薄的质问开场：

诗人与死·一[3]

是谁，是谁

是谁的有力的手指

折断这冬日的水仙

---

[1] 郑敏：《关于〈诗人与死〉》，载柏桦主编《外国诗歌在中国》，巴蜀书社，2008，第45页。

[2] ［法］列维纳斯：《时间与他者》，王嘉军译，长江文艺出版社，2020，第57页。

[3] 郑敏：《诗人与死（组诗十九首）》之一，载《郑敏文集 诗歌卷（下）》，北京师范大学出版社，2012，第387页。

让白色的汁液溢出

翠绿的，葱白的茎条？
是谁，是谁
是谁的有力的拳头
把这典雅的古瓶砸碎

让生命的汁液
喷出他的胸膛
水仙枯萎

新娘幻灭
是那创造生命的手掌
又将没有唱完的歌索回。

除却对死亡溯源的疑虑，亢奋的语调中汹涌着无奈与不安。"有力的手指"与"有力的拳头"外在于作为生命场域的"古瓶"，它们在突然介入击碎生命之后，不仅折射出生命内在的易折，也意味着死亡降临所造成的恐怖，"永远在迫近是死亡之本质的一部分"[①]。如果说郑敏早期诗作拥有如古瓶一般的澄净，这首诗开篇亢奋的语调则"砸碎"了这种澄净，让语言探入令人不得不为之愤怒的现实。郑敏自述她从济慈《希腊的古瓶》[②]摘取出一个典故：古瓶上

---

① ［法］列维纳斯：《时间与他者》，王嘉军译，长江文艺出版社，2020，第60页。
② 在郑敏的诗歌座谈会上（具体见徐丽松整理的《读郑敏的组诗〈诗人与死〉》），郑敏称这首诗为《希腊的古瓶》；在郑敏《英美诗创作中的物我关系》一文中，郑敏又称这首诗为《希腊古瓶赋》。但经过核查，这两个译名均不存在，现在较为通行的译名为穆旦翻译的《希腊古瓮颂》。这种情况的出现应是郑敏记忆有误。

绘的新婚的人永远在走近彼此，并因此感受到幸福，这两个人永未真正结合在一起，但因被绘在这古瓶上，两个人永远凝固在此刻，所以恰巧能维持那个幸福的高峰。死亡终将切实抵达终点，新婚者此时遭受的，并非简单自我重构与存在姿态的转变，而是其中一方的新娘彻底"幻灭"。郑敏在诗末直击死亡的源头，即"创造生命的手掌"。不难发现，"创造生命的手掌"的脉络恰与郑敏早年的死亡观契合："你不会更深的领悟到生的完全／若不是当它最终化成静寂的死"（《墓园》），生与死从混沌中凸显，最终又必撤回这片难以捉摸的领地。

其二，《诗人与死》第七首从死亡不可估量的纵深中打捞出另一种阐释的可能性："只剩下右手轻抚左手／一切都突然消失、死寂／生命的退潮不听你的挽留"。"右手轻抚左手"原是里尔克的诗句，潜入郑敏的意识深处后，作为"踪迹"冲击着诗歌精神流脉，并改变着原有语义，为语言注入新的活力。这首诗中，死亡将意识隔绝于孤寂的场所，意识的时间已被收拢，而肉身还在现实中存在。郑敏从另一个维度剖析死亡的纹理，她将肉身与精神作为对立的两点，注重死亡对肉身和精神分隔的效力，从而抵抗前一首诗中确认的死亡观。这种纵深、多元的阐释视角，说明郑敏真正以"差异"为基础，构建起"多元、歧义、常变和运动"的后现代式的以散点、透视观看世界的方式。

组诗中的第八首仍是对死亡可能性的挖掘。郑敏将死亡具现为枯树"美妙的碎裂，无数的枝梢"，每个人都只能将他者的死亡作为永恒的风景，自身则作为风景的旁观者存在，目睹他人的折断与跌落而不能干预："从你的脆了的黑枝梢／那伟大的蓝色将你压倒"。这首诗试图呈现死亡不可抵抗、不可预测的那一壮阔的侧面。然而，在组诗第九首中，郑敏随即拨动了第七首所树立的死亡形象，

"盛开的火焰将用舞蹈把你吸吮 / 一切美丽的瓷器 / 因此留下那不谢的奇异花朵"，"盛开"修饰植物绽放的状态，火焰侵蚀着逝者的身体，其不定的跳动如同舞蹈。郑敏赋予现代白话文承载的交错、多歧的文本蕴意，以隐喻串通起四个不同事物内在相通的路径。同时，郑敏再次将阐释死亡的角度移位，死亡在这首诗中摧毁的仅仅是易朽的肉体，而从肉体中剥离出精神，并加以淬炼、净化，过程固然充盈着痛苦，一旦完成则精神中"不谢的奇异花朵"将得以留存。

当郑敏将对当下的观照引入诗歌，把其作为文本营造的艺术空间的对应物时，死亡本身的形象随即发生颠倒，"死"固然意味着唐祈无可挽回地远离现世，只是倘若"人间原来只是一条鸡肠 / 绕绕曲曲臭臭烘烘 / 塞满泥沙和掠来的不消化"，死也不值得留恋，由此，死亡经由与"人间"的对比，以及在随之生成的差异性中，被转化为自我净化的过程，甚至是接近崇高的可能性："只有在你被完全逐出鸡厂 / 来到洗净污染的遗忘湖 / 才能走近天体的耀眼光华"。在对 20 世纪 80 年代写作环境与知识分子生存态势做出判断后，郑敏认为正因为现实生活的陪衬，"死亡"与"悼念"才有了耀眼光华的意义。如果死亡意味着死者必须遗忘他者，那么，彻底忘记现世的种种经验也不再是惩罚，而是恩赐。在组诗第十九首中，郑敏强化了对死亡的认知，"诗人，你的最后沉寂 / 像无声的极光 / 比我们更自由地嬉戏"，主体在世界之中深陷于源自肉身与他者的苦难，对比之下，死亡无论被固定于何种可能性之上，都意味着死者比生者"更自由"。郑敏看似向死亡敞开自我，却经由死亡与现实的差异性，将批判的重心放置在现实，通过强化"死"的概念激发"生"的欲望。

上述诗歌中，诗人在理解死亡的不同方式间辗转，且能跳出通识的维度重新审视死亡。死亡时而是一种彻底的孤寂，意味着精神与身体感知的隔绝；时而又凸显出肉身与精神的联动，使彼此或经由死亡而连接与辨认，或共同被死亡捕获。在"绕绕曲曲臭臭烘烘"的人间，死亡本身也成为通往自由的不二法门。纵观全体，"踪迹活动呈现出绝对的差异状态。它冲击并改变了原有的语言，为原有的语言带来新的力量与活力……它促使语言成为一种不断运动的、变化的、活的语言"[①]。郑敏并不讳于人的必死性与死亡的不可抵抗，通过诗作中多种死亡观的交织、对话，展现死亡的无限可能性。她以本真的方式探入和书写死亡，呈现出海德格尔的"向死而生"的生活状态。

布莱希特认为，"挽歌以其声音，或更为平静的词语成为一种解放，因为它意味着，受难者已经开始生产某种东西……他已经从彻底的毁灭中产生某种东西，而观察已经介入"[②]。《诗人与死》虽由唐祈的经历催生出来，但郑敏并不执着于悼亡，而是对具体事件做出"滑动"的处理，处理成一系列隐喻，从而使文本既根植于唐祈的个体遭遇，又因事件的形变而不局限于个人世界，并能蔓延至作为整体的知识分子群体数十年来的境遇。试看组诗中的第四首：

诗人与死·四 [③]

那双疑虑的眼睛

---

① 章燕：《诗语言与无意识——浅论德里达的心灵书写语言观与无意识理论同诗语言的关系》，《诗探索》2000 年第 1—2 辑。

② 转引自［英］特里·伊格尔顿：《如何读诗》，陈太胜译，北京大学出版社，2016，第 101 页。

③ 郑敏：《诗人与死（组诗十九首）》之四，载《郑敏文集 诗歌卷（下）》，北京师范大学出版社，2012，第 389 页。

看着云团后面的夕阳

满怀着幻想和天真

不情愿地被死亡蒙上

那双疑虑的眼睛

总不愿承认黑暗

即使曾穿过死亡的黑影

把怀中难友的尸体陪伴

不知为什么总不肯

从云端走下

承认生活的残酷

不知为什么总不肯

承认幻想的虚假

生活的无法宽恕

在第三首诗末尾，郑敏这样描述唐祈的遭遇："你的笔没有写完苦涩的字／伴着你的是沙漠的狂飙／黄沙淹没了早春的门窗"。第四首诗开头即进一步阐述，从沉闷的悼亡分裂出疑虑，进而是无奈与感慨。"疑虑的眼睛"或许正是唐祈经历种种人世变迁后，仍葆有注视世界的尝试和努力。唐祈总认为一个诗歌的繁荣时代即将到来，他亲自为包括北岛、杨炼、顾城等人在内的诗人群体多次举办诗歌活动，然而，郑敏却经由唐祈的逝世，加固了自身对所处时代的疑虑乃至反感。她定义"疑虑的眼睛"，并非象征知识分子的理想主义，也不是一种向生活抗争的勇气，而是"幻想和天真"。因此，这首诗不只是郑敏对唐祈及他所属的知识分子群体的交谈或劝诫，同时也指明知识分子群体长久以来的境况，部分源于他们自身沉浸于"虚假的幻想"，活动于"云端"，悬置了对现实的反思与重审。知识分子们从现实内部汲取的力量已然枯涸。

第五首诗，郑敏重新从另一维度切近哀悼，她期待在"世人都惊呼哭泣时"，唐祈面对"一阵暴雨和雷鸣"仍能以英雄的姿态抵抗，从而赋予死亡一种超越性。但唐祈病亡的实际情形是误诊，诗人由此引发出"残酷的幽默"。郑敏的不满与哂笑蓄力到极致时，隐隐透出对旁观现实的知识分子集体思潮的不满："冬树的黑网在雨雪中 / 迷惘、冷漠、沉静 / 对春天信仰，虔诚而盲目"。她尝试在以古典诗歌的凝练意象搭建起的场景中，兼顾后现代主义的解构。冬树寂静的造型指涉惯性认知中人的坚韧与抵抗，郑敏却将其拆解，重新阐释了这一现象，更贴近现象内核。在她看来，如同知识分子过往的尝试一般，树枝在视觉中搭建的"黑网"试图拦截"雨雪"，但显然缺乏效力，"沉默、迷惘"的态度也搁置了对"雨雪"源头的追溯与摧毁，如同第六首诗中象征着手的"双翼"始终"垂下"，"等待着"以幻想来"催眠"自我。因而，知识分子们看似"虔诚"于乌托邦式的幻想本质，实为"盲目"，恰与先前的"幻想和天真"相对应。

在第十六首诗中，郑敏再次延伸了批判与审视的触角，尝试以语言来平衡和修正现实。"我闭上眼睛，假装不知道谁在主宰 / 拖延，是所有这儿的大脑策略"，郑敏并未以旁观者身份进行评判，而是通过自省将包括自身在内的所有知识分子纳入解构的对象。诗末"只有沉默的送葬者洒上乌云般的困恼"，也再次强调自我行动力仍然处于被搁置的境地，依旧"沉默"而尚未将自我的愤懑化为改造现实的能量。

参照郑敏的写作，我们有可能对自我内在世界和当下现实做出改变，即不再沉湎于对虚构风景的观看，而是以象征行动力的"手"介入改造现实世界。如谢默斯·希尼所言："诗歌首先作为一种纠正方式的力量——作为宣示和纠正不公正的媒介——正不断受到感召。"[①]同时，在思绪的缠绕与梳理中，郑敏考虑到肉身的行动力倘若缺乏控制可能引发的问题，因此，她在第十首诗中提出，这一代人本该如同"火烈鸟"一样"突然起飞"，但多数时候只是"狂想的懒熊"，一方面在形而上的幻想中长久沉默，一旦行动，又因"狂想"与现实脱节使得自身行动力并不能落地为建设，往往如同"蹩脚的杂技英雄"般转而摧毁自身。

这组悼亡诗中，郑敏循着唐祈的经历延展诗行，从愤怒、悲痛、无奈等情绪的泥泞中很快挣脱，她调用多维思维，将自身在内的知识分子，以及知识分子的敌视者们，进行层层解剖，保持对现实的敏锐度的同时，巧妙结合个人生命体验，再现自身进行伦理选择及确立伦理身份的过程。在《诗人与死》中："郑敏不仅善于用一种宏大的历史叙事来体验死亡，将个体生命的死亡与国家、民族的命运紧密地连在一起，她还善于将死亡与历史文化联系起来思考，赋予死亡一种人文主义的终极关怀，使死亡获得一种形而上的哲学意义。"[②]诚然，郑敏以诗人的姿态记录生活、关怀个体的存在意义和命运指向，反思现实、洞察历史，正因此，她从对唐祈个人的悼亡，转向对知识分子整体经历的治疗、修正与反思。

---

① ［爱尔兰］谢默斯·希尼：《诗歌的纠正》，载布罗茨基等著《见证与愉悦》，黄灿然编译，百花文艺出版社，1999，第 281 页。

② 曾立平：《牵手死亡——郑敏诗歌死亡意象解析》，《湖南文理学院学报（社会科学版）》2005 年第 1 期。

（2）面向"传统"的后现代"无意识"诗学观

郑敏任何一首诗作都不是孤立存在的，它们源自不同写作向度上的尝试，勾连起诗人共时性的言说结构。透过《诗人与死》提供的认识路径切入郑敏其他诗作，我们得以对其整体诗学建构起一个更为清晰、完整的认识。

首先，"归来"后郑敏诗作相较于20世纪40年代呈现出较大变化，这种转变除源于个人生命体验的积累与深化，更多来自诗人自20世纪70年代末以来根本认识观的重塑。写作《寻觅集》时，郑敏发现："我那时的感情是非常充沛的，可我的诗歌还没找到自己的语言，多半还是受了'文化大革命'和1955年以来政治的思维逻辑的影响。"[①]

郑敏曾自述："美国当代诗的变异使我于1986年后很自然地从后现代主义诗学走向后现代的理论核心：解构主义。从那里我找到了自己当前诗歌写作的诗歌语言，结束了40年代的带有古典后现代主义色彩的里尔克式的诗歌语言。"[②]与美国现代诗人罗伯特·勃莱、约翰·阿什贝利等人相遇，使她得以沿着他们的"踪迹"进一步追溯到德里达的解构主义。在郑敏看来，解构主义构建起"开放的、变化中的宇宙观、人生观、历史观。走出了二元对抗的斗争定式，从对抗走向对话"[③]。因而，解构主义理论完全符合郑敏期待视野中的宇宙观和历史观的发展。通过对以德里达为代表的解构主义理论进行更深入阅读，郑敏逐渐认识到自己早年写作中的不足之处，即过于执着理性和逻辑的条条框框，没有探察无意识的多维层次。这不仅是为了与旧有政治思维逻辑划清界限，也

---

① 徐丽松整理：《读郑敏的组诗〈诗人与死〉》，《诗探索》1996年第3期。

② 郑敏：《序》，载《郑敏诗集（1979—1999）》，人民文学出版社，2000，第14页。

③ 郑敏：《对21世纪中华文化建设的期待》，《文艺研究》1999年第3期。

关乎郑敏极为看重的诗歌的源泉 —— 创造力，郑敏逐渐认识到深入无意识不仅可以消解习常思维逻辑的捆绑，还可以激发沉潜的创造性。

在德里达后现代无意识写作理论视野下，郑敏尝试赋予"死"这一观念更加多元、开放和碎片化的观看视角，《诗人与死》的写作实践中掺杂着"无意识"的流动，她自述："我开始写《诗人与死》，几乎每天很规律地写成两首，很少修改。在写完 19 首后，满心想将组诗停在 20 首上，但却无论如何也没有出现那第 20 首，这首组诗就这样莫名其妙地来了又去了"[①]。快速书写与较少修改，意味着诗歌文本较少受到逻辑思维的干扰，解构的语言活动生成于无意识心灵的自然裸露，"视觉形象与无意识心理活动的联系跨越了抽象思维的过程，跨越了逻辑的推理，与心灵直接相通"[②]，从而使《诗人与死》在实践意义上贴近德里达所定义的"心灵书写"。再如《渴望：一只雄狮》一诗中，"雄狮"恰是郑敏内心的渴望被具象后的形象，是长期被抑制的生命本质。

德里达的"踪迹"理论指出，诗人所身处的民族、文化、历史无一不影响诗人的精神立场、个性气质与精神向度，并潜藏于个体无意识中。此外，语言本身即是一个互文本与潜文本的集合场域，诗人在阅读外在文本时，其表述也会受这些文本内部"踪迹"的影响与催化。郑敏幼年受过古典诗词的系统教育，中学时期偏爱废名、戴望舒等人的诗作，而废名恰恰又是"晚唐诗"最热衷的提倡者。尽管"晚唐诗"在 20 世纪 40 年代尚未直接落地为郑敏的写作资源，但与古典诗歌文本及"晚唐诗"倡导者们的触碰，以

---

① 郑敏：《序》，载《郑敏诗集（1977—1999）》，人民文学出版社，2000，第 11 页。

② 章燕：《诗语言与无意识 —— 浅论德里达的心灵书写语言观与无意识理论同诗语言的关系》，《诗探索》2000 年第 1—2 辑。

及作为古典诗歌读者时对特定审美感官的调用和训练，仍使得古典诗歌在郑敏的潜意识内留下"踪迹"。至 20 世纪 90 年代，郑敏"猛然回首"时"懊恼一生都在汉文化传统的自我否定的批判中度过"，也因此致力于从多个维度论证并实践古典文化在新诗写作中的效用。在写《诗人与死》的过程中，郑敏坦言："我充分体会到了格律诗对写诗者的启发和诱导。形式的不自由往往迫使诗人越过普通的思路，进入一个更幽深隐蔽的记忆的深谷，来寻找所需要的内容，这样就打断了单线的逻辑推理式的思维，而在无意识的海底挖掘出久被自己遗忘了的一些感受和感情沉淀"[1]。郑敏认为，发掘"无意识"中古典文化的"踪迹"，有助于思维真正走出单线运转的困局，解放写作者被"上意识"束缚的视野。她有不少作品直接呈现"踪迹"这一概念："林径的温暖掩盖了无数记忆 / 寂寞蜿蜒于无人的山谷 / 载着多少车痕轨迹 / 一条似有似无的道路"（《生命之赐》组诗第九首），"都在镜子似的江水上 / 印下了影子和声响"（《秋的组曲》组诗中的《落叶》[2]）。不仅在人的记忆中，也在自然世界内，凡存在过的事物都会留下各自"踪迹"，关键是，怎样从"镜子似的江水上"再现它们，并调用它们参与现实的诗学构建。郑敏从多方面展开后现代"踪迹"理论的诗学实践，除却将中西方文化资源作为"踪迹"引入文本，在诗体实践中她亦做出实验性尝试。例如《诗人与死》组诗中部分诗歌（例如第七、八、九、十这四首诗，呈现的死亡观即在相互冲击与交错）本身也处于"悬置"状态——后一首诗或承接前一首诗的疑问，或将前一首诗描述的场景细化，使彼此从固定的阐释轨道上相离，一首诗在另一首诗中作为"踪迹"，从而让两首诗的阐释空间都得到

---

① 郑敏：《序》，载《郑敏诗集（1979—1999）》，人民文学出版社，2000，第 11 页。
② 《秋的组曲》由一首序曲和八首诗组成，《落叶》是八首诗中的第三首。

扩展。

郑敏的吁求同样有很强的现实针对性。在她看来，"非非主义"诗人群为代表的"第三代诗人"，以反叛的态度对待传统，却未意识到真正的先锋必须建立在对传统的理解之上，无传统的创新是不可实现的。郑敏评价道："中国当代新诗是在 1984—1985 年显出它的后现代主义的锋芒。"她同时也指出"第三代诗人"的三点创作倾向："否定崇尚传统"，"否定理性中心论，反文化至上"，只"写我"[①]。他们不能正视传统对于写作创新的基石作用，由此导致 20 世纪 80 年代诗歌缺乏基本评判尺度与面向现实的可能。同时，"传统"始终是一个国家与民族辨认自身所必须经过的领域，缺失对传统的尊重，难免沦为"文化漂浮者"[②]。正是出于对当下书写生态的关注，郑敏得以发现其中浮现的隐患，从而她反复强调传统文化对作品创新与民族自由的必要作用。

另外，郑敏对以白话文为载体的新诗写作始终抱有疑虑，在她看来，"五四"时期方才确认自身合法性地位的白话文与俗字，其内在蕴意的空间，较之于古典汉语更有可开发性。她假想了这样一种新诗发展路径："如果他们潜心研究古典诗歌的魅力所在，就有可能更快地提高白话诗的艺术。这里我们可以参考海德格尔关于语言的生命（being）的理论来考虑文学语言的要素。"[③]1995 年，郑敏在诗作《孙闻森在美半岁，寄诗》中写道："从千仞的峭壁上俯身注视大洋 / 在幽深的山谷里和浓雾同默想 / 可听见高风中这儿白杨的呼唤 / 你原也属于月色中这一片荷塘。"不难看出，除外在整饬的

① 郑敏：《回顾中国现代主义新诗的发展，并谈当前先锋派新诗创作》，载《郑敏文集 文论卷（中）》，北京师范大学出版社，2012，第 416-419 页。
② 郑敏：《诗歌与文化 —— 诗歌·文化·语言（上）》，《诗探索》1995 年第 1 期。
③ 郑敏：《世纪末的回顾：汉语语言变革与中国新诗创作》，《文学评论》1993 年第 3 期。

形式与格律之外，该诗的内核被替换成古典诗歌的抒情特质。"自然"在诗中，并非作为一个被凝视的对象来处理。诗人将"你"与"我"置于尚未被祛魅的前现代世界观中，才会写下"和浓雾同默想"和"属于月色中这一片荷塘"等诗句。该诗前两句以物起兴，后两句则寄托对友人的怀念，这何尝不是古典诗词中常见的艺术技巧？

回过头再看《诗人与死》，郑敏亦有意识地用典来延伸文本内涵，引入古典诗歌的押韵、意象与场景营造的手段，激活传统资源在当下诗歌书写的活力，赋予文本以流动的、开放的阐释空间，同时也沟通起深远的民族传统。

当然，这并不意味着郑敏将自身从里尔克的诗学传统阴影下，彻底移向德里达的无意识写作与对古典文化资源的调用，而更多是将多种写作传统并置。郑敏自述："我写这组诗的时候，总的来讲受里尔克的影响很深 …… 关于死当然是里尔克的一个很重要的题目，他那首奥菲亚斯十四行诗，本身就是关于一个小女孩的死。"[1]在强调"无意识写作"的同时，郑敏并不将"无意识"凝固为单一准则，使"无意识"成为丧失自身内涵的空洞符号。她真正注意到了德里达后现代思想中的开放性、对话性，从而使德里达的思想在诗歌中鲜活运转。《心象组诗》为我们呈现出这种全新视野下阐释的可能：

> "但，听，风的声音
>
> 不停的信息
>
> 在沉寂中形成
>
> 它来自夭折的年轻人

---

[1] 徐丽松整理：《读郑敏的组诗〈诗人与死〉》，《诗探索》1996 年第 3 期。

涌向你……"

有趣的是，这几行诗实质上引自里尔克《杜依诺哀歌》。郑敏早年在冯至影响下，将里尔克视为自己最重要的外来书写资源。这首诗却在解构里尔克，将里尔克从既往的阐释轨道上抽离，里尔克的原诗句如下：

> 但，听，风的声音
> 不停的信息在沉寂中形成
> 它来自夭折的年轻人，涌向你

结合里尔克原文本中的后两行"无论何时你走进罗马和那不勒斯的教堂，／他们的命运不总是安静地向你申诉吗？"重新阐释这首诗，会打开新的维度。死者逝去后，他们仍在以自身存在的痕迹与我们进行单向度交谈，诗句以诚言般的口吻，传递出对近乎恐怖的强制性传统的畏惧。郑敏将里尔克的诗进行形式层面的处理后，置入自己的诗文本，通过文本的择取和整体语境的压迫，以及将原诗的节奏打乱，代以尖利、迟疑的语调，无形中对原诗句进行了重写：真正的言说始终是沉寂的，它精准握住了不定的"风"的语息，这种同既定现实结构对抗的行为，布满诱惑与危险，以至于容易"夭折"，但郑敏仍要努力揭开工具理性、二元对立等形式覆盖下人类本真的生存面貌。上述写作实践正如郑敏所说："我觉得一个人怎样能打开自己的下意识很重要，但是也不可能扔掉上意识，形成文字总要有一定的逻辑性，所以这两者之间要对话，事实上一个最伟大的艺术家就是能在这两者之间进行最丰富的对话，那样他的创造性才会非常丰富。"[①]郑敏的发现，意味着她并非如"非非主义"

---

① 徐丽松整理：《读郑敏的组诗〈诗人与死〉》，《诗探索》1996年第3期。

诗人群那般，仅从理论中截取有利于佐证自身写作合法性的部分，而是将德里达的后现代主义精髓落实于自我认识和书写实践，使从现实中生成的后现代主义理论能再次通过诗学实践，从现实中持续获取活力。

正是在以后现代主义为核心的诗学视野下，郑敏整合起德里达的无意识理论与"踪迹"概念、以里尔克为代表的西方诗学传统，以及古典诗学传统等多种写作资源，通过诗学实践激发它们应有的效力。可见，《诗人与死》除却文本本身价值，很大程度上源于郑敏对早期写作的抽离与反思，对古典与西方诗歌资源的挪用，以及面对当下知识分子生存困境的吁求。郑敏在追求诗学突破性、审美独立性的同时，注重写作的在场性，诚如吴思敏的评价："郑敏从青年时代对诗歌的热忱走向对中国传统文化以及整个人类命运的思考，并为人类文化的明天深深困惑、焦虑，这正是一个真正的诗人与哲人身上与生俱来的人文主义气质所决定的。"[1]郑敏在不断探索与解构中，终将自己雕刻成"不谢的奇异花朵"。

▌结　语

回顾中国百年新诗史，郑敏是不容忽视的耀眼存在：她的诗歌创作跨越近七十年，不断求新求变，堪称"中国诗坛的常青树"。她的诗深受现代主义诗歌濡染，情感精细、敏锐，哲理清晰、深沉，感性与理性互为表里。她的不同阶段的诗歌探索与突破，均为中国女性诗歌创作打开崭新局面。同时，她还是一位重要的诗歌理

---

[1] 吴思敏：《总序》，载郑敏著《郑敏文集 文论卷（上）》，北京师范大学出版社，2012，第6—7页。

论家，她对当代诗学界的影响可以提炼为如下四点：第一，对诗歌无意识领域的开掘；第二，对诗歌内在结构的研究；第三，对诗歌语言问题的研究；第四，对新诗应当继承古代诗歌优秀传统的思考。她的诗学理论研究闪耀着诗性光芒，颇有建树，不同凡响，给当代汉语诗坛带来巨大启示，在现当代女诗人中尤为难得。

后 记

2006 年，我在翻阅《女子月刊》第 1 卷第 2 期时，不经意读到中国近现代著名历史学家、目录学家姚名达的一句话："女子因为没有历史，所以对于本身不能认识。"1933 年，《女子月刊》创办者、暨南大学教授姚名达已然意识到女性认识的根源问题；比他还要早两年，1931 年，女诗人陆晶清在其著述《唐代女诗人》引言中写道，"翻开中国文学史看看，间杂在历代男性作家中的女作家，真寥若晨星，依然是藏在落伍的角落里"，这是中国现代文学第一代女作家因女性在文学史上的空缺处境而发出的或遗憾或批评之声。两个不相干的人，却在同一时代对同一问题发出慨叹，这也触动我萌生出为中国女性诗歌撰史的想法。

诚然，在中国现代文学语境中，朱自清、废名、沈从文、朱英诞、苏雪林等学者、作家在编撰选集以及课堂上讲述新诗时，都鲜少提及女诗人，仅朱自清、废名和苏雪林关注过冰心（此外，苏雪林还提及过吕碧城）。也就是说，在一众新文学大家对同时代不断涌现出来的重要诗人和诗作进行选择或经典化的历程中，女诗人几乎是点缀性存在。那么，由文学史视角回溯，从先秦至今，有多少文学史家关注过女性诗歌的发展历程？他们中又有多少人主动从文本内部出发，自觉探察和呈现不同时代女诗人独特的想象力、感受力、写作姿态、诗学经验，以及她们在文本之外的现实生活、艺术追求、情智特质呢？

由此，我开始构思从女性性别入手，潜入中国诗歌的间隙，以女性文学的视角撬动固有的诗歌史观，为先秦至今的中国女性诗苑撰写一部诗歌通史，将中华诗词复调中重要的一支——女性诗歌的流变和优秀的女诗人创作实绩系统而诗性地贯通下来，尽可能全面深入地展现她们诗、词丰富的蕴藏。同时，以诗歌为切入点，洞察历代女诗人的精神变迁与文化心态、诗性思维和诗艺生成、教育经历与诗学涵养、审美品位和情感表达、生命书写与诗行间闪烁的灵光碎片……当然，如果能置身当下，面向未来，为诗歌爱好者、研究者，热爱女性文学的读者，进一步了解、欣赏和研究中国女性诗歌的丰富样态，为审视、评估、理解中国女性诗歌史提供新的视角，为梳理和辨析相关文献做些力所能及的工作，则最好不过。

直到 2018 年初，黄怒波先生为"丹曾人文通识丛书"组稿，邀我写一本《中国当代女诗人评论》。为实现自己撰写中国女性诗歌通史的愿望，我索性将写作计划溯源至先秦，著述体量也扩充几倍——分为古代卷、现代卷和当代卷，每一卷还可以衍生系列……宇宙论的"奇点"就这样爆发了。现代、当代卷的撰写从开始动笔至今六载，笔耕中国女性诗歌沃土，"充实而有光辉"（孟子语），写作过程中的收获和启发远远超乎预想：这是充盈着喜悦、神秘和惊叹，没有终点的精神漫游和灵魂对话，使我不断地从研究对象那里汲取充沛的灵感、饱满的人格、新鲜的经验、蓬勃向上的生命力、闪烁光芒的智慧以及"独一无二的创造性"（奥登语）；近距离回温她们幽微隐曲的喜悲思愁，捕捉才女们传奇动荡的人生轨迹，欣赏她们不受制于时代和世俗定义的绝代才华及风情雅趣，抑或是悲叹其命运的困窘或遭遇的不幸……

这套书的挑战在于缺少可资借鉴的范本。浩繁的中国文学史中尚未见为女诗人撰史者，对女诗人整体、系统性的研究也尤显寥落。近代以降，可供参考的有谢无量《中国妇女文学史》、梁乙真

《中国妇女文学史纲》、谭正璧《中国女性的文学生活》、黄英《现代中国女作家》等论著，聚焦于诗歌研究的仅有陆晶清的断代女诗人研究《唐代女诗人》，以及谢晋青的《诗经之女性的研究》。不过，新时期以来，学界有关中国女诗人的个案研究或代际研究及论著新见频出。为了更贴近不同时代女诗人创作的丰富性和真实性，形成脉络清晰的研究史谱系，本套书确立了一个研究基点，即秉持历史的眼光，回归女性诗歌的文学性研究。

　　近年来，回归文学研究的呼声很高，本套书的写作初衷即为中国女性诗歌史拓展更多元的文学性研究路径，尝试突破文学史固化的学术文风，以诗性的学术美文应和女诗人缤纷细腻的才情以及对世界的敏锐感知方式；从心性感悟出发对重要诗人或诗作的思想性和艺术性给予重点呈现和鉴读之余，还兼顾梳理女性诗歌的生成史、接受史和传播史、演绎史。力求做到学术性与可读性、细读鉴赏和历史意识、诗学批评与文献挖掘并举。随着研究的深入，我发现，诗歌史对诗人的标签化论述极易局限研究思维，若想打破既成的定论，最有效的方法就是找到进入与拓耕不同研究对象的研究理路和入径：比如冰心小诗创作之外的新诗写作（包括圣诗）别有新意和思想的穿透力，同时代广大读者对其诗歌的接受与批评可以牵带出新诗发轫之初很多有价值的议题；林徽因作为新月派诗人的标签仅限于其初涉诗坛那段时期，徐志摩对其诗学的影响、彼此在创作间的酬唱应和，以及其对现代诗艺的探索、对现代知识女性诗性美的勾画、对不同文体的驾驭都值得重新挖掘；陈敬容的地域写作经验与其对新诗现代性的追索极具拓展空间，其诗歌中力的美学及诗歌意象的原创性和鲜活的现代生命力表达之间具有密切的内生关联，这些尚未得到充分重视；郑敏研究则侧重现代教育资源的多维影响并寻踪其不同阶段对西方现代及后现代理论的汲取、创新及对古典资源的通汇，这些直接影响到其诗学观念和哲想演绎，她的不少经典诗篇都值得我们重新挖掘品鉴……此外，她们笔名的变化、所处文艺圈的更迭、作品出版和被接受情况等等诸多维度都真实地串联起中国女性诗歌的现代性踪迹，在多元关联与比较后也可以打开现代知识女性的思想史、阅读史、创作史等复杂多元的面向。

本书书名取自冰心的同题诗《诗的女神》，以四位重要的现代女诗人为核心构架，但并非诗人论汇编。全书导论梳理了中国历代不同时期女性诗歌所处的时代语境、诗坛风貌以及有影响力的女诗人的诗歌成就等，从历史维度对中国文学史上颇具影响力的女诗人做了定位与钩沉。此外，每一章的引论都是同时代的微观女性诗歌史，点面交织，如此结构和安排，实为提升诗歌史写作效力和活力。本书在个案评述中尤为着力于女性诗歌动态发展的前后关联与对比研究，关注并提出值得深入探讨的相关问题；结语部分重点概述诗人的历史定位和独创性；此外，对诗人的介绍尽可能兼顾到社会读者对女性诗歌普及性了解的需求。

现代卷首先从重要诗人进行突围，那些被文学史低估或长期遮蔽的女诗人如陈衡哲、CF 女士、石评梅、陆晶清、白薇、吕云章、陈学昭、方令孺、徐芳、虞琰、沈祖棻、芍印、王梅痕、关露、莫耶等，因篇幅所限，对她们的介绍和评析有的放在每章引论，有的通过注释体现，对上述个案的集中研究拟放在下一部著作《沧海遗珠：中国女性诗歌史（现代卷）》中。

诚然，在中国女性诗歌史的撰写过程中，如何处理好传统与现代、个体与群像、历史与现实、文坛主流对女诗人的影响与评价、女性诗歌的接受与传播等系列问题都至为重要。写作过程中充满不可知的挑战，为了更好地突破和解决这些挑战，本书力求凸显每一位女诗人的个体风格和诗艺成就，如此一来，评述角度不一，撰写的风格也有意识地与评论对象相协调。为了更好地呈现现代女性诗歌创作中的诸多现象或问题，展现现代女性诗歌的性灵与深度，火热与冷寂，情绪的碎片或永恒的智慧，撰写中不仅做好经典诗作的鉴读，还力求从不同维度总结女性诗歌的创作经验，为未来的女性写作，烛照一盏微灯。在诗歌鉴赏方面，本书兼顾了如下三种方法：其一是"显微镜"式的经典诗作的细读，鉴赏本身超越了艺术的欣赏，还原更为真实的创作场景；其二是通过诗作挖掘和阐释作家的艺术倾向，侧重研究释论；其三是在历史视野中推进艺术的探索，比如文体或诗学的实践。

现代卷的撰写还有一个核心工作，即爬梳和筛选重要的中国现代女性诗歌史料，史料的积累从来都不是一蹴而就的，是一个慢功夫，需要及时打捞，否则随着时间的推移会逐渐模糊，中国现代女性诗歌创作已有百年历史，如若现在不及时整理，未来会增加考辨难度。本书或注重选用初刊，或标注作品刊发时间，或引注和筛选有价值的评论文章及重要文献，将它们在正文中通过征引、注释的方式自然生动地呈现出来。此外，通过诗人参与的文学活动尽可能带出诗人与重要期刊、社团的关联，还原动态的接受史和历史现场感……部分史料工作的顺利进展得益于我的硕士和博士研究生的共同努力，他们是张福超、崔博、苏铭、朱瑜、蔡英明、田伊、鹿丁红、李佳悦、彭杰、朱峻青、于晓庆、周如意、王昊、谢心韵、郭晋玮、张译丹、何亮亮。他们在这个过程中也各有成长，有的确立了毕业论文选题，有的找到了新的学术生长点和学术乐趣。

《诗的女神：中国女性诗歌史（现代卷）》在《中国女性诗歌史》整套书系中率先出版，这要感谢北京大学出版社和本书责任编辑张亚如女士的辛勤编辑。感谢赵敏俐、傅光明、张松建、张洁宇、王翠艳教授对本书撰写的支持；感谢多年来给予我帮助和鼓励的师友与家人；感谢古代卷的第一作者赵雪沛女史，我们有共同的志向和学术理想，合作充实愉悦；最后，感谢谢冕教授和吴晓东教授百忙中不吝赐教，为本书撰写推荐语，他们温暖而悉心的指教将引航我完成未尽的工作。

2024 年 3 月 25 日